RITUALES DE LÁGRIMAS

ALEJANDRO SOIFER

Prólogo

María Belén Lorenzo se despertó sobresaltada a mitad de la madrugada con la certeza de que esa noche iba a morir. Sentía que alguien la había estado observando al lado de su cama, mientras dormía, en silencio, con paciencia, como la araña que contempla a su presa indefensa. Incluso había creído percibir, estando semidormida, cómo el picaporte de su habitación se había movido hacia abajo.

Una parte suya sabía que no había nadie en el departamento y otra parte estaba todavía enterrada en la profundidad de la pesadilla que la había despertado, y que poco a poco se iba diluyendo hasta hacerse imposible de reconstruir.

Miró el reloj: cuatro y media de la madrugada. Sintió cómo iba volviendo, de a poco, al mundo real.

Se levantó, dio unos pasos en la oscuridad, y se llevó la palma de la mano a la frente. Estaba empapada de transpiración. Abrió la puerta y salió al estrecho pasillo. Había adquirido una superstición tonta: cerrar la puerta de la habitación cuando se iba a dormir. El razonamiento era que si alguien entraba en su casa, la puerta cerrada la protegería. Lo cual era absurdo porque esa puerta no tenía llave.

Caminó hasta el baño. Se enjuagó la cara.

La imagen que le devolvió el espejo no la sorprendió: mostraba un terror que ya podía reconocer y que había ido madurando lentamente en su rostro. Cruzado de marcas y surcos, sumados a una palidez espectral, vio en ese reflejo cómo su cara se había ido convirtiendo en una máscara mortuoria. Había creído que mudándose de la capital, saliendo de escena, estaría fuera de peligro y dejaría por fin de tener esos sueños terroríficos, pero nada había cambiado.

El silencio y la oscuridad del departamento la intranquilizaban. Hubiese preferido que los vecinos del 4° C estuvieran de fiesta, como era su costumbre todos los fines de semana, o al menos escuchar la televisión a todo volumen que ponía la anciana del 3° A, o una tormenta en el mar, pero esa madrugada no había ni un solo sonido, ni una sola luz que la distrajera de sus temores.

Caminó a tientas hasta el living y se sentó, sin pensarlo, frente a la PC. Movió el *mouse* para que saliera del estado de suspensión y pronto la luz de la pantalla iluminó su cara, haciéndola pestañar, hasta que sus pupilas se acostumbraron.

Entró en su página web profesional, revisó una vez más que todo estuviera como lo había dejado hacía tiempo, cuando había sentido que el peligro se volvía real. Entonces no lo había dudado más y había tomado la decisión de irse. R.I.P. Seguía ahí. Era su último reaseguro si todo terminaba del peor modo. ¿En qué había estado pensando? Había sido demasiado infantil todo, pero ahora ya era tarde y eso era lo único que le quedaba.

Tanteó el escritorio y alcanzó los cigarrillos. Encendió uno y fumó en silencio.

Suspendió la computadora y nuevamente se levantó para volver a la cama.

Pasó por la cocina, abrió la heladera, se sirvió un vaso de leche fría hasta el tope y lo tomó en tres sorbos largos.

Apoyó el vaso vacío sobre la pileta, abrió la canilla, dejó que se llenara de agua y volvió a cerrarla. Se dio vuelta y de espaldas, apoyada contra la heladera, tanteó hasta dar con el primer cajón del mueble. Lo abrió con dos dedos, escurrió la mano dentro y tomó un cuchillo largo de cocina.

Belén dio unos lentos pasos, aferrada con fuerza al mango de la hoja. El departamento seguía tan vacío como hacía un rato. Entró nuevamente en el living, dio un vistazo general. Todo lucía exactamente como lo había dejado. Se adelantó con el cuchillo en alto, examinó detrás del sillón, no había nada. Dio un giro brusco de ciento ochenta grados y blandió el arma contra las cortinas; la estocada solo atravesó un montón de aire.

Cerró los ojos y respiró profundo. Iba a volver al cuarto, iba a cerrar la puerta, se acostaría en la cama, y la noche se habría terminado. Apoyó el cuchillo en la mesada de mármol de la cocina y volvió con pasos rápidos hasta la habitación.

Apenas atravesó el vano sintió el alivio de saberse en territorio seguro. Posó la mano en el picaporte y comenzó a cerrar la puerta cuando sintió que algo no estaba bien. Se quedó paralizada un instante. Entonces escuchó con claridad el motivo de su desvelo: la canilla de la cocina había quedado mal cerrada. Una gota caía sonora y sistemáticamente sobre el vaso de leche, lleno ahora de agua, que había apoyado en la pileta. Suspiró con tranquilidad, volvió hasta allí y ajustó el grifo. Cuando se dio vuelta para volver al cuarto algo le llamó la atención: el cuchillo. No estaba sobre la mesada donde lo había dejado.

¿Realmente lo había dejado ahí? ¿Acaso no lo había colocado en el cajón? Lo abrió: allí había un cuchillo de cocina como el que había tomado. Suspiró cansada.

Volvió a la habitación otra vez, cerró la puerta y se apoyó de espaldas contra ella. Entonces sintió que alguien golpeaba. En un instante vio cómo su cuerpo se sacudía, tirando para adelante y para atrás del picaporte, moviéndose como si estuviera teniendo convulsiones. De pronto los golpes cesaron. ¿Se estaba volviendo loca? Había pensado que alguien había intentado abrir la puerta a la fuerza, cuando en realidad había sido ella, sacudiéndose como poseída.

"Los monstruos no existen", se dijo. "Los monstruos son los que creamos en nuestra cabeza", se repitió.

Entonces abrió la puerta. Así era mejor.

No había nadie.

Volvió sobre sus pasos una vez más. Ahora sabía que el insomnio la mantendría despierta el resto de la noche.

Por entre las rendijas de las persianas se filtraban haces de luces que formaban sombras deformes sobre la pared. Creyó ver cómo se movían, como si fueran murciélagos, lagartos vivos caminando por las paredes. Cerró los ojos un segundo. Cuando los abrió de nuevo tenía frente suyo a una sombra con forma humana. Un reflejo de luz plateada se desprendió de su mano. Era el cuchillo de su cocina sostenido en la mano alzada de esa sombra, lista para caer sobre su pecho.

Sintió la boca seca, se quedó sin aliento y su estómago se anudó.

Entonces la sombra, íntegramente vestida de negro, bajó el arma y con la otra mano se sacó el gorro de lana que le tapaba la cara.

Belén cayó sobre la alfombra de rodillas. Acolchonada, casi nueva. No sintió el impacto.

—¿Sos vos, entonces? Sabía que algún día iban a venir, pero ¿tenías que ser vos?

—Tranquila —dijo la sombra—, no te voy a hacer nada. Era solo una broma. Lo que pasó ya pasó.

Belén alzó lentamente la cabeza para ver bien a quién tenía frente suyo.

—Estoy embarazada —dijo.

—Lo sé —respondió el otro—, por eso vine.

Entonces la sombra, con un movimiento relampagueante, le rajó el cuello con la desprolija precisión con la que se troza una res. El cuerpo de María Belén cayó sin vida sobre la alfombra. Acolchonada, casi nueva, y ahora empapada de sangre.

Capítulo 1

Galimandi

Marcos Galimandi suspiró. Hacía ya un tiempo que estaba viviendo en la cabaña, dedicándose a vender mermeladas y cervezas artesanales a los turistas. El negocio no iba para nada mal; por el contrario, se había venido arreglando perfectamente bien e incluso había podido empezar a ahorrar un poco de dinero. Un ahorro modesto, pero era mejor que nada. A veces lo pensaba y se sorprendía. Tan fácil de lograr, tan lejos de lo que había soñado para sus años de retiro. Eso era lo que en el fondo le molestaba y era el motivo por el cual había suspirado con aire de resignación.

Hizo un esfuerzo para despejarse la cabeza de esas ideas, sabía que esa sería su vida de ahora en adelante y tenía que conformarse. Al menos hasta estar seguro de que había bajado la espuma en la ciudad. Había escapado por poco; casi había podido sentir cómo le mordían los talones, pero eso ya era cuestión del pasado.

Pensó en la chica, tuvo el reflejo instintivo de llevarse un dedo a la mejilla; la herida ya había cicatrizado pero le había dejado una marca de recuerdo que sabía que lo acompañaría por siempre. Fue solo un instante y volvió a sacudir la cabeza. "No tenés que pensar más en eso" se dijo a sí mismo, enojado. Siguió limpiando con un paño por encima de los frascos de mermelada acomodados con precisión obsesiva encima del mostrador. El polvo en ese lugar era una peste imposible de controlar.

La tarde estaba empezando a caer, el sol se había puesto anaranjado y sus reflejos plateaban las cumbres nevadas del cerro. Quizás esa noche podría salir con el auto, recorrer el camino de tierra hasta la fonda familiar *El refugio de la montaña* que quedaba a solo tres kilómetros de distancia y tomar un vaso de whisky junto a la chimenea.

Las noches siempre son frescas en el sur y Galimandi no entendía una mejor forma de pasarlas que con un trago de alcohol al lado del fuego. A veces también se encontraba la viuda de Rodríguez y esas veladas eran un poco más especiales todavía.

Era una mujer apenas unos años más joven que él, muy coqueta y de presencia fuerte, pero que sabía confundirse con facilidad con los clientes habituales de *El refugio*. Mirtha Conner, viuda de Rodríguez, familia inglesa por parte de padre. Le hacía acordar a su antigua patrona, pero ya había dejado muy atrás esa parte de su pasado. Como había dejado atrás tantas otras cosas. Estaba acostumbrado a cambiar de piel.

Mirtha Conner se había casado joven con un estanciero que era dueño de los campos que lindaban y se extendían por varias hectáreas con el fondo de la propiedad de Galimandi. Rodríguez había fallecido súbitamente de un accidente cerebrovascular hacía cinco años, y desde entonces la mujer era la única y solitaria propietaria de esos campos.

A Marcos no le costaba aceptar que se sentía atraído por la viuda. Le había invitado una copa varias veces ya y se sentía cómodo conversando con esa mujer de apariencia fría y calculadora, célebre por sus pocas pero punzantes palabras que nunca escondían lo que pensaba. El típico estilo inglés.

Galimandi terminó de pasar la franela por los frascos, se detuvo a descansar un instante y se sintió tranquilo, casi dichoso. Era una felicidad simple.

Miró por la ventana y se quedó absorto unos segundos contemplando el tapizado verde que se extendía por su terreno, y luego mucho más allá de su jardín, hasta el camino de grava que rodeaba la pequeña cabaña.

Se fijó la hora en el reloj de pared encima de la puerta de entrada: casi las seis de la tarde. Hora de cerrar. Avanzó hasta allí y comenzó a pasar la traba, cuando escuchó que se acercaba un automóvil por el camino de tierra.

Se quedó quieto, estático en su lugar. La llegada de un extraño a esa hora en la que ya había poca luz lo intranquilizó. Echó un vistazo en dirección al mostrador. Sabía que debajo de la caja registradora había una Smith & Wesson Model 19 especial. Pensó en ir hasta allá, tomar el arma y sentir el níquel en la punta de los dedos para quedarse completamente seguro, pero antes quería saber quién venía. Ya le había pasado en otras oportunidades. El camino hacia el mirador podía ser un poco engañoso si no se seguían estrictamente las instrucciones del mapa que entregaba la oficina de Turismo de la ciudad. Con el caer de la tarde la situación solía empeorar y era el momento en el que más viajeros extraviados pasaban frente a su propiedad; muchas veces paraban para pedirle direcciones. Siempre eran un fastidio.

Ese día se sentía particularmente de mal ánimo para atender a nadie más. Quería cerrar la puerta con llave, y echarse a dormir unas horas.

El auto se detuvo justo frente a su cabaña. Cada segundo que pasaba oscurecía más y Galimandi apenas pudo distinguir las particularidades del vehículo: un Ford Fiesta azul marino. O quizás negro. Ya no había suficiente luz para percibir la diferencia.

La puerta del conductor se abrió y Marcos llegó a escuchar el roce de la suela de goma de un zapato sobre el piso. Pudo ver a un tipo bajando del automóvil.

El hombre comenzó a avanzar por el camino de piedras que llevaba a la cabaña. Galimandi lo observó atento por la ventana, al lado de la puerta.

Parecía joven. Llevaba anteojos negros tipo aviador, cara con barba de dos días, cuidadosamente desprolija, una camisa celeste al cuerpo, abierta a la altura del pecho. Un clásico turista.

Pasó la traba por la puerta y el *click* de cierre coincidió con el instante en el que el extraño llegaba hasta el recibidor. Golpeó con firmeza.

Marcos Galimandi seguía en la misma posición expectante. Pensó que si lo hubieran venido a liquidar, si ese hombre fuera un sicario peruano o colombiano que finalmente lo hubiera encontrado allí en el sur, no hubiera sido tan directo. Al menos, supo que él mismo no lo hubiera hecho así. Pero él era de la vieja escuela. A la gente ya no le interesaba la nobleza de un trabajo limpio y bien ejecutado.

Decidió no responder y el turista volvió a golpear la puerta.

—Sé que está ahí. Ábrame por favor —dijo con un acento que reconoció inmediatamente como un castellano escupido a través de un colador de lengua hebrea.

No era extraño encontrarse con turistas israelíes por esa región. Jóvenes que viajaban dos años luego de concluir su servicio militar obligatorio y encontraban en la calma de la naturaleza patagónica un descanso de la vida al límite en las fronteras de Medio Oriente.

Galimandi no respondió.

—Vamos, solo quiero comprar unos dulces.

—Ya cerramos —gritó del otro lado de la puerta.

—¿No cierra a las seis?

—Es la hora.

Se produjo un silencio y luego la respuesta:

—Faltan dos minutos. Acabo de fijarme.

—Váyase, por favor.

—Vamos, Galimandi, me recomendaron especialmente sus mermeladas y vengo desde Villa la Angostura. Mañana tengo que seguir, ya vuelvo para Buenos Aires. Déjeme comprar y me voy. Le aseguro que será rápido.

Suspiró resignado. Descorrió la traba y lo hizo pasar al interior.

—Que sea rápido —le dijo, corriéndose a un costado. El turista entró fugaz como si supiera que tenía que aprovechar esa mínima oportunidad y se dirigió sin dudarlo hasta el mostrador donde inspeccionó las mermeladas una a una, frasco a frasco.

Galimandi dio unos pasos pesados hasta colocarse detrás del mostrador.

—¿Cómo sabés mi nombre?

El turista sonrió y alzando la vista del frasco de mermelada respondió:

—Pero vamos, Galimandi, usted es toda una leyenda por acá. Sin contar con que su nombre está en la etiqueta de las mermeladas.

—Exageraciones.

—Pero sí, es así. Una leyenda.

Esa respuesta, lejos de tranquilizarlo, lo inquietó todavía más. Pensó de nuevo en que lo mejor iba a ser estar prevenido. Tanteó debajo del mostrador hasta sentir que tocaba la culata del revólver.

—¿Quién te habló de mis mermeladas?

—Es de lo único que se habla en el centro. Debo decir que si sigue así podría llegar a hacer nuevos enemigos —dijo muy serio, sosteniendo un frasco de dulce de arándanos en la mano, examinándolo debajo de la mortecina luz de la única lamparita que colgaba del techo. El ambiente se percibía mayoritariamente ocre a esa hora en que la madera lustrada de las paredes reflejaba la luz artificial.

Galimandi lo tanteó, el hombre seguía inspeccionando los frascos de mermelada con aparente interés.

—Escuchame, no sé quién te mandó pero si venís en busca de problemas de acá salís en una bolsa —dijo fríamente.

El turista dejó el recipiente en el estante y alzó las manos.

—Tranquilo, hombre, ¿así trata a sus clientes?

—No me jodás, pibe. ¿Viniste a buscarme? ¿Quién te mandó? ¿El Loco Bautista?

—Solo a sus mermeladas, Galimandi, cálmese.

—Dijiste "hacer nuevos enemigos". ¿Cómo sabés que tengo "viejos enemigos"?

—Es una expresión. ¿Qué le pasa?

Había algo en ese tipo que no le gustaba y lo hacía desconfiar. Por empezar, su persistencia. Había venido a la hora de cierre, había insistido en que lo atendiese y no había salido espantado con el trato que le había dado.

—Creo que ya es hora de que me vaya. Voy a llevar esta —dijo con el frasco de mermelada de arándanos en la mano.

Galimandi masculló el precio con un refunfuño gutural, el turista pagó y guardó el frasco en su mochila, fue entonces cuando vio el reflejo metálico en la cintura del hombre; el comprador se encaminó hacia la puerta de salida.

El dueño de casa se adelantó para abrirle, y cuando estaba por salir desenfundó el revólver y lo colocó sobre su frente.

—Ahora me vas a decir quién sos, y por qué viniste acá —amenazó Galimandi.

—No vine a lastimarlo.

—No te lo repito más, hijo de puta, ya vi que tenés un fierro en la cintura, decime quién te manda y por qué me viniste a buscar.

—Galimandi, por favor, seamos razonables. ¿Podemos conversar?

—Estamos conversando. Tenés cinco segundos para decirme lo que quiero saber.

—No me obligue a hacer algo que no quiero.

—Cuatro.

—Está bien.

—Tres.

—No me diga después que no le advertí.

—Dos.

Entonces el turista, con un movimiento veloz, se agachó quedando fuera de la línea de fuego del revólver, al mismo tiempo que con la mano derecha tomaba la muñeca de Galimandi y con la izquierda desviaba el caño del arma hacia el techo.

El disparo retumbó en la soledad inmensa del cerro y pedazos de astilla volaron desde el cielorraso en todas las direcciones. Galimandi no tuvo tiempo de reaccionar, lo próximo que sintió fue cómo el hombre lo empujaba hacia el suelo, tirando conjuntamente del revólver con la mano izquierda y de su muñeca con la mano derecha arrastrándolo hacia él. El arma apuntaba en diagonal hacia atrás de su cabeza. Un segundo disparo impactó en un frasco de mermelada de frambuesas que estaba colocado para decoración, junto a otros, en un estante encima del marco de la puerta. El envase estalló esparciendo su contenido por la pared del fondo y llegando hasta el techo.

El turista le pisó el cuello, estaba inmovilizado.

—Un movimiento más y le parto la muñeca. Dos movimientos más y le parto el cuello.

—Si me vas a matar, hacelo de una puta vez.

—No vine para eso, Quiroz —dijo el turista, y cuando Galimandi escuchó su verdadero apellido confirmó lo que ya sabía: que estaba en problemas. A juzgar por la habilidad increíble del hombre que lo había reducido, los problemas eran además, muy graves.

—Entonces —dijo Mario Quiroz sintiendo dificultad para respirar; sus pulmones, apretados en la caja torácica, apenas podían expandirse. Estaba tirado en el piso y completamente a merced de ese tipo que sabía quién era en verdad—, ¿para qué viniste?

—Vine porque queremos que vuelva, Quiroz. Lo necesitamos para que nos ayude a resolver un caso.

—¿Por qué yo? Ya estoy retirado. Me echaron de la Federal hace ya bastante.

—Yo no soy de la policía y lo necesitamos a usted porque creemos que es el único que puede ayudarnos a resolver este asunto.

Capítulo 2

Sheila

—A veces siento que es demasiado pronto para todo esto —dijo Sheila Lehrer y sintió que se le deshacía un nudo que le había atado la garganta durante mucho, demasiado tiempo.

—¿Qué sentís específicamente? —preguntó Elana, la coordinadora del grupo.

Estaban sentados en ronda, los mismos que venían juntándose ya hacía varias semanas: Dafne, Mirka, Dalit, Joel y Sheila. Pero era la primera vez que sentía algo distinto, la posibilidad de expresar con palabras un sentimiento que todavía no había entendido.

El conjunto de los últimos tiempos que había pasado, las imágenes le vinieron rápido a la mente, se vio a ella misma pasando de ser una judía ortodoxa, hija del rabino más importante de *Tikvá Zhitomir*, el enviado del propio Rebe de *Zhitomir*, a una mujer integrada y secular que comía cada vez menos *kosher*, que ya no encendía las velas de *shabat* los viernes al anochecer, que se relacionaba con un hombre con el que no estaba casada y que ni siquiera creía en la existencia de Dios.

Sí, había sido liberador en un principio, pero ahora sentía con mucha frecuencia una especie de melancolía permanente por todo lo que había perdido, de lo que se había apartado. Extrañaba el calor, el afecto, la solidaridad de la comunidad de *Zhitomir*.

—Siento una contradicción interna. Una parte mía cree todavía que existe un Dios y que estamos acá en la Tierra para servirlo, pero la otra parte me dice que no puedo seguir cumpliendo con las leyes de ese Dios. Me resultan absurdas, abusivas. ¿Por qué tengo que servir solamente para procrear y criar hijos? Yo quiero hacer otras cosas antes de tener descendencia. Quiero terminar mi carrera, quiero trabajar, quiero conocer el mundo. No todo tiene que ser servir a Dios y a mi marido. Ni siquiera sé si quiero casarme.

Dafne y Mirka asintieron en silencio, Dalit corrió la mirada como si lo que acabara de decir Sheila le hubiera molestado personalmente. Joel sonrió como lo hacía cuando no sabía bien qué decir, o si tenía la obligación de decir algo, o si lo mejor era quedarse callado.

Sheila se mordió el labio. No la habían "echado" de *Zhitomir*. Su padre era una figura demasiado importante como para que eso sucediera alguna vez, pero sí sabía que hablaban de ella a sus espaldas, que cuando iba al templo (porque eso no había dejado de hacerlo) las miradas le caían como pirañas hambrientas. Aun a pesar de que mantenía la modestia reglamentaria.

—¿Por qué tengo que criar una familia? ¿Porque lo dice Dios?

—Porque es para lo que nacimos —intervino acalorada Dalit, que ya no pudo contenerse.

—No para lo que yo nací.

—Está bien, está bien —dijo la coordinadora—. Estamos acá para respetarnos. Cada uno de nosotros emprendió esta búsqueda de forma individual y así es como debe ser. Estamos acá para escucharnos, para ayudarnos, pero no para juzgarnos.

—A veces no sé si quiero realmente dejar la vida de observancia —intervino Joel.

—Esperá tu turno, por favor —le pidió Elana.

—Siento que si termino de romper con esta cadena que me ahorca, acá —se señaló el cuello— podré respirar mucho más tranquilo, pero al mismo tiempo tengo miedo de quedarme afuera de todo: amigos, costumbres, familia.

—Sí —asintió tímidamente Mirka.

La reunión se estaba desbandando, todos hablaban ahora, se superponían las voces y nadie podía escucharse.

Elana se paró en el centro de la ronda, pidió silencio y señaló la importancia de escucharse entre todos, hasta que se detuvo y fijó la vista en la puerta del aula. Allí parado había un muchacho alto, corpulento, con una barba larga y puntiaguda que se componía de miles de pelos enrulados color caoba.

—Leib —dijo la coordinadora con una sonrisa—, Leib Schelling. Nunca pensé que te tendríamos por acá. Pasá, por favor.

El muchacho se acercó a la ronda con timidez. Estaba vestido íntegramente de negro y sus ojos, de un celeste profundo, resaltaban en medio de su cara.

—Gracias, *morá* Wahl —dijo Leib y se buscó una silla.

El círculo se abrió rápidamente para dejarlo integrarse. Todo el ruido cruzado de hacía un instante se había extinguido mientras los asistentes al grupo estudiaban con atención al recién llegado.

—Leib nació y vivió en ¿Moisés Ville? Decime si me equivoco.

—En absoluto —señaló el muchacho—, nací en la Colonia pero no viví muchos años allí, nos mudamos con mi familia a Buenos Aires cuando tenía cinco años.

—Después te fuiste a estudiar en la *Yeshivá* de Belz, en Israel. Pensé que seguías allá.

—Seguía —dijo el joven en un castellano con acento que marcaba mucho las consonantes, con una cadencia *iddish* que Sheila reconoció idéntica a la de su padre y su familia—. Ese es precisamente el problema y el motivo por el que estoy hoy aquí.

—¿Estás en el camino de la búsqueda?

—Supongo que le podemos decir búsqueda al no saber ya qué creer.

—En eso estamos todos igual. Los que estamos acá, digo —manifestó Dafne con timidez.

Leib asintió con un gesto y cada uno se presentó.

Sheila consultó la hora en el reloj de la esquina. Tenía que salir si quería llegar a tiempo a su clase vespertina.

—Yo me tengo que ir —dijo, y comenzó a juntar sus cosas para levantarse.

—¿Ya? ¿Por qué no te quedás un rato más? Conozcamos a Leib, escuchemos sus motivos para estar acá.

—No hace falta —dijo el muchacho—, si querés andá, Sharon.

—Sheila —lo corrigió ella.

—Sharon, Sheila, disculpame. Es que son nombres muy parecidos.

Dafne emitió una risita nerviosa. "Se ríe como una ardilla", pensó Sheila mientras agarraba su mochila. Hizo un saludo general y salió.

Bajó las escaleras apurada hasta llegar a la calle, buscó su teléfono y llamó:

—Hola, amor —la saludó, Sebastián.

—Hola, mi dulce. ¿Te parece que nos juntemos a comer?

—¿Ahora?

—Sí, te extraño y me gustaría verte.

—Ay, mi vida, me encantaría, pero no puedo.

A Sheila se le cerró la garganta.

—¿Cómo que no podés? Habíamos dicho que hoy íbamos a encontrarnos...

—No, no habíamos confirmado. Era una posibilidad, pero después no confirmamos.

—Estamos confirmando ahora.

—No te pongas mal, mi amor, pero ya tengo arreglado otra cosa con unos colegas del colegio.

—¿Colegas del colegio?

—Sí, en cuanto termine la séptima hora, a las seis y media, vamos a ir a tomar unas cervezas con algunos profesores.

Sheila se sorprendió.

—¿Cervezas?

De fondo se oyó un sonido agudo.

—Escuchame, mi vida, tengo que volver a clase que sonó el timbre. Hablamos otro día si te parece.

—¿Otro día?

—No sé a qué hora terminaremos con los chicos y mañana empiezo el día a las seis y media de la mañana, seguramente vuelva a casa y me vaya directo a dormir.

—Pero...

—Te amo —dijo él, y cortó.

"En una manzana hermosa, a veces encontrás un gusano", el proverbio *iddish* le vino a la mente a Sheila. Quizás era así entonces, la manzana hermosa de una vida sin el yugo de la religión, la manzana tentadora del pecado, también tenía gusanos.

Entonces supo que el problema era que si a pesar del gusano, igual estaba dispuesta a comerse esa manzana.

Capítulo 3

Quiroz

El hombre lo ayudó a levantarse y Quiroz tuvo de nuevo esa sensación recurrente de derrota que lo atormentaba.

Se sacudió el polvo y le lanzó una mirada asesina y desconfiada al tipo que lo había inmovilizado.

—*Krav magá* —le dijo este.

—¿Qué?

—*Krav magá*. Si se pregunta cómo hice para dejarlo pidiendo piedad en el piso, ahí tiene la respuesta.

—No sé de qué me hablás.

—El arte marcial más violento del mundo.

—¿Ese es el nombre? Parece balbuceo de judíos.

—Es hebreo.

—Ya sabía yo que no iba a poder sacarme de encima a los tuyos.

—Escuche, Quiroz, ¿qué le parece si nos sentamos en una mesa y conversamos?

—¿Me estás dando una opción, o una orden?

—Vamos.

—¿Pagás vos?

—Solo súbase al auto.

Los dos hombres salieron de la cabaña de Quiroz y se subieron al Ford del tipo. Anduvieron unos cien metros en silencio por el camino de grava hasta que el otro rompió la tensión del aire:

—No me presenté, Yael Zinman.

—¿No te digo que no me los puedo sacar de encima a los paisanos?

—Va a tener que disculpar lo brusco de mis modales, pero realmente lo necesitamos.

—Eso ya lo sé —dijo Quiroz y se agarró las costillas donde todavía sentía el dolor del golpe que le había dado el hombre—. Me dijiste que hay un caso que quieren que resuelva. No sé por qué me vienen a buscar a mí, hasta acá. Yo ya estoy retirado. Ya vi e hice demasiada mierda en mi vida.

—Por eso ahora solo quiere dedicarse a vender mermeladas.

—Y cervezas. Mermeladas y cervezas. Además son artesanales. Nada de esa porquería industrial, llena de conservantes.

—Quien lo hubiera dicho: la Iguana Quiroz reconvertido en Marcos Galimandi, un *hippie* de El Bolsón.

El ex policía respondió con un gruñido:

—Bariloche. Y por algo me decían también "El Camaleón". Cambié de piel. No es la primera vez.

—Tiene razón. Eso también lo sabíamos. Hicimos los deberes.

Zinman estacionó el automóvil frente a *El refugio de la montaña*.

—¿Tiene que ser acá?

—Es cerca y discreto. Además se come bien. Pero si tiene algún problema, podemos ir hasta la ciudad.

—No, está bien —quería sacarse ese asunto de encima cuanto antes y si bajaban hasta la ciudad tardarían por lo menos dos horas entre ir y volver, y hablar de lo que se suponía que hablarían.

Entraron al restaurante, Quiroz con la mirada pegada al piso, intentando evitar todo contacto con los comensales habituales; no quería que nadie lo reconociera y que si lo hacían, no le dirigieran la palabra.

Zinman saludó a Molina con un gesto de la mano. "Entonces se conocen", pensó Quiroz mientras veía cómo el tipo se dirigía cómodo hacia una mesa apartada del fondo, apenas bañada por la luz débil de una lamparita de 45 watts.

El dueño del bar se acercó con dos cartas.

—Carlos —lo saludó Zinman. Era la primera vez que Quiroz escuchaba el nombre de pila de Molina. Para él había sido siempre ese apellido y nunca se había planteado la posibilidad de que tuviera un nombre.

—Yael, un gusto volver a verte por acá. Lo mismo para usted, Galimandi.

Quiroz hizo una mueca que terminó siendo una media sonrisa, un gesto con la mano y volvió a bajar la vista hacia la mesa. Quería que eso se terminara pronto.

—Vamos a comer ciervo. Está bueno, ¿no?

—Como siempre.

—Traenos dos platos, como lo sabés hacer vos, Carlos. Y una botella de vino tinto de la casa.

—Enseguida sale.

Molina dejó a los dos hombres de nuevo solos.

—¿Sos habitué?

—Digamos que ya estuve acá alguna otra vez.

—¿Cazando nazis?

Zinman sonrió.

—¿Acaso no es lo que está usted haciendo acá, Quiroz?

—No judío, no te equivoques... yo no los cazo, yo tomo el té con ellos. Y a veces les vendo mermeladas también. Las cervezas no las quieren; dicen que las que no son alemanas tienen gusto a pis. Todas.

Zinman carraspeó y se puso serio de repente.

—Debemos tener mala información, entonces —dijo, y sacó una libretita que inspeccionó como buscando alguna anotación. Quiroz lo tomó por la muñeca:

—Escuchame, infeliz, no sé quién sos y todo tu *krav magá* me importa un carajo: a mí me vas a tratar con respeto.

Zinman lo midió.

—¿Acaso no lo estoy haciendo? Tiene que tranquilizarse, Quiroz. Soy la persona que menos intenciones de dañarlo tiene en el mundo. Creo que hasta Molina le debe tener más bronca. No tiene fama de dejar buenas propinas, debo decirle. Ni que hablar de lo que le querrían hacer los peruanos si lo agarraran.

Entonces sabía. Ese tipo sabía acerca del problema que lo había llevado a ese exilio en la cabaña.

El dueño del restaurante apareció desde la oscuridad con dos copas y una botella de vino. La destapó y la apoyó sobre la mesa; percibió que esos hombres preferían ser dejados solos.

Quiroz tomó la botella, se sirvió, se tomó todo el vaso de un trago y por fin habló:

—¿*Mossad*?

Zinman sonrió.

—No, no exactamente. Liga Antidifamación.

Quiroz reflexionó un instante.

—Pensé que sus métodos no incluían las artes marciales de contacto.

—Soy un agente libre, Quiroz —su cuerpo se relajó como si se hubiera quitado un peso de encima. Se sirvió una copa de vino y bebió un sorbo. Desde la oscuridad apareció una vez más Molina con los platos que acercó en silencio a la mesa.

Quiroz miró sorprendido lo que, de pronto, tenía frente suyo: dos trozos rosáceos de solomillo de ciervo marinados en vino tinto, y un montoncito de dulce de arándanos. No sabía que Molina podía preparar ese tipo de platos tan sofisticados.

—Sabe que a mí me encanta —dijo Zinman adivinando el desconcierto de Quiroz—, no lo pone en la carta porque la mayoría de los que vienen acá son turistas ignorantes que no sabrían apreciarlo.

Quiroz no respondió.

—Caprichos del chef. Debería probar de darle un poco de charla a Carlos, es un exquisito cocinero y tiene algunas anécdotas muy interesantes —trozó un pedazo de carne y la masticó—. Exquisito. Pruébelo.

Quiroz le hizo caso. Realmente era un plato de primera.

—Le estaba explicando —siguió Zinman—, trabajo en una agencia secreta que depende de la Liga. No va a oír nunca hablar de nosotros, no aparecemos en los libros contables, básicamente no existimos para nadie.

—Espías.

—No tanto. No somos James Bond judíos, si eso es lo que se pregunta.

—Pero podrían. Tienen los fierros, su arte marcial y sus contactos. Suficientes como para dar conmigo y saber de mis problemas.

—Tenemos nuestros métodos y también nuestros recursos —respondió sin ocultar cierto orgullo.

—¿Qué quieren de mí?

Zinman se llevó la punta de la servilleta a la boca, se limpió y se metió la mano dentro del saco. Sacó un sobre color manila que depositó sobre la mesa.

—Ábralo por favor, Quiroz.

El ex comisario tomó el sobre con desgano, lo abrió y sacó unas cuantas fotos. Eran escenas de un crimen: primeros planos del tronco, el cuello y la cabeza de una mujer joven. Le habían abierto el cuello. Había sangre por toda la alfombra, distintos ángulos, fotos del resto del departamento.

—Un homicidio. Ya les dije. Estoy retirado.

—Todavía no vio todas las fotos —dijo Zinman, y sacó del bolsillo interno del saco una instantánea más que deslizó hacia Quiroz.

El ex comisario la contempló unos segundos. No pudo tomarla con sus manos. La foto estaba sobre la mesa. No podía dejar de mirarla, aunque quisiera. Sintió la boca reseca, la cabeza pesada, se sintió mareado, el corazón se le aceleró.

—Sacá esta basura de mi vista.

—Véalo, Quiroz. ¿Sabe de qué se trata? Claro que sí.

Mario Quiroz sabía perfectamente lo que veía. Veía una estrella de David dibujada con sangre sobre una pared.

—¿Esto estaba ahí también?

—Frente al cadáver. Aquí lo puede ver —dijo el hombre y golpeteó con el dedo índice sobre otra foto que le acercó.

El cuerpo estaba de rodillas, como en posición de súplica o rezo, las manos abiertas y los brazos apenas caídos a los costados del cuerpo, todo frente a esa imagen en la pared.

Quiroz ya había tenido suficiente. Ya había visto más de lo que le interesaba y había perdido el apetito.

—Lo siento, no puedo ayudarlos —dijo y se levantó intempestivamente.

—Siéntese, Quiroz, no pasemos por esto de nuevo.

El ex policía miró con odio a Zinman.

—Me parece que no me entendés, yo me voy. No tengo nada más que hablar con vos, ni con su liga de las sombras, o lo que carajo sea.

Enfiló decidido hacia la salida. El otro dijo con voz calma:

—Podemos ayudarlo a volver a Buenos Aires, Quiroz. Despejarle algunas trabas, limpiarle algunas cosas que dejó a medio atender.

—¿Quién les dijo que me interesa volver? Acá estoy bien.

—Manejamos algunos contactos interesantes. Podríamos desmalezar por usted.

Quiroz dio media vuelta y agarró de las solapas del saco a Zinman.

—No hay ninguna "maleza" que sacar —escupió, violento, el ex policía.

—¿Nada? ¿Un tiroteo en un barrio privado? ¿El incendio de una residencia particular? ¿Cuántos cadáveres a sus espaldas en una noche?

Quiroz lo aferró todavía más fuerte y quiso golpearlo, por insolente y atrevido.

—¿Por qué no vuelve a sentarse y hablamos con tranquilidad? Un rato nada más.

Quiroz se sentía mareado y calculó que tendría que caminar de vuelta hasta su cabaña; habían venido con el auto del judío. Era tarde para arrepentirse y se sintió un imbécil. Se sentó.

—No quiero saber nada con este caso que me traés. Ni con lo que pasó en Buenos Aires.

—Lo entiendo perfectamente. Yo tampoco querría estar en su posición.

La expresión de Quiroz se puso filosa y fría.

—No tenés la menor idea de lo que estás hablando. Puede que haya cambiado la piel, pero sigo siendo un tipo peligroso.

Zinman volvió a meter la mano en el bolsillo y sacó una hoja de papel doblada en cuatro.

—¿Quizás su negativa a involucrarse en el caso que le acabo de presentar tenga que ver con que esa estrella de David escrita con la sangre de la víctima se parece mucho a esto? —deslizó el papel hacia Quiroz que adivinó de antemano lo que tenía impreso, aun antes de expandirlo.

Resignado, lo abrió y confirmó su sospecha:

—Ya te dije que no quiero saber nada con esto de nuevo.

—Quiroz, la última vez usted fue clave para desbaratar la trama de asesinatos rituales.

—Casi me cuesta la vida esa investigación.

—Convengamos que lo suyo es el peligro, Mario...

Quiroz sintió una pequeña dosis de adrenalina volviendo a recorrer sus venas; sí, no podía decirse que la hubiera pasado tan mal. Le gustaba sentir el peligro y salir victorioso, aunque sus últimas aventuras lo habían enfrentado con el gélido aliento de la eternidad como nunca antes.

Pero no, no iba a hacer nada por esa gente, no iba a volver a mezclarse con todo eso. Estaba bien ahora ahí, tranquilo, rodeado de la paz de las montañas y las aguas cristalinas de los lagos, alejado de todo.

Zinman pareció leer sus pensamientos.

—Piense en Zabala. También podemos ayudarla a ella.

Lucía.

—No me interesa lo que sea de ella. Esa piba es apenas más que una puta.

—¿En serio? ¿Por eso entró en guerra? ¿Por una puta que no valía nada?

Quiroz se hizo el desentendido, cortó un trozo de ciervo con paciencia y lo masticó lentamente.

—¿Entonces, qué me dice?

—Excelente el solomillo de ciervo. Gracias por invitar.

—¿Y respecto de la propuesta?

—Respecto de la propuesta te digo que vos y todos los tuyos se pueden ir bien a la puta que los parió —respondió sin inmutarse.

Capítulo 4

Sheila & Sebastián

—¿Te pasa algo? —le preguntó Sebastián que estaba tendido junto a ella, leyendo un libro bajo la luz del velador. Sheila le daba la espalda y no había podido parar de moverse para acomodarse desde que se habían acostado.

—Sí, sí —respondió Sheila como si quisiera sacarse un insecto que pasara zumbando cerca de su oído.

—No te noto bien.

—No pasa nada.

—Te conozco…

Sheila se sentó bruscamente sobre la cama.

—¿Por qué no cocinaste *kosher* esta noche?

Sebastián largó un suspiro fastidiado.

—¿Otra vez ese tema? Pensé que ya lo habíamos hablado.

—Supongo que no me debe haber quedado del todo claro, o algo, porque me lo pregunto de nuevo: ¿qué te costaba?

—Es que ya te expliqué, Sheila… es más difícil de conseguir la carne *kosher*. Es más cara, también. Con mi salario de docente… además pensé que no te iba a molestar tanto, teniendo en cuenta que otras veces no pareció preocuparte.

—Me preocupa ahora.

Sebastián se levantó de la cama, dio unos pasos hasta la cocina, se sirvió un vaso de agua y se lo tomó todo de un sorbo. Se apoyó en el marco de la puerta y contempló a Sheila. Le seguía pareciendo tan hermosa como el día en que la había conocido, una tímida chica ortodoxa en un centro comunitario de *Tikva Zhitomir*. Cómo habían cambiado las cosas desde ese día cuando ella no era más que una adolescente confundida que llevaba una pollera larga, camisa discreta y la mirada siempre fija en el piso. Ahora era una mujer decidida y segura, fuerte, que había logrado escapar a la vida de sacrificio y alienación que le esperaba en la ortodoxia judía.

Al menos eso era lo que él quería creer.

Se acercó hasta ella, se sentó a su lado en la cama y le pasó un dedo por el pelo con suavidad, dejando que se enredara con uno de sus rizos rojo fuego.

—¿Qué pasa, Sheila? No sos la de antes.

—¿La de antes? ¿Cuál es la Sheila de antes? ¿La temerosa de Dios, o la que se rebeló contra las imposiciones de su familia y su pueblo?

—Ya sabés cuál es la Sheila de antes de la que hablo. Y no me digas que te molesta lo de la comida *kosher* porque desde que te comiste ese sándwich de jamón y queso, acá mismo, no te mostrás demasiado preocupada por el tema de lo que comés.

—¿Y qué pasa si ahora sí me preocupa? ¿Está mal? ¿Tengo que aceptar todo lo nuevo de una sola vez? ¿Y si me estoy equivocando?

Sebastián no tuvo palabras para responder a ese planteo.

La quiso abrazar pero ella se lo quitó de encima fastidiada.

—Ahora no.

—¿Tampoco puedo tocarte?

—Ahora no quiero.

Minerva, la gata de Sebastián, abandonó la cabecera de la cama donde había estado descansando y desapareció en las sombras.

—Perdí la cuenta del tiempo que llevás rechazándome.

—Perdoname, Sebastián, es lo que siento.

—No te estoy pidiendo que hagamos el amor. No creas que me resulta fácil el tema de esperar. Pero lo sacrifico por vos.

Sheila sintió cómo la sangre se le subía a la cara en una profunda vergüenza y casi instantáneamente cómo esa vergüenza se convertía en ira.

—¿Es eso? ¿Lo único que te importa es eso? Pensé que entendías. Qué equivocada estuve todo este tiempo. Me hablás de tus sacrificios. Qué egoísta resultaste ser.

—Pero no, ¡todo lo contrario! Digo que entiendo y que yo también me sacrifico.

Volvió a intentar acercarse a ella.

—Te dije que no quiero que me toques. Menos después de lo que me acabás de sugerir.

—¿Por qué estás así? ¿Me lo podés explicar? —dijo Sebastián acalorado, alejándose como si se hubiera quemado la mano.

—Estoy confundida. Eso es lo que me pasa.

—¿Algo que haya hecho?

—No, sí. No sé. Es todo esto. En mi cabeza —dijo Sheila mientras intentaba buscar las palabras adecuadas para expresar un sentimiento que ni siquiera podía terminar de definir—. Yo a vos te quiero muchísimo y fuiste lo más importante que me pasó en... quizás de lo más importante que me haya pasado en la vida.

—"Fuiste".

—¿Qué?

—Que para vos soy un "fuiste", un pasado.

—Ay, no me vengas con tus petulancias de profesor de Lengua.

Sebastián sintió que eso lo hería en su orgullo.

—¿Entonces? Supongo que lo que estás intentando articular desde hace un rato es que no querés que nos sigamos viendo.

—Sí —dijo Sheila bajando la cabeza—. Bueno, no. No sé.

Sebastián empezó a caminar en círculos.

—Pará, calmate.

—Dejé de fumar, de alguna forma tengo que canalizar la ansiedad.

Sheila asintió en silencio. ¿Era eso lo que quería? ¿Qué le pasaba? ¿Por qué ahora tenía todas esas cosas en la cabeza?

—Está bien. Querés volver a tu vida de casamientos arreglados, usar peluca para taparte el pelo, polleras hasta el piso, prometidos mesiánicos asesinos y servir solo como un útero incubadora de hijos con movilidad propia. Está perfecto. Andá, hacelo y sé feliz con tu vida del siglo dieciséis.

—No digas esas cosas, Sebastián. ¿Ves?, eso es lo que me molesta de vos: no tenés ningún respeto por el lugar del que vengo.

—¡El lugar del que venís casi te mata!

—Sí, pero eso fueron unos desviados, que su nombre sea borrado de la memoria. No existen más. Mi familia, mis amigos, toda mi vida transcurrió en *Zhitomir*. No me podés pedir que renuncie a todo de un día para otro.

—No te pido que renuncies a todo de un día a otro. Nunca lo hice.

—Sí, lo hacés. No te das cuenta, pero lo hacés.

—"Con tiempo, incluso a un oso se le puede enseñar a bailar" —dijo cansado Sebastián.

—¿Y eso?

—¿No te acordás? Es uno de los proverbios *iddish* que todo el tiempo andás repitiendo. Me lo dijiste apenas nos conocimos. Ahora te lo devuelvo. Pensé que con tiempo podía enseñarte a salir del gueto, pero es evidente que estaba equivocado.

—Estoy yendo a un grupo —dijo Sheila con timidez.

—¿Un grupo?

—No te conté nada antes. Es un grupo donde nos reunimos los *jozer bisheela*.

—Hablame en castellano Sheila, por favor.

—No hace falta esa agresión. ¡Vos también sos judío! El hebreo y el *iddish* te pertenecen también a vos aunque no lo quieras. Corren por tu sangre, ¡no hace falta que rechaces tus raíces por no creer en Dios!

Sebastián estaba demasiado fastidiado como para intentar entender a Sheila.

—*Jozer bisheela* —siguió Sheila más calmada— se nos dice a los que pasamos de tener las respuestas que nos da la vida religiosa, Dios, las costumbres y tradiciones a tener una inmensidad de nuevas preguntas que surgen cuando esas respuestas ya no nos satisfacen. Yo estoy en eso: preguntas. Las respuestas que tuve toda mi vida ya no me sirven, busco nuevas.

Sebastián supo que ya no había nada que hacer esa noche.

—Si así es como pensás, entonces yo ya no puedo ayudarte.

—No necesito que me ayudes, Sebastián. Ni vos, ni nadie. Me basto a mí misma.

Sheila sintió ganas de llorar, no tanto por lo que se terminaba sino por lo que él creía todavía de ella; esa soberbia suya de creerse un ángel guardián o algo así. Se reprimió las lágrimas para no darle el placer de verla así.

—Esto que pasa es lo que siento ahora —dijo ella en un tono que le salió frío y desapasionado.

—Entiendo.

Los dos se quedaron quietos sin mirarse. Ya no había palabras que agregar.

—Te acompaño abajo —dijo por fin Sebastián. Ahora sentía que necesitaba quedarse solo para poder pensar en todo eso. Sheila, que hasta hacía una hora había sido lo que más le importaba en la vida, había pasado a ser solo una tonta joven con la que seguramente no debería haberse mezclado. Venían de mundos demasiado diferentes y eso que él había podido prever, pero no había querido aceptar, les iba a terminar costando su relación. Estaba pasando en ese momento.

Sheila se levantó de la cama, tomó su mochila y le tendió la mano a Sebastián quien la sintió ajena, como si ya no perteneciera a la mujer que amaba.

—Vamos —dijo ella, y bajaron.

Capítulo 5

Una sombra

Había sentido el placer de la sangre y ahora sabía que ya no podía volver atrás. No era el hecho de haber matado lo que lo perturbaba en el fondo íntimo de su conciencia, eso ya lo había hecho antes, era la sensación de que esta vez había cruzado un límite. Había matado a una mujer que en algún momento había amado.

No podía dejar de pensar en el gato callejero. El animal había ido a pararse en el patio de la casa en la que vivía con sus padres, cuando recién habían llegado al país. Desconfiado, el animal vagaba por el vecindario, maullando por las noches, pidiendo comida. Un vecino, molesto, ya había intentado hacerlo callar con disparos de rifle de aire comprimido los cuales el felino había esquivado con el resto de habilidad que le quedaba en su cuerpo desnutrido.

Él había sido más expeditivo, más efectivo: había llenado una cazuela con un poco de carne asada que había sobrado de la noche anterior, la había trozado con delicadeza para que el animal pudiera meterla en su boca y la había dejado sobre el patio. Entonces, esa noche cuando había comenzado la sinfonía sufriente de maullidos del gato, lo llamó con silbidos. El animal desconfiado, se acercó con cautela y se colocó en la medianera que dividía su patio del de los vecinos.

Se había quedado estático frente a la cazuela con carne asada. Sabía ser invisible cuando lo necesitaba, y entonces el gato, sin conocer lo que le esperaba, se había ido acercando tímidamente hacia el alimento. Primero de a poco, luego entusiasmado, había metido el hocico en medio de la comida y se estaba dando un festín que completaba con un ronroneo de satisfacción.

Era un animal escuálido y huesudo, quién sabe cuántas noches había pasado sin probar bocado. Le acarició el lomo, y luego la cabeza. El gato se refregaba satisfecho contra la mano que le daba de comer y entonces él acercó sigilosamente la otra mano, con la que sostenía el cuchillo, y de un golpe seco le cortó la yugular.

Había enterrado el cuerpo del animal en un cantero, al fondo del jardín.

Esa vez no había sentido más que vértigo. Ni una mínima sensación de empatía o pena por el animal.

Pensó que todo eso había sido justo y necesario. Toda su vida había cambiado cuando entró al grupo y ahora era tiempo de devolverle algo de lo que había recibido.

Lo de ella había sido necesario. No tenía dudas y por eso no le molestaba, ni siquiera le generaba un cargo de conciencia o malestar. Había hecho lo que había tenido que hacer y estaba seguro de que cuando lo supieran los otros estarían de acuerdo, incluso que lo felicitarían por el toque que le había impreso a la situación.

Sin embargo, eso no era lo que le rondaba por la cabeza dando vueltas remolonas como un chicle masticado al que se le fue el sabor, pero que todavía se pegotea entre los dientes: lo que le generaba inquietud era que le había gustado matar. Había sido necesario, eso lo entendía, pero no pensó que lo iba a disfrutar tanto. Y así había sido. Lo que le molestaba entonces era que esa adrenalina que había sentido matándola a ella podía llegar a convertírsele en una adicción, y que pronto tendría la necesidad de volver a matar. Aun cuando eso pudiera ir en contra de lo que el Comando esperaba de él.

Capítulo 6

Quiroz

"Otro plácido y aburrido día", pensó Mario Quiroz mientras abría las ventanas de la cabaña y sacudía el polvo de su establecimiento para recibir a los turistas.

El sol de la mañana, que recién despuntaba, iluminó el interior húmedo y frío, y unos rayos fueron a parar al exacto punto donde la etiqueta de un frasco de mermelada de frutos del bosque empezaba a decolorarse.

Quizás ese nuevo día era demasiado plácido, aun para el estándar de aburrimiento cotidiano al que ya se había acostumbrado. Pasó una hora sin que hubiera ningún movimiento, hasta que entraron dos turistas estadounidenses que estuvieron contemplando fascinados los productos en venta durante cuarenta minutos para terminar llevando solo un frasco de mermelada y un llavero hecho de un pedacito de corteza de árbol. Quiroz les aseguró que se trataba de madera de arrayán, pero probablemente no fuera más que un trozo de ciprés de lo más común. Era una baratija que había comprado a un artesano de la zona que vendía al por mayor a comercios como el suyo. Llevaba escrito con un marcador negro debajo de un barnizado sencillo: "Bariloche", y tenía una cadena débil de dos eslabones que culminaba en una argolla para colocar llaves.

Los turistas enloquecían con ese tipo de chucherías.

El resto del día transcurrió casi en silencio, con el único eco de motores lejanos arrastrando autos que no estaban preparados para los desparejos caminos de grava de la zona.

A las seis de la tarde en punto, cuando el sol empezaba a caer, cerró la puerta principal, tapó las ventanas y se sentó sobre una reposera en el jardincito al fondo de su propiedad, con una de sus cervezas artesanales en una mano, y todo el tiempo del mundo a su disposición.

La noche se iba poniendo cálida y se distinguía únicamente el sonido de un coro de grillos.

Ese era el final de su vida que menos había esperado. Pero ya no le quedaba nada más. Hacía años que no hablaba con su ex mujer ni sus hijos. Los había perdido de su vida y ahora estaba solo con los recuerdos de sus mejores años. Había vivido algunas buenas aventuras y siempre había creído que la muerte lo iba a encontrar en medio de una, pero todo indicaba ahora que como el marido de Mirtha Conner probablemente terminaría llevándolo con un simple, mundando derrame cerebral o paro cardíaco.

Se levantó de la reposera, estiró la espalda y los brazos y sintió cómo le crujían las articulaciones. De pronto había comenzado a sentir frío. Llevaba puesta ropa deportiva y la noche cálida había dejado paso a una brisa helada que le erizó el vello de las piernas y los brazos. Entró en la cabaña y enfiló directo al cuarto, se sacó la ropa, se puso un pijama de seda y se metió adentro de las sábanas. Intentó cerrar los ojos, pero los párpados simplemente no querían caer. Miró el techo un largo rato sin saber qué hacer, y entonces chasqueó la lengua fastidiado, encendió la luz del velador, se levantó, se calzó los anteojos que estaban apoyados sobre la mesa de luz a su lado y como estaba, descalzo y en ropa de cama, se dirigió hasta el frente de la cabaña.

Buscó debajo del mostrador hasta que encontró lo que no podía quitarse de la cabeza, una carpeta amarilla de cartón, de tres solapas, y escrito con lapicera en la portada: "Lorenzo, María Belén"

Abrió el expediente y empezó a examinar los papeles, pasando rápidamente con el dedo las hojas. Había bastante material. Entonces, aun sabiendo que se iba a arrepentir, decidió llevarse todo eso a la cama. Se recostó nuevamente y bajo la opaca luz del velador se puso a revisar en detalle lo que Zinman le había dado hacía dos noches, cuando lo había devuelto a la cabaña. Quiroz se había opuesto, pero Zinman se la había jugado bien: si no aceptaba al menos quedarse con la carpeta del expediente, no iba a llevarlo en auto de vuelta desde *El refugio de la montaña*.

Pasó los diferentes documentos que Zinman había adjuntado, se detuvo en los detalles de las fotos del sitio del crimen y el modo en el que habían encontrado el cadáver. Era claro que parecía estar en posición de adoración, apoyado en una pared, justo frente a la estrella de David pintada con su sangre sobre la otra pared. Para Quiroz eso no dejaba lugar a dudas: la secta con la que ya había lidiado y que había realizado una serie de asesinatos rituales con reminiscencias a la pasión y la muerte de Cristo como forma de acelerar la llegada del Mesías, había vuelto a actuar. Era por eso que todo el asunto le repugnaba.

Llegó al informe forense y leyó el documento salteando algunas líneas:

"El examen externo aclara que la mujer estaba vestida con ropa de cama al momento de la muerte. La sangre que provino de la laceración del cuello empapó su camisón. El cadáver atravesaba el periodo cromático, el cuerpo estaba bastante hinchado, la piel oscura y con gran cantidad de fauna cadavérica en la herida del cuello, en ojos y fosas nasales.

La herida, de unos cuatro centímetros de ancho y casi cinco de profundidad, que provocó la muerte por hemorragia masiva, fue producida por un objeto cortante de hoja larga y sin dientes, que atravesó la piel, los tejidos, seccionó los grandes vasos del cuello y perforó la tráquea. Durante la autopsia se comprobó que la mujer estaba embarazada: al extraer el útero, se observaba una formación de unos dos centímetros; se comprobó que era un feto de unas ocho semanas.

Se calcula, a través de los datos aportados al cronotanatodiagnóstico, que la muerte se produjo una semana antes (aproximadamente) del momento del descubrimiento del cadáver."

Colocó la carpeta en la mesita de luz, se apretó el comienzo del tabique nasal con los dedos índice y pulgar y cerró los ojos, intentando aclarar las ideas. Supo que no iba a poder dormir, no después de todo lo que había leído y visto. Necesitaba tomar algo de aire fresco. Se levantó y se vistió con camisa, pantalón largo y saco. Hacía meses que no se ponía una prenda seria y prudente. Se subió en su Renault 19 destartalado, y manejó hasta *El refugio de la montaña*. Entró sin decir palabra y se sentó en la misma mesa del fondo donde se había sentado hacía dos noches con el hebreo. Molina lo vio y se acercó con la carta y una gran sonrisa dibujada en la cara.

—Carlos —saludó sintiendo que había ganado una repentina confianza con el dueño del restaurante—, quiero lo que comí el otro día con mi amigo Zinman. Y una botella de tres cuartos de vino tinto. Algo bueno.

El dueño asintió sin decir palabra y desapareció en la oscuridad.

De fondo sonaba una suave melodía de violines y había un dejo de olor a lavanda que nunca antes había percibido allí. Su olfato iba y venía. No lo había vuelto a perder del todo, como cuando su mujer lo había abandonado, pero ya se había resignado a que tendría que convivir el resto de sus días con una capacidad olfativa deficiente.

Las puertas del restaurante se abrieron y en contraste con las luces nocturnas se dibujó la figura de Mirtha Conner, viuda de Rodríguez, que ingresó con paso de superioridad refinada. La mujer se paró en el vano de la puerta, examinó a los comensales, saludó con un "buenas noches" y se dirigió de forma directa hasta la mesa donde Quiroz ya degustaba el ciervo en soledad.

—¿Puedo sentarme, Galimandi?

Las palabras de la viuda de Rodríguez lo sacudieron, se paró enseguida y apartó la silla frente suyo para que la mujer pudiera sentarse.

—Disculpe la falta de modales.

—¿Anda preocupado?

—Algo así.

La mujer extendió su mano hasta alcanzar la del ex policía arriba de la mesa.

—Sea lo que sea, estará bien.

—¿Cómo está tan segura?

—Porque sé que usted es un hombre fuerte.

Molina se acercó a la mesa y la mujer pidió, sin dudar un segundo, una trucha ahumada en colchón de papas rústicas.

—Este lugar es realmente muy bueno —comentó.

—Sí, me enteré el otro día.

—Ya veo —dijo la mujer viendo el plato a medio terminar de Quiroz—. ¿Quiere contarme qué es lo que lo tiene preocupado?

—Problemas.

—Todos tenemos problemas.

—Hay un problema en la costa. No es un problema que me incumba necesariamente a mí, pero quizás sí. No lo sé todavía.

—Y en ese vaivén está el problema.

Quiroz suspiró.

—Parece como si me estuviera leyendo la mente.

—Tengo algo de experiencia de vida —dijo con coquetería. Era una mujer madura y hermosa, pensó el ex policía. Llevaba una piel de nutria arrollada alrededor del cuello, estaba seductoramente maquillada; los labios color cereza, los párpados y las mejillas espolvoreadas, todo de forma tan delicada que parecía como si ese fuese su estado natural.

—Yo creo que usted debería ir allí, resolver sus asuntos y volver.

—¿Por qué lo cree?

—Porque yo también tengo que viajar, aunque a Santiago de Chile. Papeles, siempre hay papeles que firmar. Supongo que mi marido me dejó cosas para divertirme cuando se fue a la tumba. En fin, voy a estar ausente algunas semanas, ¿y qué haría usted sin mí en ese tiempo? ¿Con qué suplirá nuestras charlas nocturnas?

Quiroz sonrió.

—¡Mírese usted, Galimandi! Es claro que está pasando un mal momento. ¿Recuerda cómo estaba cuando llegó? Era puro ánimo. Ahora lo veo apagado, débil, preocupado. Quizás volver al frenesí de la ciudad le devuelva los motivos por los que se vino a vivir acá.

—¿Los motivos? —preguntó Quiroz sintiendo que se activaba su sistema de alerta.

—Pues claro —respondió, cauta, la viuda de Rodríguez—, el estrés, las corridas, las preocupaciones, el asfalto, los edificios, la falta de bosque y montaña…

—No puedo negar que saber que usted no estará por aquí durante las próximas semanas me presenta un panorama desolador.

—No sea condescendiente. No puedo soportarlo de usted. Tengo tres empleadas en casa que se la pasan diciéndome que soy la mejor patrona que pisó esta tierra, no necesito más de todo eso.

—Mi intención no era adularla, señora Conner.

—Puede decirme Mirtha, ya se lo pedí en otras ocasiones.

A pesar de todo eso, a Quiroz le costaba imaginarse compartiendo una intimidad mayor con esa mujer. Quizás algún día.

El plato de la viuda de Rodríguez ya había llegado, y la mujer lo degustaba con delicadeza.

—Quizás tenga razón, Mirtha —dijo por fin Quiroz—. Quizás un cambio de aire no me venga mal.

Lo dijo y lo pensó durante el resto de la cena. La conversación se desvió, la mujer le contó los trámites que debía realizar en Chile, pero Quiroz apenas pudo concentrarse en escucharla y asentir de vez en cuando. Se despidieron en la puerta de la posada.

—Será entonces hasta dentro de algunas semanas, Galimandi —dijo la viuda y se despidió con un beso en la mejilla a lo que siguió un cálido abrazo que encontró desprevenido a Quiroz.

Por un segundo se le cruzó la idea estúpida de confesarle que ese no era su verdadero apellido, ni su verdadero pasado y que en realidad era un tipo peligroso, que había tenido que matar, que había estado en la Policía y que había logrado más de un enemigo que daría cualquier cosa por verlo muerto.

Bajó del auto frente a su cabaña, caminó ligero hasta la puerta y entonces, cuando estaba por colocar la llave en la cerradura, escuchó unos ruidos que provenían del interior.

Capítulo 7

Sheila

Algo sólido la tocó en el hombro. Se dio vuelta agitada y la vio a Julia sosteniendo una bandeja con un vaso de gaseosa y un sándwich:

—Sheila, perdoname, ¿te asusté?

—No es nada, estaba concentrada en otra cosa.

La chica se sentó frente a Sheila. La cafetería estaba llena de gente que se tomaba un descanso antes de entrar a la siguiente clase.

—¿Te pasa algo que estabas tan concentrada? —preguntó Julia.

Sheila había vuelto a embrollar sus pensamientos en el recuerdo de Sebastián y todo lo que habían vivido juntos, pero no sabía si podía contarle eso a Julia; sí, era prácticamente su única amiga desde que había comenzado la licenciatura, pero en definitiva ella era una González, ¿qué podría entender de vivir toda una vida bajo el manto de la observancia estricta de las leyes de la *Torá*?

—Nada en particular —mintió—, solo que se viene el examen de Química Analítica y tengo un poco de miedo.

Julia sonrió mientras se llevaba el sándwich a la boca.

—¡Pero si te está yendo bien!

—Al final de Bioquímica I llego con cuatro de promedio —dijo Sheila.

—Esa materia es difícil, es cierto, pero la vas a terminar aprobando.

—Esperaba más judaísmo en ORT.

—Tenemos Estudios Judaicos, ¿no te alcanza?

—Eso es fácil.

—Hablá por vos.

—Quizás fue un error meterme acá. Todos me miran.

—¿Todos te miran? ¿De qué hablás?

—Eso. Siento que todas estas personas me están mirando como a una cosa rara que no saben bien qué es.

Julia se dio vuelta y barrió con la vista a los estudiantes que las rodeaban. Nadie parecía especialmente interesado en ellas, seguían con sus rutinas, compraban en el kiosco, conversaban entre ellos, comían en otras mesas.

—No veo a nadie mirándote —le dijo—. Son ideas tuyas. Nadie conoce tu historia.

Sheila pensó que su amiga tampoco conocía toda su historia. Nadie sabía lo que había tenido que hacer excepto los que habían estado ahí, en el Templo Cristiano del Mesías Revivido. No quería recordarlo.

Empezar una carrera terciaria había sido una de sus apuestas más arriesgadas, luego de comenzar el noviazgo con Sebastián, y no podía dejar de pensar en lo mucho que la había apoyado él en esa decisión. Quería aprender una habilidad que le permitiera algún día no depender de nadie para vivir, soñaba con tener control absoluto sobre su vida, no quedar sometida a su padre, ni a un marido, ni a nadie.

Desde luego que su padre se había opuesto a su decisión y su madre había acompañado al rabino con su silencio. Pero ella había logrado torcer su destino con voluntad e insistencia.

—¿Me vas a contar qué te preocupa? —dijo Julia que ya había terminado de comer—. Mirá, ni tocaste tu plato.

—Me quedé sin apetito —respondió Sheila revolviendo con la cuchara de plástico el plato de guiso.

—Contame.

—Corté con Sebastián —dejó escapar, por fin, bajando la mirada.

Julia agrandó los ojos y se inclinó hacia ella.

—¡¿Qué?!

—No sé por qué lo hice, todavía. A veces siento que todo esto es demasiado.

Julia le palmeó la mano.

—Lo estás haciendo bien.

—No sé cómo lo estoy haciendo. Discutimos por una tontería y tuve la sensación de que necesitaba estar sola, y ahora me siento terrible —dijo Sheila derramando unas lágrimas.

—Siempre me pareció un poco arrogante para vos ese chico. Demasiada soberbia, demasiado ego, nunca te iba a dejar crecer.

—Lo sé. Me lo dijiste.

—Claro.

—"La esperanza y la espera convierten en estúpida a la gente inteligente" —recitó Sheila.

—Proverbio *iddish*.

—Me conocés bien.

El timbre sonó anunciando el inicio de la siguiente clase y las mesas alrededor suyo comenzaron a desocuparse.

—Tenemos que irnos.

—Yo no voy a entrar. Necesito un poco de tiempo para estar sola.

—Claro —le dijo Julia con una sonrisa comprensiva—. Cualquier cosa que necesites, ya sabés que podés llamarme.

Se despidieron y Sheila se levantó, tomó su mochila y salió a la calle.

Paseó un rato, deteniéndose a ver cada vidriera que se topó en su recorrido, y caminó hasta su casa intentando no pensar en nada. Entró al departamento, saludó en voz alta, y se dirigió decidida hacia su cuarto.

—¡*Shalom*! —escuchó la voz de su padre viniendo del estudio—. ¿Es que no vas a saludar?

—*Shalom*, padre.

—Ven, hija, quiero unas palabras contigo.

Se sentó frente al rabino, mediado por el enorme escritorio macizo donde descansaban pesados tomos abiertos.

—Noto que no estás usando pollera hoy.

—Padre, ya hablamos de esto.

—Es una observación simplemente.

—Me levanté con ganas de usar un pantalón. Mañana quizás me levante con ganas de usar una pollera de nuevo. Si te sirve, estoy volviendo a comer *kosher*.

—¿Si me sirve? Estos modos en los que hablan los de tu generación hoy en día, querida hija. ¿A mí me sirve? Habría que preguntarle a *HaShem* qué es lo que le sirve, qué quiere de nosotros. Pero eso ya lo sabes, está escrito —dijo el rabino y puso esa cara de ironía sabia y triunfo: los ojos achicados, las mejillas comprimidas, las cejas alzadas, que tanto le molestaba a Sheila.

—También dejé de verme con Sebastián.

—¿Con quién?

—El *frei*, padre.

—*Oi vey*! No lo recordaba.

Sheila sabía adivinar bien los sentimientos de su padre y no tenía dudas de que le estaba mintiendo y que además, estaba enormemente feliz por lo que le acababa de decir.

—¿Puedo retirarme?

—Hija, eres una mujer libre, liberada, puedes hacer lo que te plazca. ¿No era eso lo que querías?

Sheila frunció el ceño. Esa actitud de su padre era nueva y ciertamente extraña.

—Recuerda, eso sí, que "el camino justo es siempre el camino correcto" —le dijo el rabino.

—Lo recordaré.

Sheila se levantó y se fue sin escalas a su habitación.

El rabino Lehrer esperó a que su hija saliera del estudio y se quedó quieto hasta escuchar cómo cerraba la puerta de su habitación. Entonces sin nadie que lo viera o lo escuchara, levantó el tubo del teléfono y marcó.

—*Shalom*, soy yo, rab Moshé —dijo.

—...

—Así es, está saliendo todo según lo planeado; llegó la hora de profundizar nuestro esfuerzo. Sé que puedo contar contigo para terminar lo que empezamos. Entonces todo será como debe ser. *Baruj HaShem*.

Capítulo 8

Quiroz

El ex policía buscó instintivamente su arma debajo del sobaco pero sabía que allí no estaba. La Smith & Wesson descansaba en la parte de abajo del mostrador. Lo sabía, pero la adrenalina no lo dejaba pensar con claridad. Ruidos desde el interior de la cabaña, eso era mal asunto. Finalmente lo habrían venido a buscar. A menos que fuera Zinman una vez más. De cualquier manera esta vez no lo dejaría irse tan tranquilo, ni caería en su trampa de malabares circenses. Había pensado en ese truco que le había hecho, cómo el judío lo había reducido con dos movimientos, a pesar del revólver contra su cabeza, y había terminado de convencerse de que no había sido más que un simple truco, efectivo solo porque había sido sorpresivo. No iba a caer en lo mismo otra vez. Ahora estaba preparado. Lo cierto era que estaba solo, era noche cerrada y el revólver estaba dentro de la cabaña.

Colocó la llave en la cerradura con mucha serenidad y la giró hasta escuchar el *click*. Empujó suavemente la puerta y dejó que el haz de luz de luna se metiera por la abertura, iluminando el interior.

Escuchó un nuevo sonido. Provenía de la habitación del fondo. Ahora estaba convencido de que había alguien. Se apoyó en cuatro patas sobre el piso y entró a gatas en la cabaña. Cerró la puerta apenas hubo pasado todo el cuerpo y se pasó la manga de la camisa por la frente para secarse el sudor. Fuera quien fuese el que estaba en su habitación lo había subestimado, y por eso iba a tener que pagar.

Se deslizó sigilosamente sintiendo en las manos la madera áspera, sin encerar.

Luego de cinco trancos largos y silenciosos estuvo junto al mostrador y comenzó a levantarse para ponerse de pie con mucha lentitud, intentando no hacer ni el más mínimo sonido. Del cuarto del fondo seguían oyéndose ruidos y calculó que debían ser por lo menos dos personas revisando sus papeles, buscando algo entre sus pertenencias con lo cual atraparlo. "No son muy profesionales", pensó. El ruido, el desorden que estaban causando en la otra habitación, sabiendo que él podría volver en cualquier momento, demostraba su improvisación. "No puede ser Zinman o su gente", reflexionó mientras tanteaba a oscuras debajo del mostrador. Tocó la culata y arrastró el revólver con los dedos hasta tomar completa posesión de él. Lo alzó frente suyo y dio unos pasos cuidadosos en dirección al dormitorio. Contaba con el factor sorpresa como toda ventaja y tenía que saber aprovecharla.

La puerta de la habitación estaba cerrada y apenas se filtraba la palidez de la noche por la cerradura. Apoyó la cabeza contra la puerta. Era claro el sonido. Papeles siendo movidos sin cuidado. Bajó hasta la cerradura con el caño del revólver apoyado por encima de su cabeza, y echó una rápida mirada al interior. Solo sombras. Por fin pudo notar el movimiento de una de las siluetas y supo dónde estaría el intruso. Abrió la puerta de un golpe, encendió la luz y apuntando hacia el frente soltó un grito de "¡Alto!".

La cabra que mordía los papeles del informe de Zinman levantó la cabeza y sin dejar de masticarlos le dedicó un mugido, pero de ninguna manera demostró sentirse amenazada por la figura descolocada de Quiroz que le apuntaba al cuerpo.

El ex policía tenía la cara empapada de sudor y tardó unos segundos en comprender la situación. Volvió a pegar un grito de alto y revisó frenético a todos lados de la habitación con un giro violento de la cabeza. Eran solo él y la cabra, que seguía masticando papeles.

Se adentró en el cuarto, todavía convencido de que alguien debía estar escondido allí, pero no había nadie. La puerta trasera que daba al jardín estaba abierta y eso terminó de explicarle lo que estaba sucediendo. Una cabra del campo vecino debía haberse escapado del corral y había encontrado en la carpeta con el informe una cena suculenta.

Espantó al animal, que tardó en aceptar que ese lugar ya no era seguro, lo enlazó y lo llevó por fuera, hasta la propiedad lindera.

—¡Señor Basualdo! —gritó dos veces hasta que un hombrecito encorvado y en pijama largo con pintitas coloradas se asomó por la puerta de la propiedad.

—Tenga, se metió en mi casa mientras no estuve —le dijo Quiroz entregándole la rienda del animal.

—¡Ay, Margarita! Siempre se escapa.

—Sí, bueno, espero que le preste más atención la próxima vez. Casi la confundo con un intruso y le meto un tiro.

El señor Basualdo lo miró con expresión de desagrado, como si el pobre animal fuese culpable de su propia torpeza y tuviera que someterse a la intolerancia del vecino.

—No se preocupe, Galimandi, que no le traerá nuevos problemas.

—Eso espero.

Quiroz volvió a su cabaña masticando una sensación en la que se mezclaban la bronca y el alivio.

Regresó a paso vivo, entró decidido y con el revólver todavía en la cintura lo desenfundó y en medio de la oscuridad empezó a disparar a los frascos de mermelada y las botellas de cerveza que tenía en exhibición. Los contenidos empezaron a esparcirse y a caer mezclándose en el piso, dejando un enchastre en todos los rincones adonde salpicaron.

Quiroz se sintió libre. Vivo. Como hacía meses que no se sentía. Y si venía alguien a preguntarle por el alboroto lo iba a coser a balazos.

Pero nada de eso sucedió y cuando los seis tiros del revólver se terminaron lo apoyó sobre la mesada del mostrador con delicadeza.

Entró en la habitación, recolectó los papeles a medio masticar por la cabra y supo lo que tenía que hacer. Buscó el teléfono e hizo la llamada.

—Zinman, soy yo, Quiroz. Ya estoy listo para volver.

Capítulo 9

Una sombra

Estacionó el automóvil en medio del descampado de pastos altos, a varios kilómetros de la ciudad.

Alicia Vázquez le dedicó una sonrisa cómplice.

—¿Acá te parece?

—Bajemos —dijo él.

—Prefiero adentro del auto, afuera el pasto está muy crecido, puede haber alguna alimaña, no me gusta.

No le respondió, solo abrió la puerta y bajó del auto.

Alicia se resignó. No era la primera vez que la invitaba a lugares extraños, o que por él hacía cosas que no le gustaban demasiado. Había estado todo el asunto ese de "el incidente". Así lo recordaba ella. Casi la habían descubierto, y había sido todo porque él se lo había pedido. No lo había pensado demasiado cuando le había venido con la extraña petición, solo lo había hecho como quien realiza una travesura infantil. Pensó que quizás no estaba del todo bien de la cabeza, ¿pero quién lo está? El sexo era intenso y desbordante. Hubiera preferido un tradicional hotel, incluso su casa. Sabía que él era casado, tenía dos hijas, un perro, una vida armada. Ella vivía sola. Añoró su cama un instante. Desde afuera, en medio del descampado, él le hizo una seña. La chica refunfuñó, abrió la puerta y bajó.

—Andá, ponete allá de espaldas que tengo una sorpresa para darte —le dijo.

Alicia quiso pegar un saltito de alegría, pero se reprimió. Sabía que él era una persona seria que nunca hacía demostraciones de afecto. Y además era un profesional reconocido en su ámbito. Eso era lo primero que le había atraído de él. Se colocó adonde le había indicado y esperó.

El hombre volvió hasta el automóvil, abrió el portaequipajes y rebuscó en su interior.

Ella era feliz. ¿Le diría finalmente que iba a dejar a su mujer? ¿Había llegado el momento que tanto tiempo había esperado? Nunca había hablado de él con nadie. Era reservada con su vida privada y además sabía lo que le iban a decir: que no le convenía.

Alicia estaba perdida en sus ensoñaciones cuando notó algo cerca suyo, entre los pastizales. Era una madera. La tocó con la punta de los pies, apenas se movió.

Ese lugar no le gustaba, le daba una sensación rara, fría, melancólica, que se completaba con el cielo gris y la humedad del aire. ¿Por qué habría elegido ese lugar preciso para darle la buena noticia?

—¿Venís?

—Ya voy, ya voy —dijo él a unos metros.

Se aburría. Detuvo su vista en la madera acostada en los pastos. Entonces vio que se extendía y seguía. Se acercó unos pasos más, se agachó con una curiosidad llena de sospecha y entonces vio que esa tabla se unía con otra. Era una cruz. Sintió que el corazón le comenzaba a palpitar a toda velocidad, se levantó, se dio vuelta:

—No sabés la cosa más rara que hay acá... —dijo, pero no lo vio a él, apenas pudo ver una sombra que se acercaba a paso vivo hacia ella, con un fierro en una mano y una caja de herramientas en la otra. Cuando ella estuvo a punto de gritar recibió un golpe en la cara que le partió la mandíbula y la volteó hacia el pasto.

La sombra se acercó, comprobó el pulso. Estaba muerta. Arrastró el cadáver unos metros y lo empujó arriba de las maderas. Se puso a silbar mientras acomodaba sus extremidades en la estructura. Cuando el cuerpo estuvo ubicado encima de la cruz abrió la caja, extrajo unos clavos largos y gruesos con punta afilada y clavó las manos y los pies a las tablas. Cuando el cuerpo estuvo asegurado vino lo más difícil, clavar la cruz sobre la tierra. Tuvo que hacer varios intentos. Finalmente pudo levantarla, y con un esfuerzo sobrehumano logró que quedara fija sobre la tierra.

Miró su obra, satisfecho. Allí yacía crucificada Alicia Vázquez.

La cabeza boca abajo. Como tenía que ser.

Primer interludio

Hacía una semana que Holwell Mauer esperaba encerrado entre las paredes de una pensión modesta la mejora en las condiciones climáticas, y ya estaba comenzando a perder la paciencia. Las lluvias torrenciales barrían todas las tardes las calles que se embarraban y anegaban. Y si bien durante las mañanas el sol radiante se encargaba del secado, invariablemente las lluvias volvían luego de unas horas y se hacía imposible emprender cualquier tipo de travesía.

Por la ventana de la pequeña habitación se podía observar la mole decadente de *El Palacio de López*. Su esplendor europeo había sido bombardeado y saqueado durante la guerra contra la Triple Alianza y luego ocupado durante siete años por las fuerzas brasileras. Holwell pensó que habían pasado ya diecisiete años desde la finalización de la guerra y el país seguía devastado. Se veía la miseria en los pobres famélicos que se arrastraban por las calles, en las viudas que pedían limosna en las plazas y en las marcas de la destrucción que todavía llevaban los edificios.

Él, que no había llegado a ver nada de todo eso, podía imaginarse a las tropas invasoras destruyendo todo a su paso con tan solo ver las consecuencias que la guerra había dejado para el pueblo paraguayo.

Holwell había nacido una neblinosa mañana de 1862, y se había criado muy lejos de allí, en uno de los mejores barrios de Londres; había llegado por primera vez a la ciudad de Corrientes, en la Argentina, recién a sus veinte años. Como muchos jóvenes de su edad y alcurnia, había emprendido un viaje de aventura lleno de la ambición, que lo había terminado por depositar en el Nuevo Mundo.

Una conversación con su padre y algunas libras para el viaje, eso había sido todo lo necesario para que Holwell desembocara una noche de tormenta en una de las ciudades más antiguas de la región.

Ese había representado, a la vez, su primer contacto con la guerra. Se podía sentir, casi oler en el recuerdo vivo de los lugareños que todavía se resentían de la invasión paraguaya de 1865.

El negocio de los caballos en Corrientes había funcionado por poco tiempo. Le había servido, sin dudas, para conocer la forma de comportarse de los locales, a los que llamaban "gauchos", pero había perdido interés pronto cuando se hizo adicto a la infusión de yerba mate. Los gauchos la tomaban a toda hora, en todo momento, y si bien a Holwell le había resultado espantosa en una primera oportunidad, había ido desarrollando el gusto por ese extraño brebaje que se servía caliente. Como buen inglés había comprendido rápidamente que atrás de un consumo tan extendido había una oportunidad comercial que se podía explotar y entonces se había propuesto darle un vuelco a sus planes para desarrollar una plantación de yerba mate.

Había escuchado que en el Paraguay de posguerra había oportunidades para emprendedores como él y hacia allí se había dirigido.

Miró una vez más por la ventana, llovía con un sol radiante en el centro del cielo. Puso punto final a una carta, dio una vuelta en círculo por la habitación, y tomando su sombrero y paraguas negro decidió salir a la calle y cruzar para refrescar la garganta en el bar *Patrick's*, el reducto de un irlandés que parecía haber perdido el rumbo de su destino en algún momento, hasta encallar en esa ciudad olvidada.

Quizás Patrick se había cansado de esperar a que dejara de llover, o por eso mismo, añorando su Dublín natal, había decidido establecerse allí, en ese reducido pedazo de tierra al sur de la civilización, de clima constantemente húmedo y caliente.

Esa ciudad después de todo sí se parecía a los lluviosos páramos de donde venían con la diferencia de que allí había muchos más mosquitos y ninguna dulce pradera verde se extendía a lo largo del terreno; más bien los colores que predominaban eran el rojo del suelo y el ocre de todas las construcciones abúlicas que se erigían modestamente.

Holwell bajó las estrechas escaleras de la pensión, se cruzó con un guaraní anciano que nunca hablaba y le hizo un gesto tocándose la punta del sombrero que éste no respondió. Cruzó la calle llena de charcos y barro hasta lo del irlandés y entró en el pequeño espacio con cuatro mesas, paredes llenas de humedad y aire viciado de tabaco y vapores etílicos.

Se acercó a la barra y saludó a Mark, el hijo de Patrick. Era igual a su padre, con cabello rojo fuego y la cara asaltada por pecas, solo que tenía los mismos ojos marrones y ovalados de su madre, una paraguaya que había quedado huérfana luego de la guerra y que había encontrado en el irlandés una salvación.

—¿Tu padre no se encuentra? —preguntó Holwell al pequeño.

—No se ha podido levantar de la cama hoy, señor —respondió el mestizo mientras le servía una pinta de la mejor y más cara cerveza que se conseguía en la ciudad, lo que no era mucho decir.

—¿Se encuentra enfermo?

—Amaneció con un dolor en el pecho. Mi madre dijo que no es nada.

—Mejor que se haga ver por un médico. Sería terrible no poder contarlo con nosotros para el nuevo día.

—Sí, señor —dijo el muchacho, y bajó la vista.

Holwell supo que seguramente el cantinero no sería visitado por un médico matriculado de los que, por otra parte, había pocos en Asunción, sino que iba a ser sometido a alguna clase de superstición indígena que era el modo en el que se solucionaban todas las cuestiones por allí. Se resignó a la cierta posibilidad de no volver a verlo y tomó su cerveza, intentando olvidar que estaba hacía una semana varado allí, sin haber podido lograr una audiencia con el Presidente y sin saber bien a dónde ir cuando el clima lo permitiera.

En realidad, reflexionó, lo mejor sería regresar a Corrientes, recoger las pertenencias que allí habían quedado y regresar de una vez a Inglaterra. Podría casarse con una dama de sociedad y dar por concluida su aventura americana. Sabía que si bien su madre nunca se lo diría, ese plan la alegraría inmensamente.

Era una perspectiva que no parecía tan mala, después de todo, pero que le inquietaba. No había conseguido nada en sus años sudamericanos y volver con las manos vacías sería deshonroso.

Sabía que no recibiría recriminaciones, pero también que su fracaso suscitaría miradas de reojo y dichos a sus espaldas que le dificultarían el plan de conseguir un buen partido para el matrimonio.

Además de la suya, había una mesa más ocupada en el bar, dos hombres de mediana edad y buena presencia, conversaban a los gritos en una lengua que no era el español ni el guaraní. Aguzó el oído. Sí, conocía ese idioma aunque hacía años que no lo hablaba. Había tenido lecciones en el colegio *St. Bees*, pero de eso ya había pasado mucho tiempo. Le costó percibir los sonidos, diferenciarlos, formar unidades con sentido, hasta que por fin sintió como si se hubiera abierto un cofre que contenía monedas perfectamente diferenciables en su interior. Estaba entendiendo lo que esos hombres hablaban y pronto también pudo ir formando en su recuerdo las palabras para decir.

—*Gutten tag* —interrumpió la conversación de los alemanes que dejaron de hablar y levantaron la vista hacia el extraño.

—Lamento interrumpirlos, caballeros —siguió en un alemán dificultoso—, pero los escuché conversar y no quise dejar pasar la oportunidad de conversar con otros hombres blancos.

Sobre la mesa quedaron dos vasos de cerveza, todavía espumosos y a medio llenar, que descansaban de los labios y las gargantas sedientas, ante la repentina interrupción. Uno de los germanos reaccionó y apartando una silla hacia atrás invitó a Holwell a tomar asiento con ellos.

El hombre agradeció la gentileza y se presentó.

—¿Qué lo ha traído tan lejos, amigo? —preguntó uno.

—Hace una semana que paso mis horas encerrado en un cuarto en la pensión de frente. Estaba esperando la oportunidad de tener una audiencia privada con el presidente Escobar.

Los alemanes lo contemplaron en silencio un segundo y estallaron en una carcajada conjunta.

—¿Y por qué habría de recibirlo a usted?

Mauer sintió que esos alemanes maleducados lo estaban humillando, y sonrojado de pudor y enojo exclamó:

—El Presidente me debería recibir porque poseo esto —dijo y extrajo del bolsillo de su saco un manuscrito lacrado que colocó encima de la mesa.

Uno de los alemanes quiso tocarlo y Holwell volvió a tomar con rapidez el papel que guardó donde lo había sacado.

—Tranquilo, amigo, no tengo interés en sus sellos.

El otro tomó un trago de cerveza.

—¿Qué dice en ese papel humedecido?

Holwell recuperó la compostura.

—Es una carta personal de mi padre, Sir Winfred Mauer.

—Y yo soy Garrick Schweikhart —se presentó el alemán más animado, el que había querido tomar la carta—. ¿Qué tiene eso de especial?

El inglés volvió a sentir la rabia interior aflorando y sintió por un momento que sentarse a conversar con esos bárbaros había sido una mala decisión.

—Reiner Boxwell Schweikhart —se presentó el otro—. Somos hermanos.

Holwell intentó recuperar la paciencia.

—Mi padre es un hombre influyente, ha sido invitado a innumerables galas de honor con Su Majestad, la Reina Victoria.

A los alemanes eso pareció no impresionarlos.

—¿Qué se le ofrece? —dijo Garrick que parecía ser además del más animado, el mayor de los dos hermanos, y quien evidentemente ya estaba aburrido de todo eso.

Holwell se sintió descolocado, no se le ofrecía nada en particular con aquellos sujetos y ahora menos que antes todavía. Los había escuchado hablar, había sentido el dulce sabor de ese idioma tan similar, y a la vez tan distinto y áspero respecto de su lengua materna, y sin dudarlo se había acercado a ellos, pero ahora sabía que nada de todo eso había tenido ningún sentido.

—Olvídenlo, caballeros, quería practicar un poco de mi alemán. Lamento haberlos interrumpido —dijo, y se puso en pie.

Reiner, que era quien se encontraba sentado más cerca de Mauer lo tomó por la manga del saco cuando éste estaba dándose vuelta para volver a la barra y con un tirón le indicó que volviera a sentarse.

—¿Por qué el apuro? ¿No dijo acaso que no tiene adónde ir mientras sigan las lluvias?

—Bueno, sí, pero...

—Siéntese —ordenó el mayor de los hermanos y haciendo una seña a Mark, el hijo del cantinero, pidió que les trajera otra ronda de cervezas.

—¿Para qué quiere una audiencia con el presidente Caballero Melgarejo?

—Escobar. El Presidente en el cargo actualmente es Escobar.

—El que sea.

—Quiero desarrollar una plantación de yerba mate —dijo cansado Holwell.

Los alemanes se miraron entre sí sin entender de qué estaba hablando el inglés.

—Es el brebaje que todos toman por esta región. Creo que podría convertirse en una buena fuente de riquezas si se aprovechan las condiciones adecuadas. Dado que el país está en plena reconstrucción, espero que el Presidente entienda la conveniencia de mi propuesta que traerá trabajo y dinero fresco a las arcas estatales. Ahora díganme ustedes qué es lo que los ha traído hasta estas tierras ingratas.

—¿Ingratas? —preguntó el hermano menor con una sonrisa—. Se equivoca, amigo. Estas tierras no son ingratas. Por el contrario, son pródigas en promesas.

El otro asintió en silencio y Reiner buscó en el bolsillo de su camisa, extrajo el recorte amarillento de un periódico y se lo extendió al inglés.

Holwell examinó el pedazo de papel pero apenas pudo reconocer que se trataba de algún tipo de anuncio de prensa de la ciudad de Bayreuth; la lectura se le hizo imposible.

—Lo siento, hace años que no leo alemán.

—Esto —dijo Garrick Schweikhart golpeando con la punta del dedo índice el recorte gastado —lo escribió Herr Bernhard Förster, el líder de la colonia Nueva Germania. Dice que la conquista ha sido un éxito en la afluencia de los ríos *Aguaraya umí* y *Agauaraya guazu*, que el terreno es inmejorable para el establecimiento de nuestra raza, las tardes son soleadas y placenteras, la naturaleza presenta desafíos, pero que el verdadero renacer del espíritu germánico logrará domarla. Es nuestro destino y es el futuro de nuestra raza. Hacia allí nos dirigimos nosotros.

Capítulo 10

Sheila

Saludó a los guardias de seguridad con confianza y atravesó sin problemas la puerta de la Sociedad Hebrea. Subió las escaleras de mármol, esquivó a un obrero vestido con un overol manchado de pintura que bajaba y la saludó con amabilidad.

—¿Siguen los arreglos, don Oscar?

—Así es, señorita. Quedan unas dos semanas de trabajo intenso y terminamos. Después los pisos del segundo al octavo, todos se alquilan.

El polvillo en el aire le entró por la nariz y la hizo estornudar.

—Salud —dijo el hombre y siguió su camino.

La biblioteca, de momento, había quedado a salvo de las transformaciones. Pero si eso cambiaba, iba a resultarle difícil encontrar otro empleo con el que financiarse su libertad.

Lo primero que había aprendido Sheila fue que para tener libertad de elegir su destino necesitaba dinero. Con dinero ni las prohibiciones y lamentos de su padre habían logrado frenar su sueño de superación personal.

Entró en la biblioteca, saludó a Miriam y pasó hacia el fondo de la sala donde tenía un escritorio y una computadora para ella sola. Del cajón extrajo una pila de papeles escritos en hebreo, los puso sobre la mesa, abrió el archivo de la traducción en la que estaba trabajando y se dispuso a seguir.

El trato había sido que ella asistiría unas dos horas por día a ayudar a ordenar el catálogo bibliográfico de obras en *iddish*, y a cambio iba a tener un espacio propio donde poder dedicarse a realizar las traducciones que le encargaban. Hasta ese momento le funcionaba muy bien. Había conseguido clientes mucho antes de lo que esperaba y con lo que ganaba tenía su pequeño refugio de independencia.

Lo mejor de todo era la computadora personal; en su casa nunca había entrado una, ni iba a entrar jamás. Su padre no estaría dispuesto a que se perdiera tiempo con un instrumento cuya finalidad apartaría a su familia de aprender palabras de *Torá*.

Era tan liberador tener ese acceso a una computadora. Había tenido que aprender a manejarla desde cero y se había sentido muy tonta con eso, como si fuera una niña que recién comienza a hablar o caminar y va chocando contra las paredes. Pero con un poco de tiempo y paciencia había logrado dominar lo básico necesario para su trabajo y se las arreglaba bien.

Trabajar la relajaba, le permitía olvidarse de todo, pero en especial del horror que había tenido que atravesar.

Nunca le había dicho a Sebastián de sus pesadillas. Aunque supuso que él podría haberlo imaginado: las noches que dormían juntos y ella se despertaba gritando o cuando de madrugada se largaba a llorar sin ninguna explicación. Él la abrazaba, nunca le había hecho ningún comentario y por eso también le estaba agradecida. Ahora sentía un poco de culpa por haber roto la relación. Sebastián había estado para ella, la había rescatado. "Pero no, no me puedo obligar al amor cuando solo siento un compromiso nacido del agradecimiento", se justificó.

Estaba cansada de sentir que ella no servía sin el complemento de un hombre. Ella iba a mostrarle a Sebastián, a su padre, a quienes se pusieran en el camino, que valía y que podía arreglarse en el mundo por sus propios medios.

—Estoy buscando *Tevye der Milkhiger*, en castellano es *Tevie el lechero*, pero si lo tienen en su idioma original, mejor —escuchó que alguien, con un pronunciado acento *iddish*, le decía a Miriam.

¿Quién quería leer a Scholem Aleijem? En los ocho meses que llevaba trabajando allí no habían recibido a nadie que fuera con un pedido semejante. Levantó la vista y lo vio. De todas las personas que podían haber entrado a esa biblioteca a pedir un libro ¿justo él aparecía?

Lo miró fijo un instante. No había dudas. Ese metro noventa, la espalda ancha de hombros que parecían cortados con escuadra, los ojos azules penetrantes, la barba rojiza y caótica saliendo de su cara, y todo eso sin contar ese acento inconfundible. Era Leib Schelling, el nuevo del grupo al que asistía para ayudarse a salir de la ortodoxia. Sintió que la invadía una oleada de timidez. Bajó la cabeza, hundió el cuerpo en la silla esperando que no la viera, pero entonces Miriam empezó a caminar decidida hasta donde ella estaba.

—¿Tenemos *Tevye der Milkhiger*? —le preguntó.

Sheila, sonrojada, le hizo un gesto con la mano a la bibliotecaria para que se agachara.

—Sí, pero por favor no hables tan fuerte.

—¿Qué?

—Que no hables tan fuerte, conozco a ese que quiere el libro y no quiero que me reconozca.

Miriam le dedicó una mirada cómplice.

—¿Te gusta?

—¿Qué? ¡No! —respondió sobresaltada.

El hombre la escuchó, la miró y supo que la había reconocido.

"Genial" pensó "lo que me faltaba".

—¿Sheila? ¿Sheila Lehrer? ¡*Shalom*!

—Al menos veo que esta vez sí te acordaste de mi nombre —dijo acomodándose en la silla con torpeza.

—Te pido disculpas, Sheila, la última vez que nos vimos... cuando nos conocimos, quizás fui un poco brusco.

—No es nada.

—Claro que sí. La hija del gran Moshé Lehrer.

—Yo los dejo —dijo Miriam—. Ella te puede ayudar con el libro —y dio unos pasos hasta quedar a espaldas del muchacho, entonces le guiñó un ojo a Sheila que se volvió a sonrojar.

—¿Estás bien? Te pusiste toda colorada.

—Sí, estoy bien. No es nada. El calor.

—Por cierto, Leib.

—Sí, Leib Schelling, yo sí me acuerdo de los nombres de la gente.

—Veo que no me vas a perdonar ese desliz nunca, ¿no?

—Ya veremos —dijo Sheila, y levantándose de la silla le pidió a Leib que lo siguiera hasta el piso de arriba donde se guardaban los libros en *iddish*.

No tuvo que buscar mucho, había recatalogado hacía poco la sección donde se encontraba ese tomo y lo encontró exactamente donde se suponía que estaba. No eran libros que se consultaran asiduamente. Lo extrajo del estante, le sopló el polvo, lo extendió chocando con el pecho de Schelling y bajó la vista al piso.

—¿Sos socio?

—¿Cómo?

—Del club. Si no, no te lo vas a poder llevar.

—No, no soy socio.

—Lo podés leer en la sala, entonces —siguió ella con un tono de voz robótico.

—Gracias, Sheila.

No le respondió, bajó las escaleras y volvió a su lugar de trabajo. El hombre le siguió los pasos, se sentó en una de las mesas y se dispuso a leer.

Sheila siguió con la traducción, intentando ignorar la presencia de Leib. No sabía por qué exactamente, pero algo la ponía nerviosa de él. Tenía buenos motivos para desconfiar de personas nuevas acercándose a su vida.

Cerca de las cuatro de la tarde Leib se levantó de la silla y volvió a acercarse hasta Sheila quien hizo un esfuerzo para ignorarlo, pegando la vista a la pantalla.

—Terminé por hoy, quizás vuelva mañana o pasado mañana a seguir —le dijo extendiéndole el ejemplar.

—Gracias Leib.

—Gólem.

—¿Disculpame? —preguntó Sheila enfocando, ahora sí, la vista en la torre humana que tenía frente suyo.

—Mis amigos me dicen el Gólem. Debe ser porque soy grandote —dijo tímidamente.

—Bueno, Gólem, gracias.

Leib se dio media vuelta, dio unos pasos en dirección a la salida, se detuvo y volvió sobre sí para mirar a Sheila.

—¿Qué pasa? —inquirió ella.

—¿Supongo que nos volveremos a ver?

—No sé si voy a venir mañana. O pasado mañana.

—Podemos quedar para tomar un café también. Así no habría desencuentro.

Sheila enmudeció. Ese hombre era un descarado. ¿Quién se creía que era ella?

—Me temo que eso no va a suceder —dijo intentando la mayor cortesía posible, pero en realidad se sentía descolocada, nunca hubiera esperado precisamente de otro ortodoxo un acercamiento de ese tipo.

—Entonces supongo que volveremos a vernos en el grupo.

Exhaló un aire de resignación.

—Puede ser, estoy muy ocupada estos días. No sé si voy a volver al grupo.

Se produjo un largo e incómodo silencio entre los dos.

—Supongo que "Hablar está bien, pero el silencio es mejor", ¿no? —dijo Leib.

Sheila sintió que su cabeza se sacudía, como si le hubieran dado un cachetazo violento ¿ahora ese tipo también iba a repetir proverbios *iddish*?

—Hasta entonces —dijo él, y salió.

Ella se quedó mirando cómo se iba y soltó un refunfuño cansado.

Pasó el resto de la tarde trabajando en la traducción y luego colaborando con el registro y catálogo del fondo bibliográfico de obras en *iddish*. Había un tesoro allí y cuando podía hojeaba los libros sumergiéndose en una literatura que nunca antes había siquiera sospechado que existía. Miriam le permitía llevarse algún ejemplar a su casa, siempre de a uno, y así había estado leyendo escritores fascinantes: Scholem Asch, Mendele Mocher Sforim y su favorito, Isaac Leib Peretz.

La lengua que había conocido hablando en su comunidad se le abría en una riqueza de experiencias de lectura que al comienzo la había aturdido y ahora la llenaba. Entendía que podía ser judía, creer en Dios, creer en la belleza del mundo y no ser necesariamente ortodoxa para conseguir todo eso.

A las seis de la tarde se despidió de Miriam y salió.

Caminó esquivando gente apurada, automovilistas nerviosos, madres acompañando a sus hijos fuera del colegio, como si nada de todo eso existiera. Caminar sola, caminar libre. Así es como se sentía estar bien consigo misma, segura de lo que quería.

Cuando llegó a la esquina de su casa se encontró con un tumulto. Un auto de policía estaba estacionado justo frente al edificio. Se quedó sin aire. Quiso avanzar, pero no pudo, alguien la interceptó en el camino y frenó su carrera con un abrazo del que no pudo zafarse. Se sacudió con todas sus fuerzas, quiso gritar, pero su garganta no logró emitir ningún sonido. Se sacudió más todavía, pero los brazos que la tenían atrapada no la soltaron. Entonces pudo gritar, pero no valió de nada. La puerta de su casa se abrió y vio cómo salían dos policías con el rabino Moshé Lehrer, su padre, esposado.

Sintió que se iba a desmayar. Ni siquiera le importaba ya quién la tenía apresada, inmovilizada, no le importaba su propia vida, ni lo que le pasara.

El rabino caminó encorvado con las manos hacia adelante y las esposas plateadas, relucientes, marcando la infamia. Levantó la cabeza. Sheila vio una cara envejecida. Cruzaron sus ojos durante un mínimo segundo. No hubo palabras, solo pudo ver el terror y la resignación en los ojos del rabino.

Entonces lo metieron en el auto de policía y se lo llevaron.

Capítulo 11

Quiroz

Pasaron dos días hasta que Zinman lo pasó a buscar en el mismo Ford Fiesta que ya le conocía y lo condujo directo hasta el aeropuerto.

Fueron dos días que se le hicieron interminables a Quiroz, que ya había decidido que no quería pasar ni siquiera una hora más en ese lugar y que necesitaba volver a la acción cuanto antes.

Cuando por fin vio venir el automóvil del israelí por el camino de tierra, levantando polvo, se sintió finalmente aliviado.

—Le traje otra carpeta, Quiroz, con los informes y algunas cosas nuevas.

—Mejor, porque la que me dejaste se la comió una cabra.

Zinman no supo cómo reaccionar a los que consideró una humorada del ex policía.

Lo llevó al aeropuerto y estacionando frente a la entrada le dijo:

—Aquí nos despedimos por ahora. Lo contactaré cuando llegue a Mar del Plata.

Luego le extendió un sobre con pasajes de avión y dos mil dólares en billetes de a cien.

—También hay un pasaje en micro para Buenos Aires.

—¿Buenos Aires?

—Hubo otro crimen ritual. Encontrará toda la información en la carpeta.

—¿Otro? ¿No pensabas avisarme?

—Lo estoy haciendo ahora. Supuse que si se lo decía antes quizás no iba a querer involucrarse con todo esto.

—Al contrario, ahora tengo más ganas de meterme en toda esta mierda.

A Zinman ese tipo le resultaba un misterio inquietante. Era impredecible y violento y se preguntó una vez más si sería una buena idea confiarle el caso tan delicado que tenían entre manos, pero sus superiores habían insistido con él y ya no dependía de su decisión. Iba a tener que seguirlo de cerca.

—Que tenga buen viaje, Mario. Nos mantendremos en contacto. Cuenta con gastos discrecionales, además de los honorarios que pautamos, desde luego.

Le gustaba eso. Se colocó gafas oscuras y bajó del automóvil llevando una mochila sencilla, con apenas unas pocas mudas de ropa. De haber sabido que ya se había cometido un segundo crimen y que su trabajo se extendería, hubiera empacado más cosas; pero le gustó eso de "gastos discrecionales". Lo primero que haría al llegar sería comprarse un saco, un pantalón, una camisa y unos buenos zapatos.

Llegó a la ciudad balnearia unas horas más tarde, luego de un viaje sin complicaciones. Tomó un taxi hasta el centro directo al hotel Belco, a pocas cuadras de la rambla y de la peatonal, donde le habían hecho una reserva. Iba a tener que trabajar rápido y no iba a tener oportunidad de distraerse con pasatiempos, además el lugar era cómodo y sobre todo, quedaba cerca del sitio del primer homicidio.

La habitación era modesta pero contaba con lo que más le importaba: una cama de dos plazas de colchón duro. Tenía un baño mínimo y las paredes blancas estaban prolijas, sin rastros de suciedad lo cual ya era más de lo que había esperado. La ventana daba a una calle secundaria y a un edificio antiguo de típica arquitectura marplatense, con ventanales en forma de rectángulo redondeado y paredes amarillas. Hacía años que no visitaba esa ciudad. Recordó viejos tiempos junto a Mercedes y sus hijos y sintió que lo invadía la nostalgia de lo que ya se fue y nunca volverá a ser. Ahí estaba ahora, pasados los sesenta años, solo, y cazando una vez más a los asesinos de una secta.

Apoyó su campera sobre el escritorio lateral, que se completaba con un espejo donde examinó su reflejo. El tiempo que había pasado en el sur lo había relajado, ya no notaba las ojeras y la espalda encorvada que había visto reflejadas en el espejo el día anterior a partir hacia su exilio.

Extrajo su libreta de anotaciones y la sostuvo en la mano. Volvía al ruedo. La abrió, examinó notas del caso de los rituales de sangre y se refrescó la memoria acerca de la secta *Estrella que sangra*. Había sido un grupo desviado dentro de la ortodoxia judía de *Tikvá Zhitomir*. Creían que regenerando el odio a los judíos y escenificando el martirio de Cristo lograrían alcanzar algún tipo de redención mesiánica. Se suponía que todos los responsables habían muerto, pero ahora todo parecía indicar que alguna célula dormida había despertado.

Se acostó en la cama con la carpeta que Zinman le había dado. Hojeó nuevamente el informe de la muerte de María Belén Lorenzo. La habían asesinado en un departamento a cinco cuadras de donde se encontraba ahora.

Luego siguió con el informe del segundo crimen. Encontrada hacía tres días por un cartonero en un descampado de González Catán. La autopsia indicaba que llevaba por lo menos veinticuatro horas de fallecida. La habían matado antes de crucificarla. Quiroz hizo algunas anotaciones más en su libreta.

Dos mujeres de entre veinticuatro y treinta y cinco años, dos asesinatos rituales. Sabía exactamente dónde tenía que empezar la investigación apenas terminara con el relevamiento de rutina en esa ciudad: tenía que ir a tirarle de las orejas a Moshé Lehrer, el líder de *Tikvá Zhitomir*. Esta vez no iba a dejarlo ir tan fácil.

Pensaba en todo esto cuando se quedó dormido. Lo despertó el sonido de unas sirenas que venían de la calle, dos horas más tarde. Abrió los ojos, alerta, desconcentrado por un pequeño reflejo de luz que se filtraba por una hendidura en la parte baja de la puerta de la habitación. Tuvo el instinto de buscar el revólver en la sobaquera, pero no lo había sacado del bolso. Tampoco había peligro real. Se levantó, caminó hasta la puerta, examinó el pasillo por la mirilla. No había nadie.

Se puso ropa cómoda para caminar y bajó a la calle. Anduvo por la peatonal que estaba bastante animada para la época del año que era y se compró un traje deportivo en una casa de ropa no muy refinada.

Bajó a la rambla y disfrutó del atardecer frente a la playa.

A las ocho de la noche entró en un restaurante que ya conocía: *El bifacho*. Comió en silencio una parrillada para él solo mientras intentaba que los ruidos de los niños de otras mesas no lo distrajeran de sus pensamientos. Se volvió a ver a sí mismo sentado en una parrilla como esa, junto a Mecha y sus hijos, José y Agustina. En su recuerdo los chicos debían tener cinco años él y siete ella, y estaban insoportables esa noche. Quiroz se había levantado en medio de la cena, había salido a la puerta y se había puesto a fumar en silencio en la calle. Había fantaseado con entrar y matarlos a todos y después matarse él mismo. Había sido como un chispazo de claridad en su cerebro y luego se había desvanecido tan rápido como había aparecido. Había vuelto a entrar sin decir nada pero sus hijos ya no hablaban y Mercedes los controlaba con una mirada seria. No se había vuelto a hablar de esa noche. Ahora su mujer lo había dejado y sus hijos no querían hablarle.

Sin pensarlo buscó su teléfono móvil y marcó de memoria el teléfono de Lucía. Nunca lo atendía. Quizás hubiera cambiado el número.

—Hola —escuchó la voz de ella del otro lado de la línea.

Respondió con silencio.

—Mario.

—…

—Sé que sos vos. ¿Dónde estás? Escucho mucho ruido de fondo.

Estaba a punto de responder, de decirle "solo quiero saber cómo estás" pero no logró articular las palabras.

—Mejor así, Quiroz. No me respondas. No me llames más. Estoy bien ahora. Vos mejor que nadie deberías saber lo peligroso que puede ser esto.

Cortó.

Después de tanto tiempo le había vuelto a escuchar la voz. Con eso se conformaba. Lucía. Siempre le había gustado su nombre. Era su pequeño secreto ahora. Su pequeña protegida.

Terminó y volvió al hotel donde se quedó dormido apenas acostó su cuerpo sobre el rígido colchón.

A las nueve de la mañana del día siguiente se despertó, se afeitó y se preparó para salir después de desayunar. Comió frugalmente y salió, hizo las cuadras que lo separaban del edificio donde había sido asesinada María Belén Lorenzo.

Se trataba de una construcción de unos diez pisos, balcones en dirección al mar y paredes grises. Tocó el portero eléctrico y esperó hasta que una voz le preguntó si venía a ver el departamento.

Cuando había pulsado el timbre no sabía con qué se iba a encontrar, por lo que respondió que sí.

Pocos minutos después una mujer en ojotas, pantalones deportivos y una remera rosa ajustada al cuerpo macizo, el pelo revuelto y anteojos de marco grueso apareció por el pasillo del hall y le abrió la puerta.

—¿Usted viene por el alquiler del 4° A?

—Así es.

—Vino temprano, pero no importa, acompáñeme por favor. Por cierto, me llamo Blanca.

Lo condujo por el pasillo hasta un ascensor estrecho.

—Es un departamento precioso, ya va a ver. Mucha luz, vista al mar. ¿Sería para usted?

Quiroz carraspeó.

—Eh, sí, sí.

—Está bien. Son dos habitaciones. Es amplio.

—Perfecto.

El ascensor se movió lento y pesado hasta que se detuvo con una sacudida en el cuarto piso. La dueña no había mentido, se trataba de un departamento espacioso y luminoso.

—Tiene unos sesenta metros cuadrados aproximadamente. El precio lo podemos hablar, las expensas son bajas...

Quiroz recorrió el departamento intentando reconocer los lugares que había visto en las fotografías forenses. Recorrió los cuartos vacíos, el baño, la cocina, intentaba encontrar algo que todavía pudiera estar ahí, que nadie hubiera visto, aunque sabía que no había muchas chances. La División Escena del Crimen ya habría rastrillado el lugar. Chequeó en su libreta el nombre del jefe de División, un tal Santiago Soler. Zinman había hecho bien su trabajo y había acopiado información detallada en la carpeta que le había entregado.

Según el informe, la cerradura de la puerta de entrada no parecía haber sido forzada, por lo que no podía descartarse que la víctima hubiera hecho pasar a su asesino, o que éste hubiera tenido una copia de las llaves del departamento.

Más allá de eso no se había encontrado ningún rastro ni huella aparte del arma asesina que era un simple cuchillo de cocina. ¿Acaso el asesino había entrado al departamento de la mano de María Belén, habían discutido y había decidido matarla? ¿O había sido mucho más premeditado? La escenificación ritual parecía descartar la hipótesis de la improvisación, y el hecho de que no hubieran sido extraídos objetos de valor, descartaba la hipótesis del robo.

El asesinato había sido un trabajo brutal, pero al mismo tiempo limpio. El corte en el cuello había sido descuidado, pero preciso, el que había cortado sabía exactamente el modo de empuñar el cuchillo para que el tajo acabara con la vida de la víctima inmediatamente.

Pasó al living, se paró justo donde desembocaba el pasillo que comunicaba con la habitación principal. Allí habían matado a María Belén Lorenzo. Detuvo su atención en la pared que tenía en frente. Se acercó, deslizó con suavidad un dedo.

—Cuidado, por favor, esa pared está recién pintada.

—Me di cuenta. ¿Puede ser que hayan quitado una alfombra también?

—Se hicieron algunos cambios antes de volver a poner el departamento en alquiler. La anterior inquilina... bueno, digamos que no lo dejó en muy buen estado.

"Hija de puta", pensó Quiroz.

—Ya veo —dio unos pasos por el ambiente, intentando imaginarse la escena del crimen. ¿Cómo es que ningún vecino había escuchado nada? Según el informe, la puerta de la habitación había sido golpeada. Era probable que la víctima hubiera intentado escapar del asesino. ¿Acaso el asesino la había arrastrado hasta allá? La víctima presentaba algunos golpes en el brazo derecho, como si hubiera puesto el cuerpo para defenderse de una amenaza que se le había venido encima.

Volvió a ver la habitación. La puerta mostraba todavía algunas zonas más oscuras, como de golpes. La examinó con detenimiento deslizando los dedos por el marco.

—¿La alfombra del cuarto no la cambiaron?

—No, eso quedó igual.

Se agachó, examinó el piso.

—¿Se le perdió algo?

—No, no —dijo Quiroz poniéndose de pie nuevamente.

—Hay algo que quisiera preguntarle, señor...

—Puede decirme Mario.

—Mario, usted no es de acá, ¿no?

—No. Pensaba mudarme en las próximas semanas.

—Perfecto —dijo Blanca con una enorme sonrisa de satisfacción—. ¿Entonces? ¿Qué me dice? Es inmejorable, ¿no?

—A decir verdad, para ser la escena de un crimen reciente, se encuentra bastante bien llevado.

La mujer empalideció.

—Me temo que se terminó la visita —dijo, y se apuró a buscar las llaves del departamento.

—Espere, espere, para estar intentando alquilar por izquierda un departamento que todavía está inhibido por la justicia por haber sido el escenario de un crimen creo que debería ser un poco más amable, ¿no cree? Son solo unas preguntas que quisiera hacerle.

—No tengo nada que hablar. ¿Usted es policía? Ya hablé con la policía. Por favor, retírese.

Quiroz caminó sin apuro por el pasillo, salió al living room, volvió a inspeccionar todo el escenario y dio unos pasos hasta un sillón, tapado por una sábana, que era el único mueble solitario en la casa vacía. Se sentó con delicadeza. La mujer lo siguió.

—Solo quiero conversar unas palabras con usted, doña Blanca.

—No tengo interés.

—Pero venga, mujer, acaso ¿no le gustaría que todo esto se termine pronto y poder alquilar el departamento sin ningún tipo de embargo judicial de por medio? Dígame, ¿cuánto dinero viene perdiendo?

La mujer dudó, jugó con las llaves entre sus dedos.

—Esto es una pesadilla —soltó por fin—, los que más vienen a verlo son trastornados, fanáticos de los asesinos en serie que solo vienen a molestar viendo el escenario de un crimen real de esos que tanto los maravillan. Y no puedo poner un anuncio en inmobiliarias o diarios por la cuestión de la investigación en curso. Aunque acá ya vieron todo lo que tenían que ver, no sé por qué no me dejan alquilar el departamento en paz.

—Por eso estoy aquí. Quiero ayudar a resolver este asunto tan espantoso.

—Yo no sabía nada cuando le alquilé a esa chica. Parecía una persona tan buena. Pero tendría que haberme dado cuenta de que andaba en cosas raras.

Quiroz sintió un chispazo de satisfacción. Eso le daba un pie.

—¿Qué fue lo que la hizo sospechar en un principio de que María Belén estaba en cosas raras? —preguntó.

La mujer se sentó al lado del ex policía.

—Mire, no sé quién es usted, pero si me promete que puede ayudar, podemos hablar.

—Fui contratado como detective privado. Por la familia de María Belén —mintió Quiroz, poniendo cara de circunstancia.

—Ella era una buena chica. Dígale a sus padres que lo siento mucho —la dueña se apuró en cambiar su apreciación por la difunta—. No fue mi culpa, pero me siento responsable. Aquí murió. En esa pared hicieron esa cosa horrible con su sangre —señaló con el dedo índice tembloroso detrás de Quiroz.

—Me iba a contar qué fue lo que debió haberle advertido de que andaba en algo raro.

—Cuando la conocí, una chica sola que había decidido venirse de Buenos Aires a Mar del Plata, algo no me terminó de cerrar. ¿Por qué una persona de su edad dejaría a sus amigos, su casa, sus cosas, para mudarse? Quizás se trataba de un trabajo, pero cuando le pregunté cómo podía justificar ingresos para el alquiler me dijo que trabajaba haciendo algo de programación de computadoras, o de internet, o algo así. No entendí bien. Hacía todo desde casa.

Quiroz sacó su libreta y comenzó a tomar nota. Ahí la mujer había tenido una buena percepción. Si podía trabajar en cualquier lado y se había mudado sola, ¿por qué había dejado toda su vida en Buenos Aires? ¿Acaso estaba huyendo de alguien? ¿Sabía lo que le esperaba?

—¿Qué garantía presentó para alquilar?

—Papeles comprados. Tendría que haber sido más precavida —la mujer desvió la mirada al piso, como si ver al hombre frente suyo le diera vergüenza.

La verdad es que no era muy precavida. Lo había hecho subir a él sin una cita previa, había alquilado su departamento de forma directa, sin hacer un mínimo chequeo de antecedentes, y parecía dispuesta a caer en lo mismo una vez más. Al menos era coherente en su desidia.

—¿Algo más que pueda recordar acerca de la impresión que le produjo María Belén cuando la conoció, cuando trató con ella?

—No. Era una chica muy correcta y bien educada, pero me llamó la atención que tenía unos aros en la oreja.

—Casi todas las mujeres en la edad de Belén usan aros. Casi todas las mujeres de cualquier edad llevan aros —se corrigió.

—Sí, claro, pero estos eran de esos que son como una especie de anillo —hizo un gesto hueco con los dedos—, así como que le abrían el lóbulo de la oreja.

—Extensores.

—¿Así les dicen a esas cosas? Son algo espantoso.

Quiroz anotó aunque eso no le aportaba demasiado aparte de una vaga idea del gusto estético de María Belén Lorenzo.

—¿Quedó algún papel de ella? ¿Alguna pertenencia? ¿Algo?

—No. Se lo llevaron todo los de la policía.

Quiroz se puso de pie con esfuerzo.

—Creo que por ahora es suficiente con esto.

La visita le sabía con gusto a poco, la escena había sido bien levantada y la policía estaría haciendo lo suyo. No había mucho más ahí para él. Al menos había visitado Mar del Plata, siempre le gustaba pasar algunos días por esa ciudad.

—Espere —dijo la mujer—, hay algo más. Ahora lo recordé. No se lo conté a los agentes cuando vinieron.

El ex policía sintió que tenía otro golpe de adrenalina.

—Dígame.

—Esta chiquita, pobre, vivió poco tiempo acá. Pero al mes, más o menos de que se mudara, tuvo un inconveniente con la señora Garmendia, la vecina del piso de abajo. Como nos conocemos hace añares directamente me llamó a mí.

Quiroz sacó la libreta nuevamente y se dispuso a escribirlo todo.

—Cuénteme más.

—No estoy segura de qué fue lo que sucedió. Solo que Elsa me llamó casi a la madrugada, muy agitada, para decirme que había tenido un inconveniente con mi inquilina.

Decidí que iba a hablar con ella pero al día siguiente volvió a llamarme para decirme que la chica le había pedido disculpas y que ya no hacía falta que hablara con ella.

—¿Sabe qué fue lo que motivó la discusión?

La mujer intentó hacer memoria.

—No en realidad, no recuerdo exactamente qué pasó. Podría preguntarle a ella directamente.

—¿Sabe si además de ese incidente hubo algo más?

—No. No volvió a haber inconvenientes ni con la señora Elsa ni con ningún otro vecino. Vivió en paz y sola aquí el poco tiempo... Ay, siento que es todo tan terrible —la mujer se tapó la cara con la mano.

¿Qué habría motivado la queja de la vecina de abajo? Era algo especial, una pista que la policía no conocía y eso le gustaba.

—¿Podré hablar con la señora Garmendia?

—Claro, vive en el 3° A, justo acá abajo. Pero yo que usted esperaría un rato, es demasiado temprano.

Quiroz anotó en su libreta eso también y se despidió de Blanca con una sensación de triunfo, como el sabor de un caramelo de menta debajo de la lengua.

Capítulo 12

Sheila

Eso había sido todo. Acababa de ver cómo la policía se llevaba detenido a su padre y ya no podía hacer nada. Entonces entendió que alguien la había abrazado para retenerla y que todavía la tenía agarrada, mientras ella lloraba. Se sacudió el cuerpo hasta que los brazos que la tenían aferrada empezaron a aflojarse. Apartándose un paso, se dio vuelta para verle la cara al que la había tomado y ahí estaba él.

—¿Vos? ¡¿Qué hacés acá?! —gritó, empapada de lágrimas, fuera de sí.

Leib Schelling terminó de soltar los brazos y la dejó libre del todo.

Sheila se sacudió de nuevo, como si intentara quitarse una suciedad del cuerpo, dio dos pasos más hacia atrás, lejos de ese hombre. No entendía nada de todo lo que estaba pasando.

—¿Acaso me estabas siguiendo? ¿Esperaste a que saliera de la biblioteca para seguirme hasta mi casa?

—No, no Señorita Sheila —se apuró a decir—. Solo pasaba por acá de camino al mercado *kosher*, vi lo que sucedía y quise ayudar. Yo también vivo por el barrio, en la otra cuadra.

Pero ella no iba a creer esa mentira tan fácilmente.

—¿Señorita Sheila? En buena hora aprendiste modales. Y además, ¿ayudarme? ¿Por eso me agarraste? —las palabras salieron agitadas de su pecho—. No sé quién sos o qué querés, pero dejá de seguirme.

—Conozco a tu padre, desde luego. Siempre ha sido un rabino prestigioso y respetado. No quise asustarte.

Ya más calmada, Sheila le dijo con un tono de voz monocorde:

—Quiero que desaparezcas de mi vida.

—Estás un poco sensible, lo puedo entender, pero no es para tanto. ¿Cómo podés creer que quiero hacerte daño?

—Vos no sabés si estoy o no sensible, y en todo caso tampoco es tu asunto. Te aseguro que no tenés idea de lo que soy capaz de hacer.

El otro bajó la cabeza, miró al piso, taciturno, y luego asintió con pesar.

—Todo va a estar bien.

Sheila no respondió. Le dio la espalda y lo dejó parado en el medio de la calle. Pasó la puerta del hall de su casa y la cerró sin dejar de mirarlo por el vidrio. Se quedó parada ahí atrás hasta que vio que Leib finalmente se iba. Se sentía agotada, frustrada, cansada de todo, como si ese ritual de lágrimas derramadas nunca fuera a terminarse y ahora todo hubiera empeorado un poco más. Como si tal cosa fuera posible.

Supo que pronto tendría periodistas tocando el timbre de su casa, en la puerta, esperándola, y eso le dio la fuerza necesaria para subir las escaleras hasta el primer piso donde estaba el departamento que compartía con el resto de su familia. Colocó la llave en la cerradura. Supo lo que encontraría del otro lado. Tomó aire y abrió la puerta.

En el sillón del living, rodeada por sus hermanos menores, se encontraba su madre, Rivka, con la mirada perdida en algún punto del infinito imposible de determinar.

—¿Qué pasó?

—Se lo llevaron.

—Eso ya lo sé, pero, ¿por qué?

—Dicen que lo van a interrogar.

—¿Interrogar? ¿Acerca de qué?

—Algo... no sé, hija. Cosas de hombres.

Sintió compasión por ella. Era su madre pero había vivido para ese hombre y sus hijos y ahora parecía apenas la sombra de una persona.

Yoel, el mayor de sus hermanos menores, estaba parado al lado de su madre, sosteniendo en brazos al pequeño Iair que dormía ajeno a todo lo que estaba pasando.

—¿A dónde se llevaron a papá? —preguntó con timidez anhelante, dirigiéndose a Sheila.

—No te preocupes —le acarició la cabeza—, nuestro padre fue a dar un paseo y pronto volverá.

Supo que el chico no le había creído y sintió pena por sí misma. Le había mentido igual que su madre. Se sintió igual a ella y eso le produjo una terrible sensación de desolación.

—Podés decirme, ya no soy un nene.

Pero el chico tenía once años y había vivido toda su vida en la burbuja del mundo ortodoxo de *Tikvá Zhitomir*. ¿Cómo explicarle lo que era el mundo de ahí afuera y lo que estaba sucediendo?

—¿Te acordás de cuando Moshé subió al Monte Sinaí para recibir la *Torá* de manos de *HaShem*?

El chico asintió.

—Bueno, padre tuvo que partir para algo... parecido y espera que nosotros, su pueblo, lo aguardemos. No por nada él también se llama Moshé y debemos esperar a que vuelva. Sin pecar. Fundamental que no pequemos, que no construyamos un becerro de oro. ¿Se entiende? —dijo dubitativa y profundamente avergonzada por no poder darle una explicación verdadera.

De nuevo Yoel dijo que sí, aunque ella notó que no estaba muy convencido. Se sintió mediocre. Como su madre. La miró con una mezcla de compasión y bronca.

Sus otros hermanos, Mendel y Josef estaban sentados en el piso, al pie del sillón, y si bien Sheila adivinó en sus rostros serenos que no entendían lo que estaba sucediendo, también vislumbró en ellos preocupación. A esa hora, cualquier día, la casa era un griterío de los niños jugando, corriéndose por todos los recovecos, disfrutando del día terminado del colegio. Pero ahora estaban ahí sentados en silencio y concentración.

—Los abogados ya están ocupándose del asunto —dijo Rivka que había quedado repentinamente al mando de la familia.

Sheila supo que no iba a lograr nada con eso. Su padre no podía pasar ni un solo día en una comisaría. ¿Qué hacer? ¿A quién llamar?

Entonces sonó el timbre. "Periodistas", pensó, y se asomó a la ventana para ver lo que pasaba en la calle. Vio desde arriba una figura encapotada de negro, con el distintivo sombrero achatado y cuadrado típico de *Tikvá Zhitomir*. Corrió hasta el portero eléctrico.

—Jaim Gorovitz —se anunció el visitante. Ella tocó el botón para abrirle la puerta.

El rabino era la mano derecha de su padre y por lo tanto sabía acerca de muchas cosas de la organización. Su presencia allí podía ser útil. Cuando fue el asunto de los rituales de sangre su ayuda había resultado fundamental; podría saber algo acerca de lo que estaba sucediendo ahora.

Gorovitz subió con esfuerzo las escaleras y llegó cansado, exhalando ruidosamente el aire.

—*Shalom*, hace mucho que no te veía, pequeña.

—¿Cómo se encuentra, rab?

—*Baruj HaShem*, todo bien —respondió con cortesía, e inmediatamente su rostro se transformó mostrando su preocupación. Echó un vistazo hacia adentro del departamento, saludó a Rivka que apenas respondió el saludo ensimismada en la profundidad de su mente.

—¿Podemos hablar en privado?

Sheila sintió un escalofrío. ¿Estar a solas con ese hombre en una habitación?

Pensó en el estudio de su padre, podría dejarse la puerta abierta y estaba unido al living donde su madre, aunque perdida, seguía quieta. Además de sus hermanos menores.

—En el estudio —dijo y el rabino la siguió.

Sheila se sentó en la silla gastada y hundida que ocupaba su padre varias horas por día para estudiar la *Torá*. El escritorio era enorme y estaba atiborrado de libros y rollos, un tintero con una pluma y montañas elevadas de papeles sueltos. En ese momento, en el que se sentía pequeña e indefensa, ese escritorio la reconfortó con una posición de poder que nunca antes había sentido. El rabino Gorovitz debió haber sentido algo similar porque no ocultó su incomodidad al sentarse en la silla modesta que estaba del otro lado, quedando frente a la joven.

—¿Está bien que ocupes el lugar de tu padre?

—Mi padre no está.

—Entonces debería estar a cargo el mayor de sus hijos varones.

—Mi hermano Yoel tiene once años y no sabe lo que está pasando. Yo, en cambio, tengo un pie en ambos mundos —dijo ella con tranquilidad. Una tranquilidad que la sorprendió a sí misma—. Ahora, supongo que usted vino acá para ayudar. Quiero todos los detalles.

Gorovitz se aclaró la garganta.

—Hubo dos asesinatos, Sheila. Terribles crímenes.

—¿Dos crímenes? No uno, sino dos, ¿y recién ahora me estoy enterando?

—No son cosas de las que debieras enterarte.

—Pero ahora lo sé. ¿Qué tiene que ver todo esto con mi padre? ¿Por qué lo detuvieron?

—Los asesinatos, Sheila, digamos que recuerdan a lo que sucedió la vez pasada.

Era exactamente lo que no quería, lo que no podía escuchar. "No de nuevo", suplicó para sí misma.

—Una chica en Mar del Plata —siguió Gorovitz—, le cortaron el cuello como a una vaca y pintaron con su sangre una *Maguen David* en la pared.

—*Estrella que sangra* —repitió en voz apenas audible Sheila.

—Luego otra mujer. A ella la encontraron hace unos tres o cuatro días. La mataron de un golpe en la cabeza y la crucificaron boca abajo. La dejaron en un descampado.

Entonces era cierto, estaba pasando de nuevo.

—¿Cómo es posible que esto vuelva a suceder?

—Lo mismo me pregunto yo, y lo mismo se debe estar preguntando tu padre.

—Pero a él se lo llevaron.

Gorovitz se movió incómodo en su silla.

—La Justicia debe creer que él sabe más de lo que está dispuesto a admitir.

—¿Cuándo se enteraron de los nuevos asesinatos?

—Ayer. El juez no quiso que nada se filtrara por temor al efecto contagio y también para evitar hechos de violencia como el *pogrom* de la anterior vez. Supongo que ahora ya no tuvo otra opción.

Sheila tuvo una fugaz visión de la intensidad de esa noche en el *Internado de Mujeres de Tikvá*, las piedras que habían anunciado el ataque, los vidrios rotos por el piso, el fuego y la pintura ensuciando la fachada, cómo había escapado y salvado su vida por poco, luego Sebastián que había ido a buscarla. Se sintió cansada y triste.

—Pensé que *Estrella que sangra* ya no existía más; que ustedes se habían encargado de limpiar la herejía —se lamentó con la resignación de saber que eso no cambiaba en nada los hechos, que eso no haría que su padre estuviera de vuelta sentado en el lugar que estaba ocupando.

—Eso creímos. Tu padre y yo hicimos todos los esfuerzos internos para terminar de borrar los rastros sangrientos de la secta.

Gorovitz movió las manos, nervioso, miró a un costado, vio a Rivka que recién entonces se percató de su presencia y levantó una mano tímidamente en señal de saludo.

Sheila examinó al rabino un instante. El hombre se acomodó en la silla. Estaba nervioso.

—Usted cree que mi padre es responsable. Eso es lo que sucede.

—Yo no dije eso.

Sheila se levantó lentamente de la silla, miró al rabino que desde allí abajo parecía apenas una marioneta a la que alguien le había cortado un hilo y que en consecuencia no sabía cómo debía moverse, ni qué se suponía que debía hacer.

—Quiero que se retire inmediatamente de la residencia Lehrer. Y que no vuelva a aparecer por acá nunca más.

—Sheila, querida, entiendo tu angustia, pero así no vamos a resolver nada. Conozco a tu padre mejor que nadie. Pero hasta a mí hay cosas que nunca me ha contado. Mientras él no esté, la gente va a necesitar alguien que los lidere y los tranquilice.

—Eso lo decidiré yo, y no va a ser usted, rabino Gorovitz, el que llevará a nuestra comunidad en este tiempo. Eso se lo aseguro.

El religioso no se movió de su lugar y le hizo un gesto con la mano para que volviera a tomar asiento. De pronto parecía haber retomado el control, como si haber clarificado sus sospechas acerca de Moshé ante Sheila lo hubiera liberado de una tarea ingrata que nunca hubiera querido cumplir. Ella obedeció el gesto sin pensarlo, como una autómata a la que le daban una orden, y volvió a sentarse.

—No te dejes cegar por la ira y la insensatez, niña. Soy el único que puede asumir las responsabilidades necesarias para llevar adelante la comunidad, y eso lo saben todos. Me necesitás vos, me necesita tu madre, tus hermanos y me necesita *Tikvá* —dijo señalando a la familia de Sheila que seguía en el living, ajena a toda esa conversación—. Tu padre cuenta con un excelente abogado desde hace años. Su estudio se hará cargo del caso. Son *goim* pero se puede confiar en ellos. Tu padre estará bien defendido.

—¿*Goim*? —de pronto que el futuro de su padre estuviera en manos de no judíos le resultaba a la vez extraño y perturbador.

Tuvo el impulso de mirar de reojo el retrato de Shmuel Abraham Josefson Bunem, el sexto rebe de *Tikvá* que contemplaba serio desde la pared derecha del estudio. Luego desplazó la mirada por el resto de los otros cinco rebes de *Zhitomir*: Josef de Lemberg, Jakob Ben Josef, Shimon Ben Jakov Josefson, Shlomo Bumen y Abraham Ben Shlomo Bumen. Seis generaciones de rabinos sabios, hombres justos que habían vivido todo tipo de hostigamientos, y ahora en el siglo veintiuno su padre tenía que lidiar con otro tipo de persecución, otro tipo de urgencia. Los retratos de los hombres serios, piadosos, antiguos, decorando las paredes, la hacían sentir siempre en casa, rodeada de amigos, pero ahora los veía vacíos de significado, como el reflejo fantasmal de lo que habían representado para ella antes.

—En este país siempre es mejor que sea un abogado católico el que entre a un juzgado a representar a un judío —completó Jaim Gorovitz ante el silencio de Sheila—. Así, el juez católico no sospecha de una conspiración.

A Sheila no le gustaba eso, pero tampoco le gustaba verse a sí misma desconfiando de los no judíos. Esa era la Sheila que había crecido en el gueto cerrado de su comunidad y no sabía dónde estaba ahora parada, pero definitivamente no ahí, no tras las paredes del gueto.

—Muy bien, Gorovitz, creo que ya fue suficiente. Le voy a pedir ahora nuevamente que se vaya de mi casa —repitió con frialdad.

—Los sucesos de la vez pasada fueron un golpe muy difícil para nuestra comunidad —siguió el rabino sin escucharla—, las donaciones cayeron sideralmente. Es entendible, ¿quién querría donar dinero si estamos sospechados de haber amparado a los asesinos entre nosotros? Tu padre, yo, los demás, todos hicimos lo imposible para revertir esto y lo que está sucediendo no podría caer en peor hora porque finalmente, *Baruj HaShem*, estábamos logrando restablecer la confianza, demostrarle al mundo que los *jasidim* de *Tikvá* no somos todos para culpar por los desvíos fanáticos de unos pocos de los nuestros. Hemos logrado reconstruir con paciencia y amor nuestras bases. No es el momento de tirarlo todo por la borda.

Para Sheila eso resultaba delirante y fantástico. Su padre detenido, *Estrella que sangra* regresando a sus horribles crímenes, dos mujeres muertas. Esto era la encarnación de una de esas pesadillas que tenía todas las noches. Sintió el terror desplazándose por todos los huesos de su cuerpo, como si fuese un torrente de electricidad haciéndole cosquillas violentas en cada una de sus extremidades. Pero lo peor de todo es que el rabino tenía razón. Alguien tenía que hacerse cargo de la comunidad mientras su padre estuviera detenido y él probablemente era el más indicado para una toma rápida del poder.

Gorovitz se acomodó el sombrero.

—¿Por qué debería confiar en usted?

—En realidad, Sheila, no hay opción. Esto no es algo que te corresponda decidir. No corresponde a tu lugar tomar decisiones. Por respeto a lo que te sucedió y por el amor fraternal que siento por tu padre, te estoy informando lo que ya se ha decidido y es que a partir de ahora yo estaré a cargo de la comunidad de *Tikvá Zhitomir* en el país. En cuanto a tí, espero que te quedes a cuidar a tu madre y tus hermanos hasta que todo este asunto se resuelva. Además, dados tus últimos "desvíos" tu voz no se encuentra autorizada en la comunidad. Tienes suerte de ser la hija del gran Moshé Lehrer porque de otro modo, junto a tu familia hoy serían parias.

Las palabras de Gorovitz la marearon, le indicaron su lugar en esa comunidad: pequeña y desvalida. Ocupaba el escritorio de su padre como un niño que juega a ser adulto. Ella ya no era menor, pero, aun así, para *Tikvá Zhitomir*, nunca sería una adulta independiente. Nunca iban a aceptar que estudiara, que se casara con el hombre que ella quisiera, que tuviera la cantidad de hijos que decidiera tener y no todos los que "Dios le enviara". Se levantó nuevamente de la silla. Las piernas le temblaban, dio unos pasos. El rabino Gorovitz también se puso de pie.

—Todo saldrá bien, pequeña. Ahora ayuda a tu madre, a tus hermanos. Intenta no salir mucho de esta casa. No te dejes ver.

Sheila fue hasta donde estaba su madre quien la miraba con ojos perdidos. El rabino Gorovitz caminó hasta el escritorio de Moshé Lehrer y se sentó en la silla que éste ocupaba todos los días. Acomodó los papeles y ordenó algunos libros.

Ella vio todo como una escena irreal desarrollándose a sus espaldas, y antes de llegar al encuentro con su madre decidió que no quería estar ahí con ella en ese momento y se fue para su habitación. Buscó su teléfono y marcó con dedos temblorosos el número de Sebastián.

Escuchó el tono y esperó a que él la atendiera. Lloraba. Lo necesitaba, quería escuchar su voz, contarle todo lo que estaba pasando, caer rendida ante sus pies y pedirle disculpas por todo, decirle que ella era la culpable de lo que había pasado con ellos y que estaba dispuesta a hacer lo que fuera necesario para que él volviera a quererla.

Por fin la atendió. Escuchó su voz saludándola. Había duda y expectativa en su tono. Entonces se dio cuenta del error que había cometido, sintió un calor en el pecho que le decía que no, que él no tenía razón y que no lo necesitaba para nada, y cortó la comunicación.

Capítulo 13

Quiroz & Santiago Soler

Salió del edificio, dio una vuelta a la manzana, entró en la confitería Boston, frente al casino, y se pidió un café amargo con una medialuna. Eran las mejores del país, no iba a dejar pasar la ocasión de su visita a la ciudad sin probar una.

Quería revisar sus anotaciones y todo lo que sabía acerca de los últimos tiempos de María Belén Lorenzo.

Terminó el café, dejó una generosa propina que de todos modos pagaba Yael Zinman, y salió.

Tocó el timbre del 3° A y esperó hasta que una voz cascada le preguntó quién era.

—¿Señora Garmendia? Soy de la policía, quería hacerle algunas preguntas.

El portero eléctrico devolvió un refunfuño dubitativo, seguido de un "ya bajo" malhumorado.

En camisón y pantuflas apareció, arrastrando los pies por el angosto pasillo que daba al hall, una mujer con la cabeza desordenada de finos cabellos enredados y canosos, con algunos tonos de verde, y anteojos de marco grueso color caoba. La señora entreabrió la puerta de calle y con desconfianza arremetió:

—Ya hablé con la policía y ya dije todo lo que tenía que decir. ¿Usted quién es?

—Señora Elsa, disculpe el atrevimiento, estuve hace un rato con la dueña del departamento donde mataron a María Belén.

—Blanca. ¿Qué le dijo de mí? Yo no tengo nada que ver con lo que le pasó a esa chiquita.

—Lo sé. No es eso. Quería hacerle algunas preguntas que mis colegas de la policía olvidaron hacerle. ¿Podría dejarme pasar a su departamento?

La mujer lo inspeccionó de arriba a abajo con desconfianza.

—No sé. Escuché muchas historias de ladrones que se hacen pasar por policías para entrar en la casa de jubilados. Usted no me inspira confianza.

—Entiendo. ¿Puedo hacerle algunas preguntas acá, entonces?

—Pero apúrese que entra el viento.

Sacó la libreta de apuntes.

—Me comentó la señora Blanca que usted hace un tiempo tuvo una situación con la víctima.

—Era una buena chica —dijo la vieja y Quiroz entendió que seguramente la había detestado mientras vivía—. Un horror lo que le pasó. Pero sí, tuve una discusión con ella.

—¿Puede contarme qué fue lo que ocurrió?

—Fue una noche de viernes a la madrugada. Hacía poco más de un mes que se había mudado a este edificio —la mujer frenó el relato, degustaba las palabras que decía, disfrutaba del chisme—. La cuestión es que la chiquita estuvo a los gritos. Muy fuertes. También hubo golpes en las paredes y en el piso, como si se hubiera estado arrojando cosas con alguien. Una situación desagradable.

A Quiroz le gustaba hacia dónde estaba yendo ese chisme. Podía haber algo ahí después de todo.

—¿Entonces? ¿Qué pasó después?

La mujer se empastó la lengua y siguió contando:

—Subí a tocarle timbre para que pararan los gritos. No me podía dormir del escándalo que estaban haciendo.

—¿No se le ocurrió llamar a la policía?

—¿Hacer una denuncia? ¿Para qué?

—¿No tuvo miedo de que le pudiera pasar algo si subía a pedirles un poco de silencio?

—No lo pensé. Desconfío de la policía, ¿sabe?

—Continúe, por favor.

—Toqué timbre y me abrió la puerta la chiquita esta que mataron. Estaba muy alterada, con lágrimas en los ojos y el maquillaje corrido. Me trató muy mal. Me dijo que me metiera en mis asuntos y cerró de un portazo.

—¿Pudo notar algo más? ¿Llegó a ver a la persona con la que discutía?

—No, nada. En realidad —se acarició la frente con la mano— sí noté algo. Una sombra en la pared. Era un hombre. Debía estar en el living.

—¿Cómo sabe que era un hombre?

La mujer se quedó muda como si esa pregunta la sorprendiera por la obviedad de la respuesta.

—¿Qué pregunta me hace? Era un hombre. Lo sé. La sombra era grande, parecía un hombre. ¿Nunca vio los cartelitos de "masculino" en los aseos, acaso?

Quiroz inspeccionó rápidamente el croquis que había hecho en su libreta del departamento donde había muerto Belén. La puerta principal daba a un pasillo en dos pasos, y después se abría en un living. La sombra que había visto Garmendia habría tenido que estar proyectada en la pared a su derecha, por lo que el hombre debió haber estado ubicado a la izquierda. Lo tendría que chequear luego con las fotos de la escena del crimen, pero tuvo la impresión de que era muy probable que el relato de la mujer fuera coherente.

—¿Volvió a escuchar discusiones como la de esa noche en otro momento?

—No. Fue esa única vez. Cuando bajé de nuevo a mi departamento no sabía qué hacer.

—Porque no quería llamar a la policía.

—La llamé a Blanca. Yo estaba muy angustiada. Ella me tranquilizó, dijo que iba a hablar con la chiquita. Entonces me fui a dormir. Pasé una noche espantosa —siguió la anciana sin prestar atención a la observación de Quiroz.

—Sin embargo, según la señora Blanca usted la volvió a llamar al día siguiente para decirle que se había solucionado el problema.

—Así fue. La chiquita esta bajó a eso de las once de la mañana, me tocó timbre. Tuve un poco de miedo de abrirle, tengo que ser sincera. Pensé que iba a venir a golpearme por lo que le había dicho la noche anterior. Le abrí solo porque soy una persona cristiana, ¿vio?

—¿Y qué le dijo ese día?

—Vino con una bandeja llena de galletas de pasas de uva y avena recién horneadas —la mujer se volvió a ensalivar la boca—. A esta edad yo no tengo permitidas esas cosas, apenas probé una y me quemó la lengua. Pero me pareció un lindo gesto. Mi nieta las terminó comiendo, me dijo que estaban muy ricas.

"Raro que no haya creído que estaban envenenadas", pensó Quiroz.

—Me pidió disculpas por lo de la noche anterior, me dijo que no había sido su intención molestarme y todo eso.

—Y usted la disculpó.

—Por supuesto. Era una chiquilina encantadora. Muy tranquila más allá del incidente de esa noche. Las pocas veces que hablamos en el ascensor o por cruzarnos en los pasillos me contó que tenía el pasatiempo de resolver puzzles.

—¿Puzzles?

—Sí, sí, ya sabe. En mi época los llamábamos rompecabezas.

—Entiendo. Y la siguiente vez que la vio, digamos, después del incidente, ¿usted le preguntó acerca de lo ocurrido?

—No, no quise meterme en sus cosas.

"Vieja mentirosa", pensó Quiroz que supo que debía ser una de las mayores chismosas del barrio, tanto como que le iba a ser imposible tirarle de la lengua respecto de eso.

—¿Notó algo particular en la víctima? ¿Su forma de hablar? ¿Su aspecto?

La mujer hizo un esfuerzo por recordar. Quiroz sintió el cansancio de la conversación a la intemperie y un frío que comenzaba a subirle por los pies.

—Ahora que lo dice, llevaba anteojos negros. Me llamó la atención por la hora y el lugar. Estaba nublado, y además, acá adentro del edificio, hay menos luz que en una tumba.

—¿Quizás la habrían golpeado en la cara?

Elsa se sacudió exaltada.

—¡Claro! Nunca lo había pensado.

—¿Volvió a verla con anteojos negros, o supo de alguna otra discusión violenta que hubiera tenido?

—Ah, no. Nunca más pasó nada. Era muy tranquilita, a excepción de esa noche. La volví a ver una sola vez en el pasillo. Luego subimos juntas en el ascensor. Salía poco de su casa. Lo sé porque la escuchaba caminar por su departamento. Los pisos y las paredes de este edificio son de papel. Se escuchan todos los movimientos del piso de arriba.

—Excepto el día del crimen.

—No estuve esa noche en mi casa.

—¿Puedo preguntarle dónde estuvo?

—En realidad no tengo por qué responderle —dijo exagerando el misterio—, pero no tengo nada que esconder: un caballero me invitó a cenar.

—¿Una cita?

—Un caballero. ¿Acaso cree que por la edad que tengo no puedo darme el lujo del amor? La frecuencia de mis salidas me la reservaré, si usted me permite.

—¿A qué hora volvió de su cita?

—No sea atrevido.

—Señora Garmendia, no me interesan sus costumbres amatorias, solo necesito chequear para tener una idea acerca de la hora en la que murió María Belén Lorenzo.

—Volví al día siguiente, por la mañana. No creerá usted que yo pude haberla matado.

No, no creía eso. Esa vieja podía ser una víbora, pero era incapaz de mancharse las manos, y tampoco parecía tener un motivo para querer matar a la chica.

—Con esto será suficiente —dijo—. Le agradezco su tiempo.

La señora Garmendia lo despidió rápidamente y volvió a meterse en el edificio.

Quiroz quedó parado del lado de afuera, solo con su libreta de apuntes. Decidió volver caminando al hotel, repasar todo lo que había encontrado, e intentar adelantar el pasaje para Buenos Aires para esa misma noche. Ya había tenido suficiente de respirar el olor putrefacto que venía del puerto.

En la habitación, corrió el florero del escritorio y desparramó los papeles, las fotografías y sus anotaciones. Corroboró lo que ya suponía y era que en los informes oficiales no había ninguna referencia a la noche de la discusión en el departamento de María Belén Lorenzo.

En una hoja prolijamente redactada, supuso que por el propio Zinman, se encontraban los datos de contacto de un tal Santiago Soler, reciente jefe de la División Escena del Crimen de la Policía Científica de la ciudad.

Soler le resultó más difícil de convencer de lo que esperaba, pero terminó aceptando un encuentro. Quedaron en la Boston, después del mediodía.

Cortó la comunicación y llamó a la terminal de ómnibus, no le costó demasiado cambiar el pasaje que le había sacado Zinman para viajar esa misma tarde.

Miró la hora, eran las once y media de la mañana y sentía como si le hubiera pasado un camión con acoplado por la espalda. Tenía un rato hasta el encuentro con Soler. Se levantó de la silla; sintió las piernas acalambradas y un dolor agudo en el muslo, como si se lo acabaran de pinchar con una aguja gruesa y filosa. Respiró con dificultad y se llevó el brazo a la pierna. Se arrastró hasta la cama y se dejó caer de espaldas sobre el colchón.

No era la primera vez que sentía esos dolores, pero hasta ahora no les había prestado atención. Sabía que lo mejor iba a ser que cuando volviera a la ciudad fuera a un médico para hacerse ver. Estaba pensando en eso cuando se quedó dormido.

Fue un sueño intranquilo, lleno de imágenes horrorosas que no pudo recordar apenas se despertó una hora más tarde. Tenía la boca llena de saliva y un fuerte dolor de cabeza. De a poco se enderezó y se sentó sobre la cama antes de terminar de pararse, pero los dolores que había sentido hacía un instante ya no estaban ahí.

Entró al baño. Se lavó la cara, se cepilló los dientes y se pasó un peine, acomodándose el pelo para el costado. No estaba mal, pensó, para un hombre de su edad y su prontuario. Se llevó la mano al hombro, ahí donde hacía un tiempo había recibido una bala. Ya no quedaba rastro del incidente, más allá de una cicatriz debajo de la camisa. Mejor así. Tomó su chaqueta y se dirigió a la confitería donde se había citado con Soler.

No tenía hambre. Esperó un rato sentado tomando en silencio una botella de agua con gas.

Pasaron apenas dos minutos de la hora señalada cuando Santiago Soler atravesó la puerta de entrada. Quiroz había visto la fotografía que le había adjuntado Zinman, no tuvo dudas de que ese era su hombre. Le hizo señas con la mano y Soler se sentó al frente suyo.

—Gracias por venir, oficial.

—Tengo poco tiempo, señor Quiroz, dígame en qué lo puedo ayudar.

El ex policía llamó al mozo.

—¿Qué toma?

—Una lágrima.

El mozo asintió y desapareció.

—Como le comenté brevemente por teléfono soy investigador de La Primera Seguros, Sociedad Anónima —empezó Quiroz—, y me encargaron investigar la trágica muerte de María Belén Lorenzo. Por lo que estuve viendo no hay muchas dudas respecto de lo que le sucedió, pero ya sabe, cuestiones de rutina, burocracia y de alguna forma tengo que justificar mi salario.

—No sabíamos que había contratado un seguro de vida.

—Bueno, no los culpo —dijo el ex policía que había ido preparado para ese comentario—, hay gente que prefiere que no sean muchos los que sepan que su cabeza tiene un precio.

—¿A nombre de quién está la póliza?

—Doña Mariela Pérez de Lorenzo —dijo Quiroz recordando el nombre que figuraba en la carpeta del caso.

—La madre.

Quiroz asintió.

—Hagámosla rápido, ¿en qué puedo ayudarlo?

—¿Qué puede decirme de la escena del crimen? —preguntó Quiroz.

—¿Qué puedo decirle que no sepa? Me imagino que habrá conseguido una copia del expediente. Ustedes siempre consiguen sortear las barreras.

—El que la mató, ¿la conocía?

—Suponemos que sí. Posiblemente se haya tratado de un crimen planificado porque el asesino fue muy meticuloso con los detalles, y en especial a la hora de no dejar rastros. Por otra parte, la forma brutal en la que ejecutó a su víctima y lo que hizo con su sangre en la pared nos habla de una personalidad desorganizada, impulsiva; mató con ira. Es por eso que suponemos que conocía a la mujer. No se puede odiar lo que no se conoce.

—El hombre con el que discutió en su departamento —dijo Quiroz intentando razonar en voz alta.

El mozo dejó la taza con más partes de leche que de café frente a Soler.

—¿Disculpe? ¿De qué habla?

—Nada, olvídelo.

A Soler el comentario lo desconcertó pero escondió su disgusto detrás de un sorbo de la lágrima.

—Los testimonios que recabamos acerca de la víctima dicen que era una persona retraída, que rara vez abandonaba su departamento —siguió Soler—. Trabajaba desde su casa y bajaba una o dos veces a la semana a realizar las compras. Iba vestida con ropa suelta, desgastada, no llamaba demasiado la atención de nadie.

—¿Qué saben de su vida antes de llegar a esta ciudad?

—En los últimos tiempos antes de venir aquí estuvo trabajando en un local de ropa y accesorios de rock and roll en una galería del centro, en Capital.

—¿Siguieron ese rastro?

—Claro que sí, Quiroz —respondió Soler fastidiado.

—¿Algo interesante?

—Mire, si hubiera algo más se lo diría, pero no hay nada. Trabajó un año en ese local. Nunca nadie se quejó de ella. Era una trabajadora tranquila que apostaba por un perfil bajo. Después decidió venirse a vivir a esta ciudad.

Quiroz supo que el criminalista no le estaba diciendo todo lo que sabía y también que lo mejor iba a ser dejar la conversación ahí.

—¿Podría decirme el nombre de ese negocio en el que trabajó?

—Claro —respondió Soler y anotó en una servilleta el nombre y la dirección—. ¿Eso es todo?

—Creo que sí. Le agradezco su tiempo.

—Suerte con lo suyo —dijo, se levantó y salió del bar.

Quiroz vio cómo se iba. Había sido más duro de lo que esperaba. Anotó en la libreta todo lo hablado. Ahora sí, estaba listo para volver a la Capital.

Capítulo 14

Sheila

Apenas interrumpió la llamada con Sebastián se arrepintió. Pero unos segundos después de cortar, su teléfono comenzó a sonar y vibrar. La pantalla se iluminó y la fotografía de su ahora exnovio apareció arriba de la leyenda "llamada entrante".

—Me llamaste.

—No es nada.

—Sheila, vi en la tele lo que pasó con tu papá. No te llamé antes porque supuse que no ibas a querer hablar conmigo de esto.

—Ah, bueno. No pasa nada. Está todo bien.

—Sabés que a mí no me podés mentir. Te conozco mucho.

—Disculpame, me equivoqué al marcar tu número. Ya está. Dejemos acá.

Sebastián no respondió. Estaba pensando qué decir. Lo conocía. Conocía sus silencios, sus reflexiones, sus aires de superioridad, su autocontrol.

—¿Tenés que ser tan fría? Estoy preocupado por lo que te está pasando.

Ahora lo odiaba. Odiaba a ese hombre que sabía las palabras exactas que decir, del modo preciso y en el momento más oportuno, para derrumbarla, hacerla caer.

—Disculpame, Sebastián —concedió, cansada—, es que vos y yo, es raro todo esto.

—Que no sigamos siendo novios no significa que tengamos que dejar de hablar o que no me pueda preocupar por lo que está pasando. No sé cómo será en tu mundo, pero en el mío...

—Ese es exactamente el tipo de comentarios que hacés que terminaron separándonos. Estás todo el tiempo haciendo la diferencia entre ambos mundos. Es fastidioso. Soy una persona de carne y hueso por más que me haya criado con otras creencias que las tuyas.

—Me entendés mal, Sheila, yo no hago las diferencias. Sos vos la que se enojó porque no había comida *kosher* en mi casa. Pero no quiero hablar de esto ahora. Solo quiero que sepas que podés contar conmigo para ayudarte en lo que sea.

Silencio. Escuchó la voz de una mujer del otro lado de la línea: "¿Está todo bien, Seba?".

—Veo que no perdiste el tiempo —dijo Sheila con frialdad.

—¿Qué? No, Andrea es la hermana de un amigo del colegio. Nos reencontramos de casualidad en un bar y nos estamos poniendo al día.

—No me interesa, no tenés que ocultarme si ya estás con alguien. ¿Eso es todo, entonces?

—Sheila —dijo Sebastián, y se tomó unos instantes para continuar con cierta teatralidad—, arrestaron a tu padre.

—Sí.

Ahora supo que realmente se había quedado sin palabras, sin nada que decir.

—Eso, entonces. Si necesitás algo de mí, avisame.

—Está bien, Sebastián. Gracias por todo.

—Te aprecio.

—Hasta luego —dijo, y cortó.

Se arrojó contra la almohada de su cama y lloró. Dejó que las lágrimas la limpiaran durante un rato tan largo que perdió la noción del tiempo, y finalmente se quedó dormida. No hubo pesadillas, ni se despertó en el medio de la noche, no revivió las imágenes del terror. Fue un sueño limpio, sereno, casi calmo.

Cuando se despertó, al día siguiente, escuchó cómo se abría una puerta. Se levantó con cautela, se asomó al pasillo y vio al rabino Gorovitz entrando al departamento como si se tratase de su propia casa. Era muy temprano pero parecía haber decidido ocupar el lugar de su padre todo el tiempo posible. Se metió en el estudio y Sheila, luego de arreglarse un poco frente al espejo, se acercó a saludarlo.

—*Shalom*, Sheila. Hoy será la declaración indagatoria de tu padre.

Ella no entendía los procedimientos judiciales y todo eso le resultaba tan extraño e irreal que sentía que todavía no terminaba de procesarlo.

—En un rato llegará el abogado, por si quieres intercambiar algunas palabras con él.

Quería que su padre quedara libre. Eso era todo lo que le importaba. Si ese abogado era tan bueno como le había prometido Gorovitz el día anterior no tendría de qué preocuparse. "Sí", se convenció a sí misma, "esto terminará pronto".

—¿Cómo pasó la noche tu madre? ¿Y tus hermanos?

Los había perdido de vista. Se había quedado dormida sin importarle nada alrededor suyo.

—Bien, bien. Creo que se están adaptando con valentía y templanza a esta situación —mintió.

—*Baruj HaShem* —dijo el rabino y se puso a trabajar con unos papeles que reposaban sobre el escritorio del rabino Lehrer.

Sheila fue a la cocina, se preparó el desayuno y comió en silencio. Cuando llegó el abogado, una hora después, reapareció su madre que parecía más despejada y conectada con la realidad que el día anterior. Si bien tenía una expresión seria se había arreglado, había espolvoreado su peluca y vestía una impecable pollera negra hasta los tobillos, una camisa azul marino bien holgada que tapaba hasta sus manos.

Los cuatro se encerraron en el estudio del padre de familia y el abogado pasó el informe de la situación.

—Han habido dos crímenes brutales —empezó, sentado en el sillón para invitados. Se trataba de un hombre pulcro de mediana edad, bien vestido, con un traje cortado a medida, el pelo canoso engominado, tirado hacia atrás, sin el más mínimo rastro de vello facial y un fuerte dejo de olor a tabaco, oculto por un perfume igualmente fuerte en la piel y en la ropa—. Creo que esto no hace falta que lo cuente. Por sus características el fiscal los relaciona con los asesinatos de los rituales de sangre. Y déjenme serles muy sincero en esto, creo que el juez va a comprar lo que se le sirva en bandeja si apunta a *Tikvá Zhitomir*. En ese sentido, que Moshé sea la cabeza de esta comunidad, resulta ideal a tal efecto.

—¿Por qué? —preguntó Sheila, exaltada, sintiendo que la invadía una ola de indignación.

—Porque la gente ya está harta de tanto crimen morboso, estos rituales de sangre y esas cosas. El ciudadano común, el que va de a pie, no entiende la diferencia entre un fundamentalista desviado y todos ustedes. Otras comunidades judías tampoco están contentas porque sienten que estos hechos despiertan olas de antisemitismo que las afectan a ellas por culpa de *Tikvá*. Y lo que une a todos, judíos y no judíos o como dicen ustedes, *goim*, es el sentimiento, la sospecha de que *Tikvá Zhitomir* tiene impunidad. La gente está cansada de eso. En definitiva, ya saben cómo es: nadie confía en los judíos en este mundo. No estoy diciendo nada nuevo.

—Pero si no hay pruebas de que mi padre... —empezó Sheila.

—Las pruebas son circunstanciales —la cortó en seco el abogado—, el juez puede tener al rabino Lehrer adentro un tiempo mientras decide qué rumbo seguirá la causa. Algunos magistrados se guían mucho por los vientos de la opinión pública y justamente el juez

Richarte es conocido por sus gestos de querer agradar a las opiniones mayoritarias. No será fácil el asunto.

Rivka Lehrer agachó la cabeza y comenzó a sollozar. Sheila se acercó hasta su madre, le acarició la espalda y la consoló diciéndole que todo estaría bien.

—Les dije que iba a ser brutalmente honestos con ustedes —se excusó el abogado.

—Está bien, doctor Ramírez. No se preocupe. Los judíos hemos sido perseguidos siempre y esto no nos amedrentará. Solo logrará endurecernos como comunidad —apaciguó Gorovitz—. Cuanto más se hierve un huevo de gallina, más duro se pone éste.

—¿Cuáles son las perspectivas? —preguntó, por fin, Rivka Lehrer con voz temblorosa.

El abogado la contempló con cierta conmiseración, como la que se siente por una cría indefensa.

—El estudio Ramírez y Asociados le dará la mejor defensa legal que el dinero pueda pagar, señora, pero debo advertirles que no será sencillo demostrar que su marido no tiene nada que ver con estos crímenes.

—¡Pero si papá no hizo nada!

—Señorita —dijo el hombre con una gran sonrisa de lado a lado de la boca—, no es a mí a quién tienen que convencer, sino a la opinión pública. El juez, como dije, actuará según lo que la gente quiera o necesite.

—Creí que existía la justicia —rezongó el rabino Gorovitz.

—En la Biblia tal vez sí. Hacia el interior de su comunidad tendrán la *Halajá*, o Ley de Dios, todo lo que quieran. Pero este es el mundo real y acá no todo es tan bello.

Sheila salió del estudio sin decir una sola palabra más. Ya había escuchado suficiente. No quería ahora escuchar a Gorovitz afirmando que la *Torá* era también un relato del mundo real, no quería discusiones rabínicas, no quería más ese aire que la sofocaba, le apretaba el pecho, y la dejaba sin esperanzas.

Ahora sabía que no iba a poder contar con ese abogado. Ni con nadie. Su padre iba a tener que pagar las culpas de otros y mientras tanto allá afuera habría un asesino, o asesinos, acechando. Nunca iba a poder estar segura.

Volvió a su habitación. Tomó con cautela el teléfono que había quedado sobre la repisa. No quería hacerlo, pero supo que no tenía otra opción mejor.

Marcó el número de Sebastián. El teléfono sonó cinco veces hasta que finalmente escuchó su voz cansada del otro lado.

—Pensé que no me ibas a contestar.

—Estaba durmiendo.

—¿No tenías que dar clase hoy?

—Los miércoles no.

—Entiendo. Un cafecito de madrugada con tu nueva amiga Andrea y hoy te levantás tarde.

—Sheila, yo...

—No importa. Escuchame. Estuve pensando y quizás no sea lo más inteligente el hecho de que te haya llamado, pero realmente no se me ocurre qué más puedo hacer.

—¿En qué estuviste pensando?

—En lo que me dijiste, que podía contar con vos para lo que sea.

Sheila dudó un instante antes de seguir. Pero era eso o resignarse. Finalmente tenía que rendirse ante la evidencia: no podía hacer todo sola, no dejaba de ser una simple chica a medio camino entre la ortodoxia judía y la vida del resto del mundo; no podía resolver nada por sí misma. Lo necesitaba a él.

—Sebastián, quiero saber quién está detrás de estos crímenes. Quiero que todo esto se termine de una buena vez. Esta vez no voy a dejar cabos sueltos. ¿Me podés ayudar con eso?

Se hizo un silencio espeso del otro lado de la línea, podía escuchar la respiración de Sebastián, la duda en cada segundo que pasaba. Tosió, se aclaró la garganta.

—Creo, Sheila, que lo mejor sería dejar esto en manos de profesionales. Ya viste lo que sucedió la vez pasada.

Lo sabía. Sabía que se iba a negar. Lo había llamado sabiendo que no iba a estar de su lado como le había prometido, pero aun así había albergado una última esperanza en él.

—¿Eso significa que no me vas a ayudar? Creí escuchar de vos ayer que ibas a estar para lo que fuera —dijo, decepcionada.

—Puedo ayudarte con lo que sea, pero no creo que sea conveniente que nos involucremos en una investigación de estas características de nuevo.

—¿Por qué no?

—Sheila, por favor, dejá de pensar tonterías —dijo, acalorado.

—¿Tonterías?

—¡Casi nos matan!

—¡No me importa! Esto se tiene que acabar de una buena vez. Y no confío en nadie más para conseguirlo porque sé que nadie va a hacer nada para encontrar a los responsables.

—Por favor, no lo tomes a mal, pero ¿y si tu padre realmente está involucrado en todo esto?

—¿Cómo?

—Después de todo tu tío, tu prometido... y ya sabés lo que dice el proverbio *iddish*: "Una sola manzana podrida pudre al resto".

—¿Cómo te atrevés a sugerir algo así? ¡Desgraciado! ¡Encima me repetís un proverbio! ¡Sinvergüenza!

—Sheila, por favor...

—Te voy a decir yo un proverbio *iddish* y espero que lo escuches bien: "Te podés lavar el cuerpo, pero no el alma". Quedátelo de recuerdo de lo que tuvimos, porque no quiero volver a hablarte, no quiero volver a verte, ni saber nada de vos nunca más —dijo Sheila, y arrojó el teléfono que se estampó contra la pared y se deshizo en una lluvia de astillas de plástico.

Iba sacar a su padre de donde estaba, iba a encontrar a los responsables de los asesinatos rituales, e iba a terminar con ellos. Y lo iba a hacer sola.

Pero no tenía ni siquiera una idea de por dónde empezar.

Capítulo 15

Quiroz

Quiroz llegó a la Capital a la medianoche. Apenas bajó del autobús se paró en la plataforma de llegada, colocó las manos en sus caderas e inspiró una gran bocanada de aire, como intentando llenarse del sabor de la ciudad que había abandonado hacía tanto tiempo. Quería el olor a basura, a grasa de motores, a comida cocinándose al aire libre, quería volver a sentir que estaba ahí.

Recogió sus pertenencias y salió al interminable pasillo de la estación. Compró un ejemplar del periódico y salió apurado a la calle. Se subió en el primer taxi que pasó, le indicó al chofer la dirección, y sin decir más palabras comenzó a hojear el diario. Se salteó las secciones principales, hasta llegar a Policiales. Ahí encontró una noticia que no se había esperado: ocupando el centro de la sección se encontraba la información acerca del arresto del rabino Moshé Lehrer, a quien se indicaba como sospechoso de ser el autor intelectual de los crímenes rituales de María Belén Lorenzo y de Alicia Vázquez. Esta última era la segunda víctima de la serie. Tenía los detalles en el informe que le había entregado Zinman antes de partir hacia Mar del Plata, y lo había vuelto a estudiar, junto con el resto de los papeles, con detenimiento obsesivo durante el viaje que acababa de realizar. Entonces, después de todo, el viejo zorro de *Tikvá* sí estaba involucrado. No le llamó la atención, pero le causó una ligera decepción. ¿Qué pasaría si el fiscal terminaba resolviendo el caso antes que él? Entonces él quedaría nuevamente afuera de la acción, obligado a volver a la vida plácida y aburrida en Bariloche de la que acaba de escapar. Tenía que moverse rápido. Guardó el diario y empezó a sentir que le temblaba el pulso de la mano y le costaba respirar, como si hubiera cenado en exceso, y no la magra vianda que le habían dado en el autobús. Empezó a sentirse un poco mareado. Aferró las manos a sus rodillas, cerró los ojos y contó de atrás para adelante hasta diez. Cuando volvió a abrirlos se sentía mejor. El taxi había estacionado y el conductor estaba esperando que le pagaran. Quiroz buscó en su bolsillo, sacó un billete de cien dólares, se lo tendió y salió sin esperar el cambio mientras el taxista lo examinaba a contraluz desconfiando de la generosidad de ese extraño.

Cruzó la calle, giró en la esquina y encontró su viejo Renault 19 estacionado justo en el lugar donde había acordado con Zinman que éste se lo dejaría. Metió la llave, dio arranque y el motor encendió sin dificultad.

Manejó hasta su departamento y entró luego de meses de no pasar por ahí. Todavía podía sentir en el aire la ausencia de Mercedes, su mujer hasta el día en que lo había abandonado.

El departamento además olía a cerrado y a humedad. No pensó más, se fue directo a la cama matrimonial, donde se desplomó y se quedó dormido instantáneamente.

Al día siguiente, apenas se despertó, se arregló y salió lo más rápido que pudo. No quería estar en esa vivienda que le generaba tantos recuerdos tristes. Lo mejor iba a ser que se refugiara el tiempo que necesitara estar en la ciudad en su oficina del centro.

A las once de la mañana arrancó y puso marcha a la galería donde María Belén Lorenzo había trabajado casi un año como encargada de un local de accesorios de *rock and roll*.

Comprobó lo que sospechaba antes de llegar: era un lugar oscuro y deprimente donde la luz del sol no llegaba a entrar. Se trataba de un pasillo largo y horizontal que giraba a la mitad de la manzana hacia la derecha y desembocaba en otra boca a la calle.

Se calzó la Smith & Wesson en la sobaquera y la tapó con el saco. Bajó y se adentró en la galería sintiendo que se metía en la boca de un lobo y que caminaba ahora por su garganta. *Sex shops*, locales de venta de teléfonos robados, al menos dos casas de informática. Conocía ese tipo de lugares donde se junta la peor ralea de pequeños criminales y comerciantes varios. La última vez que había estado en un lugar así había terminado apuntado con armas de guerra por los matones de un narco entre cuyas narices se había ido a meter.

Leyó en la libretita negra: *Deskicios*. Alzó la vista y ahí estaba escrita, en la puerta del local 29, la misma palabra en una tipografía deformada que parecía sangre goteando. La vidriera estaba llena de pósters de bandas de *rock* que desconocía y también fotocopias pegadas con cinta sobre el vidrio, cajas de CDs, remeras de esas bandas que desconocía, accesorios para picar y fumar marihuana, y la música que salía a todo volumen de los altoparlantes no era más que un ruido infernal para sus oídos.

Entró con paso firme y un movimiento seguro en su cuerpo. Podía sentir la mezcla de transpiración y perfume barato en el aire. Detrás del mostrador, un tipo flaco con la cara consumida, una cresta violeta en la cabeza, aros por toda la cara y varios tatuajes de tinta decolorada en los brazos al descubierto, lo miró con desconfianza.

Quiroz se acercó al hombre.

—Estoy buscando algún disco compacto para mi sobrino. Tiene quince años.

El *punk* lo examinó de mala gana de arriba abajo. Nunca entraban al local tipos vestidos con saco y pantalón de vestir.

—¿Qué buscás?

—No sé. ¿Qué me recomendás?

—¿Qué escucha? *¿Hardcore, grindcore, noise, punk rock, punk cabeza, oi!, industrial, death metal, doom metal?* ¿O quizás *trash*?

Quiroz no entendía de qué le estaba hablando el vendedor y de todos modos le daba igual.

—Decime vos qué le puede llegar a gustar a un pibe de esa edad.

El vendedor reprimió una risa. Estiró su cuerpo hasta un sofisticado equipo de audio que tenía a un lado, pasó varias canciones y dio *play*. Una música monstruosa empezó a salir de los parlantes, sacudiendo el local y haciendo temblar la vidriera.

—*Beheading and Burning* —dijo el encargado—, *Cannibal Corpse*.

Era lo más horrible que Quiroz hubiera escuchado. Una sucesión de gritos sin ninguna melodía ni ritmo, y eso que él no entendía nada de música.

—Está bien, me lo llevo.

El vendedor apagó la música.

—Eso está mejor, ¿no?

—Sí —dijo Quiroz, aliviado.

El chico abrió un cajón repleto de CDs, buscó hasta encontrar el que le habían pedido y lo puso arriba de la mesa.

—Son doscientos pesos.

Quiroz buscó en la billetera y sacó una tarjeta de crédito que deslizó hacia el muchacho, que en vez de tomarla, se llevó el CD hacia atrás de su cuerpo.

—Me generás algo de desconfianza, ¿sabés?

—¿Por qué?

—No sé. Nadie así vestido entra a este local.

—Ya te dije que no es para mí esa porquería, es para mi hijo.

—Dijiste que era para tu sobrino cuando entraste.

—¿Y ahora qué dije?

—Hijo. ¿Vos no serás policía, no?

—No, esos tiempos ya terminaron.

—Disculpame, viejo, pero no hago negocios con polis, ex polis, amantes de polis, ni nada parecido. Cuestión de principios morales.

Quiroz examinó a ese mequetrefe que lo acababa de insultar, la cresta de pelo puntiagudo y violeta, los aros en la cara, la ropa rota y desgarbada, y no se explicó cómo un sujeto así se atrevía a desairarlo.

—Mirá, esto es simple: me das el producto, te pago y me voy. Es una transacción sencilla.

—No me interesan tus "transacciones sencillas". Ya te dije, no hago negocios con polis.

Quiroz se acercó al mostrador, quedó frente a frente con el vendedor, acercó su rostro al del chico, hasta quedar a escasos centímetros de distancia. Podía sentir la respiración del *punk* contra su cara. Casi podía rozar el frío metálico de los aros y las incrustaciones debajo de la piel con los que presumía. En medio de la frente, dos esferas de acero quirúrgico, de un diámetro no mayor a los cuatro centímetros, se elevaban equidistantes dando la impresión de que se trataba de cuernos.

—¿No querés hacer negocios conmigo? No hay problema. De todos modos, el motivo de mi visita era hacerte una pregunta. No hacía falta la descortesía.

El *punk* empujó a Quiroz.

—¿Y por qué tendría que responderle a un policía?

—Porque te lo pedí amablemente.

—Salí de acá, turro.

Quiroz suspiró, cansado.

—Ya te dije que no hace falta que nos tratemos con falta de educación. Solo quiero saber si conocés a esta chica —dijo y extrajo una fotografía de María Belén Lorenzo del bolsillo de su saco.

Se produjo un tenso silencio entre los dos.

El campanilleo de la puerta anunció que había alguien más ahora en el local: una muchacha acababa de entrar al negocio. Llevaba una pollera de cuadros escocesa, rota y atravesada por un alfiler de gancho, con un cinto de tachas metálicas, los ojos con el delineado oscuro corrido y el pelo platinado con unos mechones azules y verdes.

Quiroz y el vendedor giraron la cabeza para verla al mismo tiempo, y ambos le clavaron los ojos.

—¿Qué buscabas? —dijo el vendedor.

—Nada, ya me iba —respondió la chica saliendo apresuradamente del negocio.

—Me estás espantando a la clientela, viejo de mierda.

—Respondeme si conocés a la muchacha de la foto y me voy. Y hasta hago de cuenta que no me dijiste eso que me acabás de decir.

—¿Pero quién te crees que sos, hijo de puta? Salí de acá, pedazo de mierda —respondió el *punk*, al mismo tiempo que hacía un movimiento rápido para darse la vuelta y tomar un bate de béisbol, que hasta ese entonces había estado apoyado contra la pared, detrás del mostrador y fuera de la vista de los clientes. Lo levantó amenazante y señaló a Quiroz—. Te dije que no quiero negocios con tipos como vos.

—Es la última advertencia que te hago, hijo: bajá eso.

El otro hizo un movimiento como para dejar el bate encima del mostrador, pero apenas antes de apoyarlo contra el vidrio sonrió y le atestó un golpe a Quiroz en la mano.

Éste sintió cómo le crujían los dedos y dobló su cuerpo, tomándose el lugar impactado.

—¡Hijo de puta!

El *punk* saltó del mostrador con el bate en la mano, lo levantó y lo bajó con toda la furia contra Quiroz.

—¡Te dije que te fueras, basura! —gritó.

Quiroz frenó el siguiente golpe con el antebrazo y el vendedor quedó paralizado durante un segundo. El ex policía se había recobrado, se levantó y le arrebató el bate al chico.

—¡Venga para acá! —dijo y le metió un puntazo en la boca del estómago que lo deshabilitó. El *punk* cayó contra la pared y se arrastró hasta el piso.

—Buen material, pibe. ¿Lo usás para jugar o solo para amenazar clientes?

El otro no respondió. Quiroz le dio un golpe más en los brazos, y después otro, y otro en la espalda.

—¡Te hice una pregunta!

—No —dijo el *punk* empezando a sentirse asustado—. Lo uso para ir a jugar al parque, a veces.

Quiroz manipuló el bate, pasó los dedos por la madera lustrada, lo sopesó.

—Por lo visto, no mucho. Está casi intacto. Ni una sola muesca. Es eso o sos realmente muy malo jugando a esto —el chico estaba pálido, con la cara alterada y el cuerpo dolorido.

Quiroz hizo una mueca de indisposición exagerada.

—Te equivocaste conmigo. No hacía falta toda esta violencia. Y tenés suerte de que te necesito vivo porque si no ya te hubiera metido un agujero en la cabeza —dijo, y le dio una seguidilla de golpes con el bate de béisbol en el estómago, la cara, los brazos y las piernas. El *punk* se arrastró sobre el piso.

Quiroz se detuvo un momento para pensar, se llevó la punta del bate al mentón y desvió los ojos hacia el techo.

—¿En qué estábamos? Ah, sí, ¿conocés a la de la foto?

—No.

—Claro que la conocés —dijo Quiroz y volvió a acercarse al chico que se arrastró para atrás—. No me mientas porque no me gusta perder el tiempo —dijo y llevó el bate de madera a la altura de los cuernos artificiales que sobresalían debajo de la piel del chico. Apoyó la punta contra una de las esferas—. Un buen golpe acá con esto y te hundo el cráneo. Me imagino que con un buen impacto estas mierdas de metal que te pusiste acá harían un cuadrangular en tu cerebro, ¿no? Ya veo la situación: el médico forense extrayendo una bola de acero quirúrgico de un enchastre de sesos esparcidos por todas partes. Pobre el que tenga que venir a levantar tus restos. ¿Tu mamá, acaso? No se lo deseo. Esto puede evitarse con un mínimo de cortesía de tu parte, algo a lo que rehusaste desde que entré a este local de mierda. Entonces, empecemos de nuevo. Hola, señor, mucho gusto, estoy buscando información de una ex empleada de este comercio, se llamaba María Belén Lorenzo, ¿qué puede decirme acerca de ella?

—Trabajó acá —confesó el vendedor, por fin— hace un tiempo. Después se fue a vivir al interior o algo así. No sé todos los detalles. Yo entré a trabajar cuando ella ya se había ido.

—¿Quién es el dueño del local? ¿Quién te contrata?

—Ella se fue y al mes lo vendieron, ahora es de otra persona que ni la conoció.

—¿Sabés que está muerta?

El chico abrió la boca en una expresión de incredulidad. Era probable que realmente no supiera nada del destino de María Belén Lorenzo.

—No sabía. Pobre, era una buena persona —improvisó.

—¿Qué tan bien la conociste?

—Yo era cliente del negocio mientras ella estuvo acá, y después cuando se fue me contrataron para que la reemplazara. No fue mucho tiempo, pero algo la llegué a conocer.

—¿Sabés si tenía algún enemigo? ¿Alguien que quisiera hacerle daño? ¿Quizás algún novio, o ex novio?

—No, no conocí nunca nadie así. Ella siempre parecía amiga de todos.

—¡No me mientas! —gritó Quiroz y dejó caer con furia el bate sobre el mostrador de cristal que estalló en pedazos. El chico se acurrucó en posición fetal contra la pared. Quiroz midió la distancia entre él y el *punk* con el bate y lo movió en su dirección como si estuviera dándole a una bola en cámara lenta, pero en vez de bola lo que iba a golpear era la cabeza del vendedor.

—No miento —imploró con voz ronca el *punk*—, no supe nada de ella.

—Te lo vuelvo a preguntar ¿le conociste algún novio? ¿Algún hombre?

—¡No!

Quiroz corrió con la punta del bate la chaqueta llena de tachas que llevaba el chico, hasta dejar descubierta una camiseta de los *Ramones* negra, desteñida y agujereada.

—Mhhh —murmuró—, esto me trae un recuerdo agradable.

—Te la doy si me prometés que me dejás en paz.

—No, dejá, no hace falta. Te creo —dijo, por fin, Quiroz.

Caminó unos pasos entre los vidrios rotos del piso, tomó un CD que estaba en la vidriera, leyó en voz alta el nombre de la banda; *Lacrimosa*, y mostrándoselo al chico que todavía respiraba agitado le dijo:

—Me voy a llevar este nomás. Para mi sobrino. O hijo. El que sea. Gracias.

Salió del local y luego de la galería.

Ya en la calle se metió en el auto y esperó un rato hasta que por la puerta de la galería vio salir al *punk* caminando a paso acelerado, mirando para todas partes a su alrededor.

Encendió el contacto y comenzó a seguir muy lentamente al tipo.

Capítulo 16

Sheila

Llevaba quince minutos frente a una taza de café que ya estaba frío.

Julia apareció al fondo del pasillo, moviendo su cuerpo de forma despreocupada y casual; llevaba un cuaderno de apuntes en la mano y su cartera rosa, infaltable, cruzándole el hombro. Se sentó frente a su amiga y le sonrió.

Sheila miró a sus lados, sentía de nuevo que todo el mundo la observaba, que se hablaba de ella a sus espaldas, que la gente estaba murmurando su vergüenza.

—¿Te enteraste?

—¿De qué?

Sheila volvió a mirar a todos lados y bajó la cabeza.

—No me digas que el de Sociología I adelantó el examen —dijo Julia con cautela.

—¡No! No sé. Estuve ocupada con otras cosas durante los últimos días con todo esto. Te preguntaba si te enteraste de lo que pasó con mi padre.

Julia intentó hacer memoria reciente pero lo cierto era que apenas si conocía al rabino Moshé Lehrer de una vez que había pasado a buscar unos apuntes por la casa de Sheila.

—¿Le pasó algo... grave?

—Está detenido —Sheila sintió que una vergüenza inconmensurable la invadía al pronunciar estas palabras. Una dinastía prestigiosa se veía ahora mancillada por unos crímenes de los que ella estaba convencida su padre no había tomado ninguna parte.

Julia se llevó ambas manos a la boca y abrió mucho los ojos.

—¡No puede ser! ¿Qué pasó?

—Lo acusan de ser el autor intelectual de unos asesinatos —dijo Sheila, con total franqueza y evaluando con la mirada la reacción de Julia. Supo de inmediato que la revelación perturbaba a su amiga, pero por motivos distintos a la incomodidad que ella misma sentía. Julia había perdido repentinamente coloración en la piel, estaba más pálida y la cara se le había deformado en una mueca que intentaba disimular, pero sin lograrlo.

—¡Ay, Sheila, que cosa más... terrible! —improvisó.

—Es todo mentira. Yo sé que él es inocente.

Julia se movió incómoda en la silla, intentó adecuarse ante la revelación, pero no sabía exactamente qué esperaba Sheila.

—Creo que estas cosas hay que dejarlas que las traten los abogados, la gente de la justicia.

—Ya sé cómo funciona la justicia en este país. Él es inocente.

Su amiga tragó saliva.

—¿Necesitás algo?

No lo había considerado.

—¿Podrías averiguar algo sobre las víctimas por las que se acusa a mi padre, acaso?

—Supongo. Para eso están las amigas, ¿no?

Escribió los nombres de María Belén Lorenzo y Alicia Vázquez en una servilleta y se la alcanzó.

—Cualquier cosa que puedas averiguar sobre ellas, va a estar bien.

—Veo que puedo hacer para ayudarte.

Julia le acarició la palma de la mano.

—Entiendo que, por tu posición, el lugar de dónde venís, te podés sentir todavía peor, pero contá conmigo.

—No te preocupes, como dice el proverbio *iddish*: "De noche, todas las vacas son negras".

Julia supo que su amiga iba a estar bien. Se levantó, le dio un abrazo y le susurró al oído que contaba con ella. Sheila la palmeó en la espalda sorprendida, sin saber cómo se suponía que tenía que reaccionar. Nunca iba a terminar de acostumbrarse a esa clase de cercanía física con los otros. Julia se apartó con la misma naturalidad y estilo relajado y feliz con el que había llegado unos minutos antes.

Sheila se quedó sentada en la cafetería. Eso había sido algo. Sintió que no estaba tan sola. Terminó de tomar el café que ya estaba helado. Comprobó la hora. Tenía una clase en veinte minutos. Los últimos días había olvidado por completo todo lo que tenía que ver con sus estudios, pero ya estaba allí y tampoco quería perder todo el sacrificio que había estado haciendo en los últimos meses para poder estudiar.

Recogió sus cosas y fue directo al aula, sin reparar en sus compañeros que mantenían animadas conversaciones en los pasillos, gente que iba y venía apurada, un grupo de estudiantes reunidos en círculo contra una pared repasando los últimos conceptos de una materia antes de entrar a rendir un examen. Para Sheila ese entorno se veía como un fondo difuminado, solo podía pensar en su padre y en los crímenes.

La clase fue un alivio. Durante noventa minutos todas sus preocupaciones parecieron desvanecerse en un limbo libre de toda oscuridad. Julia, sentada a su lado, apenas le prestó atención. En dos ocasiones le dedicó una mirada de reojo pero no le hizo ningún comentario, y por una vez el profesor no tuvo que llamarles la atención a las dos por sus permanentes conversaciones y risitas cómplices.

Al finalizar, el docente les recordó que la fecha de examen sería en una semana y Sheila se quedó fija en el banco, como si no quisiera levantarse y abandonar ese lugar seguro que tenía allí. Julia, por el contrario, se puso de pie apenas el profesor terminó de hablar, saludó escuetamente a su amiga desde lejos y salió rápidamente del aula.

Alguien le tocó el hombro y Sheila pareció volver a la realidad. Giró la cabeza y vio a un chico que abrazando una carpeta y unos libros le indicó que la clase ya había terminado, que todos sus compañeros ya habían salido y que ella también tenía que irse porque estaba ocupando un banco de la clase que seguía. Sheila se disculpó y se puso de pie. Salió del aula, deambuló por los pasillos hasta que se encontró de nuevo en la calle.

El aire fresco la sacó de su estado de sonambulismo. Sin darse cuenta había caminado rumbo a la biblioteca de la Sociedad Hebrea. No tenía trabajo pendiente, y podía no ir ese día, pero instintivamente sabía que allí iba a ser bien recibida, que nadie la iba a rechazar.

Entró, saludó a Miriam, que con su discreción habitual no hizo ninguna referencia a su padre y lo que había sucedido, y fue directo hasta su computadora en el rincón del fondo.

Ingresó el nombre "Alicia Vázquez" en Google e inmediatamente la pantalla se llenó de *links* con perfiles de diversas mujeres llamadas Alicia Vázquez en las redes sociales. Buscó entre la selva de contenidos irrelevantes, hasta que encontró la noticia del homicidio, repetida en varios periódicos. El contenido era idéntico en todas las webs que revisó y estaba firmado siempre por la misma agencia de noticias.

¿Por qué había tan poca información acerca del crimen?

Leyó los detalles del asesinato y sintió escalofríos. Sheila no tuvo dudas: ya conocía ese accionar perverso.

Sintió una presencia delante suyo. Había estado leyendo tan absorta que no se había percatado de que Miriam estaba parada al frente de su escritorio.

—¿Estás bien, Sheila?

—Sí, sí, perfecto —dijo, acomodándose en la silla.

—Te veo muy concentrada, apenas me saludaste.

—No es nada, solo un poco de trabajo atrasado —mintió.

—Respecto de lo que pasó en tu casa, si querés conversar, si necesitás algo, yo no te voy a juzgar.

Sheila sintió un ligero alivio.

—Te agradezco.

—Sé lo que sufriste la vez pasada y esto que está ocurriendo ahora...

—Sí.

—Quiero que te cuides, Sheila.

No le respondió.

Miriam rodeó el escritorio y se puso a su lado. Echó un vistazo a la pantalla.

—Pobre mujer —susurró.

Sheila sintió esas palabras como un bálsamo. Era la primera persona que no le decía que no se involucrara, que no sentía que estaba juzgando en silencio a su padre, que no la desalentaba.

—Mi padre es inocente —dijo, solamente.

Miriam le acarició la mejilla.

—Estoy segura. Y lo voy a probar.

—Tené cuidado —repitió la bibliotecaria.

Sheila abrió su cuaderno de cursada y anotó la poca información que se había filtrado a la prensa acerca de Alicia Vázquez: había nacido el 3 de octubre de 1990, demasiado joven para morir. Por lo demás, solo se indicaba vagamente que era una excelente estudiante de Medicina y que su pérdida irreparable y cruel había dejado destrozada a la familia. Su último novio había dado una escueta declaración, apenado. Anotó "Matías Sierra", el nombre del muchacho. Luego buscó la dirección de la Facultad de Medicina, y cerró el cuaderno.

Pasó un rato más en la biblioteca, pero como no tenía trabajo atrasado pronto perdió el interés. Sentía una especie de cosquilleo en los pies, en el pecho. Se levantó decidida, saludó a Miriam y salió de nuevo a la calle.

La Facultad de Medicina se ubicaba frente a una plaza no muy lejos de allí. Decidió que si quería saber algo más acerca de Alicia Vázquez iba a tener que empezar por ahí.

Comenzó a caminar en esa dirección. Esa zona de la ciudad siempre se encontraba llena de gente que iba y venía apurada, y sobre todo había muchos *yid*, judíos, que tenían sus comercios de telas y se asomaban a la puerta de sus locales a ver pasar el día. Se sentía un poco más protegida en esos alrededores; como si esas calles fueran el límite entre los dos mundos en los que se movía: el de su tradición judía y los gentiles, compartiendo un mismo espacio que no pertenecía a nadie y que era de todos.

Entonces, mientras caminaba, percibió que una sombra le pisaba los talones, siguiéndola de cerca.

Capítulo 18

Dos sombras

Los tiempos se habían acelerado. Nadie había podido esperarse el encarcelamiento del rabino Moshé Lehrer. Los había tomado a todos por sorpresa y ahora se sentía un poco fuera de su propio eje. ¿Cómo se suponía que tenía que seguir? La comunidad tambaleaba. Esa no era su batalla, ni siquiera su interés, pero sí sabía que tarde o temprano iba a necesitar nuevas órdenes y eso iba a ser imposible ahora. ¿Quién sabía cuánto tiempo permanecería detenido? Se estaban encargando de hacer lo necesario para sacarlo, de eso estaba seguro, pero no podía confiar en un resultado a corto plazo.

Se lamentó de no haber sido más discreto, de no haber tomado más precauciones. Ahora todo iba a ser mucho más difícil. Pero había hecho una promesa, había asumido un compromiso y estaba convencido de que iba a seguir hasta las últimas consecuencias, sin importar lo que sucediera luego. Ya se vería. *Der derech hayosher iz alleh mol kosher* se dijo. "El camino justo es siempre el camino correcto", repitió en castellano el mismo proverbio. Ya estaba empezando a pensar como ella, su objetivo.

Eso le iba a servir si quería romper las barreras.

"Está decidido", pensó, "voy a seguir con el plan".

Ojalá hubiera otro modo, ojalá pudiera tener alguien más con quién hablar todo lo que estaba sucediendo, pero tenía que tener mucha precaución; un paso en falso y todo se vendría abajo.

El problema seguía siendo cómo acercarse sin que ella sospechara sus verdaderas intenciones.

El objetivo era Sheila. Tenía que concentrarse en ella y esperar.

Después se vería cómo se terminaban de desarrollar los acontecimientos y rendiría cuentas con quien quedara en pie para exigirlas.

Estaba tranquilo. Había disfrutado lo que había hecho y sentía que lo volvería a hacer una y otra vez. Sabía que había sido justo. Duro, cruel, pero justo, y eso era lo que le habían enseñado. Había aprendido que de todo debe uno hacerse responsable y que el castigo se debe aceptar en paz y resignación.

Sentado frente a su escritorio, aburrido, contemplando sin mucho interés una pila de papeles amontonados, escuchaba impávido el *tic tac* del reloj de pared. No había emoción en la espera.

Y si no había emoción, ¿para qué había hecho lo que había hecho? Podría haber dejado la justicia en manos de otro. Pero no, sabía que nunca nadie iba a hacer lo que debía hacerse y por eso estaba sereno. Se había ensuciado las manos con la chica porque ella lo había merecido, lo había buscado y ahora estaba muerta. Había pagado el precio.

Había creído que una vez muerta la pecadora iba a poder estar tranquilo, y en verdad sí, había logrado aplacar un poco las voces que lo habían guiado hacia allí, pero ahora lo invadía un profundo aburrimiento, una sensación de desolación total con la que no sabía qué iba a hacer.

Pasó la palma de la mano por el escritorio buscando correr partículas de polvo. La madera estaba inmaculada y todavía conservaba el fresco aroma del lustramuebles. Revisó su agenda. Todavía le quedaba algo de trabajo para ese día. "15.30 hs: Salcedo", leyó. Dio un vistazo a su reloj de pulsera que señalaba las 15.31. Lo contrastó con el reloj de pared: 15.31, distinguió que marcaban las manecillas.

Abrió el cajón y buscó su lapicera de punta de oro. La apoyó suavemente sobre la hoja de la agenda y remarcó con varios círculos la cita de las 15.30.

En la misma página, a las 18.30, figuraba: "Comida para Pupi".

Era el golden retriever de la familia, recordó que su hija le había insistido en que no le quedaba alimento balanceado. Iba a ir por la comida cuando finalizara la jornada.

Cuando terminó de corroborar su agenda volvió a guardar la lapicera en el estuche y cerró el cajón. Apretó el botón del intercomunicador.

—Marcela, tengo anotado a Salcedo a las quince treinta —dijo.

—Lo sé, señor. En la sala no está. ¿Quiere que haga pasar al siguiente?

—Le vamos a dar cinco minutos más. Si no llega, haga pasar a... —se fijó en la agenda y terminó— la señorita Valente que figura a las dieciséis.

—Sí, señor.

Escuchó el *click* del cierre del canal de comunicación.

Pensó que iba a tener que hacer algo con su secretaria, también. Había ido perdiendo el entusiasmo desde que él le había dejado en claro que no iba a abandonar a su familia por ella. Claro que no lo valía y se lo había hecho entender claramente. La muy estúpida había preferido perderse de ser una de sus privilegiadas antes que seguir a la sombra. Pero no había renunciado.

Podía entender la falta de entusiasmo, pero no podría tolerar mucho tiempo más que no se refiriera a él con propiedad.

Sí, se iba a encargar de su secretaria. "Pero primero lo primero" pensó, y golpeó con la punta del dedo el círculo que había encerrado su cita de las 15.30 hs.

"Salcedo", repitió para sí mismo, iba a tener que arreglar cuentas con el impuntual. Súbitamente ese pensamiento le devolvió la felicidad, el vértigo, la sensación de que todavía quedaban cosas para hacer en su monótona vida.

Capítulo 18

Quiroz

El *punk* que Quiroz estaba siguiendo con el auto no se había percatado de su presencia. Iba apurado, a paso vivo, las piernas muy juntas y el cuerpo compacto, como si tuviera una urgencia inminente que resolver.

Miraba intranquilo para todos lados pero era más que nada un acto reflejo porque el auto de Quiroz, y el propio ex policía, le habían pasado desapercibidos pese a que ya llevaba más de cinco cuadras siguiéndolo, a unos diez metros de distancia. Su cresta colorida era inconfundible a la distancia: se levantaba por sobre las cabezas de los demás transeúntes y para el detective se trataba de un juego tan simple como el de perseguir a un pavo real que estuviera expandiendo sus plumas para el ritual del apareamiento.

Cruzaron una amplia avenida, y por un momento estuvo a punto de tener que abandonar el auto y seguir a pie cuando el vendedor de la tienda amagó con doblar por una cuadra que iba a contramano del tránsito, pero no fue necesario.

Llegaron a una plaza de cemento que ocupaba una manzana entera y en la cual *skaters* hacían sus retos, desafiando la gravedad y la salud de sus huesos, en plataformas y bucles de hormigón.

Quiroz detuvo la marcha frente la plaza y se bajó del automóvil. El tipo al que seguía se distendió apenas ingresó en el parque de cemento, como si hubiera llegado a un lugar donde la mano del ex policía no pudiera alcanzarlo. Avanzó hacia una de las ollas de hormigón donde varios *skaters* practicaban sus trucos. Más apartados, en un rincón, sobre un banco improvisado con un tablón apoyado sobre dos bloques de ladrillos, otros dos *punks* fumaban marihuana y retozaban bajo el sol tibio del mediodía.

El vendedor caminó con paso seguro hacia ellos y se puso a hablar animadamente. Movía los brazos y se lo notaba nervioso. Quiroz contemplaba la escena, no sin cierta satisfacción, desde el borde superior de la olla. Un *skater* pasó rozándolo, hizo una voltereta en el aire y volvió a caer con gracia sobre la pared curva que lo devolvió hacia abajo.

El *punk* que había seguido hacía ahora la mímica de cómo él había tomado el bate de béisbol y lo había amenazado. Había funcionado mucho mejor de lo que esperaba. Estaba acostumbrado a tratar con la peor basura de las calles y sabía identificar cuándo se encontraba con un peso pesado. Ese chico no había sido otra cosa más que un mocoso atrevido y había olido su miedo en cada una de las palabras amenazantes con las que había intentado amedrentarlo. Pero justo a él, a la Iguana Quiroz, no lo asustaba un adolescente flacucho con la cara perforada y tatuajes en el brazo. Toda la situación le había resultado incluso divertida. Y ahora estaba donde quería estar. Su olfato no había fallado esta vez. El vendedor le había ocultado información y ahora había venido corriendo en busca de ese otro muchacho que escuchaba atento lo que le decía, fumando con tranquilidad.

"Es hora de apretar un poco más los tornillos" se dijo Quiroz y comenzó a bajar con cuidado la rampa, intentando no resbalarse. Sintió cómo las piernas le temblaban, como si se hubieran convertido en una gelatina apenas sostenida por una materia blanda que eran sus huesos gastados, pero logró estabilizarse y llegar hasta el fondo de la olla. Se agachó para recobrar el aire. El grupo de los tres *punks* no lo había visto todavía, y cuando estuvo recuperado sacó del bolsillo de la camisa sus anteojos oscuros de aviador, se los colocó, se atusó el bigote y se dirigió sin más miramientos hacia la reunión.

El chico que había seguido hasta allí lo vio venir y pudo notar cómo iba modificando su expresión, y su cuerpo parecía desplomarse desde sus hombros. Quiroz apuró el paso. Se movía con seguridad y confianza, con la impertinencia que da la impunidad.

—Buenas tardes, señores —dijo con tono de policía viejo y endiablado que tan entrenado tenía.

—Pasti, éste es... el poli del que te hablaba —dijo el vendedor de la tienda, con un aire de resignación.

—¿Pasti? ¿Qué clase de nombre es ese? —inquirió Quiroz con sorpresa despectiva.

—Me dicen el Pasti porque me la paso empastillado. ¿Y vos quién carajo sos?

Quiroz se llevó las manos a la cintura, subió el pecho henchido de aire.

—Pero mirá qué insolente que resultó ser el mocoso pastillero.

—No me respondiste, ¿qué mierda querés conmigo y con mi gente?

El chico que dominaba la reunión desde el banco de cemento hablaba sin miedo. El otro había sido fácil de ablandar pero éste, que parecía ser el líder de la bandita, quizás iba a necesitar un poco más de palo para cantar. Llevaba una chaqueta musculosa de cuero, abierta, atravesada por alfileres de gancho y un *pin* con una cruz esvástica tachada. Debajo de la chaqueta nada más que su cuero: el pecho de un blanco pálido, enrojecido por el sol, unas pocas islas de vello que se anudaban en el centro, rastros de tatuajes descoloridos y una enorme cruz invertida colgando de una cadena en su cuello. Por lo demás, vestía unos pantalones cuadriculados rojo y negro y borceguíes que llegaban hasta un cuarto de sus piernas; el pelo, con un corte tipo mohicano, era una pequeña franja de cabello teñido de verde; apenas un sendero capilar sobresaliendo del resto de su cráneo rapado, y que no llegaba a alzarse como la del otro; las cejas depiladas le daban un aspecto más tenebroso de lo que el resto de su cuerpo desgarbado, y completaba su presentación con una argolla de acero que le atravesaba el tabique nasal por adentro sobresaliendo de su nariz como si el tipo fuera una pieza de ganado vacuno. Un toro bravo. Pero Quiroz había tratado con peores escorias.

—Me gustaría responderte, pero no sé a dónde mirarte: si a los ojos o a la porquería que te sale de la nariz.

—¿Qué te pasa? ¿Acaso sos puto? ¿Te gustan los pendejos, viejo verde?

El secuaz que tenía sentado a su lado se rio con la ocurrencia del Pasti, y entonces Quiroz comprobó por el tono que se trataba de una mujer. Escuálida, con el pelo sucio cayéndole en cascada sobre la cara, vestía una remera y pantalón negros y andrajosos, y un cinturón con tachas terminadas en punta.

El Pasti levantó una botella de cerveza a medio tomar y la empinó para darle un trago, haciendo de cuenta que Quiroz no estaba ahí.

El ex policía no se había movido de su posición. Se acercó al vendedor de la tienda que había visitado, apoyó una mano sobre el hombro y sintió cómo el *punk* se sacudía con un escalofrío.

—Acá tu amigo creo que ya me conoce, ¿no?

El tipo asintió resignado.

—¿Cómo te llamás vos, amigo? Ya conocí al Pasti y a vos, pero no sé tu nombre, nada que nos permita mantener una conversación más amigable.

—A él le decimos Jo y ella es Nina. ¿Estás contento? Ahora tomátelas, viejo puto —dijo el Pasti todavía con la botella de cerveza en la mano.

—¿Jo? ¿Así te dicen?

El aludido asintió.

Quiroz no lo había soltado y lo apretó más fuerte contra sí.

—Jo. Qué nombre más extraño.

—Es por Joaquín —dijo el chico sintiendo el abrazo de oso del ex policía.

—Ajá. Qué interesante. Cuéntenme, chicos, ¿qué hacen de sus vidas además de parar acá a drogarse y emborracharse?

—Qué tipo más pesado —dijo Nina.

—Muy pesado. Soy como una piedra. Preguntale a Joaquín.

El chico transpiraba y tenía la cara pálida y descompuesta.

—Ya te dijimos que es Jo, no Joaquín. Y además es un pelotudo. Un cagón que no se la puede bancar con un policía viejo como vos —dijo el Pasti.

—El miedo es un mecanismo de defensa ¿sabías?

El Pasti escupió a los pies de Quiroz.

—Eso es lo que opino de la mierda que tenés para decir.

—Tenemos una banda —dijo Jo.

—Al fin estamos teniendo una conversación —dijo Quiroz en un canturreo.

—Callate, pelotudo —lo retó el Pasti.

—¿Cómo se llama la banda?

—*Aniquilación mental*, hacemos *punk oi!* antifascista —respondió Nina, y el chico sentado a su lado le dio un codazo.

—¿Te pone nervioso la conversación, Pasti?

—No hablo con policías.

—Otro más que me viene con esa constipación.

—Sos la misma mierda.

—Igual no te preocupes que no tengo ni idea de qué me dijo tu amiguita.

—Mirá, viejo, última advertencia, tomátelas. No queremos saber nada con vos ni con tu fascismo.

—A los pibes como ustedes los chupábamos en mi época —dijo Quiroz sintiendo nostalgia marcial.

—Y a los pibes de ahora nos podés chupar bien la verga.

Eso era suficiente, Quiroz se había aburrido de ese juego y si algo lo estimulaba para ponerse manos a la obra era una amenaza, una última advertencia. Era lo que le gustaba escuchar en su cabeza cuando sus nudillos terminaban doloridos y manchados de sangre. Soltó a Jo como se tira mierda al río y el *punk* trastabilló, quedó a punto de caer al piso y recobró el equilibrio luego de unos pasos en falso.

—Qué interesante esa cruz que tenés colgando, Pasti. ¿Algún motivo en especial?

El *punk* tomó entre sus dedos el colgante, tenía las uñas pintadas de negro y recién entonces lo percibió Quiroz quien rápidamente lo incorporó al perfil criminal que se estaba haciendo mentalmente del Pasti, lo giró y lo volvió a acomodar en su pecho.

—¿Esto? No es nada.

—¿Nada?

—Es el signo del Anticristo.

—Anticristo, ¿eh? Me hace acordar al modo en el que encontraron a Alicia Vázquez. ¿Qué tenés para decirme de ella? ¿También era cultora del Anticristo o la obligaron a serlo?

—No tengo la más puta idea de quién mierda hablás.

—Una chica, veinticuatro años, la encontraron hace una semana muerta. Crucificada boca abajo como en la cruz que llevás en el cuello.

—¿Y a mí qué me venís con eso? Nunca escuché hablar de esa piba.

—Ajá —dijo Quiroz aclarándose la garganta—. ¿Y qué hay de una tal María Belén Lorenzo?

Entonces vio cómo el chico se acomodaba en su lugar, inquieto.

—No la conocí.

—Sabés que está muerta.

—Escuché algo.

—Mentís.

—¿Esa no era la turra con la que estuviste? —le preguntó cautelosa Nina.

—Callate, pelotuda.

La chica pareció ofenderse; movió la cabeza en dirección opuesta y se alejó unos centímetros del Pasti.

Quiroz extendió el brazo en dirección al líder, metió el dedo índice en la argolla de acero que tenía enganchada en la nariz y tironeó de ésta como si se hubiera engarzado a la sortija.

—Escuchame, pedazo de basura, se terminó el juego. Me vas a responder todo lo que te pregunte —dijo, y atrajo hacia sí al chico.

—Está bien, está bien —lloriqueó el otro mientras que de reojo pudo ver cómo Nina parecía estar disfrutando la escena; por su parte, Jo se apartó del ex policía.

—¿Qué querés saber?

—Por empezar, tu nombre real.

—Raimundo Suárez.

—Eso me gusta más —dijo Quiroz, que no llegó a percibir el momento en el que el *punk* al que tenía agarrado de la nariz levantaba la botella de cerveza a sus pies, la alzaba por el aire y la aplastaba contra su frente, en un movimiento tan veloz que le había resultado imperceptible.

La botella se estrelló contra la cabeza de Quiroz con una violencia que lo hizo dar unos pasos hacia atrás. Todavía enganchado al aro del Pasti, se sintió atontado y entonces cuando llegó el segundo, el tercer botellazo que rompió el recipiente y lo mandó al piso de espaldas, recién pudo terminar de entender lo que estaba pasando. El *punk* largó un manotazo que corrió el dedo enganchado del ex policía, y liberado se irguió y pateó el cuerpo de Quiroz en el piso con la punta de acero de sus borceguíes de cuero.

Se había quedado sin reflejos, sin capacidad de reacción, solo supo que iba a tener que endurecer el cuerpo para soportar los puntazos que le golpeaban ahora con toda la furia las costillas.

Jo y Nina se abalanzaron sobre el Pasti que seguía pegando.

—Ya está, dejalo.

—No lo mates, nos vas a joder la vida a todos.

Las palabras se le mezclaban, no distinguía quién decía cada cosa, pero por un momento agradeció a esos dos vagos que le estaban salvando la vida.

Entonces los puntapiés terminaron. Tenía los ojos llenos de lágrimas de dolor y la vista borrosa, pero pudo ver cómo el Pasti Suárez se paraba al lado de su cabeza. El *punk* lo miró desde arriba, le escupió en la cara y dijo algo que Quiroz no llegó a escuchar. Fue lo último que alcanzó a entender antes de perder el conocimiento.

Capítulo 19

Sheila

Alguien la seguía. Podía sentirlo, una presencia pisándole los talones, una sombra in-definida que se escondía atrás de cada esquina, y que desaparecía cuando volteaba para ver hacia atrás. Aceleró el paso y empezó a esquivar a la gente que iba y venía y ocupaba todo el ancho de la cuadra, pasó por entre medio de la discusión entre un comprador y un vendedor en la puerta del local del comerciante, eludió con habilidad a los cadetes que empujaban sus carros con enormes rollos de tela, ocupando todo el espacio peatonal y parte también del asfalto, y cuando llegó a la siguiente esquina desvió su camino hacia la derecha y se guareció detrás de la puerta de entrada del primer edificio que encontró. Entonces esperó allí un rato, examinando a cada persona que pasaba por la esquina.

Entre la gente que vio pasar nadie parecía ser su perseguidor.

Salió de su escondite con precaución y volvió a caminar rumbo a la Facultad de Medicina, donde pensaba comenzar su investigación con quienes habían sido compañeros de estudio de Alicia Vázquez. Caminó ligera, pero todavía en estado de alerta, cuando volvió a tener la certeza de que una sombra estaba detrás suyo y ahora, para peor, estaba más cerca. Se paró en medio de la cuadra y se dio vuelta. Nada.

Un tipo pasó a su lado y la empujó con el hombro, y luego otro y no esperó a recibir más golpes, volvió a darse vuelta y seguir su camino, pero ahora con la certeza de que no estaba equivocada, tenía a alguien detrás suyo aunque no pudiera verlo.

Caminó unos pasos más. Los alrededores comenzaron a tornarse difusos. Sintió cómo la gente que la rodeaba se deformaba. Miró al cielo. El sol brillaba diáfano. Se detuvo, sentía presión en la cabeza, sentía que no iba a poder más; se apoyó contra una pared, respiró hondo, miró al piso, cerró los ojos. Tenía hambre. No había almorzado nada más allá del café que había tomado antes y su estómago hacía ruido.

Intentó volver a caminar, pero el mareo la obligó a detenerse nuevamente. Cerró los ojos y entonces escuchó que alguien decía su nombre.

Supuso que estaba delirando y trató de apartar las palabras con las manos, como intentando espantar moscas, pero repitieron una vez más su nombre.

—Sheila, ¿estás bien?

¿De dónde venían esas palabras? La voz sonaba a la de su padre, aunque también creyó escuchar el tono sombrío y cínico de Mendel Feldman que había sido su prometido, pero era imposible porque estaba muerto y entonces sintió que le tocaban el hombro, y le volvían a preguntar si estaba bien. Sheila levantó la cabeza y lo vio. Estuvo a punto de gritar, pero tenía la garganta seca y no le salían las palabras.

—¿Necesitás ayuda? —dijo Leib Schelling.

¿Acaso era la sombra que la había estado siguiendo? ¿Qué hacía justo ahí? Se lo preguntó como pudo, articulando apenas las palabras, mientras sentía que su cabeza no era más que un caleidoscopio psicodélico.

—Pasaba por acá —dijo el hombre con cautela—. Me pareció verte, quise acercarme pero no quería asustarte.

—¿Me estuviste siguiendo?

—De ningún modo, Sheila Lehrer.

—No me digas así.

—¿Cómo?

—Con mi nombre y apellido, ya sé cómo me llamo —dijo ella recobrando de a poco la compostura.

—Disculpame, es solo una forma de respeto.

Sheila dudó. No entendía todavía qué hacía hablando con el Gólem en ese momento y por qué había aparecido justo cuando sentía que se iba a desmayar.

—Está bien, gracias por preguntar. Ya me siento mejor —dijo y dio unos pasos tambaleantes.

—Creo que estabas caminando para el otro lado.

—¿Te importa acaso?

—Además no creo que puedas seguir así. Quizás te bajó la presión, no te vendría mal algo dulce —dijo el Gólem, metió la mano en su bolsillo y extrajo un caramelo de miel.

Sheila lo examinó con desconfianza.

—¿Acaso me querés envenenar?

Leib se encogió de hombros.

—Quiero ayudar, nada más.

Agarró el caramelo y se lo metió en la boca. Estaba convencida de que el muchacho la había estado siguiendo. Por otra parte, era cierto que necesitaba algo dulce para recuperarse y ya lo tenía a él ahí. Saboreó el gusto a miel en su boca y contempló al Gólem. Era realmente imponente. Su cara, de facciones geométricas, casi rectangulares, la barba tupida y enredada; las cuerdas del *tzitzit* que sobresalían debajo de la camisa y por fuera del pantalón con total normalidad; y el sombrero en su cabeza de pelo prolijamente recortado, sin rastro de *peiot* cayendo por el lado de sus orejas. Eso le gustaba en él, siempre había querido conocer a un judío religioso que no llevara esos rulos antiestéticos, pero en su comunidad era una costumbre obligatoria.

Por lo demás, su cuerpo fornido, musculoso y a la vez relleno, su espalda ancha y su metro noventa le daban un aspecto protector a la vez que cierto aire intimidante, y supuso que fuera como fuera, si le quería hacer algún tipo de daño iba a tener que hacerlo en un momento que estuvieran a solas porque su presencia no podría pasar nunca desapercibida.

—¿Estás mejor? —le preguntó.

—Sí. Pero necesito que me respondas por qué me estabas siguiendo.

—Sheila Lehrer —se acaloró—, yo no te estaba siguiendo.

—Dejemos el trato de deferencia. Ya sé que respetás a mi padre y todo eso. Quiero la verdad.

Se midieron con la mirada. El Gólem fue cobrando una tonalidad rojiza en la cara y unas gotitas de sudor perlado se le formaron justo donde comenzaban las entradas de su cuero cabelludo.

—¿Entonces?

—Te vi caminar muy decidida —soltó, resignado—, estaba dando unas vueltas por la zona, haciendo tiempo para ir al grupo y te vi.

El grupo. Sheila tenía otras preocupaciones más importantes.

—Se pregunta mucho por vos ahí —dijo Leib.

—¿Ah, sí? ¿Qué se dice?

—Elana pregunta cada vez que hay reunión si alguien sabe algo de vos.

—Supongo que todos sabrán ya lo de mi padre.

—Sí.

—¿Y qué se dice de eso?

—Hay un hondo pesar.

—No me mientas.

—Dalit parecía disfrutar de la noticia.

—Lo sabía.

—Me ofendió. Nos ofendió a todos. Joel le recordó que no hay que hacer *lashón hará*.

—Hablar despectivamente de otros.

—Es un pecado.

—Gracias, Leib.

—¿Por qué?

—Por defender a mi padre. Y a mí.

—¿Seguís convencida de que no querés que me acerque ni siquiera a una cuadra de distancia?

—Es en vano que te diga que no te acerques, ¿no? De todos modos lo hacés.

—No quise asustarte.

—Lo hiciste.

Leib pareció apesadumbrado.

—De acuerdo, no quisiera entonces seguir importunándote —dijo, y sin más se dio media vuelta y comenzó a caminar en la dirección contraria.

Sheila se adelantó y lo tocó en la espalda.

—Esperá.

—Me tocaste.

Sheila se sonrojó.

—Te pido disculpas.

—Está bien. Es que uno no termina de acostumbrarse a esto, ¿no? Esta situación en la que no sabemos de qué lado estamos. En la orilla segura con nuestras costumbres o en el mar revuelto de este loco mundo no religioso.

—Creo que es claro que estamos bien metidos en la inmensidad del mar. Nos guste o no.

—Yo sigo vestido como para un día de playa. Bajo una sombrilla y sin pensar en el agua —dijo Leib y se señaló la ropa, el sombrero y la barba.

—Pero yo no sé dónde estoy todavía. Y necesito alguien que me pueda entender.

Los ojos de Leib se iluminaron.

—Vos dijiste que respetabas a mi padre.

—Lo sostengo.

—¿Me podés ayudar a probar su inocencia?

La propuesta de Sheila pareció tomarlo por sorpresa. Se acarició la barba y reflexionó un instante, mirando a esa chica que parecía haber ganado altura y compostura en los últimos días y que ahora, luego del caramelo de miel, volvía a estar armada y bien despierta.

—¿Qué tendría que hacer?

—En principio acompañarme a hacer algunas averiguaciones con quienes fueron conocidos y amigos de la víctima.

—Está bien —concedió sin dudarlo.

Sheila supo que había hecho lo correcto. Era mejor tenerlo cerca y no en la sombras, así iba a poder controlarlo mejor. Leib también estaba contento, aunque lo disimulaba detrás de una expresión adusta e inocente, y también llena de satisfacción; la chica había cedido en su intransigente rechazo hacia él y ahora podría, por fin, seguir con la ejecución del plan tal y como había sido establecido.

Capítulo 20

Quiroz

Nadaba, no veía los bordes y estaba al aire libre. Se veían árboles alrededor y un cielo despejado, limpio, con unas pocas nubes desperdigadas y alejadas en el firmamento. Estaba sobre la línea de flotación y no entendía cómo había llegado ahí o por qué nadaba. Había escuchado cómo lo arrastraban y después no sintió ni escuchó nada más hasta que se había encontrado nadando. Se desplazaba por el agua cálida que comenzaba a verse con una tonalidad rojiza debido al reflejo del sol. Ahora estaba oscureciendo. Se hundió en el agua y comenzó a sentir que ese color rojizo se filtraba en pequeñísimas partículas, microscópicas, que se movían como perlas o como partículas de arena, eran gotas de sangre.

Estaba vestido y los zapatos le apretaban, seguía nadando en esa piscina de apariencia interminable. Se hundió en el agua y entonces los vio. Parados, inmóviles, como un ejército de estatuas, en el fondo de la piscina, vestidos con sus ropas de calle: eran cadáveres. Cientos de cadáveres amarrados al fondo. Quiroz quiso gritar y se atragantó con el agua, manoteó sobre la superficie y entonces se despertó.

Ese sueño otra vez. Sentía el cuerpo como si dentro suyo todo estuviera roto. Miró para todos lados pero no lograba entender dónde estaba, ni cómo había llegado ahí, todavía algunas imágenes de la pesadilla parecían vívidas.

Percibió un fortísimo olor a podrido. Levantó el torso y apoyó las manos a los costados del cuerpo para apoyarse. Sintió en las palmas diversas texturas. Cerró los ojos y los volvió a abrir. Casi no había luz. Levantó los brazos y tocó una superficie de plástico. La empujó hacia arriba hasta abrirla y los últimos rayos de sol que se estaba yendo lo iluminaron todo a su alrededor. Estaba en un contenedor de basura. Se levantó. Miró el panorama. Podía ver la plaza donde había tenido el enfrentamiento. El olor era insoportable. Pasó una pierna por fuera del contenedor e intentó tocar el suelo con la punta del pie, pero no llegó. Terminó perdiendo el equilibrio, el resto de su humanidad cayó impulsándolo hacia afuera, y se desplomó en el piso.

Era como si su cuerpo no pudiera procesar la información que enviaba su cerebro. Comenzó a sentir que le temblaban las piernas, los brazos; sentía la cabeza como si los sesos estuvieran haciendo presión para salirse hacia afuera de su cráneo. Se palpó el pecho. Ahí, en la sobaquera estaba su revólver, su querido Smith & Wesson Model 19. Esos imbéciles no se habían ni siquiera atrevido a tocarlo, y ahora iban a tener que pagar por su error.

Desenfundó y se encaminó de nuevo para la plaza. Sus pasos eran erráticos, apenas podía mantenerse de pie, y todavía menos podía moverse con normalidad. Se desplazó arrastrando los pies, tambaleando. Despedía olor a podrido y su ropa estaba rota y manchada, salpicada por todo tipo de desperdicios imaginables. Cruzó la calle, pisó nuevamente la plaza. La gente que caminaba apurada lo esquivaba, le pasaban por al lado y se alejaban, tenía el aspecto de un verdadero *zombie*, arrastrándose con las piernas temblorosas. Se asomó al borde la olla de *skate*. Allí estaban todavía los tres chicos que lo habían humillado. Seguían tomando cerveza y fumando. Conversaban como si nada hubiera pasado. ¿Cuánto tiempo había estado encerrado en el contenedor de basura?

Iban a pagar. Era lo único de lo que estaba convencido. Comenzó a bajar por los bordes ondeados de la olla de hormigón y perdió el equilibrio ni bien bajó el primer pie. Cayó, rodó hasta el piso y se golpeó la cara contra el cemento árido.

Su caída llamó la atención de los *punks* que lo vieron rodar.

—¿Volviste por más, viejo puto? —gritó uno.

—Sí, sí, volví por más —masculló Quiroz que no había soltado el revólver. Se sostuvo con las manos sobre el piso y comenzó a ponerse de pie.

Escuchó carcajadas. Insultos. Gritos. Una botella semivacía voló en su dirección, lo rozó en el hombro y se estrelló contra la pared del fondo, rompiéndose y salpicando trozos de cristal que se esparcieron a su alrededor. El resto del líquido que contenía el envase le empapó la espalda. Pero ya no le importaba nada. Siguió directo hacia el banco donde los tres *punks* seguían riéndose de él. Ya iban a ver. Levantó el revólver, quiso apuntar al centro, al Pasti, a su líder, pero la mira se le desplazaba. El pulso enloquecido le movía el blanco que estaba borroso, a unos veinte metros. De pronto parecía como si hubiera caído la noche más cerrada. Los *punks*, todavía sentados, no parecían haberse dado cuenta de que Quiroz los apuntaba porque seguían riéndose y gritándole, escupiendo al piso, amenazantes. Hasta el vendedor de la tienda, Jo, que se había amedrentado hacía tan solo unas horas, parecía ahora haberle perdido el miedo. El revólver plateado refulgió a la luz de la luna.

Disparó. El ruido retumbó en la plaza y sintió cómo le vibraba todo el cuerpo con las ondas rebotando en las paredes curvas de la olla para *skate*. No le había dado a Raimundo Suárez, el Pasti, su objetivo, pero hubo un grito de dolor y Jo se tomó el brazo. A Quiroz no le importó. Siguió caminando hacia adelante, con el cuerpo encorvado y las piernas que ya no podrían sostenerlo mucho más. El Pasti pareció darse cuenta de lo que acababa de pasar porque de pronto cortó la risa brusca y se levantó del banco. Nina vio venir al ex policía, vio a Jo que ahora se había arrodillado y se tapaba el brazo con la mano, mientras lloraba y gritaba de dolor, y corrió dándole la espalda.

"Un tiro a esta distancia, en el medio de la espina, y no corre nunca más", pensó Quiroz apuntando a la chica que se alejaba a toda velocidad. Pero ese no era su objetivo. Suárez supo que era en serio y entonces él también se dio vuelta y comenzó a correr en la misma dirección.

"A él sí", se dijo, y tratando de mantener firme el pulso apuntó y disparó una vez más. El rebote de la estampida le movió todo el cuerpo. Se sintió ridículo. Escuchó un grito de dolor y pudo ver cómo su blanco caía y rodaba por el suelo hasta quedar sentado, agarrándose la pierna. Le había dado. Entonces se desmayó de nuevo.

Capítulo 21

Una sombra

Había mandado a llamarlo y eso lo alegró. Siempre le gustaba estar cerca de ella, escuchar su dulce voz con rastros germánicos, ver su cabello rubio lacio y la palidez de su piel que la hacía parecer un verdadero fantasma. Se comportaba como tal: eran pocos, entre los que él se contaba orgulloso, quienes sabían cuál era su verdadero origen, su alta alcurnia, su linaje de más de un siglo. Ella era la líder del Comando y además tenía acceso directo, junto a su padre y su abuelo, a la Sacerdotisa. Nadie más, que él supiera, tenía acceso a ella.

Las opiniones se dividían entre quienes creían que se trataba de una idea, un condensador del grupo, quizás hasta una estatua y los que sostenían que era una mujer real, pero muy anciana y retirada a la interpretación de los astros y el estudio de las antiguas runas, pero fuera cual fuera la realidad detrás de la Sacerdotisa, todos sabían que no se tomaba ninguna decisión importante sin consultar previamente con ella, y cuando estas raras ocasiones ocurrían, así como todos los 20 de abril, los poquísimos que tenían acceso a ella se retiraban durante horas a venerarla y consultarla.

Y ahora lo llamaba a él. Hacía mucho que no estaban a solas. Había estado enamorado de ella en secreto largo tiempo, luego se le había pasado. Como a todos. Era muy común que los recién llegados se enamoraran de semejante presencia, y cuando él se había unido al grupo, hacía casi quince años, no había escapado de sus encantos. Ella había estado atenta a eso y lo había consentido en alguna ocasión. Como solía hacer con todos los nuevos iniciados.

Habían tenido encuentros íntimos muy fogosos, pero desde que había aparecido María Belén y se habían enamorado, todo se había enfriado. Ahora Belén estaba muerta.

A ella nunca se le había conocido una pareja estable. Los que la conocían en detalle sabían que estaba guardándose para encontrar al par perfecto para continuar su ilustre linaje, y eso seguramente sería decidido por su padre, o quizás su abuelo. Como fuera, el elegido debería tener la aprobación de la Sacerdotisa. Como ningún pretendiente podía tener acceso a ella era imposible imaginarse de qué modo se podría complacerla para que diera su aprobación.

Se anunció en la recepción, lo hicieron esperar unos minutos en una sala de espera muy cómoda y pulcra. En una mesita frente a los sillones había apilados varios ejemplares de de *La Lucha por la Verdad,* el periódico del Partido. Los revisó uno a uno, pero se los conocía de memoria. Incluso había ayudado a vender algunas copias de esos números viejos, pero era algo que ya hacía bastante tiempo que no hacía, salvo raras excepciones. Desde que había empezado a trabajar en la carnicería de Moshé Libersohn lo había dejado por completo, no podía darse el lujo de generarle sospechas al viejo, o a su clientela.

No era un mal trabajo el de la carnicería, había sido una idea suya, la hermosa rubia a cuya oficina estaba a punto de pasar, y no se quejaba de cumplir con la misión. Hubiera hecho cualquier cosa que le pidiera. Lo único que le molestaba era el olor. De la carne, la sangre, las vísceras, eso no, el olor del judío Libersohn y de todos los otros judíos que le compraban era lo que le molestaba. Era un aroma repugnante, infame, le revolvía el estómago estar cerca de ellos todo el día.

La recepcionista le indicó que ella lo estaba esperando y que podía pasar. Entró en un cuarto blanco, inmaculado, donde supo que estaba siendo observado por cámara y escaneado para comprobar que no llevara ningún tipo de arma encima.

Sonrió a la cámara y luego llevó la mirada a la pared donde contempló el logo de la compañía. Siempre le había fascinado. Tan sencillo y al mismo tiempo tan complejo.

Allí estaba ella, detrás de un enorme y pulcro escritorio de cristal. Bella y gélida, con ese porte impactante que la hacía sobresalir siempre. Los labios rojos, profundos y sanguíneos, los ojos de un celeste glacial contorneados por un suave delineado negro. Vestía una minifalda roja y una camisa militar verde oliva que apenas se entreabría en los dos botones superiores, dejando al descubierto el dije de oro que por lo general tenía bien escondido.

—Te quería ver hace bastante tiempo, las obligaciones no me lo permitieron. Te agradezco que hayas venido.

—Solo soy un soldado que cumple órdenes.

Ella le dedicó una fría mirada.

—¿Cómo está el trabajo con los judíos?

—Desagradable.

—El Comando sabrá compensar tu sacrificio.

—No me quejo. Me preguntaste y te respondí.

La mujer lo midió en silencio, intentando descifrar si la estaba desafiando.

—¿Te pasa algo?

—No, ¿por qué habría de pasarme?

Ella siempre lo sabía. Era imposible ocultarle algo, mucho menos mentirle.

Ladeó la cabeza.

—Creo que algunos hacemos mucho esfuerzo por mantener las apariencias, evitar los cabos sueltos, y ustedes, en cambio, se están volviendo descuidados.

—¿Ustedes?

—Vos. Tu padre, supongo.

—¿Mi padre? ¿Qué hizo mi padre?

Reflexionó un instante. Supo que había dicho las palabras menos indicadas. No debería haberlo mencionado.

—De acuerdo, tu padre, no. Al menos no sabría decirlo con seguridad. Pero vos...

—Explícate.

—¿Quién dejó esos ejemplares de *La Lucha por la Verdad* en la mesa de la sala de espera?

—¿De qué estás hablando?

—Eso. Ahí, a diez metros, detrás de esta puerta, la otra puerta, hay en la mesa de la sala de espera varios ejemplares viejos del periódico.

—Eso no puede ser —dijo ella preocupada—. No sabía nada. ¿Cómo puede haber pasado? —y entonces se palmeó la frente—. ¡El abuelo! ¡Claro! Estuvo acá el lunes. Siempre está intentando convencerme de que mezcle su periódico con las revistas. Muy bien, serán eliminados de inmediato —tocó un botón del intercomunicador y le ordenó a su secretaria que se deshiciera del periódico.

—¿Los tiro a la basura?

—No, Herminda, quémelos.

—Como usted diga —se escuchó el sonido metálico de la voz.

—¿Conforme?

—Todavía veo tu dije dorado —dijo él.

—Ah, ¿esto? ¿Te preocupa? —largó una carcajada sonora—. Me abrí la camisa porque tenía calor. Y sabía que venías vos y no tengo nada que ocultarte —clavó una mirada sensual en el muchacho—. Sin embargo —siguió antes de que pudiera terminar de procesar lo último que le había dicho—, te mandé a llamar porque me preocupa, precisamente, la imprudencia. Y creo que vos fuiste imprudente.

Él se puso de pie, firme y con los brazos pegados al cuerpo.

—Si he procedido deshonrosamente solicito se me apliquen los castigos contemplados en la Acta Fundacional y los documentos pertinentes.

—Sentate, no hace falta todo eso acá. Si estuviera mi abuelo presente, todavía. A mí me aburren las formalidades.

Se sintió aliviado, el corazón volvió a latirle a un ritmo casi normal.

—¿Entonces? ¿Qué hice?

—María Belén Lorenzo.

—Sí, me acosté con ella.

—Ese fue tu primer error. Sabías por qué fue expulsada y aun así lo hiciste.

—¿Y el segundo error?

—Todo el circo.

—¿A qué te referís?

—Sabés bien a qué me refiero. ¿Una estrella de David con sangre en la pared?

Sí lo sabía y fue por eso que las palabras de la rubia inmaculada le dolieron. Había estado muy orgulloso de cómo había resuelto la situación. Su acción había sido un regalo para la organización. Una forma de arreglar su imprudencia.

—Creí que era lo que se esperaba de mí.

—Que la mataras, sí.

—Fue una advertencia para los demás. Que sepan que vamos por su sangre, y que no vamos a parar hasta que corra como un río por las calles de cada ciudad del mundo.

—No es el momento. El teatro estuvo de más.

—Funcionó la vez pasada.

—La vez pasada fue la vez pasada. Creí que había quedado claro.

—La gente no lo sabe.

—Eso no nos interesa. Y vos no tenés por qué saber los motivos de las decisiones que se toman en el Alto Mando. Por algo ocupás el lugar que ocupás.

—Está bien —dijo el hombre un poco decepcionado—. ¿Eso es todo?

—Solo una advertencia. Vas a ser responsable de lo que hagas. Te vamos a estar observando. No vamos a tolerar más errores.

—Entendido —dijo, y se puso de pie, se acercó hasta ella, se puso de rodillas y tomó su mano a la que besó.

—Sabés que siento afecto por vos —susurró la mujer—. No vuelvas a hacer algo así sin consultarlo antes conmigo —agarrándolo de los hombros, lo hizo ponerse de pie.

Quedaron frente a frente. Esos ojos, esos labios. La rubia pasó una mano por detrás de su cuello y lo atrajo ardiente hacia su boca en un beso profundo. Su aliento, el gusto de sus labios, el calor de su cuerpo... lo recordó todo. Volvió a vivir sensaciones que ni siquiera recordaba haber sentido alguna vez.

Segundo interludio

San Bernardino, Paraguay, 9 de marzo de 1888

Estimada madre:

He conocido a dos alemanes en mis días de encierro en la capital del Paraguay. Parecen buenos hombres, han sido amables conmigo en un momento en el que sentía que las lluvias nunca terminarían y que estaría condenado a vivir el resto de mi vida encerrado entre las deprimentes paredes de la posada de mala muerte donde me alojé. Me han referido, demasiado tarde, que en la capital se encontraba el ex presidente del país vecino, Argentina, don Domingo Sarmiento. De haberlo sabido antes le hubiera solicitado una audiencia. No cejo en la búsqueda de espíritus aventureros dispuestos a escucharme y apoyar mi empresa. Ahora ya es tarde, hemos partido de la ciudad.

Debo admitir que la Providencia parece haber querido gratificarme de algún modo porque finalmente ha amansado el indomable clima, pero quién sabe cuántos días podremos disfrutar de tránsito despejado. Este país es un gran enclave tropical que no debe estar lejos de las historias que se cuentan acerca del África. Algún día, cuando la tierra finalmente dé los frutos por los cuáles tanto he trabajado, iré al continente negro y también allí tendré plantaciones. Sí, madre, restituiré el honor y seré digno del valor del apellido de padre y ya no tendremos que temer que los acreedores liquiden nuestras propiedades. Debes saber que tu hijo sigue a la carrera y de pie en este páramo olvidado por Dios, donde la guerra ha diezmado a un noble pueblo y se ha llevado también la felicidad y las ganas de vivir de sus almas.

Me encuentro ahora en San Bernardino, a unas treinta millas de Asunción. Se trata de un poblado pequeño y novel compuesto por algunas pocas casas de inmigrantes alemanes. Llegaron aquí hace seis años y fundaron este caserío. Yo creo que la pujanza germánica hará de este sitio una gran ciudad en algún momento. Mis colegas alemanes, a quienes acompaño en su travesía, Reiner y Garrick Schweikhart, son más desconfiados. Ellos creen ciegamente que el destino de la raza aria se encuentra más adentro, en la Colonia que ha fundado el doctor Bernhard Förster: Nueva Germania. No se puede negar que su nombre parece alentador.

Se han establecido en una zona conocida hasta ahora como Campo Casaccia y su propósito es refundar la raza aria, pero ahora en América, escapando de la podredumbre espiritual de Europa.

He decidido seguirlos. Quizás pueda convencer a Förster de las ventajas de cultivar yerba mate. Ha sido muy generoso con los colonos a los que ha entregado tierras donde alojarse y desarrollarse.

Además, el doctor es una persona con muy buenas conexiones en el viejo continente: ha pertenecido al círculo de Bayreuth; el exclusivo grupo íntimo del gran compositor Richard Wagner, y hasta los últimos días de este genio ha permanecido con él. Luego, hace un año, llegó aquí para cumplir el sueño de una colonia puramente aria.

Cuando les conté mis propios deseos a los alemanes me han sugerido que los siguiera y yo me he preguntado: "¿por qué no?", de todos modos, iba a terminar muerto de aburrimiento en Asunción. Recuerdo mis semanas en esa ciudad devastada y siento que los humores se me descompensan.

Solo espero ser bien recibido por Förster.

El trayecto es largo. La colonia queda hacia el centro del territorio, en la confluencia de dos ríos. Me han advertido que será un camino dificultoso, que no existen rutas en buenas condiciones. Tendremos que acampar a la intemperie y lo que más temo son las lluvias que embarren el trayecto.

Hemos llegado a este pueblo para aprovisionarnos. Los alemanes, mientras escribo estas líneas, han salido a negociar la compra de caballos y comida con sus paisanos. Solo espero que la negociación sea provechosa porque prácticamente ya no dispongo de fondos en metálico. Esta será la última oportunidad que tendré.

Veré de despachar esta misiva apenas emprendamos la salida del pueblo. Nos estamos alojando en una posada modesta que regentea un tal Heinrich Küke. No es más que una cama y una taberna donde los alemanes se juntan a beber una cerveza de pésima calidad, todas las tardes. Algunos cantan, borrachos, loas a su Madre Patria perdida y recuerdan alegres al *kaiser* Otto von Bismarck.

El hombre que regentea esta morada, el tal Küke, parecía triste la otra tarde cuando veía a sus compatriotas cantando. Lo interrogué acerca de su malestar; quería saber si sentía nostalgia acerca de Alemania. El hombre me respondió con algo mucho más mundano:

se encontraba afligido porque pronto terminarán las obras del *Hotel del Lago*, a orillas del gran espejo de agua Ypacarai, en la vera del cual se construyó este pueblo. Él sabe que antes temprano que tarde deberá cambiar de oficio si quiere seguir viviendo aquí ya que nunca podrá competir con la majestuosidad del futuro *Hotel del Lago*.

Con esta anécdota triste me despido, madre, la llama de la vela se extingue poco a poco.

Te escribiré nuevamente desde la colonia, si es que no descansamos en ningún otro pueblo en nuestro trayecto.

Con afecto, tu hijo,

Holwell Mauer

Nueva Germania, 5 de abril de 1888

Estimada madre:

Finalmente hemos arribado a la magna colonia aria del doctor Förster. Ha sido una travesía pesada y sumamente fastidiosa, pero hemos llegado al pequeño oasis de civilización europea y blanca, en medio de los salvajes, los bandidos del camino y sobre todas las cosas, lo peor: los insectos y las alimañas que habitan en la selva que cubre toda la extensión deshabitada de este suelo. El trayecto fue penoso. Los alemanes contrataron a dos locales que nos acompañaron en el viaje. Bordeamos el río Paraguay hasta San José del Yvyracapá. Descansamos unos días y cambiamos las monturas allí. Algunas lluvias frenaron nuestro avance, pero pudimos seguir hasta Villa San Pedro Apóstol del Ycuamandiyú. Se me confunden ahora los nombres de los poblados. Por lo general he observado que la población se compone de españoles y algún que otro portugués, pero la gran mayoría se trata de mestizados e indios que no pueden pronunciar una palabra de español, y mucho menos de inglés o alemán. No resultó fácil comunicarnos con los locales, a excepción de los pocos europeos que encontramos a nuestro paso. Por eso decidimos hacer paradas cortas que nos permitieran apurar lo máximo posible el viaje. Sabrás entender que ese fue el motivo por el que no te escribí antes: no hubo tiempo para nada que no fuera urgente. Solo espero que puedas recibir esta carta algún día. En la Colonia no hay todavía un servicio postal establecido por lo que encomendaré la misiva a uno de los mestizos que vive en una choza de las cercanías. Por norma interna tienen restringido el establecimiento en las tierras de Förster y su esposa, pero siempre se los puede ver andando a caballo por los límites. Los alemanes aprovechan esa circunstancia, hay cosas que todavía son difíciles de conseguir aquí.

Tristemente tuvimos que dejar a uno de nuestros guías locales a orillas del río, a una semana de viaje de la Colonia. El hombre contrajo leishmaniasis, una enfermedad conocida por los lugareños, que se transmite a través de los mosquitos, que en la selva que atravesamos son una peste. Genera ulceraciones y es mortal. Dejamos al hombre, si tuvo suerte algún local lo habrá encontrado y llevado al poblado más cercano para que pase sus últimas horas y reciba un entierro cristiano. El otro local con el que viajamos nos advirtió que no anduviéramos descalzos en la selva porque "se les mete el *picá*". Su español es lastimoso y con los alemanes me acostumbré a hablar su lengua, por lo que voy perdiendo el idioma que aprendí en mis años en Sud América, pero entendí que la amenaza de la que hablaba el hombre deviene de un insecto que se mete en los pies e infecta a sus víctimas. Quise explicarle que somos hombres civilizados y que en ninguna circunstancia nos sacaríamos nuestras botas de andar, pero el hombre no pareció entender mi explicación, o se aburrió de intentar descifrar los gestos con los que acompañé mis palabras, y con un ademán de displicencia dejó de escucharme y volvió a tomar la delantera del grupo a través de la selva. Estos hombres dan su vida por unas monedas al llevar extranjeros como nosotros por el país. "*Cháke mbói, he'i ju'i*" nos decía todo el tiempo el guía en esa lengua indígena irreproducible que hablan todos por aquí. "¿Qué quieres decir?" le pregunté, agotado de su advertencia repetida hasta el cansancio. Entre risas, en su precario español, me dijo: "Cuidado con la víbora, como dijo la rana".

No me preocuparon las víboras ni el *picá*, pero sí pienso en lo cerca que estuve yo, o alguno de los colegas alemanes, de contraer la enfermedad, y sé nuevamente que la Providencia me tiene reservado algo importante para el futuro.

El guía insistió todo el viaje con que cuidáramos nuestros pasos por la selva, que no cazáramos si no era para comer, que no matáramos ningún animal por ocio porque ofenderíamos a *Ka'apóra*, alguna especie de divinidad que estas gentes simples adoran.

Hubimos de remontar un tramo por el río en una embarcación precaria. Dejamos los caballos en una orilla. Las nuevas monturas nos esperaban al final del trayecto. No puedo quejarme de la eficiencia con la que los alemanes planificaron la larga travesía.

La llegada a la Colonia fue estupenda y Bernhard Förster nos recibió junto a su esposa, Elizabeth Förster-Nietzsche, con una gran comida de recepción en su mansión, *Fösterhof*, inaugurada en el mes de marzo, bordeada por el río Aguaraya umí. Se nota el estilo refinado y cuidado con el que se ha realizado la edificación, se trata de una señorial residencia de grandes dimensiones, y si bien los materiales de su construcción son sencillos, su estilo interior demuestra la delicadeza y el buen gusto de Elizabeth, quien se hace llamar Reina y Madre de la Colonia: pisos de piedra, sillones confortables, cortinas exquisitas, e incluso un piano de cola. Traer ese tipo de materiales hasta este páramo, en medio de la selva, de seguro le habrá costado una pequeña fortuna al doctor Förster.

Hablando de este hombre, es un típico exponente de la raza germánica. Un caballero fuerte, de ampuloso vello facial y siempre vestido de gala, aun cuando pasea con su caballo entre los lodazales de barro y bosta, presumiendo su gran porte ante sus colonos, a quienes exige reverencia.

La cena de recepción fue majestuosa. Aquí es donde debo comentarte acerca de la extraña costumbre que trajeron los colonos, rígidamente inspirados por las ideas del propio Förster: solo comen vegetales. No comerán carne de ningún animal. No quise preguntar acerca de su peculiar costumbre porque sé que soy un invitado, no del todo cómodo; después de todo no soy alemán y durante mucho tiempo mantuve relaciones con los locales de aquí y del otro lado de la frontera, en la Argentina. Sé que esto ha causado cierto revuelo entre ellos. Un tipo llamado George Streckfus no ha dejado de mirarme con recelo desde que hemos llegado. Creo que el propio Förster también desconfía, pero ha sido Elizabeth Nietzsche quien más ha hecho por mí al convencer a su marido de que no represento una interferencia a sus planes.

El banquete entonces fue una delicia dentro de las modestas posibilidades que esta tierra da: maíz, papa, raíces típicas de la zona, y un tubérculo que comen los locales y que llaman mandioca. Hecho en fritura es crocante y sabroso. Todo fue muy bien acompañado con vino y resultó especialmente delicioso, en especial, luego de tantos días que pasamos comiendo lo poco que encontramos por el camino.

En cuanto a la vida aquí creo que me costará un tiempo acostumbrarme. El calor es realmente endemoniado y la humedad se eleva luego del mediodía, generando un ánimo de estupor que termina dejando a muchos colonos encerrados bajo los techos de sus modestas chozas. Es prácticamente imposible salir a cultivar luego de que el sol se eleva sobre el horizonte y empieza a caer en forma directa sobre la cabeza.

Todavía no he tenido oportunidad de conversar con Herr Förster mi propuesta de realizar una extensa plantación de yerba mate. Esas cosas requieren tiempo y paciencia, y el alemán suele estar atribulado intentando llevar a cabo su empresa. No dudo de que tendrá éxito. Las condiciones son inmejorables: una tierra nueva para una nueva nación aria, alejada de la degeneración en la que ha caído mi amada Europa. Elizabeth sueña con una nueva Alemania que se extienda por todo el territorio paraguayo en un principio, y luego por el resto de Sud América.

He tenido variadas conversaciones con ella en las tardes. Se trata de una mujer cautivadora. Me ha hablado largamente de su hermano Friedrich. Según ella, se trata del filósofo más grande que ha pisado la faz de la Tierra. Le comenté que desconozco todo lo referido al pensamiento contemporáneo y le recité lo que la memoria me remitió de los diálogos de Platón, y algunos pasajes sueltos de la *Poética* de Aristóteles, en el recuerdo de las lecciones que tuve de niño bajo la tutela de Mrs. Pringler, en Coventry. A ella pareció no importarle nada de todo eso. Insistió en que un día el mundo entero conocería el nombre de Friedrich Nietzsche y que ella sería la reina de la Nueva Alemania junto a su marido. Fue una conversación agradable e interesante. Es una mujer apasionada y vehemente a quien se debe tener en cuenta. Promete grandes logros.

Madre, llega el momento en el que debo despedirme nuevamente hasta la próxima ocasión. Espero que estas palabras remonten vuelo y logren llegar a tus bienamadas manos. No espero respuesta porque el correo aquí no es de confiar. Me conformo con que me tengas en tu corazón y en tu recuerdo.

Con afecto, tu hijo,

Holwell Mauer

Capítulo 22

Sheila & Leib

Por fin estaban frente al majestuoso edificio de la Facultad de Medicina. Sheila y Leib se miraron.

—¿Ahora qué hacemos? —preguntó él.

—No sé. Averigüemos lo más posible acerca de Alicia Vázquez.

Sheila no tenía respuestas. Solo había pensado en llegar hasta allí y ahora que estaba frente a ese edificio altísimo, coronado de gárgolas, tenía que decidir su próximo paso.

La construcción mostraba signos de decrepitud, con cientos de ventanas fatigadas de mugre que daban a la calle, paredes opacas llenas de pintadas y estampadas de afiches con propaganda política; una luz mortecina se filtraba desde el interior hacia afuera con una tonalidad verdosa y deprimente.

Dentro de esas paredes, a través de esos pasillos había un mundo entero, una ciudad, un montón de gente que circulaba, se conocía, tenía códigos propios y ellos no eran más que dos intrusos, dos judíos de procedencia ortodoxa en plena crisis de fe, intentando resolver un crimen. De solo pensarlo le resultaba absurdo.

—Vamos a ver —dijo Leib.

El Gólem, decidido, dio unos pasos adelante, subió la pequeña escalinata hasta la puerta y detuvo a la primera persona que se encontró. Sheila le siguió el paso, apurada, no quería perderlo de vista ni un solo segundo.

—Disculpame, ¿puedo hacerte unas preguntas?

La mujer que había detenido vio el aspecto del judío enorme y siguió de largo sin siquiera molestarse en responder.

El hombre no pareció mortificarse por el rechazo y lo intentó varias veces con el mismo entusiasmo con el que lo había intentado con la primera persona, pero no tuvo éxito.

Apenas a unos metros de la entrada del edificio había una mesa empapelada con los afiches de una agrupación política.

Sheila se acercó con cautela.

—Hola, ¿ya decidiste a quién vas a votar? —la encaró una chica, extendiéndole un folleto; apenas tendría algunos años más que ella y exultaba simpatía.

—Perdón, no estudio acá —respondió Sheila con timidez—, pero quería saber si me podrías ayudar igual, estoy buscando una información.

La militante cambió de inmediato su expresión de alegría y volviendo a colocar el folleto en la pila de donde lo había sacado respondió, abúlica:

—A ver, decime.

—Estoy buscando información sobre una exalumna que se llamaba Alicia Vázquez.

La militante pareció pensar unos instantes y por fin dijo que no sabía nada.

—La asesinaron y...

—No sé nada del tema. No conozco nada. No voy a hablar —repitió como si fuera una grabación.

—Gracias —dijo Sheila y se dispuso a volver al encuentro de Leib.

—Igual, te sugeriría que no andes preguntando mucho acerca de ella.

—¿Por qué?

—Porque acá ya estuvo la policía y hablaron con los que tenían que hablar. Es una cuestión muy triste para toda la comunidad académica y nadie quiere volver a tocar el tema, menos en época de elecciones.

—Gracias por el consejo, igual creo que lo voy a intentar.

—No digas que no te advertí —dijo la otra, y sin más se acercó a una chica que acaba de entrar al edificio extendiéndole un folleto y preguntándole si ya había decidido su voto.

Sheila volvió al encuentro del Gólem que había intentado entablar un diálogo con varios estudiantes, sin resultados.

—Esto no tiene sentido —suspiró ella—, necesitamos otra forma de hacer las cosas. Nadie va a querer hablar con dos extraños como nosotros. Menos teniendo en cuenta el modo en el que estamos vestidos.

Leib se llevó la mano al mentón y reflexionó un instante. Sheila lo miró. Ese hombre gigante parecía una caricatura de sí mismo con esa pose de pensador, pero cuanto más lo miraba más simpatía le generaba el modo en el que no tenía vergüenza de su postura ridícula. Esbozó una sonrisa.

—Ya sé —dijo por fin Leib y metió la mano en el bolso negro que llevaba de costado, tirado hacia la espalda. Sheila ni siquiera se había percatado de que lo llevaba—, vamos a hacer esto al estilo *Tikvá Zhitomir.*

—¿Qué vas a hacer exactamente?

El Gólem se paró en un costado, al lado de la puerta de entrada, y se quedó ahí un buen rato viendo cómo pasaba la gente.

Sheila lo vio hacer en silencio y empezó a impacientarse. Solo estaba ahí, parado, sin hacer ni decir nada, y ella no entendía cómo eso podía llegar a ser de ayuda. Pero entonces, cuando se empezó a aproximar un muchacho de poco más de veinte años, enfundado en un guardapolvo blanco y varios libros bajo el brazo, Leib pareció despertarse, casi como el mismo Gólem de Praga que recuperaba la vida desde la arcilla, y lo abordó con simpatía:

—Hola, ¿sos judío?

El hombre se detuvo un instante y miró al mastodonte vestido de negro con cierta mezcla de curiosidad y desconfianza.

—Sí, ¿por qué me preguntás?

Sheila asintió en silencio. Ahora entendía. Y era indudable que ese muchacho era judío. Ella y Leib estaban entrenados para descubrir, a partir de los rasgos físicos, a un *yid*. Observó con detenimiento al joven. Se parecía a Sebastián. Claro que era un judío, y encima un judío secular. Un *ashkenazi* con la mente lavada para rechazar la religión. Ya los conocía. Ya sabía de qué clase eran. Que estuviera ahí, que estudiara medicina, era tan común. Esos judíos rusos desatados que nunca pudieron abandonar la tradición de la lectura y los libros. Entonces intentó serenarse. No era justo que odiara a todos los Sebastianes del mundo. Con odiar al suyo ya tenía suficiente. Y tampoco podía odiarlo. "La venganza más pequeña envenena el alma", se repitió para sí misma el proverbio *iddish*.

Volvió su atención a Leib y al *frei* que había detenido, justo para ver el momento en el que rechazaba con displicencia colocarse los *tefilim*.

Entendió la estrategia que había ideado el Gólem: detener a todos los judíos que se cruzaran por la puerta de la facultad y preguntarles si se habían colocado las filacterias esa mañana, como es obligación de todos los judíos hombres mayores de trece años. Lo más probable era que ninguno lo hubiera hecho, y entonces él se ofrecería a ayudarlos a cumplir con la *mitzvá*. Era una técnica que *Tikvá* manejaba desde hacía años y que le resultaba muy eficiente para atraer nuevos judíos al rebaño. Por lo general, los viernes al mediodía, horas antes del comienzo del *shabat*, podía verse a los *jasidim* de *Zhitomir* actuando de ese modo en las esquinas de los barrios con mayor población judía de la ciudad. Si todo salía bien, podría establecer un diálogo con alguno y quizás tener la suerte de que pudiera decirles algo útil.

Pero esa era la entrada de la Facultad de Medicina y no encontrarían más que cientos de Sebastianes reacios a acercarse a un judío ortodoxo de un metro noventa de altura.

Sheila descendió por la escalera de entrada, se apoyó contra la pared, llena de frustración, y se cruzó de brazos. Por la plaza de enfrente se acercaba otro guardapolvo blanco. Lo contempló con cinismo. Era un muchacho joven, pelo enrulado, tez morena y nariz abultada. Regresó corriendo hasta donde estaba su compañero y tironeó de la manga de su saco.

—Perdón por el contacto —dijo Sheila—, pero quería avisarte que viene un turco. Seguro que con él podés.

Leib le guiñó un ojo.

—Ustedes en *Zhitomir* sí que saben cómo vender su producto.

—Tenemos años de experiencia —respondió Sheila, y se apartó hasta una columna frente al lugar donde estaba parado el Gólem.

El muchacho se acercó despreocupado, concentrado en sus cosas, cuando lo interceptó Leib con la pregunta repetida acerca de si se había colocado los *tefilim* esa mañana. El chico se detuvo desconfiado.

—¿Cómo sabés que soy judío?

Leib le dedicó una amplia y bonachona sonrisa.

—No lo tomes a mal, me llamo Leib Schelling, un gusto. Dejame preguntarte, honestamente, ¿había otra posibilidad con la cara de *cotur* que tenés?

El aludido no llegó a ofenderse: lo sintió como un halago.

—Martín Belusi —extendió la mano entusiasmado hacia la del Gólem, que la apretó con fuerza—. No te ofendas vos tampoco, pero tenés un acento *sabra* que te condena, rusito —y luego, sin más, aceptó colocarse las filacterias.

Terminada la ceremonia, mientras Leib guardaba las tiras de cuero y las cajitas con las escrituras de la *Torá* en su saco protector, le preguntó fingiendo un tono casual:

—Disculpame, ya que estamos ¿conociste a una estudiante que se llamaba Alicia Vázquez?

El muchacho pareció no darle importancia al nombre porque siguió acomodándose el guardapolvo como si nada.

—¿La chica que mataron? La habré visto un par de veces, nada más. Era un poco tímida, retraída.

—¿Te sorprendió lo que le pasó?

—Por supuesto. Que no le gustara mucho la gente no significa que se mereciera ese final.

—Con mi amiga estamos investigando su muerte —dijo Leib y le hizo una seña a Sheila para que se acercara a la conversación. La chica dio unos pasos hacia adelante con timidez y se presentó.

—¿Vos sos la hija del rabino Lehrer?

—Sí.

—Yo no creo que él haya tenido algo que ver, como dicen.

—No lo tuvo. Es por eso que sería importante cualquier información acerca de Alicia Vázquez que nos puedas dar, así podemos averiguar qué fue lo que le pasó realmente.

El chico se detuvo a pensar unos segundos.

—Como le decía a tu amigo el grandote, no la conocí mucho. Pero tengo una compañera que se juntó a estudiar con ella en algunas oportunidades. Si querés puedo ponerlos en contacto.

—Eso sería sensacional.

El chico les pidió que lo siguieran, quizás tenían suerte y encontraban a su amiga.

Leib y Sheila entraron en el imponente edificio, que los recibió con el frío de los lugares donde casi no entra la luz del sol, y siguieron a su guía por los pasillos llenos de afiches de partidos políticos, estudiantes conversando y una sucesión casi infinita de puertas.

Entraron a un aula de techos altísimos que tenía varias hileras de sillas en forma de embudo desembocando en un escenario donde los profesores daban sus clases. Recorrieron el lugar por el pasillo del costado hasta llegar a una de las primeras filas más próximas al escenario, el turco examinaba el lugar en busca de su conocida.

—Me parece que hoy no vino —dijo—. Ah, no, ahí está —y saludó a la distancia a una mujer que le respondió con un gesto. Se acercaron pasando por el medio de varios estudiantes y el muchacho los presentó.

—Ángela, vos la conociste a Alicia Vázquez, ¿no?

La muchacha los miró con desconfianza, en especial a Leib, y aferró fuerte la mochila que cargaba contra su cuerpo como si hubieran entrado con intención de robarla.

—Tranquila —se adelantó Belusi—, son inofensivos. A menos que vestirse con esas ropas negras y pesadas con la humedad que hay hoy pueda considerarse un crimen —dijo señalando a Leib.

—¿Qué quieren?

—Solo unas pocas preguntas —se adelantó Sheila hacia la mujer que todavía se mostraba desconfiada.

—Pero rápido que ya está por empezar la clase de Anatomía.

—Queremos saber cualquier cosa que nos puedas contar acerca de Alicia Vázquez.

—Lo que les puedo contar no es nada nuevo ni original, la policía ya investigó, y hasta donde leí en los diarios el responsable ya está tras las rejas.

Sheila se mordió el labio inferior para no gritar.

—Más allá de eso, nosotros estamos intentando ayudar a su familia a pasar estos momentos tan duros, y cualquier cosa que podamos saber para reconstruir cómo era ella en su vida cotidiana ayudaría mucho.

—No sabía que Alicia era judía —dijo Ángela con desconfianza.

Leib se quedó sin palabras y trató de encontrar una respuesta, sin éxito. Sheila se dio cuenta:

—Alicia no era judía, pero su padre participa de una comunidad ecuménica interreligiosa y se acercó a nosotros en busca de contención.

La muchacha parecía no terminar de creer esa excusa, pero quería deshacerse de esos dos lo antes posible. Dejó escapar un suspiro.

—La conocí poco a Alicia —dijo, por fin—. Como les comenté, hicimos alguna materia juntas. Era una chica callada, se movía con una sensación de superioridad, como si no estuviera a nuestra altura, como si todos fuésemos inferiores a ella. Eso molestaba a algunos.

—¿Tenía algún amigo acá?

—¿Amigos? No. Era muy autosuficiente. Venía, cursaba, se iba. Algunas veces le propusimos salir a tomar algo después de clase, pero no quiso. Se adelantaba por la calle unos cuantos pasos y se tomaba un taxi. Desaparecía. Casi nadie la quería. Mucho menos después del incidente.

—¿El incidente? —preguntó Leib.

—Pensé que ya sabían ese rumor. Pero, bueno, supongo que no circuló demasiado por fuera de lo que es la facultad. ¿Vos sabés de qué hablo, Martín?

El otro que se había quedado ahí parado, en silencio, entre los tres pareció despabilarse.

—¿Vos decís lo del robo? Nunca se supo bien qué fue lo que pasó.

—Supongo que le pasó lo que le tenía que pasar. Murió en su justa causa.

—Disculpen, ¿cuál fue el incidente exactamente? —preguntó Sheila algo impaciente.

—Hará cuestión de un año hubo un robo de material de estudio en uno de los laboratorios.

—Algunos rumores la indicaron a Alicia como la responsable —siguió Martín—, pero nunca se probó nada.

—¿Qué se robaron? ¿Instrumental?

—No, eso hubiera sido más normal, dentro de todo. Pero se robaron muestras de tejidos. Material de estudio. Fue un robo raro. Algo que nunca se pudo explicar.

—¿De qué estamos hablando exactamente? —preguntó Sheila.

—Cerebros —dijo Ángela bajando el tono de voz—, desaparecieron diez frascos con cerebros humanos flotando en formol.

Capítulo 23

Quiroz

"El Camaleón" escuchó una voz que lo llamaba. Pero él ya no era "El Camaleón", ese había sido su nombre de guerra. "Soy la Iguana", gritó y entonces abrió los ojos, asustado. Esta vez no recordó ninguna pesadilla; apenas esas últimas palabras. Estaba de nuevo en un lugar húmedo y en penumbras. Le dolía la cabeza y las piernas, y hubiera jurado que le había pasado una aplanadora por la columna, alisándole las vértebras. Olfateó en el aire una podredumbre húmeda y persistente, se llevó la mano a la cara y comprobó que todo estuviera en su lugar, tanteó a su alrededor y no encontró basura. Estaba acostado en una cama de cemento frío. Se enderezó con mucho cuidado y sintió cómo todos los huesos restantes de su cuerpo entumecido vibraban de dolor. Cerró los ojos, apretó los párpados bien fuertes y los volvió a abrir para lograr que terminaran de adaptarse a la escaza luz que se filtraba por un ojo de buey arriba de su cabeza.

Contempló una lluvia de partículas invisibles atravesadas por el rayo de luz que llegaba oblicuo desde afuera. Parecía ser de día. Eso tenía que significar que hubiera pasado lo que hubiera pasado, después de la confusión en la plaza, alguien lo había llevado hasta allí adonde había pasado la noche.

Apresurado se tanteó el costado del pecho en busca del revólver, pero no lo encontró. Se puso de pie, dio unos pasos temblorosos hasta recobrar el equilibrio y entendió perfectamente dónde estaba, y especialmente por qué era un lugar que no había dejado de resultarle familiar: estaba en una de las celdas del calabozo, en el sótano de la Comisaría 43. ¿Cómo no iba a reconocer esa caja mugrienta a la que había mandado a dormir, durante años, a todo tipo de malandras?

El problema era que ahora él estaba del otro lado. Aferrándose a las rejas sacudió los brazos y gritó que quería ver al Comisario. Dormido encima de una mano de cartas de truco, al lado de una pava de aluminio y un mate sobre una mesa sin pulir, un guardia comenzó a desperezarse con el alboroto. Se levantó sin apuro, sacó el bastón que arrastró por cada uno de los barrotes de las dos celdas contiguas y caminó con paso marcial hasta la del extremo izquierdo, donde estaba alojado Quiroz quien lo seguía con furia en los ojos.

—¿Qué pasa, abuelo? ¿Se despertó porque necesita cambio de pañales?

Quiroz intentó arrebatar de las solapas del uniforme al policía.

—¡Epa! Cuidadito, no vaya a ser que te tenga que romper los dedos. A tu edad los huesos son delicados.

—Callate la boca, imbécil, y llamá al oficial Almirón.

—¿Venís con alto mantenimiento?

Quiroz leyó el apellido del policía que tenía frente suyo.

—Cabo primero Martínez. Muy atrevido para ser apenas un suboficial. Decime, ¿hace cuánto que estás en la Federal?

El policía midió a Quiroz que no le quitó los ojos de encima.

—Supongo que si estás esperando el ascenso a sargento, haberte quedado dormido en la guardia de Mario Quiroz no te va a ayudar.

Pudo ver cómo su nombre causaba una resonancia lejana en el cabo que entendió que el detenido era importante por algún motivo que desconocía.

—¿Hace cuánto te transfirieron a esta dependencia? —dijo Quiroz intentando un tono de voz bondadoso.

—Eso no es de su incumbencia.

—Yo creo que sí. Hasta hace un tiempo el capo de esta comisaría era yo, ¿sabías?

El otro tensó el cuerpo, alerta, como si la revelación lo hubiera despabilado.

—No hagamos esto peor de lo que es. ¿Hace cuánto que estás acá?

—Seis meses. Vengo de la 21.

—Dejame adivinar por qué te transfirieron: le metiste demasiada presión a un detenido y se te fue para el otro lado. Era transferencia o sumario.

—No, no fue eso —respondió el suboficial que ahora se sentía intimidado por ese detenido.

—¿Te hicieron una cama?

—Un asunto de coimas. Todos mordían. El asunto se hizo público y necesitaban un fusible.

—Caíste en la volteada.

—El resto lo dijiste vos: era sumario o transferencia, y acá estoy.

—Entiendo, yo te entiendo, Martínez, no hace falta que me expliques nada. Ahora, haceme el favor de traerme al sargento Almirón.

El policía obedeció y desapareció detrás de las escaleras. Quiroz lo vio salir y se sentó en la punta de la camilla de cemento. Sintió que le volvía una punzada en la rodilla y se insultó a sí mismo por haber cometido tantas estupideces juntas.

Escuchó cómo la puerta volvía a abrirse, pero se quedó quieto en su posición hasta que la inconfundible silueta de Almirón se dibujó en la puerta de la celda. El sargento abrió la reja sin decir palabra y entró.

—Jefe —saludó a Quiroz.

—¿Me podés contar qué pasó?

—Se portó mal, jefe. Eso pasó. Hay dos heridos de bala.

—¿Testigos?

—Nadie vio la escena pero sí lo vieron a usted peleando con los heridos unas horas antes del incidente.

Almirón posó una mano sobre el hombro de Quiroz.

—Ya estuvimos ocupándonos de ablandar a los pibes. Les metimos un poco de miedo y les dijimos quién fue usted y todo lo que hizo para esta institución.

—"¿Quién fui?", soy todavía, Almirón.

El sargento sintió lástima por Quiroz.

—Está transitando por el filo, jefe. Los judíos, los narcos peruanos, ¿ahora de nuevo está buscando problemas? ¿Se ensucia las manos por un par de vagos de la plaza? ¿Por qué no vuelve a su exilio? Ahí nadie lo molestaba.

—¿Ya me puedo ir? —decidió no escucharlo.

—Sí, pero prométame que va a pensar en lo que le digo.

—Te prometo que voy a ir a buscar a esa mierdita a la que le metí un tiro en la pierna y lo voy a hacer cantar hasta la última palabra que no quiso decirme en la plaza.

Almirón negó con la cabeza, en silencio.

—Supongo que no puedo hacer nada para detenerlo. Y no debería hacer esto tampoco —dijo y le dio la mano a Quiroz—. De hecho, no lo hice.

El ex policía tomó el papel que había disimulado el sargento en el apretón de manos y lo guardó como un prestidigitador en el bolsillo de su pantalón. Almirón metió la llave en la puerta de la reja y la abrió.

—Gracias, pibe.

—No quiero volver a verlo por acá, jefe.

Quiroz salió una vez más a la luz del día, se aseguró de tener de nuevo el revólver bien ajustado en la sobaquera, y se colocó los anteojos negros. Iba a darle una visita al *punk* roñoso ese en el hospital, pero antes iba a tener que lidiar con un nuevo problema, lo supo cuando sintió que una mano se posaba sobre su hombro.

—Acompáñeme —le dijo una voz familiar.

Quiroz bufó fastidiado.

—Yael Zinman, qué agradable sorpresa —dijo y el otro no le respondió.

Caminaron juntos hasta una camioneta Grand Cherokee azul. Una imagen asomó en su cabeza: el día en que llevó el cadáver de una mujer en el baúl de una como esa. Fue solo un *déjà vu* que se disipó pronto, pero que estuvo lo suficientemente vivo como para activar el recuerdo de Lucía. Desde que había llegado a la ciudad no había intentado volver a llamarla.

Zinman lo hizo pasar al asiento de atrás de la camioneta y subió junto a él. Le dijo unas palabras en hebreo al chofer y se pusieron en marcha.

—¿A dónde me llevan?

—A ningún lado, vamos a dar solo unas vueltas, las necesarias para que podamos conversar.

—Verá, acabo de salir del calabozo.

—Avances, Quiroz, queremos saber cuáles son los avances en la investigación.

El ex policía no tenía nada entre manos.

—Estaba por interrogar a un sospechoso.

—Y terminó con sus huesos en la comisaría.

—Las cosas se salieron un poco de control.

—Estamos acá para ayudarlo en lo que necesite, pero no haga más estupideces como dispararle a un sospechoso en el medio de la calle.

Quiroz quiso responderle que a él nadie le iba a dar órdenes, y menos un judío roñoso, pero se contuvo porque ahora trabajaba para él.

—Es un oficio duro.

—Quizás ya no está para esto. Está viejo y blando —dijo Zinman como si estuviera pensando en voz alta.

Quiroz buscó en el bolsillo de su camisa el atado de cigarrillos, tenía todavía dos. Extrajo uno, lo encendió y se lo llevó a los labios.

—¿Qué hace? No fume adentro de la camioneta —Zinman se sobresaltó.

Quiroz sacó el cigarrillo de sus labios, extendió la palma de su mano, y sin dejar de mirar fijamente al israelí aplastó sobre ella el cigarrillo encendido.

—¿Yo, blando? Déjenme en el hospital ya que me sacaron a pasear.

—Encuentre a los responsables que nosotros hacemos el resto.

—Puedo hacer eso.

—Quizás —respondió Zinman—. Por cierto, la hija del rabino Lehrer está empezando a hacer sus propias averiguaciones.

—Sheila.

—Sabemos que se conocen, sería bueno que averigüe qué se trae entre manos. No es conveniente que se meta demasiado, podría arruinarlo todo.

—Esa chica no puede resolver este caso —se fastidió Quiroz.

—Solo asegúrese de darle una visita. Unas palabras suyas podrían mantenerla fuera de peligro mientras su padre está detenido. Que no haga ninguna estupidez.

—Me voy a encargar de eso —dijo Quiroz, pero la perspectiva de tener que volver a encontrarse con esa muchacha no le interesaba en lo más mínimo. Iba a ser problemática como lo había sido la otra vez.

La camioneta se detuvo frente a la entrada del hospital y Quiroz bajó.

—Sin levantar mucho polvo —le dijo Zinman desde el interior de la camioneta, antes de partir—. Y por el amor de Dios, consígase un cambio de ropa, esa que lleva puesta huele a basurero.

Quiroz asintió con la cabeza pero pensó para sí mismo que unos extranjeros no iban a venir a decirle cómo tenía que trabajar. Era cierto que lo del día anterior se le había ido un poco de las manos y había complicado el trabajo, pero había sido todo parte de las variables normales en un caso como ese.

Registró la zona. Estaba cercada por el hospital, varias farmacias y una librería especializada.

A pocos metros encontró también una tienda que vendía accesorios médicos. Entró, compró un juego de guardapolvo y pantalón verdes de algodón y salió rumbo a la guardia por donde habían ingresado a Raimundo "Pasti" Suárez. Caminó por el pasillo con fingida desorientación, como si no supiera por dónde estaba andando, o como si estuviera buscando a un familiar internado. Localizó pronto la habitación donde estaba el *punk* porque había un oficial de uniforme guardando la puerta, y evitando ser visto por éste se dirigió hasta el baño, en el extremo opuesto del edificio.

Estaba casi vacío y podía entender por qué, era repugnante. Una pequeña ventana daba a un oscuro patio interno y los inodoros tapados habían dejado de funcionar hacía mucho tiempo. Se cambió ahí mismo. Tiró al piso el saco y pantalón manchados de todo tipo de mugre del basurero, se colocó el guardapolvo y el pantalón de enfermero y disimuló el revólver en la cintura, ante la indiferencia de un hombre que había terminado de hacer sus cosas en el mingitorio y ahora se estaba alisando el pelo grasoso frente al espejo.

Salió y se dirigió con seguridad por el pasillo, pasando por al lado a pacientes que deambulaban en sus sillas de ruedas, o cargaban sondas de suero intravenoso. El uniforme infundía respeto. Las miradas se dirigían hacia él y parecía como si todos estuvieran a punto de suplicarle por algo.

El policía que hacía guardia en la puerta de la sala donde estaba internado el *punk* no hizo preguntas cuando vio venir a ese enfermero, y lo dejó pasar haciéndose a un lado. Quiroz se sintió satisfecho, todavía conservaba el magnetismo con los pichones recién entrados al servicio.

La habitación era pequeña y cerrada, sin ventanas ni comunicación con el exterior más allá de la puerta principal. Había un viejo televisor de tubo colgado de la pared, sintonizado en una caricatura infantil, y en la cama acostado y esposado a la baranda Raimundo Suárez, "el Pasti".

Quiroz lo notó demacrado, con un color de piel todavía más blanco que el que le era natural, y con ojeras profundas. Debía haber pasado una noche espantosa, aunque al menos no se había despertado en un basurero, ni en un calabozo.

El *punk* estaba semidormido y no notó que Quiroz se había metido en la habitación. El ex policía se paró frente a él tapando la televisión.

—Correte —articuló el detenido en un balbuceo de ultratumba y los ojos entrecerrados.

—Despertate.

El chico empezó a moverse en la cama, intentó levantarse y entonces comprobó que estaba esposado. Abrió los ojos, aclaró la vista y pudo distinguir a Quiroz.

—¡¿Otra vez?!

—Terminemos con esto de una vez, Suárez. ¿Cuál fue tu relación con María Belén Lorenzo?

El *punk* empezó a sacudirse en la cama y a mirar para todos lados.

—¡¿Qué hacés acá?!

—Tranquilo —dijo Quiroz y le acarició la frente—, todo va a estar bien. No quisiera tener que poner un calmante en tu suero. Solo respondeme lo que te pregunto y me voy. Te lo prometo.

Pero el Pasti no quería saber nada de todo eso y solo atinó a reaccionar sacudiéndose en la cama.

—Estás detenido, pelotudo. Entonces, quedate quieto o te vas a lastimar.

El *punk* sentía un odio profundo por ese hombre y de buena gana lo hubiera vuelto a escupir, pero poco a poco iba entendiendo su situación.

—No sé nada.

Quiroz suspiró fastidiado y tomó con sutileza los dedos de la mano esposada de Raimundo Suárez.

—Escuchame, amigo, tengo acá tus deditos tan delicados. Estoy seguro de que los apreciás. ¿Tocás algún instrumento, acaso?

El muchacho tragó saliva.

—El bajo.

Quiroz acarició los dedos del muchacho una vez más.

—¿Sabés que si quisiera podría partírtelos todos con un solo movimiento?

—Ya te dije lo que tenía para decir, ¡no sé nada!

—Te hice una pregunta. La repito, ¿sabés que si quisiera podría partírtelos todos con un solo movimiento?

El otro se quedó quieto.

—No, no sabía.

—Ahora ya lo sabés. Te lo vuelvo a preguntar y así como me respondiste tan bien esta pregunta espero que me respondas la que te voy a hacer: ¿cuál fue tu relación con María Belén Lorenzo?

Unas lágrimas comenzaron a bajar por las mejillas del muchacho.

—Salimos un tiempo. No sé nada más.

Quiroz sacó del bolsillo delantero del guardapolvo la libretita negra que lo acompañaba a todas partes, y comenzó a tomar nota.

—¿Cómo se conocieron?

—En un recital de nuestra banda. Ella vino a vernos. Se armó una pelea con unos *boneheads* hijos de puta. Me abrieron la cabeza con un botellazo y ella me ayudó con eso. Después estuvimos un tiempo juntos.

—¿*Boneheads*?

—Sí, viejo. Nazis, fascistas, supremacistas arios que se rapan la cabeza como los verdaderos *skinheads*, pero que no lo son. Son basura inmunda.

El ex policía llevó la punta de la lapicera a su sien y se rascó con ella, inquieto.

—¿Son una agrupación o solo algunos pelotudos como ustedes que se juntan en la plaza?

—Son varios. No sé si tienen un líder o qué, yo conozco de vista a algunos. Paran en el Parque Rivadavia donde venden libros y propaganda. Nos cruzamos alguna que otra vez, pero los muy cagones siempre corren.

Quiroz anotaba todo y sintió una sensación desagradable de fastidio por no saber exactamente de qué le estaba hablando ese pedazo de mierdita.

—Volviendo a nuestro tema, entonces, ahora Nina es tu novia, ¿no es cierto?

—Es con la que salgo ahora, desde que no estoy más con Belén.

—¿Por qué se cortó la relación con María Belén?

El chico reflexionó un instante intentando hacer memoria.

—La verdad es que nunca lo supe muy bien. Un día desapareció. Dejó de parar con nosotros, no volvió a la plaza, no me devolvía los llamados. Se esfumó.

—¿Cómo lo tomaste?

—Al principio no le di cabida. Ella iba y venía con nosotros. A veces estaba y nos acompañaba con la banda, y después desaparecía por varias semanas. Pensé que era como tantas otras veces. Solo que esta vez no volvió a aparecer más.

—Y entonces empezaste a salir con Nina.

—Nunca habíamos tenido exclusividad con Belén. Ella se fue. Al principio no me importó. Después me enojé con ella, pero se me pasó pronto. Me la banqué y al poco tiempo me puse a salir con Nina.

Quiroz alzó las cejas y con la libreta abierta en la mano y la lapicera en la otra apuntando al *punk* dijo, triunfal:

—No, vos no te la bancaste nada. Cuando descubriste que estaba viviendo en Mar del Plata la fuiste a buscar. La encontraste y tuvieron una discusión en su casa unas semanas antes de que la mataran.

El *punk* se quedó mudo un instante y empezó a sentir una oleada de miedo que lo hacía tiritar.

—¿Cómo sabés eso?

—¿Por qué discutieron?

Vio cómo al chico que hacía unas pocas horas se había plantado como un duro, le temblaba el labio inferior.

—La quería. Estando acá sin ella me di cuenta de que la quería, a pesar de todo. Cuando desapareció al principio lo tomé con calma, pero cuando me enteré de que estaba viviendo fuera de la ciudad la fui a buscar. Quería saber por qué se había ido así, de un día para otro.

No entendía qué le había pasado. Fui a decirle que la quería de vuelta acá conmigo. Pero yo no la maté.

—El día del homicidio la entrada de su casa no fue forzada. Eso indica la posibilidad de que le haya abierto voluntariamente la puerta a su asesino. Y eso sucede cuando la víctima conoce al que la va a matar.

—Quizás se olvidó de cerrar la puerta. No sé. Solo sé que yo no la maté.

Quiroz contempló a esa piltrafa humana temerosa, lánguida y flaca, acurrucada en una cama de hospital público, y supo que no le estaba mintiendo. Hace falta un tipo de frialdad para matar como lo habían hecho con María Belén que ese pendejo no tenía. Pero sabía que todavía tenía más para decirle.

—¿Habían tenido discusiones antes de esa noche?

—Qué se yo —Suárez dudó mientras medía bien sus palabras—. Discutíamos de vez en cuando. Era una mujer muy independiente, hacía la suya y eso está bien, pero siempre sentí que tenía muchos secretos conmigo.

—Esa noche que la fuiste a buscar a Mar del Plata no lograste convencerla para que volviera con vos, discutieron, le pegaste.

—No. No le pegué.

—Una testigo dice que se escucharon gritos y al día siguiente María Belén se le apareció con anteojos negros. Comportamiento típico de una mujer que quiere tapar que su macho la fajó.

Una mueca desagradable se formó en los labios del *punk*.

—Belén era muy coqueta. Esa noche discutimos fuerte, tiré algunos platos al piso, tomamos alcohol y nos drogamos mucho. Después cogimos fuerte. Al día siguiente tenía una cara muy de destruida. Siempre los usaba después de una noche de mucho descontrol para que los demás no se dieran cuenta.

—A pesar de ese intento de reconciliación, ¿no la convenciste de volver?

—Por eso me enojé con ella. No me quiso decir por qué se había ido. Solo me dijo que no podía volver.

A Quiroz se le iluminó el rostro.

—¿Sabías que estaba embarazada?

El chico se quedó mudo y los ojos se le volvieron dos canicas difuminadas en lágrimas.

—No.

—¿Era tuyo?

—No lo sé —dijo el *punk* con la voz quebrada.

—¿Sentiste que alguien podría haberla amenazado?

—Es posible, pero qué carajo sé. Lo que sé es que la mataron y ahora también que podía ser que estuviera esperando un hijo mío.

—¿Qué podés decirme de la marca que hicieron con su sangre en la pared?

—¿Qué marca?

Quiroz supo distinguir en su sorpresa que el muchacho verdaderamente desconocía el pequeño detalle macabro de la estrella de David pintada con la sangre de la víctima en la pared.

—No importa —dijo Quiroz y guardó la libreta—. ¿Viste? Era mucho más fácil si colaborabas.

El otro solo sintió una ola de impotencia, acostado ahí a merced del policía, pero no dijo nada más. La noticia del embarazo lo había terminado de desmoronar.

—¿Puede sacarme de acá?

—Eso lo tendrás que hablar con tu abogado —dijo Quiroz y abandonó la habitación. El chico era un imbécil pero no la había matado.

Salió del hospital y entró en una casa de Lotería. No se dio cuenta de que todavía llevaba puesto el uniforme de enfermero. Jugó al cuarenta y siete a la cabeza: el muerto. El sueño que había tenido nadando entre los cadáveres bajo el agua todavía le punzaba en la conciencia. Caminó sin apuro y casi por costumbre tomó su teléfono y marcó el número de Lucía. Del otro lado de la línea le respondió la voz entrecortada de la chica: "¿Hola? ¿Sos vos de nuevo, Mario?"

Capítulo 24

Una sombra

Antonio Miller se pasó una mano grasosa por la frente empapada de sudor, la sacudió y se la secó con un pantalón cargo militar que descansaba sobre la mesada de su negocio. Dobló la prenda con dedicación, la alzó y en puntas de pie intentó alcanzar el anaquel arriba de su cabeza adonde iban los talles 44. Siempre se quejaba con su padre acerca de la conveniencia de guardar ese talle tan popular en un lugar tan incómodo, pero el Brigadier Retirado Roberto Engel Miller no era una persona con la que se pudiera razonar, y eso Antonio lo había aprendido desde joven.

Era un galpón grande y oscuro que tenía con el exterior la única comunicación brindada por una vidriera de unos dos por tres metros, y una puerta de vidrio.

En el estante de la vidriera se acumulaban, sin mucho orden ni criterio, todo tipo de rezagos militares: cascos de ex combatientes de la Guerra de Malvinas, pero solo los del bando argentino (aunque en la caja fuerte, al fondo, detrás del retrato de Napoleón, tenían bien guardado un hermoso casco de oficial inglés con agujero de entrada y salida de bala); también tenían quepis; parches de oficial de policía, militar y gendarmería, soldaditos de plomo para juegos de guerra, pintados y sin pintar, cuchillos de caza, un hermoso revólver calibre Magnum 44 Ruger Super Redhawk con mira óptica incorporada que relucía con su armazón y cilindro dorado, y también un rifle de caza Remington 7600. Todo estaba exhibido descuidadamente bajo una espesa capa de polvo. Del techo colgaba una bandera argentina manchada de barro, que desde que los Miller, padre e hijo, habían abierto la tienda, intentaban vender como una reliquia histórica, sin éxito.

La clientela era poca, pero fiel. Por lo general se trataba de militares retirados, como su padre, que cada tanto se daban algún gusto en forma de recuerdos, o llevaban a sus nietos para comprarles símbolos patrios, enseñarles los uniformes, y llenarlos de un poco de la educación que sus hijos liberales, los padres de sus nietos, habían rechazado.

Aun así, eran cada vez menos los que llegaban a comprar y había días que la puerta de entrada no se abría sino cuando llegaba por la mañana y cuando salía a las seis de la tarde.

Ese día no parecía que fuera a ser la excepción, pero entonces una sombra se paró frente a la puerta y tocó el timbre para entrar.

El vendedor se acomodó el pelo hacia atrás con las manos grasosas y se paró firme, dispuesto a recibir al cliente que luego de un tímido saludo comenzó a recitar una lista de productos que necesitaba.

—Matafuegos, seis unidades, aptos para instalaciones eléctricas; dos palas para cavar; dos hachas de mano, cuatro máscaras antigás —recitó de memoria, con voz monocorde.

El tendero iba anotando en un papel todo lo que le pedían.

—A ver, aguarde un instante. Parece que está haciendo la lista para el fin del mundo y no tengo *stock* de todo lo que me pide.

—¿Qué le falta? —preguntó la sombra.

—Matafuegos para empezar. No sé qué clase de tienda cree que es esta. Vendemos rezagos militares.

La sombra clavó sus ojos azules gélidos, invernales, sobre el vendedor y no dijo palabra durante un rato lo suficientemente largo como para provocarle a éste una sensación de incomodidad.

—¿Hay algo más en que pueda ayudarlo?

—Necesito veinte metros de cuerda elástica, cadenas, candados, cinta de embalar, dos juegos de pinzas para cortar alambrados.

—Eso puedo conseguírselo.

La sombra volvió a clavarle su mirada fría y dijo sin ningún atisbo de ironía en la voz:

—Ahora, muéstreme las pistolas y rifles que tiene para ofrecer. Estoy buscando una Luger P08 y un uniforme militar.

Antonio Miller lo examinó con curiosidad. Había conocido todo tipo de locos en su vida y sabía reconocer cuando encontraba algún enamorado del Eje.

—Creo que tengo algo especial para un cliente como usted —dijo, se dio media vuelta e hizo una seña para que la sombra lo siguiera. Lo llevó a una puerta lateral, bajo llave, que abrió con delicadeza. Unas luces automáticas alumbraron el depósito y en el fondo se iluminó una vitrina con un uniforme negro.

—*Allgemeine-SS Schütze*, de 1934.

—Hermoso —dijo la sombra.

—Vale cada hilo que conforma su belleza.

La sombra recordó en su nariz el gusto a hierro de la sangre. Se vio, en poco tiempo, bien protegido en su refugio junto a Lisa, mientras el mundo que había conocido, y que durante años había luchado por vencer, finalmente se deshacía en jirones para dejar paso al Nuevo Orden.

Capítulo 25

Quiroz

Mario Quiroz se despertó en el futón de su oficina adonde había pasado la noche. Era más incómodo que dormir en su cama matrimonial vacía, pero lo prefería antes que volver a habitar su departamento.

Le dolía la espalda por la posición y había pasado algo de frío en la madrugada.

La luz del día que se metía ya de lleno en la pequeña oficina lo calentó como a una pila y se levantó, prendió la cafetera de filtro, se despejó la cara, bajó al kiosco de diarios mientras el café se estaba haciendo y volvió con un ejemplar del *Clarín*, subiendo las escaleras con pasos cansados. Fue directo a las últimas páginas para consultar qué había salido en la lotería. El 46. "Los tomates" a la cabeza. El número justo anterior al que había apostado por sus muertos. "Es el *karma*, Mario, el *karma*" pensó, cansado, intentando explicarse la ironía del destino.

Estaba seguro de que había algo más atrás de lo que le había confesado el *punk* en el hospital, pero también estaba convencido de que no podría extraerle más información, al menos no hasta saber él mismo por dónde encarar las preguntas. Y para eso necesitaba saber más. De todos modos, el tipo probablemente ni siquiera tuviera la estructura neuronal necesaria para realizar las conexiones entre indicios que hubiera podido percibir. Muchas veces se trataba de poder interpretar pequeños hechos, pequeños destellos de luz, caras perdidas en una multitud, pistas imperceptibles para el ojo no entrenado, y luego engancharlas todas juntas para reconstruir la escena que lleva al asesino.

Quiroz tomó un sorbo de café, sentado en el sillón, mientras veía por la ventana cómo la ciudad comenzaba a despabilarse. Pronto la calle parecería un hormiguero sacudido, con gente corriendo para todos lados, bocinas de automovilistas ansiosos, embotellamientos, silbatos de oficiales de tránsito. Pero no le molestaba. De alguna forma extraña se había acostumbrado, luego de vivir toda la vida en el medio del caos, a ese delicado equilibrio de lo imprevisible.

Consultó la hora en el reloj de pared. Era increíble que todavía funcionara. Había tenido que reconstruir buena parte de la oficina luego de su enfrentamiento, ahí mismo, con el gordo Flores. Muebles rotos, papeles por todos lados, sangre manchando las paredes, y la marca en el cristal de la ventana donde lo habían empujado a él con una fuerza sobrehumana. Pero el reloj había quedado intacto, y allí permanecía dando puntual las nueve de la mañana.

¿Vendría Lucía? Lo había tomado por sorpresa que aceptara encontrarse con él. Llevaba varios intentos de comunicarse con su antigua compañera de aventuras y ella había amenazado con matarlo si volvía a verlo; era un riesgo que estaba dispuesto a correr. Pero, ¿por qué él necesitaba hablarle? Quizás porque era la única persona con la que había podido compartir unos instantes de auténtica amistad. Si es que podía llamarse a eso amistad. Era la primera persona, en años, con la que se había sentido cercano; eso era y ahora que estaba de vuelta en la ciudad, solo y aturdido, había sentido la necesidad de volver a encontrarse con ella. Y ella le había dicho que sí. Había dudado un buen rato, pero en el fondo sabía que Quiroz era para ella lo que ella para Quiroz. Se necesitaban más que los resquemores que podrían haber quedado del modo en que se habían conocido.

Habían quedado que se verían allí, a las diez de la mañana. Eso le daba menos de cuarenta y cinco minutos para adecentarse. Pasó por el pequeño baño, se duchó, se afeitó, se cepilló los dientes y se acomodó el pelo tirante para atrás de la cabeza. Luego buscó un juego de ropa limpia en el armario donde guardaba los juegos de documentos falsos, una pistola Glock 9 mm con tres cajas de balas de repuesto, y un juego de esposas. En el reacondicionamiento de su oficina había sido mucho más cuidadoso que en la anterior ocasión. Si a algún indeseado buscando venganza se le ocurría volver a aparecer por ahí, estaría preparado.

Terminó de cambiarse, volvió el futón a su forma de sillón, y se sentó a esperar a que se hiciera la hora.

Pero las diez llegaron y pasaron y nadie tocó el timbre de su oficina.

Podía entender si Lucía nunca aparecía; era lo más esperable. Se sirvió otra taza de café caliente y se sentó a reflexionar acerca del caso de María Belén Lorenzo. La clave estaba en que ella se había ido de Buenos Aires y nunca había querido contar el por qué. Sabía que tenía que llegar a ese núcleo, pero parecía también un camino cerrado: no había amigas o amigos con los que consultar; parecía que la única gente con la que se había relacionado había sido la de la tienda donde había trabajado poco antes de morir. Abrió una vez más la carpeta que le había pasado Yael Zinman con los informes oficiales de la policía y revisó lo que ya sabía: no se había encontrado una agenda personal, y los registros de llamados de su teléfono estaban vacíos a excepción de esporádicos llamados a una rotisería de Mar del Plata. Habían investigado el local y estaba limpio: María Belén debía haber comprado allí solo alimento. Nada de drogas ilegales bajo la fachada de un establecimiento familiar. Su caso era de esos que más fastidiaban a Quiroz: una chica que parecía demasiado limpia, demasiado pulcra para morir, pero que por algún lado debía tener una mancha oscura. A nadie se lo masacra del modo en el que ella había sido masacrada si no tiene alguna deuda pendiente con alguien. Y para peor, estaba la marca de la estrella de David en la pared.

Quizás tenía que empezar a ocuparse de seguir el rastro de la otra víctima. Si encontraba el hilo conductor entre ambas, llegaría al responsable.

Estaba ensombrecido en sus reflexiones cuando finalmente escuchó el timbre. El reloj de pared marcaba pasadas las once y media de la mañana. Si era Lucía se había tomado su tiempo. Se acercó a su escritorio y fijó la vista en el monitor del nuevo sistema de cámaras de seguridad que había hecho colocar. Habría sido un desperdicio quedarse en Bariloche con todos los chiches nuevos con los que había equipado la oficina.

Allí estaba, parada frente a la puerta de entrada del edificio, Lucía Zabala. Un metro sesenta y cinco, morocha, ojos verdes, escote nunca disimulado. En la pantalla de tonos azulados y blancos no llegaba a verse en toda su arrolladora presencia, pero de todos modos resultaba llamativa. La chica estaba inquieta, nerviosa, se movía sobre el mismo lugar donde estaba parada. Apretó el botón para abrirle la puerta y le dijo por el micrófono:

—Pasá.

La chica dudó una vez más, la vio ladear la cabeza como buscando una salida, un camino alternativo, pero finalmente, con actitud resignada, atravesó el portal de entrada al edificio.

Un minuto después tocaba el timbre de la oficina.

—Soy yo, Mario —dijo del otro lado de la puerta.

Quiroz le abrió y antes de saludarla siquiera asomó la cabeza a través de la puerta y miró a ambos costados de Lucía.

—Estoy sola. Te lo aseguro —dijo la morocha. Dio un paso adentro del departamento.

Lucía vestía un saco andrajoso y emparchado, unos pantalones de jean gastados y una cartera barata de imitación cuero. Entró empujando a Quiroz adentro de la oficina.

—Veo que hiciste cambios —pasó un dedo por encima del escritorio marcando un sendero de polvo, hasta que chocó con un sobre cerrado—, aunque algunas cosas nunca cambian. ¿Qué es este sobre? ¿Sanatorio de La Trinidad? —dijo Lucía, tomándolo entre los dedos, al tiempo que Quiroz se apuraba a sacárselo de las manos y volver a depositarlo sobre la mesa.

—Unos estudios que me hice. Todavía no los abrí, ni pienso hacerlo.

—¿Estás enfermo?

—Me estuve sintiendo un poco mareado, con algunos temblores y pesadillas. Nada que no conozca.

Lucía negó con la cabeza en silencio.

—Ay, Mario, Mario…

—¿Desde cuando te preocupa mi salud?

—Siempre el mismo pelotudo.

—No te preocupes que me cuido. Por eso me hice los análisis.

—¿De qué sirven si no los vas a leer?

—Vení, sentate, ponete cómoda.

Lucía buscó un lugar en el sillón.

—Cómoda estando con vos. Difícil.

Sacó un paquete de cigarrillos de su cartera, puso uno en sus labios y le ofreció a Quiroz.

—Pensé que habíamos dicho que fumar hace mal.

—Venir acá me hace mal, Mario. Dejame en paz.

Quiroz tomó un cigarrillo del paquete que le ofrecía Lucía y lo colocó en su boca. Encendió el de ella y luego el propio.

—¿Por qué volviste?

—Porque vos me llamaste —dijo la mujer como si se tratara de una obviedad. Recorría con ojos agrandados el espacio de la oficina, como si buscara reconocer o recordar esos momentos del pasado, o como si quisiera corroborar que realmente había vivido todo eso hacía no tanto tiempo. En su recuerdo parecía una eternidad, momentos de otra vida quizás.

—Ya sé que te lo pedí, ¿pero por qué me hiciste caso?

—Hago lo que puedo.

Estaba maquillada con poca precisión, como si lo hubiera hecho con bronca o apuro, o no se hubiera quitado el maquillaje de la noche anterior. El delineador negro empezaba a borronearse y a correrse, dejando sus preciosos ojos verdes como dos esmeraldas en medio de un lodazal, y llevaba un labial rojo intenso.

—¿Cómo estuviste viviendo este tiempo?

—Como te dije: hago lo que puedo.

—No quisiera que tengas que recurrir...

—Ya sé lo que estás pensando —dijo Lucía y se cruzó de piernas—. Si creés que estoy vendiendo este cuerpo para comer, olvidate. Me conseguí un novio con plata. Otro. Y estuve estudiando.

—¿Estudiando?

—Lo decís como si te sorprendiera.

—Sí, me sorprende.

—Estuve estudiando. No tiene nada de raro. Siempre quise seguir después de la secundaria. Pasaron cosas, ya sabés.

Quiroz desconfiaba. Lucía era una gran mentirosa y no iba a dudar en decir cualquier cosa con tal de impresionarlo.

—¿Ah, sí? Contame nena, ¿qué estudiás?

—Computación —dijo, con seguridad altiva, Lucía.

—¿Computación?

—Me anoté en un curso de programación y entre eso y algunas cosas que leí por internet me las estoy arreglando muy bien.

—¿Ahora sos *hackers?* Siempre al servicio del choreo, lo tuyo.

Lucía exhaló una voluta de humo de cigarrillo.

—Se dice "hacker", abuelo. Es en singular.

Quiroz se balanceó hacia adelante y luego de nuevo hacia atrás.

—¿Y tu nuevo novio? Espero que no sea otro delincuente.

—Claro que sí lo es —dijo ella con una sonrisa socarrona.

Quiroz apretó los dientes.

—Estás para más, Lucía.

—¿Ah, sí?

—Sí. Dejame ayudarte.

—Mario, estuve pensando mucho en vos. Claro, primero eran las ganas de meterte un tiro que te atraviese acá —dijo y se inclinó hacia el ex policía, apoyó su dedo índice en el medio de su frente—, y luego que salga por atrás. Ya sabés, por todo lo que me hiciste pasar —exhaló el humo en la cara de Quiroz—. Pero luego decidí que no iba a hacerlo y eso me resulta reconfortante. Ahora, hay algo que tenés que entender: no sos mi padre. Nunca lo vas a ser, por más que intentes jugarla a héroe que salva a la chica que se mete en apuros. Quiero que me dejes en paz.

—Entonces viniste para pedirme que te deje en paz.

—Puede ser. O quizás vine porque sos como una especie de obsesión que tengo. No puedo sacarte de mi cabeza. Una vez, cuando era muy chica, tuve un noviecito al que dejé. Luego me arrepentí, lo fui a buscar y él ya no quería estar conmigo. Durante dos años no pude pasar un puto día sin pensar en ese pelotudo. ¿Sabés lo que es? ¿Sabés lo que se siente? Un infierno.

Quiroz sabía lo que se sentía. No había pasado un solo día desde que Mecha lo había abandonado sin que pensara en ella. Y se odiaba por eso.

Se movió inquieto en su lugar, parado frente a esa chica, no supo qué responder.

—La cuestión es que un día me llamó. Como te dije, habían pasado dos años. Nos vimos. Cogimos. Me saqué las ganas y soñé con un futuro con él. Lo volví a llamar unos días más tarde y me dijo que todo eso había sido un error. Lo insulté. Lo insulté muchísimo. Lloré. Y al día siguiente ya había desaparecido para siempre de mi cabeza. No sabés el alivio que sentí.

—¿A qué querés llegar, Lucía?

—A que quizás hoy, con esta reunión, este hermoso reencuentro, puedo, por fin, dejar de pensar en vos y en todo lo que pasamos.

Quiroz sonrió involuntariamente.

—No creo que vaya a funcionar así.

—Al menos voy a intentarlo. Vale la pena. No sabés lo que daría por no tenerte más en mi cabeza, Mario —dijo la chica y aplastó lo que le quedaba del cigarrillo contra el apoyabrazos del sillón.

—Te llamé porque estoy de vuelta acá y quería asegurarme de que estés bien, de que no necesites nada.

—Si fuera a necesitar algo no serías la persona a la que se me ocurriría llamar.

—Lucía —dijo Quiroz, titubeante—, sabés que te tengo aprecio.

La mujer no lo estaba viendo, parecía perdida en algún detalle de la oficina.

—¿Cambiaste el escritorio también?

—Quedó bastante abollado después del incidente. Pero eso no es lo que quería hablar.

—Ya sé, Mario, pero con vos siempre se trata de lo que vos querés.

—Sos la única persona que me queda en el mundo.

—¿Y tus hijos? ¿Y tu mujer?

Quiroz sintió la incomodidad en el cuerpo. Dio vuelta al escritorio y se sentó en su vieja silla reclinable de madera que había sobrevivido al ataque.

—Aunque no te guste, aunque me pidas que no lo piense así, vos sos casi como una hija para mí.

El rostro de Lucía adquirió la expresión de un triunfo.

—Ocupate de los hijos que realmente concebiste y dejame en paz de una puta vez, Mario.

Durante unos instantes ninguno de los dos dijo nada. Por fin Lucía pareció relajarse:

—¿Por qué volviste, Mario?

—Trabajo.

—No te creo.

—Sí, trabajo y aburrimiento. No estoy hecho para la tranquilidad.

—¿Seguís trabajando como guardaespaldas?

Quiroz tomó un trago de café de la taza que todavía descansaba en su escritorio. Estaba frío.

—No te ofrecí.

—Acabo de desayunar.

—Estoy investigando una serie de homicidios que parecen estar relacionados.

Lucía le prestaba atención nuevamente.

—Una mujer en Mar del Plata y una chica a la que crucificaron en un descampado. Cabeza abajo.

—Algo leí de todo eso. Es terrible. ¿Estás cerca de agarrar al hijo de puta que lo hizo?

—La verdad es que no. Creo que estoy un poco estancado.

—Una lástima.

—Ahora estás siendo sarcástica.

Lucía largó una pequeña carcajada.

—Me vendría bien tu ayuda, ¿sabés?

—Ah, ¿sí? ¿Y para qué?

—Siempre es útil tener a una pequeña ladronzuela que sepa algunos trucos del bajo mundo para lo que se necesite. Más ahora si sos una experta en computadoras.

—Una raterita como yo.

—Exacto.

—Policía tenías que ser.

—¿Querés trabajar para mí?

Lucía reflexionó unos instantes.

—¿Y dejar entonces a mi novio rico?

—¿Novio rico? ¿Y por eso te tiene vistiendo harapos?

La chica volvió a soltar una carcajada, esta vez mucho más fuerte que la anterior.

—¿Entonces? ¿Qué decís?

—Supongamos que acepto, dale. ¿Qué puedo hacer por vos, ahora?

—En este momento, nada. Pero ya se me va a ocurrir algo.

—Siempre igual, Mario. Sos una promesa eterna. Una promesa de lo que te gustaría darme pero no podés darme.

—La guita es muy buena.

—No lo dudo —dijo Lucía y se puso de pie. Tomó su cartera y la apretó contra el costado de su cuerpo—. Ya me voy.

—¿Tan pronto?

—Agradecé que pasamos unos —miró el reloj de la pared— ¿veinte minutos? sin que me haya abalanzado con un abrecartas apuntando hacia tu cuello.

—Creo que sos inteligente, se te ocurriría una forma más original de matarme.

Ella le sonrió, compasiva.

—Por esas cosas es que no puedo matarte.

—No, porque estás loca.

—Ya lo hablamos.

Quiroz abrió la puerta.

—Si tengo algo para vos, te llamo —dijo el ex policía.

—Podés intentarlo, supongo —dijo Lucía y salió cerrando la puerta de la oficina con delicadeza.

Quiroz se quedó un rato sentado en su vieja silla de madera, intentando sacar una conclusión acerca de lo que acababa de pasar. Pero pronto comenzó a sentirse pesado y aburrido.

Se levantó, ordenó los papeles que tenía dispersos arriba de su escritorio, colocó las carpetas que le había dado Zinman en un lugar central, acomodó el sillón donde había estado hasta hace un instante Lucía, bajó las persianas y salió a la calle.

Tenía que reencontrarse con otra mujer que tampoco se sentiría contenta con volver a verlo. Ese parecía su nuevo destino: ser el ángel guardián no requerido de unas mujeres que de todos modos sabían defenderse solas. Algo de encanto tenía el asunto, no podía negarlo.

Capítulo 26

Una sombra

Tomás Salcedo pasó su tarjeta por el lector. La pantalla indicó 18.31 horas. Tenía un minuto de retraso. Saludó al guardia de seguridad detrás del vidrio, que le devolvió el gesto tocándose con la punta de los dedos la gorra.

El vigilante era nuevo en el trabajo. Tomás pensó que ni siquiera sabía cómo se llamaba.

Antes de adentrarse en el largo pasillo que lo llevaba al laboratorio, se detuvo un instante al lado de la caseta del guardia.

—¿Pesado el nocturno? —le preguntó Tomás.

El hombre soltó una leve tos.

—Simplemente hago lo que me ordenan, doctor.

—Así debe ser. Por cierto, soy Salcedo. Trabajo en el laboratorio.

—Sí, doctor. Lo sé.

Había esperado que le dijera su nombre pero el otro se lo quedó contemplando en un silencio incómodo. Leyó su nombre en la chapa clavada en el ojal del bolsillo de la camisa: "Augusto Delgado".

—Creo que vamos a ser los únicos esta noche aquí, Augusto.

—Así es, doctor.

Salcedo se despidió con un movimiento de cabeza y siguió hasta su oficina. Apoyó su maletín en la silla de invitados y se acomodó del otro lado del escritorio. Encendió la PC y revisó las notificaciones de correo electrónico. Descartó los comentarios de oficina, respondió algunas cuestiones y abrió el que en asunto decía *Projekt Valkyria*. Introdujo su clave personal y el contenido pasó de ser una serie de caracteres encriptados a un mensaje legible. Terminó de leerlo y lo borró. Tenía trabajo que realizar.

Salió de la oficina y pasó al corredor, la primera puerta era la del vestuario. Introdujo la clave en su casillero, y comenzó a sacarse la ropa. Dobló el pantalón a la mitad y acomodó prolijamente la camisa. Abrió su maletín, extrajo los frascos de medicamentos y los colocó también dentro del casillero. Antes de cerrarlo tomó una pastilla y la tragó. Tenía una noche larga de trabajo por delante y no podía permitirse más calambres estomacales.

Se colocó el ambo y salió del vestuario. En la entrada al pasillo que daba a los laboratorios levantó el interruptor de la luz y una ola de tubos fluorescentes comenzó a encenderse en efecto dominó.

Pasó por al lado de los pulcros laboratorios vacíos hasta llegar al final del pasillo. Se detuvo frente al suyo. Imposible confundirlo. El símbolo de *biohazard* advertía del peligro biológico detrás de esas puertas.

Apoyó la tarjeta de seguridad en el lector. Se abrió la primera puerta y pasó al recinto anterior al laboratorio. La puerta se cerró a su paso. Tomó de la percha el mameluco blanco y se lo colocó encima del ambo. Acomodó el barbijo, los protectores de zapatos y las gafas transparentes. Apoyó la tarjeta de seguridad en el siguiente lector y con un sonido de alarma se abrió la puerta que daba a la siguiente sala. Una corriente vertical de aire limpio lo sacudió durante unos segundos. Tomás extendió su cuerpo en forma de X y dejó que el flujo laminar de aire lo sacudiera. Cuando estuvo terminada la descontaminación, la puerta del laboratorio se abrió y pasó al área limpia. El piso de resina epoxi gris claro, las paredes blancas inmaculadas y la mesa de trabajo de metal pulido frente suyo.

La música ambiental comenzó a pasar la ópera *Tristan und Isolde* de Richard Wagner, en la dirección de Karl Elmendorff, con la orquesta del Festival de Bayreuth.

No lo sorprendió la elección musical que la Gerencia había hecho para esa jornada; se trataba siempre de alguna variación en torno a lo mismo.

Comenzó a trabajar sobre la mesa del laboratorio y pronto perdió la noción del tiempo. Disfrutaba de ese trabajo, disfrutaba de su vida, disfrutaba de la sensación de estar construyendo algo importante para el futuro de la humanidad. Su labor sería fundamental para la refundación humana, una nueva edad dorada comenzaría, en parte, gracias al trabajo que se realizaba allí mismo, bajo esas mismas manos, como resultado de los cálculos y anotaciones que él mismo estaba realizando. Era un esfuerzo extra, pero pagaban bien, aunque en el fondo no era eso lo que más le importaba, sino saber que algún día la humanidad los vería como los héroes que habían llevado la paz al mundo.

Sí, le gustaba ese trabajo, pese a las deshoras y a esa música que se repetía hasta el cansancio en un *loop* que pasaba una a una todas las obras del romántico alemán.

Estaba concentrado con la pipeta automática cuando un sonido seco y sordo, como un estallido, sacudió el ambiente e hizo temblar los delicados cristales, superponiéndose incluso a la música ambiental.

Apoyó el instrumental sobre la mesa de trabajo y se dirigió a los ventanales de vidrio del laboratorio. ¿Habría fallado el motor del flujo laminar, acaso? Verificó el ambiente, pero todo parecía en orden. Quizás había sido algo que había sucedido por afuera del edificio. El parque industrial estaba ubicado en una zona rodeada de bolsones de marginalidad y no era raro que a veces se escucharan estampidos de disparos en las afueras. Pensó en Augusto Delgado, el nuevo guardia de seguridad, obligado a pagar derecho de piso trabajando ese turno en esa zona difícil.

Pero el sonido había resultado demasiado cercano como para haber sucedido en las afueras de las instalaciones. Nunca antes había sentido un sacudón tan intenso como ese.

Pensó en salir del laboratorio y comprobar que todo se encontrase en orden pero cuando contempló la necesidad de tener que volver a pasar por la ducha de aire descontaminadora, y sacarse el mameluco junto con el barbijo, las gafas, los protectores de zapatos, y todo para acercarse hasta adelante a la casilla de seguridad para comprobar lo que era obvio, que todo estaba bien, decidió que iba a continuar trabajando con normalidad como si no hubiera sucedido nada. Era lo más probable, por otra parte. Ahí adentro estaría seguro. El *Projekt Valkyria* era secreto y en su grupo de trabajo él era el único que tenía información, y ni siquiera sabía exactamente todo acerca del proyecto. Se trabajaba por unidades, fragmentos, no sabía cuál era el plan final aunque sabía lo que le habían prometido, que sería para el bien de la humanidad.

Volvió a trabajar en su mesa. Se concentró nuevamente y estaba tan sumido en el trabajo que no pudo detectar que ahora, detrás suyo, una sombra íntegramente vestida de negro de pies a cabeza lo contemplaba desde el ventanal vidriado del laboratorio.

La sombra sostenía una pistola de la que todavía se desprendía un pequeño hilo de humo gris en una mano, y un maletín en la otra.

No tuvo inconvenientes con las cerraduras eléctricas que se anteponían con el laboratorio. Dos disparos volaron el sistema y la alarma, que comenzó a sonar, no lo amedrentó. Salcedo se dio vuelta cuando saltó el primer disparo. La ópera de Wagner seguía sonando y se confundía ahora con la alarma. Buscó desesperado algo con qué defenderse, pero solo tenía material de laboratorio ahí adentro. Cuando la sombra estuvo dentro se acurrucó contra la pared y alzó las manos.

—Por favor, no me hagas nada. La policía ya está en camino.

—Tengo seis minutos cuarenta y cinco segundos todavía —dijo el asesino con serena tranquilidad.

—Llevate lo que quieras, pero no me lastimes. Solo soy un empleado más —dijo Tomás. Mientras tanto el hombre acababa de abrir su maletín. Extrajo un martillo de carpintero, lo acomodó en su mano.

—Esto lo hago por vos —dijo y con un movimiento fugaz y violento estrelló el mazo contra el parietal izquierdo del farmacéutico que cayó al piso, muerto.

La sombra comenzó a silbar tranquilamente y sus sonidos se mezclaron con el frenético ruido de la alarma y el aria de la ópera, que sonaba majestuosa.

Sacó del maletín la pistola de clavos y dispuso el cuerpo de su víctima boca abajo, y en forma de cruz, contra el piso. Los clavos lo fijaron a la resina plástica y la sangre comenzó a brotar de las extremidades perforadas formando un charco oscuro, casi negro, en la superficie.

Cuando ya estuvo bien sujetado, extrajo el bisturí y realizó dos incisiones al costado del cuerpo. Los tejidos se rompieron como si estuvieran hechos de seda. Introdujo dos dedos por el hoyo que había realizado y lo agrandó bestialmente expandiéndolos hasta que pudo palpar la materia gelatinosa del intestino. Introdujo nuevamente el bisturí, cortó un trozo y lo colocó en el frasco que había llevado para ese fin. Estaba terminado. Antes de irse, clavó verticalmente el instrumento de corte en la nalga izquierda de su víctima. Verificó el tiempo. Todavía le quedaba casi un minuto entero para salir de ahí. Tomó sus utensilios, los metió en el maletín y corrió hacia afuera. Dio un vistazo hacia el guardia de seguridad que estaba sentado inmóvil en su estación de control. De no ser por el hilo de sangre que le salía de la boca y le manchaba la chapa con el nombre, hubiera podido parecer dormido.

Las sirenas de la policía se acercaban, pero para entonces la sombra ya había desaparecido en medio de la noche.

Capítulo 27

Quiroz & Sheila

Mario Quiroz bajó del auto, lo rodeó y se apoyó utilizando la puerta de respaldo, cruzó los brazos y se dispuso a esperar. Era bien entrada la tarde del martes y cuánto antes terminara con el asunto mejor.

Esperó unos cuarenta minutos en los cuales la puerta del edificio que vigilaba se abrió y cerró varias veces, y vio entrar y salir a varios vecinos, hasta que por fin salió Sheila. La chica no se percató de su presencia y salió caminando con recato y la mirada clavada en el piso, llevaba abrazada a su cuerpo una carpeta, con una lapicera enganchada.

Comenzó a seguirla y llegando a la esquina le posó un brazo en el hombro.

—Señorita.

Sheila se dio vuelta, dispuesta a enfrentarse con esa parte de su pasado que ahora había vuelto.

—Disculpame, Sheila —dijo Quiroz—. ¿Cómo estás?

La chica abrió y cerró los ojos varias veces, parecía a punto de decir algo pero sentía como si tuviese la boca llena.

—¿Qué hace usted acá? —pudo soltar, por fin.

—Pasaron muchas cosas en este tiempo en que no nos vimos, querida Sheila —le dijo él—. ¿Tenés momento para un café?

Sheila miró la hora impaciente, estaba llegando tarde a su clase de Sociología I.

—Estoy un poco apurada.

—Vamos, yo invito. Quiero hablar de lo que te imaginás.

Sheila desvió la mirada para ambos lados, yendo y viniendo con los ojos, buscando alguna excusa posible.

—Está bien —concedió, rendida.

Quiroz le indicó el camino de vuelta hasta la puerta de su casa donde había dejado el automóvil y se subieron.

El coche arrancó y a una distancia prudencial, sin que ninguno de los dos se percatara, comenzó a seguirlos una Harley Davidson negra.

Llegaron a un bar tranquilo y discreto.

—Acá estamos. Dígame, oficial.

—¿Sin preámbulos?

—Sobran las palabras, ¿no?

—Estoy seguro de que tenés en la punta de la lengua algún proverbio *iddish* apropiado para esto mismo.

Sheila se sonrojó.

—¿Tan previsible soy?

—A ver, ¿cuál es ese proverbio?

La chica pensó un instante.

—No sé, creo podría decirse que "Un tonto puede hacer más preguntas en una hora que las respuestas que puede dar un sabio en un año", ¿eso sirve?

—Pensás que los preámbulos serían preguntas de tontos.

—¿Por ejemplo, cómo se hizo esa herida en la cara? —dijo Sheila indicando la cicatriz que había conseguido Quiroz hacía un tiempo atrás. Un beso de plomo que había recibido en el asunto ese de Lucía.

—Sí, puede que tengas razón.

—Entonces...

—Entonces, quiero saber cómo estás.

—No se propase, oficial.

—Por favor, nena —dijo Quiroz con auténtico fastidio.

—¿Por qué quiere saber?

—Sé lo que pasó con tu padre y todo el asunto de los nuevos asesinatos rituales.

Sheila se movió incómoda en el asiento.

—Sigo sin entender por qué esto le interesaría.

Quiroz suspiró.

—Estoy investigando. Los asesinatos, estas dos chicas.

—¿Usted también?

—Por eso mismo quería saber cómo estabas. El que me paga para investigar me pidió que velara por tu bien.

—¿Quién?

—Me temo que no puedo decir su nombre.

A Sheila no le gustó el rumbo que estaba adquiriendo esa conversación. Había alguien más involucrado en todo ese asunto y no sabía quién era. Se sintió intranquila.

—Quizás quiera saber los avances que hice en mi investigación.

Quiroz sacó la libretita negra del bolsillo de su saco.

—A ver... ya funcionó una vez, por qué no funcionaría otra.

Sheila le contó lo poco que había averiguado acerca de Alicia Vázquez y su presunto involucramiento en la desaparición de diez frascos con cerebros humanos en formol.

El teléfono de Sheila comenzó a sonar. Era un aparato nuevo que había comprado, luego de hacer trizas el que tenía, enojada con Sebastián, y el cual estaba aprendiendo a utilizar todavía.

—Discúlpeme, oficial —dijo ella y atendió.

La vocecita estridente de Julia González, su compañera de cursada, la saludó.

—Te llamo porque no sé si vas a venir hoy.

—Sí, voy a llegar un rato más tarde pero voy.

—Está bien. De todos modos, te conseguí un dato acerca de eso que me pediste el otro día.

Sheila cerró los ojos intentando recordar qué le había pedido a su amiga.

—¿Estás ahí?

—Sí, es que no recuerdo bien de lo que hablamos.

—Lo de la que mataron —dijo Julia.

—Eso sí lo recuerdo.

—Tengo el nombre y la dirección del que fue su último novio. ¿Eso sirve?

—¡Perfecto! —exclamó Sheila, y anotó lo que su amiga le había conseguido—. ¿Cómo hiciste?

—Es una larga historia. Resulta que mi prima fue compañera de facultad de este chico y luego de insistirle mucho accedió a ayudarte. Te espero en la clase.

Le agradeció y cortó la comunicación.

Miró a Quiroz con una sonrisa de oreja a oreja.

—¿Buenas noticias?

—Acá están los datos del último novio de Alicia Vázquez. Voy a ir a verlo.

—Te acompaño.

La chica dudó un instante.

—Creo que puedo sola.

—Ni hablar —dijo Quiroz y puso sobre la mesa el importe de los cafés que habían tomado—, me vas a necesitar.

Ella no pudo negarse.

Volvieron al auto y Quiroz puso rumbo a la dirección del antiguo novio de Alicia Vázquez. La Harley Davidson negra se despertó de su guardia y los siguió a unos metros de distancia.

La casa donde vivía Matías Sierra se encontraba en una zona residencial de las afueras, donde las mejores familias, las más acomodadas, habían emprendido hacía décadas un éxodo masivo.

—Dejame esto a mí —dijo Quiroz y Sheila quiso responderle, pero el ex policía ya había bajado del automóvil. Se quedó mirándolo desde el asiento del acompañante.

Tocó timbre y enseguida asomó una mujer de mediana edad que con suspicacia le preguntó quién era y qué quería.

—¿Aquí vive Matías Sierra?

—¿Quién lo busca?

—Oficial Marcelo Quimera, Policía Federal —se presentó con autoridad, Quiroz.

La mujer lo examinó con desconfianza pero el tono severo de la cara del ex policía la convenció.

—¿Otra vez? Matías ya les dijo todo lo que sabe. Esper, ¿es por el tema de esa mocosa que mataron, cierto?

—Alicia Vázquez.

—Sí, esa. Siempre le dije a Matías que no le convenía meterse con esa atorranta. Espere que lo llamo.

La mujer volvió a meterse dentro de la casa y Quiroz se quedó contemplando las cuidadas plantas del jardín. Un naranjo sobresalía detrás de una pared medianera, en lo que debía ser el patio interno de la propiedad; en el frente unos canteros con lavandas le daban una apariencia colorida a la casa de paredes blancas y arquitectura neocolonial.

Un muchacho bien vestido, con camisa y pantalones inmaculados y costosos, calzado con unos lujosos zapatos de cuero, apareció en el rellano de la puerta.

—¿En qué puedo ayudarlo, oficial? —dijo Sierra con una entonación que Quiroz reconoció enseguida como típica de las clases altas. El chico miró a su alrededor comprobando si había venido con un automóvil policial. En cambio vio a Sheila sentada contra la ventanilla, esperando, con expresión aburrida.

—Tengo entendido que usted tuvo una relación con Alicia Vázquez, la cual fue encontrada muerta hace poco más de dos semanas.

El chico se rascó la cabeza.

—Mire, yo ya he hablado con su superior, ¿un tal Moreno?

—Sí —dijo Quiroz.

—Como sea. Alicia y yo salimos unos meses hace más de un año. Fue algo corto. Esto ya lo dije —continuó, desganado, el muchacho.

Quiroz anotó en su libretita negra.

—No se preocupe, a veces es bueno volver a preguntar porque la gente suele olvidar detalles.

—En fin. Terminamos y desde entonces no sé nada de ella. Ahora me volví a enterar acerca de lo que le pasó a partir de lo que leí en los diarios, y cuando vino ese Moreno a interrogarme.

—Entiendo. Y dígame, ¿por qué terminaron?

—No éramos el uno para el otro.

—¿Algún motivo más concreto?

El chico dudó un instante. Abrió y cerró el puño varias veces, giró la cabeza como para comprobar que estuvieran solos y por fin soltó:

—A Alicia la involucraron en un asunto un poco turbio. En su facultad.

—El robo de diez frascos con material biológico.

—Los cerebros. Sí.

—¿Entonces?

—Mire donde vivo, oficial —dijo el chico extendiendo los brazos—. Acá, en este barrio, en esta familia, apenas se rumoreó que ella podía estar involucrada, mis padres fueron terminantes en que debía terminar la relación.

—Entiendo —dijo Quiroz y anotó—. ¿Alguna vez habló de este tema con ella?

—No —dijo el muchacho precipitadamente.

Quiroz se detuvo, subió la cabeza y puso su mejor cara de pocos amigos.

—¿No querrá que sigamos esto en la comisaría, no?

—No, está bien. Sí, sí hubo una vez en la que hablamos del tema. Le pregunté si había sido ella y se rio en mi cara. Me dijo que no la iba a entender. Que era todo un juego.

—Robar material de estudio de una facultad no es ninguna broma inocente.

—Claro que no. Me dijo que lo había hecho por un profesor. Que él se lo había pedido. Pero nunca le creí. Parecía estar jugando conmigo. Estaba borracha, de todos modos. Y yo también —el muchacho se sonrojó.

—¿Quizás habían fumado alguna porquería?

—Puede ser. Pero, por favor, esto que quede entre usted y yo.

Quiroz sabía el tipo de imbécil con el que estaba hablando por lo que le prometió que nadie sabría del asunto. Aun borrachos y con marihuana en sangre, si Vázquez había hablado de haber robado los cerebros para un profesor, podía llegar a tratarse de un indicio.

—¿Qué profesor? ¿Pudo saberlo?

—No, no me dijo.

—¿Qué uso quería darle ese profesor a ese material? ¿Sabe?

—Tampoco me lo dijo. Corté con ella al poco tiempo de esa noche. Si bien nunca la creí capaz de haber hecho algo semejante, sentía que algo se había roto entre nosotros. O quizás fue la presión de mis padres.

Quiroz anotó eso último en la libreta y extendiéndole la mano al ex novio de Alicia Vázquez le dio las gracias y volvió al automóvil.

Se sentó del lado del conductor y prendió el motor. Había oscurecido de un momento a otro. Los faroles de las coquetas casas era lo único que iluminaba el camino. Era hora de dar por terminado el día.

—¿Algo positivo?

—Ya lo creo —dijo Quiroz, y entonces comenzó a sonar su teléfono. Atendió. La voz que lo saludó del otro lado de la línea no presagiaba nada bueno.

Capítulo 28

Quiroz & Sheila

—Entiendo —dijo por fin Mario Quiroz, y cortó la comunicación. Había sido una conversación tensa.

—¿Malas noticias? —preguntó Sheila.

—Encontraron otra víctima que presumen sería de nuestro asesino.

La chica se llevó las manos a la boca y abrió mucho los ojos.

—Sí, era solo cuestión de tiempo.

—Hay que parar al asesino.

—Por lo pronto ahora te voy a dejar ¿a dónde te llevo?

Sheila vio la hora en el tablero del automóvil: las 21.15 horas.

—Tendría que ir a clases —dijo y Quiroz notó que la idea no la entusiasmaba tanto como investigar a la nueva víctima, pero de eso ni hablar.

El auto se puso en marcha y volvieron a adentrarse en la ciudad. La Harley Davidson que los había estado siguiendo hizo el mismo recorrido, pisándolos de cerca pero sin ser detectada, y cuando Mario dejó a Sheila en la puerta de ORT el motociclista buscó un lugar donde estacionar y esperar en una de las calles laterales.

Quiroz llegó al lugar del hecho cerca de una hora más tarde. En la entrada del parque industrial lo esperaba Zinman que le indicó que acercara el automóvil hacia donde estaba parado.

—Fue una masacre —dijo apenas se acomodó en el asiento del acompañante.

Quiroz no respondió.

—Es al final de este bloque —le indicó, y se acercaron hasta el cordón policial que cerraba el paso.

Bajaron del auto y Zinman habló unas palabras con un oficial de la Federal que estaba haciendo guardia delante del precinto de seguridad. Pasaron a la escena secundaria y dejaron de lado la ambulancia que ya tenía las puertas abiertas esperando los cadáveres.

Quiroz leyó en voz alta el cartel en letras de molde que indicaba el nombre del lugar donde habían sucedido los hechos: *Laboratorio de Altos Estudios Genéticos* decía.

Atravesaron la entrada del edificio.

Para Quiroz ese lugar con las paredes blancas, los pisos lustrosos y pulidos era un espacio nuevo, un sitio alejado de las escenas del crimen sórdidas a las que se había acostumbrado, luego de sus casi cuarenta años de servicio.

Un grupo de peritos de la Policía Científica estaba trabajando sobre el cadáver del guardia de seguridad.

—Este no nos interesa —le dijo Zinman invitándolo a Quiroz a seguir por el pasillo.

Miró al techo, había cámaras de seguridad cada diez metros.

—Supongo que ya vieron las grabaciones —dijo.

—Una sombra, Quiroz. Solo se ve una persona de la que presumimos aproximadamente un metro noventa, íntegramente vestida de negro, que entró, acribilló al guardia de seguridad y luego se dirigió directo hacia el laboratorio del fondo donde está la víctima que nos interesa.

Todo de negro. Como esos judíos ortodoxos que habían asesinado la vez anterior. Sí, para eso lo había llamado Zinman, para eso le pagaba, y por eso estaba ahí ahora.

Pasaron frente a una oficina donde el *flash* de las cámaras los iluminó brevemente, el israelí le mostró un camino lateral y entraron en el vestuario. Un policía custodiaba el único armario abierto.

—Este era el *locker* personal de la víctima —dijo, y le indicó al oficial que se aparatara para que pudieran ver.

Quiroz se asomó y tomando una linterna que le extendió Zinman inspeccionó el interior. Había un pantalón y una camisa perfectamente doblados colgando de sendas perchas, una foto de dos hombres junto al mar, acostados en reposeras, sonrientes; supuso que uno de ellos era la víctima. Además había varios frascos de medicamentos: omeprazol, amoxicilina y claritromicina. Quiroz anotó todo en su libretita negra.

—¿Se encontró algo más aquí?

—No, señor —dijo el policía que hacía guardia y que debía pensar que Quiroz y Zinman trabajaban para el fiscal.

El ex policía se sentía a gusto.

—Pasemos a la escena primaria —dijo Zinman, y condujo de nuevo a Quiroz a través del pasillo rodeado de laboratorios.

—¿Qué se supone que producen acá?

—Tratamientos de fertilidad, según tengo entendido por el informe.

Al final del pasillo llegaron al lugar del crimen. La víctima no había sido removida todavía y un grupo de peritos, con mamelucos blancos, examinaban la escena buscando indicios y tomando fotografías.

Sintió en la punta de la nariz una mezcla de olores químicos.

—Esto va a ser para largo.

—¿Por qué lo dice?

—Con todos esos frascos, y tubos y cosas, quién sabe qué puede representar un indicio.

—Quiroz —dijo el otro—, vea la disposición del cuerpo, vea cómo lo mataron. ¿Qué dice?

—Parece ser el mismo asesino. Claramente. Y la víctima era homosexual.

—¿Por qué lo dice?

—Por la foto en el armario donde se lo ve con otro hombre, y por el arma blanca que sobresale de la nalga de la víctima. ¿Lo ve? —dijo, señalando a través del vidrio el cuerpo de Salcedo.

—¿Qué hay con eso?

—Quizás me equivoco, pero pareciera como si el asesino se hubiera ensañado particularmente con ese detalle, ¿no cree? Quizás quería dejar un mensaje.

—¿Eso nos indica algo respecto de nuestro asesino?

—Quizás. Una de las otras dos víctimas, la chica Vázquez, había estado acusada de robar material de un laboratorio. Ahora tenemos un homosexual asesinado en un laboratorio.

—No veo la relación.

—Robo, homosexualidad. Son pecados. Y eso no lo inventamos los cristianos, estaba en su biblia antes que fuera nuestro antiguo testamento.

Zinman se llevó la mano a la barbilla.

—¿Cree acaso que el asesino se ensaña con pecadores?

—María Belén Lorenzo estaba embarazada. Nunca se había casado.

Unos gritos estridentes de mujer interrumpieron el diálogo. Se acercaba a paso acelerado por el pasillo y se escuchaba cómo discutía con una policía que había salido a su encuentro.

Los dos hombres giraron para ver el origen del escándalo. Era una mujer joven, rubia natural, muy bien vestida con una minifalda roja y una camisa con los botones del cuello apenas entreabiertos, que parecía tener no más de treinta años.

Quiroz comenzó a caminar al encuentro de la mujer, que ahora se sacudía profiriendo insultos contra la policía que la había detenido en medio del pasillo.

—¿Qué sucede acá? ¿Quién es usted, y por qué tanto escándalo? —dijo con su tono más parco.

La rubia le dedicó una mirada de ojos azules llenos de fuego.

—No, ¿quién es usted? Esa es la pregunta —dijo.

—¿Quién dejó pasar a esta mujer? —preguntó Quiroz a los agentes policiales que estaban en el pasillo. Nadie supo responderle.

—Mi nombre es Ailse Enzweiler, soy la CEO de esta compañía, y quiero saber inmediatamente qué es todo este alboroto.

Quiroz aflojó los hombros y llegó Yael Zinman a su lado.

—Señorita Enzweiler, como se habrá dado cuenta a esta altura, esta es la escena de un crimen. Se ha cometido un doble homicidio en estas instalaciones. Han asesinado al guardia de seguridad y a uno de sus técnicos de laboratorio.

La rubia no dijo nada. Midió a Quiroz como si hubiera cruzado los ojos con la Medusa griega; parecía un trozo de piedra.

—La policía federal está a cargo, el fiscal debe andar por algún lado —siguió Quiroz con tranquilidad—, y el señor y yo estamos acá para colaborar —dijo señalando a Zinman.

—Encantado de conocerla, señorita Enzweiler, lamento las circunstancias, nada más —se presentó el israelí, disimulando a la perfección su español con acento de oriente medio.

La mujer parecía no poder creer lo que estaba escuchando. Sacudió la cabeza cuando escuchó el sonido de las pisadas de goma sobre el piso resinoso. Un hombre de mediana edad se acercaba desde la entrada de la compañía. Llevaba un saco marrón a cuadros del cual sobresalía la punta triangular de un pañuelo de seda, unos pantalones negros perfectamente planchados, y una inmaculada camisa blanca.

Se aproximó al grupo en medio del pasillo.

—Griswald Enzweiler —dijo extendiendo a Quiroz una mano que apretó con fuerza—. Soy el padre de Ailse aquí presente y accionista principal en esta compañía.

La chica parecía más serena ahora que su padre había aparecido.

—Lamentamos toda esta situación.

—Yo lo lamento más aún. Le aseguro. Pero cuenten conmigo y mi hija para lo que precisen. Quiero y necesito que esto se resuelva cuanto antes.

—Desde luego —dijo Quiroz—, nosotros queremos lo mismo, le aseguro.

—Ahora, si me disculpan, ¿podré ver la escena del crimen? Estos laboratorios tienen normas muy estrictas respecto de las interferencias del exterior y quisiera asegurarme de que sus hombres no arruinan la actividad que en ellos se lleva a cabo.

—Venga señor, lo voy a conducir con el fiscal —dijo Quiroz.

—Eso es lo que quería escuchar —dijo el hombre, y ensayó una enorme sonrisa de satisfacción.

Sheila no pudo concentrarse en absoluto durante su clase. Tenía la cabeza distante, perdida en lo que acababa de suceder hacía un rato. Si el asesino seguía suelto, entonces ¿qué? ¿Acaso eso no probaba que su padre no podía ser el responsable intelectual?

Apenas terminó la clase se levantó dispuesta a salir. Por lo general se quedaba un rato más para hacerle preguntas al profesor y atrasar la llegada a su casa, pero ya había tenido bastante esa tarde. Necesitaba salir de ahí, volver a su hogar, ordenar las ideas y ver cómo seguir. Julia se acercó a saludarla y Sheila le agradeció lo que había hecho por ella.

—No fue nada.

Salió hacia la calle. Era una noche sin estrellas. Dio unos pocos pasos hasta que una enorme motocicleta Harley Davidson se estacionó frente suyo.

El conductor debajo del casco parecía una masa humana enorme y Sheila empezó a apurar el paso. El hombre se sacó la protección y gritó su nombre. Reconocía esa voz. Dio media vuelta y lo vio a Leib Schelling sentado todavía en la motocicleta, saludándola con el brazo. La chaqueta de cuero apretada le tapaba la tupida barba.

—¿Otra vez?

—Pensé que querrías que te llevara a tu casa.

—¿Por qué querría que me lleves en una de esas cosas?

—No sé, quizás tenías apuro en volver y saludar a tu padre.

Sheila se quedó inmóvil un instante, intentando procesar lo que le decía ese hombretón que no parecía dispuesto a dejar de seguirle los pasos.

—¿A qué te referís?

—Lo liberaron. Está en tu casa ahora.

La muchacha sintió cómo los ojos se le humedecían, el pecho se agitaba y las manos le temblaban.

—¿Lo declararon inocente?

Leib negó con la cabeza.

—No. Pero los abogados al menos lograron que ya no tenga que seguir en la cárcel. Al menos de momento.

Sheila entendía poco y nada de ese mundo donde la ley de la *Torá* no era la que regía las vidas de las personas, pero había visto algunas películas de abogados junto a Sebastián y creía saber cómo funcionaban las cosas: seguramente habría tenido que pagar una enorme cantidad de dinero para que le dieran la libertad bajo palabra.

—¿Qué decís entonces, Sheila? ¿Vamos?

Estaba impactada, apenas podía pensar con claridad.

—Supongo que vamos a poder pasar *Rosh Hashaná* en familia —dijo, y ya no pudo controlar las lágrimas que se abalanzaron al vacío.

Leib Schelling bajó de la motocicleta, se acercó a ella y la abrazó.

Ella se dejó hacer. No la sorprendió. No la inquietó el contacto físico con ese hombre. Se sentía protegida.

Capítulo 29

Una sombra

Antes de volver a su hogar pasó por una bombonería que estaba a punto de bajar las persianas para cerrar. Hacía mucho que no sorprendía a su esposa con un gesto, y sabía cuánto lo apreciaba.

La decoración del local era ascética, casi se parecía al laboratorio antes de que lo llenara con sangre. Las paredes y los exhibidores eran completamente blancos y las vitrinas transparentes guardaban colecciones de bombones de chocolate. Detrás del pequeño mostrador, también despojado, una joven con traje ajustado azul marino, como de una azafata, a medio camino entre lo formal y lo desobediente, lo recibió con una esforzada sonrisa de bienvenida.

Recorrió las diferentes propuestas y la vendedora se dedicó a señalarle las características propias de cada uno de los bombones, las trufas y sus rellenos, y las promociones que tenían disponibles.

Terminó eligiendo una caja de veinticuatro piezas de chocolate blanco, negro y amargo, de primera calidad, dispuestas prolijamente en un estuche rojo intenso con forma de corazón. Era un poco excesivo, incluso hasta meloso, y no era en general el estilo de la bombonería que exhibía otros productos más sofisticados, pero él conocía los gustos de su esposa.

A Alicia la había tenido que tratar con otro tipo de deferencia. Había sido ambiciosa y trepadora, y como las de su clase quería solo lo mejor, lo más sofisticado, lo más delicado. Pero ahora Alicia estaba muerta. Él la había matado. No pudo dejar de sentir una especie de sensación de alivio, de satisfacción al recordar cómo lo había hecho.

La encargada envolvió la caja en un papel sedoso y brillante. A su esposa le encantaría.

Llegó a casa unos treinta minutos más tarde. En el momento mismo en que introducía las llaves en la puerta sintió un agridulce aroma a estofado de carne que se deslizaba por el ambiente y que provenía de la cocina, al final del pasillo. Apenas dio un paso adentro

Pupi corrió efusivamente a saludarlo, se le trepó en la pierna y trató de alcanzarlo más arriba, con la lengua afuera, intentando lamerle las manos. Movía el rabo excitado. Palmeó la cabeza del animal y lo movió con gentileza para pasar. Saludó a Martina, su hija mayor que estudiaba con los libros abiertos sobre la mesa del comedor. Estaba también ese chico, Javier, con ella. No le gustaba para nada pero sabía que lo mejor era no decir ni una palabra. Por el contrario, lo mejor incluso sería parecer simpático, darle a entender a su hija que su noviecito le agradaba para que ella sintiera, entonces, que no era el indicado. Y si todo eso fallaba, siempre podía arrancarle las tripas y colgarlo con ellos de una rama pesada del árbol del cerezo del jardín.

Saludó a los enamorados; su hija menor Delfina que bajaba las escaleras, corrió a abrazar a su padre y se aferró fuerte a él.

El calor del hogar lo reconfortaba. Siguió hasta la cocina con su hija menor ceñida a su pierna sin querer soltarlo. Susana revolvía con un cucharón de madera la olla de hierro de la cual se desprendía el aroma delicioso. Benedicta cortaba verduras sobre una tabla de madera.

Se acercó a su mujer, chocaron los labios y le entregó los bombones de regalo.

—¡Ay! ¡Pero qué romántico!

—¿Qué es? ¿Qué es? ¿Qué es?

—Delfi, tranquila, hija —dijo la mujer.

—Lo siento, pero es solo para tu madre —aclaró—. Usted, Bene, tampoco se me vaya a ofender.

—Descuide, señor —dijo la empleada con humildad.

—¿Querés ir a jugar, pa?

Podía verse el jardín desde la jaula de cristal en la que terminaba la cocina. El cielo estaba oscuro como una pantalla apagada.

—Pero ya es de noche.

—¡Ay daleee, vayamos afuera con Pupi! ¡Por favor, papá! Prendemos las luces del jardín y salimos, ¿sí?

Su hija le tironeaba ahora de las mangas del saco.

—Papá tiene que descansar, Delfina. Acaba de llegar de un día muy largo de trabajo —intervino Susana.

—Sí, fue un día complicado —asintió él. Más que nada lo complicado había sido huir del laboratorio donde había asesinado a Salcedo, sin que lo alcanzara la policía. Había estado cerca de caer. Pero no habían podido con él y nunca podrían porque era más inteligente que todos esos inútiles. Una vez lejos del parque industrial, del laboratorio con su estricto orden perfecto e inmaculado que él había roto, había podido ir a comprar los bombones para su mujer sin que la vendedora sospechara que llevaba un trozo de intestino de su víctima en el maletín. Ni siquiera ahora ellos, su familia, podían tener la más mínima sospecha. Excepto por el perro que lo había seguido por toda la casa y ahora olfateaba hambriento su portafolio.

—¿Ya le diste de comer a este animal?

—Se llama Pupi —dijo su hija ofendida.

—Ya lo sé. Andá a darle de comer a Pupi, entonces.

—¡Pero yo quiero jugar con vos!

—Ya escuchaste a papá —dijo la madre.

Delfina se cruzó de brazos y su cara se transformó en una mueca de berrinche.

—Mañana te prometo que jugamos en el jardín con Pupi— dijo él y le palmeó la cabeza con cariño.

Subió a la habitación para cambiarse. Entró su mujer.

—Gracias por los bombones.

—Para vos lo mejor, mi amor. Ya me conocés —dijo, mientras se sacaba la corbata y la guardaba prolijamente en el armario.

—Espero que haya alguno de menta.

—Claro que sí.

—¿Ya estamos para cenar? Quisiera trabajar un poco en el sótano.

—Ay, vos y tu sótano. Quizás deberías pasar más tiempo con tus hijas y menos en ese lugar horrible.

—Hablando de eso, no me gusta el novio de Martina.

—Ya lo sé. Ella también lo sabe.

—Entonces voy a tener que matarlo —dijo, mientras acomodaba la camisa en una percha y buscaba una remera para estar en casa.

—¿Vos? ¿Matarlo? Si no matás ni una mosca —su mujer le hizo un gesto de incredulidad con las manos—. La cena estará en una hora, máximo. Si podés pasar algo de ese tiempo con Delfi...

Se había puesto ropa cómoda, pero elegante. Tomó el maletín de trabajo y bajó al sótano. Tecleó el código de seguridad que solo él conocía, corroboró que nadie lo hubiera seguido y abrió la puerta.

Su hija menor acababa de terminar de bajar las escaleras sigilosamente y llegó a ver, con la puerta entornándose para cerrarse, cómo su padre entraba en ese lugar que tenía prohibido a todos.

—Les llegó compañía, chicos —dijo el hombre dirigiéndose a la colección de frascos que había sobre un estante, en la pared del fondo, y que conservaban diez cerebros humanos en una solución química mientras apoyaba sobre la mesa de disección el nuevo envase con el trozo de intestino de Tomás Salcedo.

Capítulo 30

Sheila & Quiroz

El reencuentro familiar había sido emotivo, pero breve. El rabino Lehrer reunió a su familia junto a varios invitados en el living del departamento y agradeció todo lo que habían hecho por él durante esos tremendos días en los que había tenido que pagar injustamente por los pecados de los enemigos de los judíos.

—En momentos de desesperación —dijo el hombre, sentado ahora confortablemente en el sillón más destacado de la habitación— recordé siempre al tercer Rebe de *Zhitomir*, Shimon Ben Jakov. Como ustedes saben, fue encarcelado por el Zar Alejandro II en 5631, que creo que fue 1871 en el calendario de los *goim*. El Rebe fue feliz a cumplir con su condena injusta porque sabía que llevaba a *HaShem* de su lado. Pero cuando sus perversos carceleros le negaron un *sefer Torá* y le prohibieron todos los rezos, cuando le quitaron la comida *kasher*, él simplemente decidió dejar de moverse. Así es. Se quedó inmóvil. Durante días no movió un solo músculo de su cuerpo. Sus captores creyeron que había muerto, ¡pero tenía pulso en sus venas! Decidieron dejarlo hacer. Entonces la noticia llegó al palacio del Zar. Un consejero escuchó la increíble historia de ese judío que parecía congelado en vida. Lo fueron a ver. Quisieron hacerlo hablar, lo amenazaron con torturas, pero lo cierto es que ni siquiera podían moverlo de su lugar. Entonces, el consejero volvió al Zar y le explicó la situación. Éste evaluó que si el Rebe de *Zhitomir* moría en esas condiciones todos los judíos del Imperio ruso se levantarían en rebeldía y así fue como decidió dejarlo en libertad —la anécdota había terminado. El rabino Lehrer tragó saliva y cerró la moraleja—. Cuando se tiene a *HaShem* en el corazón y en la cabeza, nadie nos puede doblegar. Siguiendo el ejemplo del tercer Rebe de *Tikvá* yo pude superar estos trágicos momentos que me tocaron vivir.

Los invitados y todos los presentes festejaron efusivamente la coda del relato.

—Ahora que ya estoy con ustedes nuevamente —continuó el rabino— espero que los preparativos de las fiestas ya estén encaminados, confío en las mujeres para ello.

Se lo notaba cansado y avejentado.

Sheila hubiera querido quedarse a solas con su padre, aunque más no fuera un instante, o en todo caso a solas con su familia, pero allí estaban varios de los rabinos más importantes de *Tikvá Zhitomir*: Goldberg, Schraiber, Pisarenco, Daye y Buman, éstos últimos los maridos de Shterna y Jaia, respectivamente, con quienes Sheila había tenido un trato bastante cercano el tiempo que había pasado en el internado para mujeres de *Tikvá*. Por supuesto, se encontraban también el rabino Jaim Gorovitz, que no había abandonado el lado de su padre, y Leib Schelling.

Después de ese abrazo poco oportuno en el que se habían fundido luego de que el hombre le diera la buena noticia, se habían separado imponiendo la distancia correspondiente, y sin decirse palabra, estuvieron de acuerdo en no mencionar esa situación. Sheila se había subido en la Harley Davidson del Gólem y habían viajado a toda velocidad de regreso al departamento.

Su hermano Mendel la tomó de la manga de la camisa y empujándola para abajo le llamó la atención:

—¿Ahora que volvió papá vamos a estar todos bien?

Sheila le sonrió al niño y le dijo que sí, que ahora todo volvería a la normalidad y que ya no habría que preocuparse por nada. El pequeño Mendel se alegró. Su rostro se iluminó de felicidad y corrió a los pies de Rivka que lo recibió, junto con Yoel y Josef, mientras cargaba en brazos a Iair.

Todos parecían felices y rozagantes, como si la pesadilla hubiera terminado definitivamente, pero Sheila sabía que el asesino seguía ahí afuera y que mientras no lo atraparan, todos corrían peligro. Incluso su padre. Sabía que si tenía que volver a la cárcel no sobreviviría. Lo veía, sentado en el medio del living comedor, rodeado de los rabinos que hablaban a los gritos y brindaban con vodka como si estuviesen en medio de un *farbrengen*, las reuniones de los viernes, animado y festivo.

Miró a su padre una vez más. Quería guardar esa imagen, la de un hombre feliz; cansado y con aspecto derrotado, pero feliz de haber vuelto a la vida. Entonces vio cómo Leib Schelling se acercaba hasta él, le apoyaba una mano en el hombro, y le susurraba algo al oído. El rabino asintió.

Quiroz le sacaba punta a un lápiz con su cortaplumas suizo. Tenía las piernas cruzadas apoyadas sobre el escritorio de su oficina y se había recostado sobre el respaldo de la silla giratoria.

Pasó el filo del cortaplumas por la punta, ya bastante afilada del lápiz, y sacó una nueva viruta.

Tocaron timbre. Quiroz se sobresaltó y estuvo a punto de caer de espaldas al piso. No esperaba a nadie y no le gustaba que lo molestaran sin avisarle. Se puso de pie con dificultad, buscó arriba del escritorio su revólver y sosteniéndolo contra el pecho se acercó a la puerta de la oficina.

—¿Quién es?

—Soy Zinman. Traje algo para mostrarle.

Quiroz insultó por lo bajo.

—¿Por qué no me avisaste que ibas a venir?

—Disculpe, no tuve tiempo de formalidades.

Se pasó el dorso de la mano con la que sostenía el arma sobre la frente y se sacó el sudor.

—¿Y cómo carajo sabías que me ibas a encontrar acá? ¿Cómo sabías que tengo esta oficina?

—¿Me puede abrir y hablamos tranquilos?

A Quiroz la situación no le gustaba en lo más mínimo.

Abrió la puerta de un tirón y apoyó el caño del revólver sobre la frente del visitante.

—¿Otra vez vamos a pasar por esto, Galimandi? —preguntó, socarrón, Zinman.

Quiroz se sintió un inútil. No dijo nada, pasó el arma al costado del cuerpo del intruso, lo empujó con la otra mano hacia adentro y controló que no hubiera nadie agazapado en el pasillo. Luego cerró con un portazo.

—No vuelvas a decirme Galimandi.

—Era una broma, no se aflija.

Pero Quiroz no era ingenuo; sabía que al decirle "Galimandi" le había recordado que tenía poder sobre él y que lo podía vencer cuando quisiera. Con su karate israelí, como había hecho en Bariloche, o llegando a su despacho sin avisar.

—¿Cómo supiste de mi oficina?

—Quiroz —dijo Zinman, tomando asiento, despreocupado—, lo hice pasar a la escena de un crimen ¿y todavía cree que no tengo recursos para saber dónde encontrarlo?

El ex policía sintió ganas de borrarle la confianza a golpes pero se contuvo.

—Ni que fuera un lugar tan secreto este.

Quiroz no dijo nada, fue hasta la pequeña despensa donde guardaba las botellas, abrió una y sirvió dos vasos de whisky.

—¿Qué querés decir?

—No entremos en detalles. Solo le voy a comentar que me alegra que haya arreglado este lugar —dijo y tomó el vaso que le ofrecían —. Aunque todavía se siente un poco de olor a la lejía con la que debe haber limpiado la sangre. Debería ventilar mejor, abrir las ventanas, usted sabe.

Bebieron en silencio, midiéndose con las miradas.

Quiroz acababa de confirmar lo que ya sospechaba: lo habían estado siguiendo y controlando desde hacía mucho tiempo. Quizás desde el momento mismo en el que se había involucrado en el primer caso relacionado con los rituales de sangre.

—¿Qué te trae por acá, entonces?

Zinman terminó el trago, se estiró desde el sillón para apoyar el vaso vacío sobre el escritorio y abrió su portafolio. Buscó entre varios expedientes, hasta que encontró una carpeta verde de tres solapas que le extendió a Quiroz.

—El informe forense, por si quiere entretenerse un rato mientras piensa cómo seguir la investigación. Hay alguna sorpresa.

—¿Sorpresa?

—El asesino le extrajo un trozo de tejido intestinal a la víctima. Los investigadores no tienen ninguna pista de por qué lo hizo.

—Es su trofeo.

Quiroz tomó la carpeta de un manotazo, la abrió y revisó los papeles.

—¿Algo más?

—Está todo ahí. Véalo.

Pasó rápidamente las páginas del informe forense y las fotocopias del expediente de la causa.

—¿Esto es todo?

—Creo que sí —dijo el invitado no deseado, poniéndose de pie en dirección a la puerta de salida.

Quiroz volvió a sentarse en la silla giratoria, terminó el vaso de whisky, y con todos los papeles del expediente y la autopsia de Salcedo desparramados sobre su escritorio se puso a pensar cómo seguir.

Capítulo 31

Sheila & Quiroz

Había llegado *Rosh Hashaná* y la familia de Sheila estaba, por fin, nuevamente reunida. La primera noche de la celebración del aniversario de la creación de Adán y Eva por parte de Dios, y del nuevo año, había pasado con gran jolgorio en la residencia de los Lehrer. Además de la familia del rabino Moshé, habían concurrido varios invitados, que aparecieron todos juntos, luego del servicio en la sinagoga. El sonido del *Shofar* había salido triunfal para anunciar el acontecimiento, luego los hombres habían viajado a la costa del río para recitar el texto del *Tashlij* y luego, a su vuelta, habían tenido una cena esplendorosa; Sheila se había cansado de desear a los invitados *Leshaná Tová Tikatev Vetejatem* para que tuvieran un buen año y fueran inscriptos en el libro de la vida una vez más. Habían comido y bebido en abundancia: pollo empanizado, *guefilte fish* y la típica *jalá* con pasas de Rivka Lehrer, que había sido mojada en la miel, tal como indicaba la costumbre de comer cosas dulces en esa ocasión. Ahora Sheila descansaba tendida sobre su cama, al día siguiente estarían en *shabat* y sabía que eso recién comenzaba: el domingo tendrían que hacer el ayuno de *Guedaliá*, que generalmente se observa el día posterior a la conclusión de *Rosh Hashaná*, pero como este año coincidía con el *shabat*, se hacía un día después. Luego, a tan solo nueve jornadas de ese viernes, llegaría el ayuno de *Iom Kipur*, y dos semanas luego llegaría *Sucot*.

Sentía los músculos de las piernas y los brazos cansados y la mente agotada, como si una estampida salvaje le hubiera pasado por encima. Había tenido que ser cortés y animada con todos los invitados, mostrarse amable, respetuosa, comprensiva, bien dispuesta, ayudar a su madre con las comidas, atender que todo saliera bien, soportar a los hombres emborrachándose con vodka durante la madrugada, los cantos y los gritos hasta casi el amanecer. Había sido un día duro el anterior: a la tarde había tenido que estar despierta y atenta, ayudando a su madre a terminar de organizar la cena. De todos modos, su padre prohibía dormir y exigía a toda su familia que el primer día de *Rosh Hashaná* estuvieran de pie apenas salía el primer rayo de sol, porque no es bueno estar durmiendo cuando se abren los libros de la vida y la muerte para juzgar quiénes vivirán y quiénes morirán en el año que comienza. Un refrán decía que el que duerme en *Rosh Hashaná* adormece su suerte.

"Si se pudiera contratar a otros para morir por uno, los pobres se ganarían la vida muy fácil", pensó Sheila. Era uno de sus proverbios en *iddish* preferidos. Cómo le hubiera gustado poder contratar a otra persona para que viviera su vida, atendiera a las visitas de su padre, estuviera despierta por ella el primer día de *Rosh Hashaná* para garantizarse su inscripción en el libro de la vida, ayunara en su lugar y finalmente viviera los ocho días en la *sucá*. El siguiente año contrataría a otra persona para que cumpliera las *mitzvot*, los preceptos sagrados, en su lugar, y así podría seguir contratando gente para que cumplieran por ella sus obligaciones religiosas.

Arriba de la mesa de luz estaba el teléfono móvil. Pensó en llamar a Sebastián pero no supo bien qué podría decirle. Lo tomó entre los dedos, jugueteó con el aparato en la mano y lo apoyó a su lado en la cama. Hacía ya semanas que no tenían diálogo. Se habría tomado en serio su enojo. En el fondo eso la ofendía también. Le había dicho que no quería saber nada más con él, y en vez de insistirle lo había aceptado tranquilamente. Imbécil. Pero en el fondo lo quería. Había sido importante para ella. "En otro momento", se repitió mentalmente.

¿En qué andaría el policía? Desde el día en que se supo lo del nuevo crimen no había vuelto a saber nada de él. Tomó el teléfono y lo llamó.

Mario Quiroz seguía en su oficina revisando los expedientes con una lupa. Además, desparramados sobre su escritorio, había una gran cantidad de artículos de diarios viejos fotocopiados. Había perdido la noción del tiempo. Estaba convencido de que la solución del caso estaba en la suma de sus anotaciones, y en los informes. Durante el tiempo que había pasado revisando la documentación había tenido, en varias oportunidades, una especie de epifanía que le indicaba la ruta hacia el asesino, y en todas esas ocasiones había ido viendo cómo la realidad le desvanecía las ilusiones en la medida en que se iba topando con caminos que no conducían a nada. Ahora sentía que necesitaba un descanso porque estaba pronto a volverse loco.

Había examinado paso a paso el caso del robo de los frascos de cerebros, en el que se había involucrado a Alicia Vázquez, a través del relevo de la investigación que había salido en los periódicos. También había logrado acceso al expediente de la causa, un favor que le había costado caro con un secretario del juzgado, pero allí tampoco había nada. Supuso que al fiscal no le había despertado especial pasión investigar el caso, y las sospechas que habían recaído sobre Vázquez nunca habían podido ser probadas. Mucho menos se mencionaba al misterioso profesor de la facultad al que había hecho mención su antiguo novio. Quizás no había sido más que una charla de borrachos, una fanfarronada de la víctima para parecer más interesante.

Quiroz sintió que estaba perdiendo el toque. Ya no era el mismo. Su percepción le jugaba trucos, creía haber leído datos en los informes que luego no encontraba. El escritorio de la oficina era una suma de papeles desparramados, botellas de whisky vacías y vasos tirados por todas partes.

Sonó su teléfono. Lo buscó entre los papeles, pero no lo encontró. El aparato siguió sonando insistentemente, se levantó y empezó a caminar por entre los trastos diseminados por toda la oficina. En algún lugar tenía que estar el estúpido aparato. Por fin lo localizó encima del sillón para visitas, debajo del envoltorio de una hamburguesa que ya no recordaba cuándo había comido.

El identificador de llamadas indicaba que era la chica pelirroja, la judía.

—Nena —la saludó.

—Quiroz.

—¿Necesitás algo? ¿Estás bien?

—Estoy... perfectamente bien —dijo Sheila, cansada.

—Excelente.

—¿Cómo sigue su investigación?

Se rascó la cabeza, observó el desparramo en el que se había convertido su oficina y mintió que estaba haciendo progresos importantes, en especial luego del último crimen.

—Quiero ayudarlo.

—Ya estoy a punto de atraparlo.

—Pero, ¿y si es peligroso?

—No te preocupes por mí.

—¿Pero no hay nada en lo que pueda ayudar? Necesito saberme útil o no voy a poder superar las Altas Fiestas.

—¿De qué hablás?

—Las Altas Fiestas judías: Año Nuevo y Día del Perdón. Y luego viene *Sucot*, también.

—Ahí tenés algo con qué divertirte.

—No. Es lo que quiero evitar.

—¿Y tu noviecito? ¿En qué anda ese... Germán?

—Sebastián.

—Pasó tiempo. No me culpes.

—No quiero hablar de él. Ya no estamos juntos.

—Sheila, querida, me encanta saber que estás bien pero realmente tengo que volver a lo que estaba haciendo y... —Quiroz se detuvo. Estaba viendo las fotos del expediente, pasándolas una a una con desgano y se había detenido en una que mostraba las pertenencias de la víctima que se habían encontrado en el *locker* del vestuario. Los frascos. Él mismo los había visto. Esa conversación lo había despabilado y ahora veía claro lo que tenía que hacer. Y esa chica lo podía ayudar—. Escuchame, olvidate de lo que te acabo de decir. ¿Querés hacer algo para atrapar a este hijo de puta?

—Es por eso que lo llamo.

—Perfecto —dijo Quiroz que sentía que cada palabra que decía lo despabilaba más y le acomodaba las conexiones químicas del cerebro—, creo que lo mejor será que nos encontremos. No me gusta hablar este tipo de cuestiones por teléfono. ¿Podés pasar por mi oficina mañana después del mediodía?

Le dio la dirección y cortó. Se acomodó en el futón y se dispuso a dormir. Era suficiente por un día.

El sol entrando por las ventanas lo despertó a media mañana del día siguiente. Se levantó, se desperezó y se puso a ordenar la oficina. Si iba a recibir a la chica, lo mejor sería que no viera todo ese desparramo de papeles y cosas tiradas. Respiró profundo. El israelí tenía razón, todavía quedaba un dejo de aroma a los químicos con los que había limpiado la sangre de Edgar Flores. No iba a pensar en eso ahora.

Ordenó los papeles en el escritorio, levantó la basura del piso, acomodó el lugar para que resultara al menos un poco más decente, y cuando terminó, dos horas más tarde, volvió a acostarse a descansar.

Pasó un rato corto y lo despertó el timbre. Se levantó sintiendo la pesadez del sueño todavía golpeándole la cabeza, y abrió la puerta. Ahí estaba la pelirroja, llevando su tradicional camisa blanca y pollera oscura hasta los tobillos.

Se inclinó para saludarla con un beso en la mejilla, pero la muchacha se apartó.

—La religión no me lo permite —se excusó.

—Claro, cierto. La religión.

Entraron en la oficina. Sheila parecía nerviosa, se había tomado de las manos y movía los dedos sin parar.

—Podés sentarte —le dijo Quiroz—. ¿Tomás algo?

—Agua está bien.

Quiroz no tenía nada parecido en la heladera, pero le sirvió un vaso con agua del grifo. Sheila se lo tomó de un solo sorbo.

—Tenías sed.

—Vayamos a lo nuestro.

Quiroz tomó la carpeta que le había dejado Zinman y se la extendió a Sheila.

—¿Qué te parece esto?

La chica hojeó el informe forense sin comprender casi ni una palabra de lo que decía. Vio las fotos de la escena del crimen.

—No sabía que había ocurrido en un laboratorio de estas características.

Quiroz arqueó las cejas.

—¿Sabés algo de todo eso?

—No mucho. Antes de empezar a estudiar Trabajo Social me interesé por Biotecnología. No era para mí. Pero llegué a aprender un poco del funcionamiento de este tipo de laboratorios antes de cambiarme de carrera.

—¿Qué sabés del tema?

—Son áreas limpias, no pude ingresar prácticamente nada del exterior.

Sheila revisó las fotografías, una a una, minuciosamente.

—¿Tiene una lupa para prestarme?

Quiroz le alcanzó el instrumento y Sheila lo posó sobre un detalle del cadáver. Había algo ahí que no correspondía.

—¿Esto lo vio, Quiroz?

El detective se asomó a la lupa.

—Una bola de pelo. Sí. Está en el relevo de pruebas —dijo, y buscó entre los papeles de la carpeta—. Acá está. Se lo examinó, pero no corresponde a un ser humano.

—¿A qué se refiere?

—Es pelo de perro.

—¿Se da cuenta de lo que esto significa?

—La víctima tenía una mascota. La encontraron en su casa —dijo Quiroz revolviendo el expediente hasta dar con el detalle—. "Moria", ese es el nombre. Un *golden retriever*.

—¿Pero no entiende, Quiroz? En un laboratorio de esas características un solo cabello que no corresponda podría contaminar los procesos que se llevan a cabo. No puede haber sido de la víctima. Es una regla básica. Estoy segura de que tomaba todas las precauciones necesarias.

—Es decir que ahora sabemos que el asesino tiene una mascota.

—Yo diría que sí.

—No sé cómo nos ayuda a estar más cerca de encontrarlo, pero ayuda —dijo y anotó la conclusión de Sheila en su libretita negra.

—De todos modos me dijo que había algo que podía hacer por la investigación. No creo que haya sido ver fotos con una lupa.

—Aunque no lo creas, avanzaste más en estos quince minutos que el fiscal de la causa. Pero no, te llamé porque tengo un presentimiento y necesito que me ayudes.

—Dígame.

—Quiero que veas esto —le dijo y le mostró la foto con las pertenencias de Salcedo que había estado inspeccionando cuando hablaban por teléfono.

—Un pantalón, una camisa bien doblada, y unos frascos de medicamentos.

—Exacto. ¿Sabés para qué se utilizan esos medicamentos?

Sheila posó la lupa sobre las etiquetas de los envases y leyó: omeprazol, amoxicilina y claritromicina.

—No veo nada llamativo. Son medicamentos para el dolor de estómago, ¿no? Uno de mis hermanitos tiene gastritis crónica. Los judíos de ascendencia de Europa oriental solemos tener inclinación a las enfermedades gástricas. El drama de que todos descendamos de tan solo unas treinta mujeres.

—Sí, exacto. Son medicamentos que se utilizan para ese tipo de malestar estomacal.

—No veo todavía cómo esto sirve para acercarnos al asesino.

—Te lo voy a decir, pero antes necesitamos un listado con los nombres de los profesores de gastroenterología de la facultad a la que asistía Alicia Vázquez.

—Supongo que puedo hacerlo —dijo Sheila, dubitativa.

Capítulo 32

Quiroz & Sheila

Quiroz le mostró a Sheila la computadora casi sin uso que tenía en el cuarto del fondo de la oficina.

—Nunca la usé porque a mí me gusta hacer las cosas al estilo tradicional: papel y lápiz, pero está nueva y conectada a internet. Al menos eso me dijo el que me la vendió.

—No soy una experta, pero la biblioteca ya está cerrada. Y en un rato empieza *shabat*. Voy a tener que volver a mi casa.

Quiroz le dijo que hiciera lo necesario y mientras tanto buscó el teléfono. Marcó el número de Zinman, que lo atendió al segundo tono de espera.

—¿Novedades?

—Estoy trabajando en eso. Y necesito un favor que vos me podés hacer. Me vas a conseguir el nombre de la medicina prepaga a la que estaba afiliada la última víctima.

—En quince minutos lo llamo —dijo el otro y cortó. Podía ser molesto como un tábano cuando rondaba a su alrededor, pero no podía negar que era servicial y no hacía preguntas estúpidas.

Apoyó el teléfono y miró su libreta. Sabía que había encontrado la forma de unir los puntos, ahora era solo cuestión de sentarse a esperar y ver.

Sheila lo llamó desde el cuartito del fondo.

—Creo que encontré lo que buscábamos —dijo.

Quiroz se levantó trabajosamente del sillón, sintió un leve temblor en las piernas hasta que se enderezó del todo, y caminó por el pasillo hasta donde estaba la chica.

—Lo imprimí —dijo ella entregándole una hoja como si fuese su secretaria.

—Aprendés rápido, nena.

Sheila se sonrojó.

—Ya no soy una inútil.

—Claro que no —dijo él. Sentía algo de cariño por esa chica. Pertenecían a mundos completamente diferentes y él había visto cosas que ni siquiera podía pensar en describirle; ella en cambio había vivido toda su vida en un mundo al que él nunca había accedido y eso era algo que extrañamente no le resultaba incómodo.

Leyó la lista.

—¿De dónde sacaste esto?

—De la página de internet de la Facultad de Medicina. Gastroenterología es una especialización, una carrera de posgrado.

—Podría ser información desactualizada, o vieja... Incluso podría ser que el que buscamos haya hecho el posgrado en otra facultad, ¿o no?

—Sí. Es cierto —dijo ella y pensó en silencio un instante—. Se me ocurre algo.

Sacó su teléfono y buscó entre sus contactos, hasta que encontró el número de Julia González. Hizo el llamado.

—¿Esa quién es? —preguntó Quiroz, pero Sheila le respondió llevándose el dedo índice a los labios en señal de silencio.

Su amiga de la facultad se sorprendió con la llamada a esa hora, pero reaccionó con rapidez ante el pedido de Sheila.

—Me dijiste que tu prima es amiga de una estudiante de Medicina... Sí. Eso mismo... Necesitaría un último favor de tu prima, es bastante urgente.

Le indicó lo que necesitaba y cortó.

—Ahora tenemos que esperar —dijo Sheila, mientras Quiroz se servía un vaso de whisky.

—¿Querés? —le ofreció, pero ella lo rechazó y aceptó en cambio otro vaso de agua.

El tiempo se estiró en lo que pareció una eternidad hasta que por fin sonó el teléfono de Sheila.

—Lo conseguí —le dijo Julia del otro lado de la línea—. No fue fácil pero conseguí el listado que me pediste. Espero que sirva.

—Claro que sí —respondió Sheila.

Julia comenzó a recitar los nombres mientras ella los contrastaba con la lista que había impreso de internet.

Al cabo de unos minutos tenía marcados con una cruz negativa, o una marca positiva, los nombres de la lista. No era perfecto, pero era lo mejor que podía conseguir con esos recursos.

El teléfono de Quiroz sonó y se disculpó para irse de nuevo al salón contiguo. Atendió. Era Zinman que ya le había conseguido el dato que necesitaba.

Volvió a Sheila que había terminado de hablar.

—¿Entonces?

—¿Creés que podés hacer un trabajito más con esa computadora?

—Veamos.

Quiroz le indicó el nombre de la medicina prepaga que había tenido Tomás Salcedo y Sheila buscó la página web. Entró en la sección "Cartilla médica" y buscó la especialidad "Gastroenterología".

Buscaron uno a uno los nombres de los médicos y lo compararon con la lista que Sheila acababa de hacer. Encontraron cinco coincidencias.

—Bien, esto puede servirnos —dijo Quiroz—, aunque siempre cabe la posibilidad de que la víctima se haya ido a atender a un centro médico, eso nos lo complicaría.

Sheila miró su reloj: eran pasadas las cinco de la tarde.

—Yo me voy a tener que ir en un rato.

Quiroz la contempló con lástima.

—Te vas a perder lo más divertido. Pero creo que va a ser lo mejor. No quiero que te veas involucrada cuando esto se empiece a poner picante.

La chica se mordió el labio inferior.

—"Los cerebros prestados no tienen valor", oficial —dijo.

—Otro proverbio, ¿a qué viene?

—No sé. Supongo que por todo el tema ese de los cerebros robados. Se me vino a la mente. Y lo cierto es que puedo estar acá y ayudar, pero mi cerebro ya hizo su parte. No tiene sentido que se lo preste esta noche. Lo mejor será que vaya con mi familia, todavía estamos en el segundo día de *Rosh Hashaná*.

Sheila se puso de pie y se dirigió a la puerta de salida.

—Lo único que le pido es que no haga nada sin antes avisarme.

—Quedate tranquila —le dijo él.

Salió inquieta de la oficina, algo no le gustaba de todo eso. Sentía, por una parte, que habían llegado al borde mismo del asunto, que ahora solo quedaba terminar de hacer el dibujo, llegar al asesino, la pesadilla se iba a terminar. Pero tenía obligaciones familiares. Su tradición, sus antepasados, su religión. Tenía que ir a su casa.

Quiroz se quedó solo en su despacho. Levantó el teléfono y marcó el número del primer médico con el que había habido coincidencia entre los listados por la obra social y los que figuraban como profesores de la facultad.

—Quería pedir un turno con el Doctor Stallman.

—Desde luego —dijo la voz seductora de una secretaria del otro lado de la línea—, ¿usted ya es paciente del doctor?

—Sí. Tomás Salcedo es mi nombre.

Escuchó el sonido del teclado del otro lado.

Luego de unos instantes la secretaria volvió a hablar:

—Mhhh, acá no me figura que sea paciente.

—Ah, disculpe, me confundí de médico —dijo Quiroz y cortó rápidamente.

Repitió el procedimiento con otros tres números, con el mismo resultado. Quedaba solo un nombre en la lista. Según la información era, o había sido, Jefe de Trabajos Prácticos de la cátedra de Gastroenterología.

—Consultorio del doctor Danton, ¿en qué puedo ayudarlo?

—Quisiera un turno. Ya soy paciente, mi nombre es Tomás Salcedo.

Una vez más el interminable tipeo del otro lado de la línea y el tiempo que se estiró infinito.

—Bien, señor Salcedo, ¿para cuándo quisiera el turno? Como ya sabe el doctor atiende los lunes, miércoles y viernes.

Quiroz no pudo evitar que sus labios se transformaran en una enorme sonrisa de triunfo. Apoyó el teléfono sobre el escritorio. La secretaria del otro lado de la línea insistía pero sus palabras ahora solo eran un murmullo incomprensible. Levantó de nuevo el teléfono.

—¿No podría atenderme antes? ¿Hoy, por ejemplo? Es una emergencia.

La secretaria consultó con su teclear insistente.

—Hoy tiene el día lleno. Pero por lo que estoy viendo, el doctor quizás podría hacer una excepción y atenderlo en su domicilio particular durante la noche, pero le tengo que advertir que por este tipo de consultas sus honorarios se duplican, ya no están cubiertos por la prepaga. Además del recargo, claro.

—Ese no va a ser un problema.

—Bien, lo agendo entonces —dijo y le pasó la dirección.

—¿Sabe qué? No lo mencioné antes, pero, ¿por casualidad el doctor tiene una mascota?

Del otro lado de la línea se hizo un breve silencio.

—Un perro. ¿Por qué pregunta?

—¡Ay! Es lo que me temía. Soy alérgico a los perros. Creo que voy a tener que tomar un turno en un día de semana, en el consultorio. Espero no haberla importunado.

La secretaria hizo un inconfundible sonido de fastidio y luego volvió a su tono de voz neutro normal.

—Cómo no, ¿cuándo le viene bien? ¿El próximo miércoles a las tres y media está bien?

—Sí, sí, lo que sea —dijo Quiroz y cortó la comunicación.

Un par de horas más tarde el doctor Daniel Danton terminó de atender a su último paciente del día. Cerró su agenda y se acostó sobre el respaldo de la silla. Ahora iba a volver a su casa, iba a pasar el fin de semana con su familia, no había nada divertido en todo eso.

Ningún descuartizamiento en agenda.

Se puso de pie, tomó su maletín, apagó la luz del consultorio y salió a la sala de espera, un exquisito rectángulo de paredes clásicas en color crema y pisos de madera pulida y brillosa.

—Buen fin de semana, Marcela —dijo.

—Que descanse —le respondió su secretaria con desdén detrás del escritorio, mientras cerraba un cajón con llave.

¿Por qué no podía decirle doctor? ¿Qué impedimento le había quedado después de que la rechazara? Pensó en meterle un bisturí en la garganta, abrirle la tráquea y buscar ahí el problema que le impedía decirle "doctor Danton", que era el modo en el que debía referirse a él.

Estaba a punto de salir del consultorio cuando tuvo la sensación de haber visto algo extraño en el rostro de su empleada. Se detuvo.

—¿Pasa algo, Marcela?

—No. Bueno, en realidad, sí —dijo la mujer mientras se rascaba la cabeza, un tic nervioso—. Hace un rato hablé con uno de sus pacientes, fue una conversación muy extraña y cuando le iba a confirmar un turno cortó el teléfono.

—Puede haber sido que se le haya cortado sin querer —dijo Danton impaciente al lado de la puerta de salida.

—No, no, cortó. Lo quise llamar al número que tengo registrado pero no contestó nadie.

Danton tuvo un mal presentimiento.

—¿Cómo se llama el paciente que llamó?

La secretaria consultó la pantalla de su computadora.

—Salcedo. Tomás Salcedo.

—Ya veo —dijo el doctor Danton, y salió del consultorio sin volver a saludar.

Capítulo 33

Examinó con paciencia la Smith & Wesson Model 19 que había estado llevando consigo a todas partes. Era un revólver que le daba seguridad e imponía respeto, con su armazón plateado reluciente y su cacha de madera lustrosa que permitía un agarre suave pero firme. Era una hermosa pieza. Claro que lo sabía, se lo hubiera hecho saber al tipo que mató cuando lo apuntaba con una de esas, pero también era un arma demasiado grande y pesada para lo que pensaba hacer esa noche.

Lo había meditado un rato y sabía que no tenía más opciones. Tenía que acabar con eso cuanto antes. No tenía sentido aplazarlo más porque el asesino podía llegar a sospechar algo y huir. Pensó en llamar a Zinman y adelantarle que iba a ir por la caza mayor, pero ese tipo era un desgraciado que le iba a arruinar la diversión. Además, no había dejado su apacible vida en la cabaña vendiendo mermeladas para someterse a un extranjero, un hebreo, que le arruinara su última jugada en ese caso.

Abrió el cajón del escritorio. Ahí estaba la Bersa Thunder 9. Nunca había dejado de sentirse cómodo con esa pistola. Era un poco más pesada y larga que una Bersa 22, pero también daba más seguridad. El armazón de aluminio, el acabado en negro; era cómoda y confiable, ideal para pasar desapercibida en la oscuridad.

Calzó la pistola en la sobaquera, se puso un saco, metió una pequeña linterna en el bolsillo de la prenda, y salió a la noche.

Antes de subirse a su automóvil hizo un llamado. Sheila no atendió. Supuso que a esa hora ya no podría atender, pero de todos modos quería cumplir con la promesa que le había hecho. Cuando comenzó el contestador automático grabó su mensaje:

—Nena, voy a ir a buscar a nuestro hombre. Te llamo ahora porque sé que tu religión te impide hablar por teléfono a esta hora, y por lo tanto no vas a cometer la locura de intentar localizarme. De todos modos, voy a dejar asentado acá, en el caso de que las cosas salgan mal, mañana o cuando puedas escuchar este mensaje, ya sabés dónde tienen que buscarme y quién es el responsable.

Repitió la dirección del doctor Daniel Danton y se despidió con un "chau" seco.

Se arrepintió apenas cortó la comunicación. Le gustaba jugar al lobo solitario. ¿Esa llamada había sido acaso un signo de debilidad? Sabía que algo no estaba del todo bien con su cuerpo. Los temblores, las pesadillas que se habían venido intensificando en los últimos tiempos, la momentánea pérdida de olfato, todo eso no podía ser signo de nada bueno

Arrancó el auto e hizo el trayecto hasta la casa del sospechoso en absoluto silencio. Ni el sonido de la radio, ni música, nada, solo su conciencia y el ir y venir de su respiración.

Estacionó el automóvil a una cuadra de distancia. La zona le resultaba conocida. Dio unos pasos bajo la escasa luz del alumbrado público. La calle era angosta y terminaba a un lado en una zanja con pasto, y al otro con los portones, paredes de ligustrinas y cercos perimetrales de pequeñas mansiones que se ubicaban a tan solo media hora de la ciudad.

Reconoció el lugar. A unas pocas manzanas de donde estaba caminando se ubicaba la casa del ex novio de Alicia Vázquez, el testigo que lo había llevado por la pista del profesor de la facultad. Si terminaba teniendo razón y Danton era el asesino, y Quiroz estaba convencido de que así era, no dejaría de ser irónico que el testigo clave y el responsable vivieran tan cerca uno del otro. Pero había visto ese tipo de ironías repetirse tantas veces que ni siquiera podía decir que lo sorprendía en algo.

Se detuvo frente a la dirección del sospechoso. Era una casa discreta en comparación con las que la rodeaban. Contaba con un pequeño cantero, tras una reja a un costado, y tenía sus paredes exteriores, incluso la del garaje, recubiertas por una parra virgen florecida que le daba aspecto de un gran tapizado rojo. En la planta superior dos grandes ventanas a la calle pasaban casi desapercibidas, al igual que los pequeños zócalos de vidrio que decoraban la parte superior de la puerta principal: ni una luz se filtraba desde el interior de la propiedad hacia la calle. El silencio espectral solo era interrumpido por el insistente zumbido de los insectos que revoloteaban alrededor del farol encendido, clavado en el césped, a media cuadra.

Estiró la manga del saco hasta que tapó su mano, y con los dedos cubiertos se apoyó en el picaporte. Lo giró con cuidado, y para su sorpresa el pomo de metal acompañó el movimiento y destrabó la puerta que se abrió como si invitara a pasar a una casa embrujada.

La oscuridad del interior era total. Solo se veían siluetas de muebles. La entrada daba a un pasillo angosto. No lo pensó, se escabulló dentro de la propiedad y cerró la puerta con delicadeza.

Desenfundó la 9 mm y la pequeña linterna que llevaba en el saco, y apuntando hacia el frente con las dos manos y la luz de luciérnaga acompañando, examinó todo su alrededor.

Siguió adentrándose en la casa hasta que llegó a un cruce de pasillos. A su izquierda, apenas dos pasos adelante, una puerta abierta de par en par. A su derecha una cómoda de pie cruzaba el pasillo impidiendo el paso hacia el cuarto de estar.

Se asomó a la puerta de la izquierda. Una escalera diagonal llevaba a un sótano. Calculó sus pasos para no hacer ningún tipo de ruido. Sentía cómo le corría sudor frío por la frente, el cuello, la espalda y los sobacos. Algo no le olía bien. Su olfato policial había vuelto con todo y sabía que no lo engañaba.

Puso un pie en el primer peldaño. La madera crujió como si estuviera a punto de ceder o deshacerse en una nube de aserrín ante la presión.

Bajó con cuidado el resto de los escalones, intentando no forzar el material el cual apenas volvió a quejarse ante el peso de su cuerpo.

Sentía como si algo estuviera siguiéndolo, como si un fantasma le hubiera clavado los ojos en la nuca. Se dio vuelta de golpe, a mitad del trayecto de bajada, y se encontró apuntándole al aire. La luz circular de la linterna mostraba nada más que la madera gastada que acababa de pisar.

Al final de la escalera vio una puerta entreabierta, del otro lado se vislumbraba un cuarto del cual salía una pequeña luz que se agrandaba a medida en que se iba acercando.

Terminó de bajar y examinó la puerta. Tenía una cerradura con código de seguridad, pero no estaba cerrada. Parecía una puesta en escena, como si el asesino lo hubiera querido llevar exactamente hacia ese lugar. Levantó la pistola apenas por debajo del comienzo de su cabeza y se adentró con sigilo dentro de la habitación.

La luz que había visto provenía de un escritorio ubicado al fondo; era un velador de pantalla verde de cerámica, tipo inglés. Las paredes estaban forradas con láminas de corcho plano y podían verse recortes de diarios y fotos pinchadas en todas partes. Tanteó la pared de la puerta que acababa de atravesar y encontró el interruptor, lo pulsó y luego de un zumbido eléctrico se encendieron dos tubos de luz blanca en el techo.

Lo que vio a continuación lo dejó sin aire. Había estado en situaciones horribles, había conocido escenas del crimen repugnantes, como la del tipo al que habían tirado a los leones del zoológico, incluso había perseguido a un asesino por los estrechos pasillos de un matadero, donde había visto las vacas sacrificadas y las paredes y los pisos manchados de sangre, pero en pocas oportunidades se había sentido tan mareado por lo que tenía enfrente como en esa ocasión.

Los recortes de diarios de las paredes habían sido cuidadosamente seleccionados y hacían referencia a las investigaciones de los casos de Alicia Vázquez y de Tomás Salcedo. Había fotografías de los cadáveres como habían sido encontrados, copias de los peritajes policiales, y varios otros recortes que no reconocía. Pero lo que le había revuelto el estómago eran los diez frascos, con cerebros flotando en una solución química, acomodados prolijamente en un estante en la pared del fondo. En la mesa del escritorio, al lado de la luz del velador prendido, había un trozo de tejido irreconocible que sin embargo podría apostar que correspondía a la última víctima. ¿Acaso no le había hecho un tajo y le había extraído una muestra del intestino?

Examinó con detenimiento el estrecho cuarto. Era el laboratorio de disección de la perturbada mente del doctor Danton.

Se dio vuelta temiendo encontrarse con el asesino a su espalda. Pero no, no había nadie ahí. Seguía solo, rodeado de oscuridad, en el museo privado del horror del doctor.

Subió las escaleras con la pistola siempre adelante del rostro. Solo le quedaba pasar por encima de la cómoda que obstruía el paso hacia el cuarto de estar. Corrió el mueble que chirrió contra el suelo. Era más pesado de lo que esperaba. Cuando terminó de moverlo contra la pared sintió que le temblaban los brazos. Sentía miedo. Sí. Había confirmado la identidad de su sospechoso. Pero ahora ya era tarde para salir de ahí. Tenía que llegar al fondo de la cuestión.

El cuarto de estar estaba tapizado de trastos, un sillón de tres cuerpos, una mesa ratona rectangular que ocupaba buena parte del espacio y una biblioteca que tapizaba la pared de la izquierda con macizos tomos tradicionales. La oscuridad del lugar apenas dejaba distinguir algo a Quiroz. La luz de su linterna, que se desplazaba por todos lados, enfocó un cuadro contra la pared de la derecha: parecía un retrato tradicional de una familia con el padre, la madre, dos hijas y un perro en un primer plano y de fondo un árbol de manzanas. Pero había algo extraño y perturbador en lo que veía. Se acercó hasta la tela. Alguien la había arruinado dibujándole al padre la famosa "sonrisa de Glasgow": con pintura roja habían extendido la comisura de los labios hacia las orejas, en el centro de la cara.

Al fondo del cuarto de estar había una puerta cerrada. Se acercó con cautela hacia ella y tapándose los dedos con la punta del saco probó el picaporte, que al igual que el de la entrada principal, cedió apenas lo hizo girar. Pasó a la nueva habitación que también estaba completamente oscura. No se filtraba una sola partícula de luz. Movió la linterna, la alzó y enfocó un rostro amordazado y suplicante.

Entonces las luces se prendieron y pudo ver la escena completa.

Sentados alrededor de la mesa del comedor estaba la familia. Vio tres mujeres: una rubia de mediana edad, que era el rostro que había visto al apuntar con el haz de luz de la linterna, una niña y una adolescente, y además un muchacho que aparentaba la misma edad que la adolescente. Todos estaban amordazados y atados firmemente a las sillas, alrededor de la mesa en la que se veían varias bandejas servidas con carne todavía humeante. Sin embargo, lo más perturbador era, sin dudas, la figura enfundada en negro, parada al lado del adolescente, sosteniendo contra su sien lo que Quiroz supuso era una Ballester Molina calibre .45.

—Te estaba esperando —dijo el hombre.

—¡Suelte el arma!

—No creo que estés en una situación como para dar órdenes. Tomá asiento —dijo, señalando con la cabeza una silla corrida de la mesa. También había un plato, cubiertos y una copa servida de vino tinto—. Sentate o empiezo a matarlos.

Quiroz siguió apuntando a la figura. Un tiro certero en el pecho y se terminaba todo. La mano le temblaba.

—¡AHORA! ¡Sentate ahora! —gritó el hombre, perdiendo la paciencia.

Quiroz se acercó hasta donde le habían indicado y se sentó en la silla. Se acomodó en la mesa como si fuese a cenar, sin soltar la pistola.

—Dame el arma —ordenó el otro.

Dudó un instante, pero sentía que su capacidad de procesar el pensamiento iba más lento de lo que disponía en esa situación, por lo que desganado acercó la 9 mm en dirección al tipo de negro que estaba parado exactamente al frente suyo. El adolescente cerraba los ojos con todas sus fuerzas como si pudiera hacer desaparecer la realidad con esa presión.

—Doctor Danton —dijo —, mi nombre es Mario Quiroz...

El hombre se quitó la capucha y sacudió la cabeza, acalorado.

—¿Qué sentido tiene ocultarme si ya sabés todo de mí? ¿No te parece?

—¿Dónde está el perro?

—El perro está bien —dijo y le pasó el dorso de la mano que encañonaba el arma por el rostro a su hija menor—. No te preocupes, Delfi, que Pupi está bien. Está durmiendo nada más.

La nena lloraba, pero su llanto no podía escapar de la mordaza que le atoraba la boca.

Quiroz barrió con un rápido vistazo a todos los rehenes.

—¿Es usted capaz de matar a su propia familia?

El doctor Danton esperaba esa pregunta porque respondió lleno de una perversa satisfacción:

—Este no es mi hijo. Este es el imbécil del noviecito de mi hija. Hace rato que tengo ganas de abrirlo a la mitad y buscar dentro de su estómago. Después lo voy a tirar arriba de la mesa y cenamos todos. ¿Qué te parece? —le dijo al muchacho que ahora también lloraba.

—¿Puedo preguntarle algo?

—Antes un brindis. A mi salud.

Quiroz enarcó las cejas.

—Brindis o lo mato.

Quiroz alzó la copa de vino.

—¡A su salud, doctor! —se mojó los labios con la bebida y lo depositó encima de la mesa.

—No, no, no. Quiero que tomes la copa entera.

Quiroz hizo lo que le pedía y se tomó la copa entera de vino.

—Ahora mi pregunta: ¿por qué? ¿Por qué todo esto? Un profesional serio y respetable como usted.

—Me encantan los policías a los que les gusta hablar. Sí, ¿por qué no? De hecho, esa es mi respuesta: ¿por qué no? ¿Por qué no matar? ¿Por qué no darles a las víctimas un sentido a sus existencias vacías?

—¿Qué sentido?

—¡El de ser víctimas!

—Matar mujeres, homosexuales, ¿qué clase de honor hay en eso?

—Eran pecadores. Alicia, ay, mi dulce Alicia. Lujuriosa. Ladrona.

—Esos cerebros.

—Era una broma. Todo era una broma que le hice.

—Están en el sótano.

La mujer chilló, ya no podía contener la angustia aún atrapada por la mordaza.

—Shhhh, Susana. Sí, es cierto lo que dice nuestro invitado. Yo te engañé con una estudiante de la facultad. Pero ya está, la chica está muerta. La crucifiqué. Boca abajo, porque robó y así se mata al buen ladrón —sirvió otro vaso de vino y se lo acercó a Quiroz—. Otro brindis.

Quiroz lo tomó entero. Ya estaba mareado.

—¿Y a María Belén Lorenzo?

—¿A quién?

—La chica de Mar del Plata.

—No sé de qué hablás, querido —dijo el doctor Danton sacudiendo la cabeza. Cerró los ojos un instante y los volvió a abrir, ahora bien grandes, como si hubiera recordado una anécdota graciosa que no pudiera esperar para compartir—. Todo empezó cuando vi esa historia de los judíos crucificados, haciendo esos rituales de sangre, pensé que yo también podía hacerlos. Los míos son más sofisticados, no me vas a decir que no. El padre ejemplar, el médico respetado los hace derramar lágrimas porque tiene algo en la cabeza, una polillita que zumba y pide sangre, pide carne, pide órganos. En algún punto no puede decirse que no esté ayudando a la ciencia en la que me eduqué. Esos cerebros, ese tejido de Salcedo bajo la luz de mi microscopio, uno que no podría haber usado en otro lado que no sea mi propio estudio porque nadie podría entender mi búsqueda.

—¿Qué hay de diferente en ellos? ¿Qué busca?

—Estás borracho. Qué vergüenza comportarte así. Nada hay de extraño. Salcedo pagó su homosexualidad como Dios manda, con la muerte. Lo que hay de diferente es mi propio cerebro, mi propia mirada. Todo empezó porque quise ver si analizando esos otros cerebros podía encontrar la composición del mío. Esos cerebros pertenecieron a psicóticos, gente a la que se les practicaron electrochoques. ¿Sabías? Cuando murieron en los loqueros donde correspondía que estén, les extrajeron los cerebros y yo, años después, hice que Alicia los robara para mí.

—El suyo podría ir a acompañar la colección.

—¡Precisamente por eso hice que Alicita me los trajera! —dijo Danton, como remarcando una obviedad—. Creo que ya me estoy aburriendo de esto.

Quiroz intentó ponerse de pie, pero sus piernas fallaron, y un instante después estaba en el piso. El doctor Danton se acercó, se agachó y sin dejar de apuntarle a la cabeza le dijo:

—Pensé que iba ser más divertido nuestro encuentro, pero resultó toda una decepción.

El ex policía quiso decir algo, moverse, al menos defenderse, pero estaba demasiado mareado. Había perdido. Lo había estado buscando y ahora había llegado. Miró el caño de la pistola y se preguntó si llegaría a ver la bala en el aire un milisegundo antes de que le atravesara el cráneo.

Capítulo 34

Sheila

La casa ya estaba limpia, impecable, dos manteles blancos cubrían la mesa del comedor donde tendrían la cena, y de la cocina provenía un delicioso aroma a carne asada y *guefilte fish* al estilo que solo Rivka Lehrer sabía preparar.

Sheila apoyó las *jalot*, las hogazas de pan trenzado, cubiertas por una servilleta de tela sobre la mesa, cerca de la cabecera. Sabía que esa noche la cena familiar la iba a presidir nuevamente su padre pero como invitado especial estaría también el rabino Jaim Gorovitz, en agradecimiento por haber llevado adelante a la comunidad y a la familia Lehrer durante ese tiempo. Iba a tener que fingir que la presencia de ese hombre no la fastidiaba, pero habiendo crecido en el marco de una comunidad con tan arraigadas costumbres y tan poco lugar para que las mujeres expresaran sus opiniones, no le iba a costar en absoluto.

Colocó el candelabro con las velas de *shabat* en el centro de la mesa, su madre hizo lo mismo, como si estuvieran siguiendo una coreografía programada, en el cuarto contiguo.

Fue hasta la cocina, tomó la botella de vino que ya había sido separada y una botella de jugo de uva para sus hermanos pequeños. Llevó todo a la mesa y su madre se encargó de los vasos para el vino. Luego siguió la vajilla especial para *shabat* que tenía una terminación más delicada y lujosa que la que utilizaban diariamente.

Sheila encendió las velas del centro de mesa, extendió las manos delante de su rostro para taparse los ojos, y recitó la bendición. Cuando terminó de decir las palabras sagradas se destapó la cara y volvió a ver la luz que emitían. Lo había hecho de forma automática, como era su costumbre, como le había enseñado su madre que acababa de hacer lo mismo. De ese modo, tapándose los ojos, la bendición se consideraba previa al encendido de las velas y el recibimiento del *shabat*. Reglas. Miles de reglas. Así había sido siempre. Las normas le daban un sentido y en ellas se escondía la presencia de Dios.

—¿Estás bien, hija? —Rivka estaba ahora a su lado.

—No es nada —dijo Sheila que se dio cuenta de que ya no podía ocultar ni sus sentimientos, ni sus pensamientos. Al menos no ante su madre que la conocía tan bien.

Así era su vida entera, después de todo: como un holograma. Podía verse a sí misma en dos figuras duplicadas de ella: una bien conformada que era la Sheila que debía ser, una mujer devota a las costumbres, creencias y tradiciones milenarias de su pueblo; por otro lado, estaba la figura que representaba lo que en verdad quería ser, pero esta última todavía estaba muy difusa y se mezclaba con todo lo que había vivido con Sebastián, y el lugar incómodo que todavía ocupaba en su conciencia, así como el modo de encarar una vida por fuera de su comunidad.

Sheila y su madre recitaron las plegarias nocturnas y leyeron los versículos de *shabat* a la luz de las velas, y ya estuvieron listas para recibir a los hombres, que en ese momento estaban entrando en la casa.

La voz pausada y jovial del rabino Gorovitz fue lo primero que escuchó al abrirse la puerta, seguida del tono bonachón de Moshé Lehrer, que parecía haber recuperado la tranquilidad y hasta la felicidad de siempre. Su padre le contaba a sus hermanos menores acerca del significado de *Rosh Hashaná*.

—¡*Shabat Shalom*, Rivka! —escuchó el tono inconfundible de Jaim Gorovitz saludando a su madre, que había ido a recibir a los recién llegados.

Debió haberla sorprendido, pero no lo hizo: estaba acostumbrada a que se recibieran invitados todo el tiempo durante las cenas de *shabat*.

El rabino Gorovitz y su padre pasaron al comedor, alegres, conversando, mientras el jefe de familia se disponía en la cabecera de la mesa. Sus hermanos pequeños corrieron a abrazarse a sus piernas y ella les devolvió el afecto acariciando sus cabezas.

Se arregló el peinado, se acomodó nuevamente la pollera, se fijó que su camisa estuviera perfectamente lisa, sin arrugas ni marcas, y con una enorme sonrisa, bien ensayada para ocasiones de visitas, se dirigió rumbo a la mesa. Alrededor de la misma ya estaban sentados los hombres del lado de enfrente, y su madre la esperaba con un asiento vacío a su izquierda, mientras observaba con atención al pequeño Iair, en la silla alta con barrotes, a su derecha.

Su padre asintió con la cabeza cuando vio llegar a su hija a la mesa familiar, y sin decir más se puso a cantar el *Shalom Aleijem,* el rabino Gorovitz y los niños lo siguieron y luego hicieron lo mismo Sheila y su madre.

Terminada la canción entonaron con la misma fuerza y alegría el *Eshet Jail,* ese canto que el Rey Salomón había dedicado a las mujeres por traer la luz al hogar.

—Hora del *kidush* —dijo el rabino Lehrer, y a sus palabras todos los presentes se pusieron de pie. El hombre sirvió vino en la copa hasta que desbordó, la tomó en el hueco de su mano derecha, recitó la oración, volvió a sentarse y tomó la mitad de su contenido para luego verter el resto en las copas de los demás comensales.

Todos tomaron lo que se les sirvió y Sheila sabía de memoria lo que venía: el lavado de manos ritual. Se levantaron todos y pasaron a la cocina donde uno a uno llenaron una jarra de agua para luego verterla con la mano izquierda sobre la derecha tres veces, y luego con la mano derecha sobre la izquierda otras tres veces, al tiempo que recitaban la bendición correspondiente. Era todo tan rutinario y predecible. Todos los viernes, desde que tenía memoria, el mismo ritual repetido, y repetido, y repetido. Podía pensar que las noches de *shabat* se le hacían imposibles de diferenciar una de otra desde que tenía memoria hasta ese momento. ¿Y no se suponía que ese era el día más especial de la semana? "Recibir a la *Reina Shabat*", lo había escuchado tantas veces y ahora, de nuevo, no le hacía sentido.

Cuando terminaron con el lavado de manos volvieron a la mesa, el rabino Lehrer tomó los panes trenzados en sus manos, los alzó y recitó la bendición del *Hamotzí*. Cuando terminaron sus palabras sagradas cortó el pan y mojó un trozo en sal, lo mordió y pasó el resto a los demás comensales que tomaron también un bocado.

Ya estaba terminada la larga ceremonia de bienvenida del *shabat* y ahora solo quedaba degustar la cena. Sheila y su madre se pusieron de pie y se adentraron en la cocina donde el horno, apagado antes del comienzo del descanso sagrado, conservaba en su interior las bandejas con carne, esa especie de torta de fideos que a Sheila le encantaba llamada *kuguel*, y el postre, unas riquísimas frutas glaseadas que habían traído de Europa llamadas *tzimes*. Pero antes sirvieron el primer plato, el pescado relleno y lo llevaron a la mesa.

El rabino Gorovitz estaba embarcado en una animada conversación con el padre de Sheila. Por un momento volvió a sentirse cómoda. Esos eran los amigos y consejeros de su padre, nada podía salir mal esa noche.

Las mujeres comieron en silencio, atentas a lo que los hombres conversaban, y cuando el tiempo del primer plato estuvo concluido volvieron a ponerse de pie para ir a la cocina y traer a la mesa una fuente enorme con pastrón y *kuguel*. Sirvieron los platos y volvieron a su respetuoso silencio para que los varones probaran primero la comida.

—Este *kuguel* —comentó el rabino Gorovitz con asombro— no es como el que acostumbro comer.

—Seguramente lo probaste de papa, ¿no? —dijo Sheila rompiendo por primera vez su silencio en la cena.

Gorovitz asintió con la cabeza.

—No había probado esta variante con fideos. Rivka, la felicito. Y a usted también rab Lehrer. Su mujer cocina exquisitamente.

—Es una receta tradicional que ha pasado de madre a hija en la familia de Rivka. Algún día Sheila lo cocinará tan bien como este que estamos probando.

—Mamá dice que nuestra cocina, la *ashkenazi*, es pura papa y cebolla, por lo que cuando puede elegir alguna variante, le da su toque. ¿No es así?

Rivka asintió y aseguró que se sentía feliz de poder complacer a su invitado especial de esa noche.

El rabino Gorovitz hizo una reverencia agradecida por la invitación, y entonces el rabino Lehrer, acariciándose la larga barba y dejando descansar el estómago lleno casi al borde de la mesa se dirigió a Sheila.

—Entonces, hija, ¿cuándo vas a terminar de volver a tu comunidad que te espera?

Sheila sin mirar a su padre terminó de masticar un trozo de *kuguel* y con cierta sorpresa auténtica dijo:

—No sé de qué estás hablando, padre, aquí estoy, celebrando en la mesa de *shabbos*, ¿o no?

—Así es. También terminaste tu relación con el *frei*, ¿pero acaso no habrá habido alguna que otra llamadita telefónica? —dijo el rabino Lehrer.

—Nada de eso.

Se hizo un silencio espeso que fue aprovechado por los comensales para seguir comiendo.

—Ese muchacho, Leib Schelling —dijo el rabino—, un perfecto *yid*. Temeroso de *HaShem*, digno, estudioso de la *Torá*. Sé que estuviste conociéndolo en mi ausencia.

—Lo conocí, es cierto. Estuvo ayudando con algunas cuestiones operativas durante esos días, padre.

—Creo que sería una excelente oportunidad de que lo conozcas un poco más. Con un hombre a tu lado no tendrías que estudiar esas tonterías en las que desperdicias tanto tiempo y dinero.

Sheila se pasó el borde de la servilleta por la boca, se secó los labios, y apoyando la tela nuevamente sobre la mesa dijo con total tranquilidad:

—Estudio Trabajo Social porque me hace feliz y no pienso dejar de estudiarlo por Leib Schelling, ni por usted padre, ni por ningún hombre.

El rabino Lehrer se movió inquieto en la silla. Jaim Gorovitz le apoyó un brazo en el hombro.

—Dejemos estas discusiones para otro momento —dijo—. Celebremos la felicidad del *shabat* y la reunión familiar.

Sheila se levantó de la mesa.

—Creo que ya tuve suficiente.

El rabino Lehrer se agitó nuevamente.

—Siéntate, hija, todavía falta el postre.

—Estoy llena —dijo Sheila.

El aire se había tensado una vez más.

Iair, el menor de sus hermanos, comenzó a llorar. Sus otros hermanitos, Josef y Mendel, también parecían estar incómodos. Sheila buscó con la mirada a Yoel que parecía ajeno a todo eso.

Miró a su madre que tenía la cara cansada. Pero no iba a discutir.

—¿Podrías al menos ayudarme a traer el postre? —le dijo casi con timidez.

Sheila la ayudó con los postres en absoluto silencio, y una vez que estuvieron sobre la mesa hizo un saludo general y se fue a recluirse en su habitación. Escuchó desde allí cómo los hombres comenzaban a entonar canciones típicas.

Se acostó boca arriba en la cama, mientras del comedor llegaban los cantos alegres.

El teléfono móvil descansaba en la mesita de luz. No lo había apagado porque ya casi no cumplía con las costumbres de *shabat*. Pero en este caso no había sido una decisión deliberada, solamente se había olvidado de apagarlo. Una lucecita verde titilaba en el aparato. Un mensaje de voz. No tenía que tocarlo. Estaba prohibido. Iba en contra de las leyes de *shabat*. "Un lobo pierde su pelo, pero no su naturaleza" se dijo a sí misma y levantó el teléfono. Escuchó el mensaje de Mario Quiroz. Apoyó nuevamente el aparato sobre la mesita de luz y pensó en qué hacer. El hombre había decidido ir solo a buscar al sospechoso. Era peligroso, y si bien sabía que podía cuidarse, por algo le había dejado el mensaje. Habría confiado en que no lo iba a escuchar hasta el sábado a la noche, cuando terminara *shabat*, pero ahora ella sabía y tenía una responsabilidad. ¿Llamaba a la policía? Estuvo a punto de hacerlo, pero no confiaba en los que habían detenido injustamente a su padre. Posiblemente no hicieran más que burlarse de su ingenuidad. Entonces, no sin cierto resquemor, marcó el número de Sebastián. Si realmente todavía quería ayudarla, este era el momento. El teléfono estaba apagado. No podía ser casualidad. Era evidente que *HaShem* no quería que se comunicara con él.

¿Qué hacer entonces? Sola no iba a poder ir hasta donde estaba Quiroz. Le quedaba una única opción. Al menos así alegraría el deseo de su padre, pensó con resignación y marcó el número de Leib Schelling, sin esperanzas de que atendiera. Si no lo hacía, no le iba a quedar otra opción más que llamar a la policía.

Al quinto tono la voz preocupada del Gólem la atendió.

—Sheila —dijo, en un susurro. De fondo se escuchaban voces alegres. El hombre debía estar en su propia celebración—, se supone que no deberíamos hablar por teléfono durante *shabat*.

—Lo sé. Pero te llamo porque necesito un gran favor y es urgente. ¿Me podés ayudar?

Siguió un silencio espeso y luego un resoplido.

—¿Qué precisás? —dijo, mordiendo las palabras.

—Necesito que pases con tu motocicleta por la puerta de mi casa lo más rápido que puedas. Vamos a hacer un viaje.

—*Shtik drek* —se le escapó el insulto a Leib Schelling.

—¿Entonces?

—Está bien, Sheila, estaré ahí lo antes posible, pero sobre todo no le digas a nadie que voy a hacer esto.

No le iba a decir a nadie y tampoco les iba a decir a dónde salía ella en medio de la noche. Confiaba en que nadie se iba a interponer en su camino, pero iba a tener que moverse con astucia para alcanzar la calle. La cena había terminado y la sobremesa llena de vodka iba a simplificarle el asunto. Iba a tener que asumir el riesgo, no le quedaba otra opción.

Capítulo 35

Quiroz

El doctor Daniel Danton apuntaba con su calibre .45 a la frente de Mario Quiroz, que parecía resignado a aceptar lo que estaba por venir.

No era la primera vez que alguien le apuntaba a la cabeza. No era tampoco la primera vez que se encontraba en esa posición de inferioridad, de rodillas o en el suelo, esperando el disparo. ¿La tercera era la vencida? Había perdido la cuenta.

—Es demasiado fácil —dijo Danton y se apartó—. Levantate, volvé a la mesa.

Como pudo, tambaleando y sintiendo que la cabeza le daba vueltas, se puso torpemente de pie, asistiéndose con la silla que el asesino había separado para él en la mesa familiar. Se sentó mientras Danton lo seguía con la pistola como si no fuese un psicópata que había amarrado a toda su familia a la mesa, sino el director de una orquesta en plena ejecución, moviendo la batuta, solo que lo que movía era un calibre pesado.

El asesino se paró a espaldas del policía y lo abrazó, se acercó a su oído y le dijo:

—Ahora soy yo el que quiere preguntar.

La voz de ese tipo le molestaba. Tenía el tono de un hombre bien educado, y al mismo tiempo expresaba cierta lascivia. Quiroz podía adivinar que ese psicópata estaba fantaseando con diversas formas de torturarlo. Solo necesitaba una excusa, algo que justificara su locura. El robo de los cerebros que había conducido Alicia Vázquez para él la había convertido en una pecadora. La homosexualidad de Tomás Salcedo lo había convertido en un pecador. Quiroz tenía una lista larga de pecados en su haber.

—¿Quién sos?

—Investigador privado —respondió con seguridad, aunque todavía sentía la lengua pastosa.

—¿Quién te manda?

—Un judío.

—¿Un judío?

—¿Qué importa quién carajo me manda? Un judío, la reina de Inglaterra, da igual.

—Yo esperaba un policía.

—Estuve en la fuerza, pero eso fue hace muchos años.

Danton le pellizcó el brazo derecho.

—Todo blandito. Viejo. Esto no es lo que esperaba.

El asesino se desprendió de la espalda de Quiroz y dio unos pasos en círculo detrás de él.

Miró a su alrededor, la familia atada del desquiciado seguía allí, casi inmóvil, podría haber jurado que estaban muertos, o que eran muñecos de cera, pero la expresión de pánico en sus rostros, las lágrimas que caían una a una en sucesión imparable los mostraba vivos y asustados.

—¿Por qué tiene así a su familia? ¿Ellos qué tienen que pagar?

—¿Ellos? Ellos me detendrían. Pero no les va a pasar nada. No, no —dijo, y se acercó a una de sus hijas, le pasó el dorso de la mano por la mejilla—. No te preocupes, Martina, mi amor, papi no te va a hacer daño.

—Entonces, ¿qué va a hacer con nosotros?

Danton se rascó la sien con la punta de la pistola.

—¿Con ustedes? Con mi familia nada, con vos, eso ya es otra cuestión.

Quiroz giró medio cuerpo, enfrente lo tenía al tipo que no dejaba de dar vueltas por el comedor. Había planificado todo eso apurado. Su pesquisa había hecho saltar su estabilidad emocional, la bestia que vivía agazapada en su interior finalmente había salido a flote y ahora no sabía cómo controlarla. Quiroz estaba dispuesto a jugar con eso. Alcanzó una de las fuentes con comida que había en la mesa, se sirvió en el plato y comenzó a comer.

—¿Qué hacés? —preguntó el tipo atrás suyo.

—Lo que ve. Estoy cenando.

—¿Y quién te dijo que podías hacerlo?

—No sea descortés con un invitado, ¿quiere?

—Sí, tenés razón. Qué modales los míos.

Quiroz comió con tranquilidad. Escuchaba los pasos que iban y venían detrás de él.

—¿Cómo me encontraste?

—Fue fácil —dijo Quiroz, y masticó un pedazo de carne que ya estaba fría. La disfrutó sabiendo que era posible que esa fuese su última cena.

—¿Fácil? ¿Cómo?

—Dejó un rastro visible hasta desde la luna —respondió chupándose los dedos.

—Imposible.

—¿Pensaba que el suyo había sido un buen trabajo? Moví algunos contactos y después fue tan solo coser y cantar.

—¡Pero por favor! ¿A quién cree que engaña? —gritó Danton en un berrinche—. Si hubiera sido tan fácil acá estaría la policía y no un simple investigador privado que no le importa a nadie.

—El asesinato en el laboratorio, ¿cuánto tiempo le llevó planificarlo? ¿Quince minutos?

—No sabés lo que decís. Fueron semanas de planificación.

—¿Matar a esa pobre mujer? Ella había confiado en usted.

—Era parte del cuerpo enfermo, había que extirparla.

—¿Se escucha cuando habla? "Cuerpo enfermo", qué estupidez.

Sintió de nuevo el caño de la pistola en la nuca.

—Ninguna estupidez. Una pequeña basura como vos no está a la altura de entender mi obra.

—Lástima, supongo que la policía piensa que no vale su tiempo y sus recursos. Si un simple idiota como yo lo pudo encontrar, debe contar con que no va a durar mucho en esto antes de pegarse un tiro como el infeliz que es.

Danton lo picó varias veces con el caño de la pistola en la nuca; Quiroz siguió comiendo con tranquilidad, como si no estuviera a un simple desliz del dedo en el gatillo de esparcir los sesos sobre el plato.

—Callate. No sabés nada.

—Sé que perdió. No es el genio que cree ser. Apenas es un idiota. Un loquito cualquiera. Un desperdicio. ¿Acaso su papi lo tocaba ahí abajo?

—¡CALLATE! —el pulso de la mano le temblaba. Quiroz lo percibió en el contacto del acero frío sobre su cuello.

Entonces pasó algo que no esperaba. El cuerpo de Danton cayó encima suyo y rodaron por el piso.

—¡Leib, no! —escuchó el grito de una mujer.

Quiroz estaba en el piso, la silla se había roto en pedazos y había caído al lado de la pata de la mesa. A su lado, una masa humana indefinible forcejeaba. Al cabo de unos segundos pudo reconocer a Danton contra el suelo, la pistola en la mano, enfrascado en un enfrentamiento con una mole corporal inmensa.

Los dos cuerpos se debatían. Miró hacia la puerta que comunicaba al cuarto de estar, por donde había salido el grito de la mujer. Era la chica, era Sheila tapándose la boca con las manos.

—Sheila, ¡salí de acá ahora mismo! —alcanzó a gritarle.

Los otros dos seguían forcejeando, parecía que el amigo de Sheila lo tenía controlado, pero Danton todavía se resistía, con la mano aferrada a la pistola que intentaba apuntar hacia el otro. Quiroz se arrastró a duras penas unos metros en dirección de los dos combatientes. Sintió una punzada en medio de la pierna y se llevó la mano al punto del dolor, intentando contenerlo.

Danton le colocó un puñetazo en la cara a Leib Schelling, que le movió la cabeza, dejándolo grogui unos segundos, lo suficiente para que el psicópata recobrara el control de la situación. Volvieron a girar y esta vez el Gólem quedó abajo, enfrentado al asesino que enderezó la espalda y apuntó su pistola contra la frente del grandote. Quiroz, desesperado, buscó a su alrededor, tomó un trozo de madera que había pertenecido a la silla que se había roto al caer, se arrastró medio metro más y con una de sus últimas reservas de fuerza logró encajarle un golpe en la espalda a Danton, que no esperaba ese movimiento. El Gólem recobró la iniciativa, empujó al médico que cayó de espaldas en el piso. Sheila corrió hacia el hombre caído, pero Leib se apuró a apartarla de un empujón. Quiroz vio como el Gólem le caía entero encima al asesino, que escupió todo el aire de sus pulmones. Estaba acabado. Un sonido estruendoso retumbó en el cuarto de estar. Quiroz lo supo, había sido un disparo. Por un instante todo pareció quedar en silencio. Entonces Leib volvió a golpear a Danton. Fue una ráfaga de golpes de puño. El rostro del psicópata se volvió una máscara sanguinolenta. Con el último golpe saltaron dos dientes, y su cabeza rebotó contra la alfombra.

Sheila corrió hacia Leib y lo abrazó. El Gólem estaba empapado de sangre.

—¿Estás bien? Decime que estás bien.

—*Baruj HaShem*, voy a estar bien —dijo el grandote, tapándose con la mano un costado del cuerpo, justo donde terminaba su prominente barriga y comenzaba su pecho.

Quiroz se puso de pie con dificultad y desató a la mujer de Danton.

—Llame a la policía y pídales que vengan con una ambulancia —le dijo, y ella asintió en silencio a toda velocidad y con el *shock* en los ojos perdidos.

Quiroz desató al resto de la familia.

—Creo que la bala me atravesó el brazo —dijo Leib.

Sheila le respondió dándole un abrazo. Luego pasó su mano por la espalda del Gólem.

—¿Qué fue eso? —preguntó el hombre herido.

—Lo que siento por vos.

Entonces él la tomó por la cintura, la atrajo hacia sí y con el brazo sano la apretó fuerte contra su pecho.

Sheila sintió una paz recobrada en la cercanía con ese hombre. Como si hubiera vuelto a casa.

Quiroz había terminado con los rehenes.

—¿Qué hacen acá?

—Escuché su mensaje, oficial. Tuve el presentimiento de que corría peligro. Lo convencí a Leib para que viniéramos.

—No deberían haberlo hecho.

—No, es cierto. Es *shabat* y rompimos todo tipo de reglas. Pero los judíos tenemos una creencia que dice que si uno salva a un hombre está salvando a toda la humanidad. Por eso estamos acá.

Quiroz chasqueó la lengua.

—Y eso es hermoso. Este hijo de puta ya no va a volver a matar —dijo, y escupió el cuerpo inconsciente de Danton.

—Entonces salvamos muchas vidas. Salvamos muchas veces a toda la humanidad —agregó Leib.

De la calle comenzaron a sonar las sirenas que se aproximaban.

—Este solo mató a Alicia Vázquez y a Tomás Salcedo. Lo confesó. Pero el asesino de María Belén Lorenzo sigue suelto por ahí. Y no pienso descansar hasta agarrarlo —sentenció Quiroz.

Capítulo 36

Sheila, Leib & Quiroz

La ambulancia llegó apenas unos minutos después. A Leib Schelling lo subieron a una camilla y Sheila pidió acompañarlo.

—Mejor no —dijo él con lo que le quedaba de voz, mientras sentía que la tensión de lo vivido se iba alejando y con ella la fuerza para seguir despierto—. No sería prudente.

Sheila sabía que ese hombre grandote y terco tenía razón, que la comunidad de *Tikvá Zhitomir* no necesitaba de nuevo a la hija de su líder, recién excarcelado, rompiendo más reglas de *shabat* de las que ya había roto al involucrarse en esa aventura nocturna, pero al mismo tiempo le resultó frustrante e injusto.

Quiroz salió a la calle, luego de haber pasado un rato conteniendo a los rehenes liberados, hasta que había llegado la policía.

Un automóvil negro se paró en la puerta de la propiedad de los Danton, y del asiento del conductor vio bajarse a Yael Zinman. Era de esperarse.

—Bien hecho, Quiroz —dijo parcamente mientras le extendía la mano.

El ex policía respondió al saludo, y luego el israelí se acercó hasta Sheila que veía cómo se llevaban al Gólem.

—*Shalom*, Sheila Lehrer.

Sheila sintió que su cuerpo se sacudía en un terror que ya había conocido.

—¿Y usted quién es?

—Yael Zinman. La agencia a la que represento es la que le estuvo pagando a Mario Quiroz para que descubra y deshabilite al asesino.

—Entonces creo que me deben dinero a mí también, si no pregúntele a él —dijo la muchacha y movió la cabeza en dirección a Quiroz.

—En todo caso lo que importa es que se terminó.

Quiroz dudó un instante, buscaba el mejor modo de decirlo, hasta que lo soltó sin más:

—Respecto de eso, Zinman, tengo razones para creer que Danton no es el único responsable de los crímenes.

El agente se quedó mudo como si lo que le acabara de pasar no fuera haber escuchado esa frase, sino que le habían dado un *shock* eléctrico.

—¿Cómo?

—Ya se sabrá cuando le tomen declaración a Danton y cuando terminen de contrastar pruebas, pero van a ver que él no fue el responsable del primer crimen.

—Bueno —dijo Zinman, y se acomodó la corbata—, entonces supongo que habrá alguna pista firme en cuanto al asesino de María Belén Lorenzo.

—Seguiré trabajando en el asunto.

Zinman parecía descolocado. Se lo notaba nervioso, inquieto.

—Espero avances. Pronto —dijo y volvió a subirse a su automóvil para salir de allí.

Sheila le dedicó una mirada compasiva a Quiroz.

—¿Y con vos qué pasa?

—Desconfío de ese hombre.

—¿Por qué?

—Conozco a ese tipo de judíos israelíes. Muy seguros de sí mismos, creen que tienen la autoridad sobre todos los judíos porque nacieron, o crecieron, o decidieron irse a vivir allá, como éste.

—¿Lo notaste en el acento?

—Claro. No debe llevar más de cinco años viviendo allá y ya cree que es más importante, más judío, más merecedor de respeto que cualquier otro. Y en particular, los ortodoxos no les gustamos.

—Pagaron bien para que me fije que no te pasara nada.

—Porque nos odian. Por eso pagaron tanto.

Quiroz se rascó la cabeza, perplejo. No entendía a esa gente.

—Es así, Quiroz. Les damos una mala imagen a todos los judíos. Por eso la agencia a la que este Zinman representa quiere, necesita, que se sepa cuánto antes que no tenemos nada que ver con todos estos asesinatos. Un asesino católico es algo de todos los días y no cambia nada. Un asesino judío hace de todos los judíos unos asesinos.

—Es casi como eso que dijeron: "quien salva una vida, salva a la humanidad entera".

—"El mal que hace un judío mancha a todos los judíos." Así es.

—Te llevo a tu casa.

—No, yo voy a ir al hospital a donde lo lleven a Leib.

Quiroz no pensó en discutir.

—Te llevo ahí, entonces.

Se subieron en el auto del ex policía y siguieron a la ambulancia cuando arrancó. En ese instante salía de la casa esposado el doctor Daniel Danton.

Quiroz dejó a la pelirroja en el hospital y le pidió que se mantuvieran en contacto. Temía por lo que pudiera pasar en los siguientes días. Quizás el asesino de María Belén volvería a actuar, debían estar prevenidos, pero no le dijo nada de eso a ella.

Sheila tuvo que preguntar varias veces a dónde había ido a parar Leib, y parecía que nadie tenía interés en indicarle el camino, hasta que por fin supieron darle el número de habitación.

Cuando llegó hasta donde había quedado internado Leib notó que ya había otra gente adentro. Entreabrió la puerta y los vio. Eran su padre y el rabino Gorovitz, y estaban hablando con el Gólem, que parecía haber recobrado algo de la estabilidad.

—Estarás bien, los médicos dicen que un cúbito roto es doloroso, pero que sanará. No hubo órganos vitales afectados —dijo Moshé Lehrer.

—*Baruj HaShem*. Rab, espero haber cumplido la misión que me encomendó lo mejor posible.

—Contuviste a Sheila. La cuidaste mientras no estuve y evitaste que terminara de pasarse a la vida secular. Abandonó a ese novio *frei* que tenía. Ahora sé que mi hija sigue bien contenida en nuestra comunidad y eso te lo agradezco, Leib. Todavía quedan detalles que arreglar, algunos bordes ásperos que pulir, pero confío en que pronto dejará del todo esos sueños infantiles de estudios, y una vida alejada de la observancia de nuestros preceptos.

Sheila no pudo seguir escuchando. ¿Todo había sido una farsa, entonces? Eso lo dilucidaba todo. El repentino interés de ese hombre enorme y tosco por ella, el seguimiento al que la había sometido, el hecho de que siempre estuviera allí donde ella iba, hasta la ayuda que le había brindado esa noche.

Estaba llorando. Se había dejado vencer una vez más por los sentimientos, por la pasión, había llegado a querer a Leib Schelling, y ahora se enteraba de que en realidad todo ese tiempo había seguido las órdenes de su padre, en un intento para que abandonara a Sebastián y luego toda su vida por fuera de *Tikvá Zhitomir*. Corrió por la clínica, esquivó a la poca gente que a esa hora se arrastraba desorientada por los deprimentes pasillos. Había sido una tonta. Había sido ingenua. Había perdido.

Leib Schelling tampoco estaba cómodo. Acostado en la cama, vendado y con un dolor punzante en el brazo donde había sido herido, no le preocupaba ese dolor sino sentir que había traicionado al rabino Lehrer.

Sí, había cuidado a su hija, y sí la había contenido, pero tenía que decirle que él mismo no podía ser lo mejor para ella. Él mismo estaba ya con un pie afuera de la ortodoxia judía también. Todo ese tiempo, toda esa aventura en la que se había visto sumido siguiendo los pasos de Sheila, lo habían ido apartando, abriéndole el mundo, germinando las ideas que ya venía procesando hacía tiempo. Iba a tener que alejarse, salir de la vida de Sheila por su propio bien. Pero la quería. Había aprendido a quererla. Ya era tarde para negarlo. Faltaban solo días para el Día del Perdón y para entonces tendría muchas cuentas que ajustar con Dios.

Sheila pasó el resto del fin de semana sin salir de casa, y apenas saliendo de su habitación. Incluso cuando el domingo su madre le preguntó si no quería ir a visitar a Leib a la clínica, junto con sus hermanos, se negó aduciendo que prefería quedarse en casa estudiando la *Torá*.

Los días que seguían iban a ser intensos. Prepararse para el ayuno del Día del Perdón, y luego para la celebración de *Sucot* para la que deberían construir una cabaña en el patio del departamento.

Sheila no quería pensar en eso, pero por otra parte estaba cansada. Se sentía agotada del ir y venir constante, de no tener un eje, un centro, algo de lo que estar segura. Había probado todo: con Dios y sin Dios, y no había encontrado confort en ninguno de esos lados. ¿Qué le quedaba? Iba a tener que profundizar alguno de esos caminos o empezar uno nuevo, un poco de Dios y un poco sin Dios.

El domingo pasó. Su madre y sus hermanos visitaron a Leib en la clínica, y a su vuelta, entusiasmados por el estado alentador del joven, quisieron ir a compartir la noticia con ella pero la puerta cerrada de su habitación les hizo desistir.

—Está estudiando —señaló Rivka Lehrer a sus hermanos.

Y la dejaron tranquila.

Sheila sí estaba estudiando, pero no la *Torá* como creía su madre sino para la facultad.

Había visto demasiado en poco tiempo. Pensaba que había vivido todo, pero esa escena infernal en la residencia del doctor Danton todavía se repetía en sus retinas a cada minuto, cada segundo, como si todavía se encontrara allí parada, en la entrada del comedor, viendo con impotencia como Leib Schelling arriesgaba su vida por Quiroz.

Pero ahora sabía que todo había sido para complacer a su padre y apartarla de Sebastián.

Pensó en él. Había sido demasiado severa con Sebastián. Sintió remordimientos. Lo había tratado así porque él representaba ese extremo dentro suyo que le decía que tenía que abandonar de una vez y para siempre esa vida recluida ortodoxa.

Se fue a dormir esa noche pensando en todo eso y en lo que realmente sentía por él.

Cuando el martes, mientras estudiaba en el escritorio de su habitación, su teléfono celular sonó, se fijó en el identificador de llamadas el nombre y leyó "Sebastián", dudó un instante en contestar. Y entonces deslizó el dedo sobre la pantalla en la dirección por la cual se corta la comunicación.

TERCER INTERLUDIO

Nueva Germania, 9 de mayo de 1888

Madre:

Mi misión ha resultado un estrepitoso fracaso. Los alemanes han sido corteses conmigo en un comienzo, pero pronto han demostrado que no están interesados en compartir su utopía aria con un inglés asimilado a las costumbres de América del Sud.

No es que no me permitan permanecer aquí, en su pueblo, sino que no he logrado, de momento, convencer a ninguno de ellos de las posibilidades majestuosas de comenzar una plantación de yerba mate en estas tierras.

El propio Förster se ha mostrado desconfiado de mi empresa. No ha dejado de resaltar los beneficios de la bebida local, y en una conversación que hemos mantenido ha sabido sostener que "los efectos del mate no son solo beneficiosos para el estómago sino que además, tienen un efecto placentero en los nervios". Sus palabras me llenaron de ilusión, pero cuando volví a presentarle mi propuesta al día siguiente, me espantó con malos modales señalándome que "el mate no es más que un digestivo que usan los indígenas" y siguió con sus preocupaciones. Suele pasar horas obsesionado con los asuntos que hacen a la administración de su proyecto. El gobierno de la colonia no es fácil y las necesidades económicas son una constante entre sus preocupaciones.

En una conversación de sobremesa, durante una noche, me habló de una antigua raza aria perdida en el Paraguay, habitantes de una gran ciudad, también perdida. "Se dice que viven en los árboles y que con la ayuda de palos pueden subirse a ellos como si fueran monos", sostuvo con la mayor de las seriedades, y yo considero que es posible que tenga razón. Es un hombre sabio e instruido. Luego también sostuvo que pueblos celtas y nórdicos, entre ellos vikingos, estuvieron en esta misma tierra en los siglos IV y V d.C. No me atrevo a discutir su erudición. Es un hombre muy informado que solo pierde la razón cuando se toca el tema que lo obsesiona: los judíos. La broma es que el hombre ha preferido dejar toda una vida de acomodo en su tierra natal para no tener que estar cerca de ninguno de esos pervertidores de la cultura aria, y ha venido a parar a este enclave pantanoso en medio de la selva. No logro estimar qué elección resulta peor.

El de los judíos es un tema que realmente desata en él sus mayores pasiones, al punto que lo hace olvidar de la incomodidad de esta vida. Para Förster la selva es el lugar ideal para el desarrollo de las verdaderas aptitudes arias. El hombre alemán supo adaptarse, y adaptar la selva, para construir su gran cultura y ahora él quiere reproducir eso mismo en esta tierra rojiza y descampada. Siempre he tenido fe en los hombres apasionados, pero veremos qué sucede con sus colonos, si pueden seguir los pasos de tan gran hombre.

Los problemas que enfrenta la aventura colonial distan de ser pocos.

Hace unos pocos días, para el caso, unos animales del corral comunitario desaparecieron en medio de la noche, escaparon a la selva y se perdieron. Solo unas pocas cabezas de ganado pudieron ser recuperadas. Se trabajó todo el día bajo el inclemente sol que afecta especialmente a esta gente de tez pálida y constitución física adecuada para climas fríos. El cambio drástico en las costumbres de los alemanes es alarmante: tímidamente han ido dejando de lado su dieta exclusivamente vegetariana. El ganado perdido era una garantía de subsistencia para varios meses venideros, y parte del escaso y único capital del que disponen los colonos.

Los indígenas y criollos locales rondan cada vez más por las cercanías del pueblo, y a veces son contratados para realizar arreglos de carpintería, o de algún otro oficio al que resultan útiles. Su piel curtida y cuerpos acostumbrados al trabajo bajo el sol son mucho más dóciles que los de los germanos. Pero esto ha traído consecuencias inesperadas: algunos colonos están empezando a implementar la "siesta" en desmedro del trabajo arduo que se necesita para llevar adelante el gran proyecto de Förster en esta tierra. Esta costumbre primitiva típica de estas latitudes interpone unas horas de descanso pasado el almuerzo, y hasta que el sol empieza a ponerse en el firmamento. Se pierden así las mejores horas de trabajo del día, pero el sol y la humedad se hacen tan extenuantes que ni siquiera los locales, acostumbrados a estas inclemencias, son capaces de soportarlas sin descansar sus cuerpos bajo techo algunas horas por día.

En otra ocasión, y en relación con la fuga de los animales del corral, el doctor Förster montó en cólera cuando se enteró de que uno de sus colonos, un tal Paul Ullrichs, había montado un pequeño altar para una especie de duendecillo en el que creen los indígenas ignorantes, el *Pombero*, con un vaso de vino, cigarros y unos marcos alemanes. Los criollos que se dejan ver por la Colonia han indicado que este ser malicioso ha sido el responsable de espantar al ganado, y que lo mejor sería congraciarse con él. Ullrichs juntó lo que encontró a su alcance en una bandeja y la dejó en un rincón de su choza. Cuando llegaron las noticias a Förster montó un escándalo. Prohibió la entrada a la Colonia de criollos e indígenas y amenazó con llevar a juicio por asamblea a Paul Ullrichs para expulsarlo a él junto a su familia.

Finalmente lograron tranquilizarlo, necesita de cada uno de los colonos, y lo sabe. Las tierras que ocupa Nueva Germania solo les fueron cedidas bajo promesa de ser populadas con ciento diez familias, y perder a una entera de cuatro cabezas por un evento como el acaecido, no está entre los lujos que puede permitirse Förster.

Sus atribulaciones son severas y pasa varias horas del día encerrado en su *Fösterhof* escribiendo correspondencia, artículos para diarios europeos y buscando inversores interesados en su empresa. Eso es cuando no se aparta de la Colonia para viajar hacia Asunción o San Bernardino en donde pretende conquistar nuevas conciencias germánicas para que lo acompañen hacia aquí. Actualmente se encuentra en uno de esos viajes.

En momentos en los que no se encuentra su marido es Elizabeth Nietzsche la que se encarga de aplacar los ánimos. Su presencia es magnética y soberbia. Siempre logra conseguir lo que se propone.

He compartido algunas tardes en su mansión, a la hora del té. Por lo general, la rutina indica que la señora de Förster toca para mí algunas piezas magníficas de piano, y a cambio practicamos su inglés deteriorado. Es un buen trato, y ella es una mujer exquisita.

El otro día cometí una infidencia.

"Lisbeth", la interpelé, "¿por qué no han tenido descendencia con el doctor Förster". Sé que no era una pregunta que deba hacerse a una dama tan distinguida, pero no pude evitarlo. De tan solo imaginar lo bien que le haría al mundo contar con la semilla de estos dos grandes benefactores de la humanidad; sentí que no podía dejar de preguntarle.

Sus ojos se llenaron de lágrimas y se quedó en silencio unos instantes, entonces levantó la vista y me respondió solamente: "Lisbeth es el modo en el que me llamaba mi hermano cuando niños. También me decía Llama. ¿Quién hubiera pensado que esos juegos infantiles donde soñábamos con el Nuevo Mundo terminarían haciéndose realidad para mí?". Y eso fue todo. Ni una palabra acerca de la ausencia de un heredero.

Me temo que ya me he extendido demasiado, madre, espero que recibas esta misiva y que también recibas las anteriores que te he ido enviando. Si se pierden en el camino, al menos alguien recogerá mi testimonio.

Con afecto, tu hijo,

Holwell

San Bernardino, 20 de agosto de 1888

Madre:

Te dedico unas pocas líneas en esta ocasión. He tenido que partir de la Colonia alemana en la selva luego de ver fracasar por completo mi proyecto de plantación de yerba mate.

Hubiera deseado salir antes, pero el camino estaba anegado.

Lamento tener que dejar a una mujer tan grácil y servicial, tan llena de bríos e interesantes ideas como lo es Lisbeth Nietzsche. Ese ha sido también uno de los motivos que me han llevado a abandonar la Colonia. Ya no podía ocultarle mi amor.

Madre, me avergüenza lo que ha sucedido, pero ha sido en una sola ocasión. El doctor Förster estaba de viaje y Elizabeth es una mujer muy sentimental. Pasamos la tarde tomando té, y ella tocando el piano para mí. Una lluvia torrencial se desató y ya no podía regresar a mi choza, tuve que pasar el resto de la tarde, y la noche, en *Fösterhof*.

Lo que ha sucedido después ha sido totalmente inexcusable. Lo atribuyo a los humores que provoca en mí esta tierra ingrata y hostil. Nos comportamos como salvajes, madre. Pecamos.

Imaginarás los detalles. Mi ignominia es muy grande y la partida ha sido la mejor decisión. Sé que el castigo de Dios reside en el vientre de Elizabeth. Una mujer de su edad ya no debería estar sujeta a este tipo de incidentes, pero así lo ha querido la Providencia como condena a nuestro pecado.

Tuve que abandonar la Colonia. Nunca hubiera podido confesarle al Doctor Förster que el hijo que espera Elizabeth es mío. Para peor, los asuntos referidos a la administración se encuentran en su peor momento. Los alemanes no terminan de adaptarse a las exigencias de este lugar recóndito del planeta, y Förster ahora tiene, como si fuera poco castigo, que enfrentar las infamias de un tal Julius Klingbeil, un simple agitador que ha pasado por la Colonia y se ha sentido decepcionado. No fueron pocas las discusiones ardientes que mantuvo con él. Estuvo poco tiempo por allí, abandonó la empresa y amenazó con que volvería a Europa a denunciar al venerable Förster, y a la propia Elizabeth, tratándolos de estafadores de poca monta.

Intenté que no escucharan sus palabras llenas de veneno, pero mucho me temo que Bernhard se lo ha tomado muy a pecho. Ha pasado varios días encerrado escribiendo réplicas a las acusaciones que podría llegar a hacerle Klingbeil. No desea perder un minuto de tiempo esperando el ataque de éste. Sabe que el destino de su Nueva Germania reside en conseguir atraer nuevas familias lo antes posible, antes de que venza el plazo que el gobierno le dio para habitar la tierra, a cambio de cederle los terrenos.

La Colonia ya ha sufrido este año la pérdida de más de diez familias de las cuarenta que originalmente habían arribado. Marcharon de nuevo hacia Alemania, decepcionadas por el trabajo duro que requiere la empresa.

Siento con pena que poco a poco el proyecto grandioso de Förster se desangra.

Por mi parte ya no me queda nada aquí. Mis sueños también han sido destruidos, pero no culpo a nadie más que a mí mismo.

La última vez que mencioné a Förster mi proyecto de plantación de yerba mate me gritó enardecido que no se puede plantar esa hoja en la selva, que solo hay que aprovechar el lugar donde crece, que así había sido, y así sería siempre. Estoy en desacuerdo, pero no me atreví a discutir con el pobre hombre. Sufre de los nervios y el descalabro de su amada Nueva Germania ya es suficiente castigo para su espíritu. Sumarle a eso el hijo imprevisto y el clima endemoniado del Paraguay, creo que han sido suficientes males para cualquier cristiano.

Entonces esto habrá sido todo para mí en este continente. Parto de nuevo a Europa, madre. Pasaré algunos meses en España y luego volveré al hogar. Solo una última súplica de tu hijo que se ha descarriado: quema esta carta en cuanto la leas.

En el dolor y la vergüenza de la deshonra, te saluda tu hijo,

Holwell Mauer

Capítulo 37

Quiroz

El asesino de María Belén Lorenzo seguía suelto y era por su culpa. Se había enrollado con unas pistas falsas y había terminado descubriendo a otro asesino que no tenía ninguna relación con la muerte de la chica en Mar del Plata, y por eso se sentía un imbécil.

Había cometido los mismos errores de principiante que Sheila y su amigo, y ahora tenía que volver a encauzar la pista de María Belén. Pero, ¿por dónde podría retomar? Todos los caminos que había seguido parecían sin salida, por eso se había dejado seducir por la facilidad con la que se había topado con las pistas acomodadas, una tras otra, de los asesinatos de Alicia Vázquez y Tomás Salcedo. Incluso el israelí, Zinman, había creído que esos crímenes formaban parte de la misma cadena. No había sido el único en equivocarse de caso, pero no por eso estaba más tranquilo con su conciencia.

Despejó todos los papeles que se acumulaban encima de su escritorio, únicamente dejó los que se referían al asesinato de María Belén y se acomodó en la silla de madera reclinable. Recorrió punto a punto la totalidad del contenido del informe, durante dos horas. Al terminar la lectura sentía que ya conocía todo de memoria y lo contrastó con sus propias anotaciones. Una vez más estaba en nada. María Belén había decidido irse a vivir a Mar del Plata estando embarazada de dos meses. Había recibido la visita de Raimundo "el Pasti" Suárez unas semanas antes de morir, habían discutido, luego habían tenido sexo, y al día siguiente le había ido a pedir disculpas a su vecina del piso de abajo por el escándalo de esa noche. Luego había un vacío de información de algunas semanas, hasta que había aparecido degollada en su departamento, enfrentando una estrella de David pintada con su propia sangre en la pared. En el informe se destacaba que María Belén no tenía familiares directos judíos, más allá de un abuelo paterno con un cuarto de sangre hebrea. Ese dato, de momento, tampoco le indicaba demasiado. Los delirantes de la secta *Tikva Zhitomir*, a la que pertenecía Sheila, estaban tranquilos. Había hecho sus averiguaciones: el rabino Moshé Lehrer había quedado libre porque no había ni un atisbo de prueba en su contra. Había ido un poco más allá incluso, había revuelto algunos de sus contactos e informantes, y nadie tenía un solo dato que los relacionase, ni de modo indirecto, con la víctima.

Estaba en un punto muerto. Empezó a leer resignado una vez más el informe repitiendo de memoria las palabras que recordaba. Primera página:

Nombre: Lorenzo, María Belén
Edad: 35 años
Lugar de nacimiento: Posadas, Misiones
Lugar de deceso: Mar del Plata, Provincia de Buenos Aires
Profesión: Diseñadora web (Portfolio profesional: www.belenlorenzoweb.com)

Quiroz se detuvo un instante ahí. Había una página web de Lorenzo y nunca la había investigado. Suspiró, fastidiado. Esas cosas sin importancia, todo eso de la internet no le interesaba en lo más mínimo. Se levantó pesadamente de la silla y se dirigió al cuartito del fondo de la oficina, encendió la PC y sin ningún tipo de esperanza y, con mucha desconfianza de la utilidad del plan, se metió en el navegador web y tipeó, tecla a tecla, utilizando solo el dedo índice de su mano derecha, la dirección de la página personal de la víctima.

Esa no era agua en la que le gustara nadar. Le resultaba desconcertante toda la idea de que alguien pudiera haberse ganado la vida desarrollando ese tipo de contenidos. Con fastidio fue revisando las secciones en las que estaba dividido el sitio. Se trataba de la presentación de los trabajos que había realizado la chica en vida, tenía una solapa con su biografía, donde contaba su experiencia y algunos detalles simpáticos de su vida, como que había concurrido al colegio República de Nicaragua, en cuya biblioteca nunca había dejado de colaborar con donaciones y también que había diseñado *ad honorem* la página web de una ONG que se dedicaba al rescate de mascotas.

Eso no le aportaba nada a Quiroz más que el conocimiento de que la víctima había sido afecta a los libros y a los gatitos. Información tan inútil como que usaba extensores en las orejas.

Fue pasando por algunas de las muestras de su trabajo. "Diseño integral de página web y servicios web de *Plásticos y Polímeros Co.*", leyó el ex policía en la primera fotografía que amplió. *ONG Mi Refugio*; *Foro de Fanáticos Argentinos de las Armas*; *Dulce despertar* (una fábrica de colchones), y varias más que pasó rápidamente. Eso era una pérdida de tiempo. Llegando al final de la página había tres espacios de fotografía vacíos y uno más relleno de negro que tenía escrito en letras rojas: "R.I.P".

Llevó el puntero del *ratón* que temblequeó en la pantalla. Su olfato le dijo que eso no podía ser normal. ¿Acaso una carta de despedida de la víctima? ¿Un indicio? Eso, o la construcción de un misterio para la banal muestra de su trabajo diseñando la página web de una funeraria. Pero cuando hizo *click* en el cuadrado negro con letras rojas no fue eso lo que encontró, sino algo mucho más perturbador. El navegador cargó una nueva página que contenía solamente una imagen pegada:

Sintió que se quedaba sin aliento.

Se levantó de la silla y volvió al frente de la oficina. Se sirvió un vaso de whisky y lo tomó con tranquilidad, disfrutando cada nota del alcohol en su boca.

Cuando la sintió complacida y ligera, agarró el teléfono y llamó a Lucía Zabala.

Capítulo 38

Nuevo Despertar

—Te estábamos esperando —dijo Griswald Enzweiler.

—Disculpame, papá, tuve que resolver algunos asuntos antes de venir —respondió Ailse, sin ocultar su fastidio.

La sala de reuniones del directorio del Partido Nuevo Despertar no era muy espaciosa, solo había lugar para la mesa circular, hueca en el centro, algunas sillas, y la decoración parecía el recuerdo de una sala de operaciones secreta de alguna película de la Guerra Fría. A los pies de la mesa, en el ángulo posterior izquierdo, había dos mástiles con banderas de Argentina y Paraguay, y las paredes de madera pulida sostenían los retratos al óleo de Elizabeth Förster-Nietzsche y su hija bastarda, Isolde Förster-Nietzsche.

Frente a estos retratos, de su abuela y su madre, se sentaba Fritz Enzweiler.

Casi ciego, totalmente calvo y con manchas marrones en el cuero cabelludo, el patriarca de los descendientes de la rama bastarda de los Nietzsche no modificaba su porte marcial y seguridad en sí mismo, a pesar del bastón que tenía a su lado y del cual no se desprendía.

—¿Qué fue exactamente lo que sucedió? —dijo con una voz gélida.

—*Großvater*, no hace falta que esté aquí. Podemos resolverlo papá y yo.

El anciano golpeó el piso con el bastón varias veces. Clavó sus ojos celestes, casi grises de lavados, en Griswald.

—¿Me quieres explicar, por favor?

—Uno de nuestros científicos fue asesinado en el laboratorio.

—Esa es noticia vieja. ¿Cómo fue que ocurrió? Eso es lo que me importa saber.

Griswald se acomodó en la silla.

—El culpable ya fue detenido.

—¿Eres idiota o qué? Lo que quiero saber es cómo fue posible que se infiltrara en nuestras instalaciones un don nadie.

—Estamos trabajando para averiguar qué mecanismos de seguridad fallaron, padre.

—Inútil. Siempre has sido una decepción —dijo el anciano con frustración.

—Abuelo, no hace falta.

—Claro que sí. Siempre fue un inútil. Debe ser la sangre Kolp que surca sus venas.

Ailse también comenzó a sentirse incómoda con ese comentario.

—Pero, abuelo, por mis venas también corre sangre Kolp.

—Tú eres mujer. No heredaste la desdicha.

—Papá, por favor, dejemos de una vez todas esas estupideces —dijo Fritz, decidido a terminar la discusión.

—Lisa, querida, ¿puedes hacerme un favor?

—Lo que sea, abuelo.

—Abre los dos primeros botones de tu camisa.

—¿Para qué?

—Solo hazlo —dijo el anciano apurándola con la mano que no sostenía el bastón.

Ailse cumplió la orden de su abuelo, y con dedos nerviosos se desabrochó la camisa.

El anciano extendió el bastón en dirección al pecho de su nieta. El colgante dorado que había quedado descubierto en el cuello de la mujer refulgió ante la iluminación fría de la habitación.

—¿Ahora, dime qué es eso?

Ailse suspiró. Su abuelo tenía ya noventa y un años, pero todavía conservaba cierta lucidez.

—Ya sabés que es esto. Es un regalo que le hizo el *Führer* en persona a la tatarabuela.

—Eso, querida Lisa, es la cruz esvástica de oro que nuestro *Führer* le regaló a mi abuela, tu tatarabuela, Elizabeth Förster-Nietzsche. Desde entonces ha pasado de generación en generación hasta llegar a tu cuello. Por eso mismo es que tienes el privilegio y la responsabilidad de llevarla, y esa no es una responsabilidad que puedas tomar a la ligera. ¿Comprendes ahora, Griswald? ¿Vas a seguir sosteniendo, acaso, que heredar sangre contaminada es una estupidez?

—Entiendo, papá —dijo Griswald.

El anciano golpeó la mesa con el bastón.

—Cuando Isolde Förster-Nietzsche comenzó a soñar este Partido nunca hubiera esperado que la incompetencia de sus descendientes lo arruinara todo.

El anciano pareció desanimarse.

Ailse sabía que para su abuelo el Partido era lo único importante. Año a año se postulaba para todo cargo ejecutivo o legislativo que se eligiera, siempre sin la menor perspectiva real de llegar al poder por la vía democrática. El Partido Nuevo Despertar estaba totalmente perdido, nunca había tenido oportunidades luego de la caída de Juan Perón en 1955, y si bien en algunas oportunidades habían logrado acercarse al poder mediante alianzas con otras fuerzas de extrema derecha, siempre habían tenido que aceptar un lugar muy marginal en el entramado político nacional.

Pero su padre había ideado una nueva forma mucho más efectiva de lograr los objetivos programáticos, y por eso era que estaban ahora allí reunidos. Pensó que la presencia de su abuelo se había debido a una flaqueza de su padre. No hacía falta hacerlo entrar en esas conversaciones que bien podían resolver ellos dos solos. Al abuelo había que dejarlo que se entretuviera escribiendo el periódico del Partido, *La Lucha por la Verdad*.

—Sigamos con la reunión —intervino Griswald—. Decime, Ailse, qué información tenemos del incidente.

—Estamos investigando, padre, suponemos que el asesino tenía información precisa acerca de los movimientos y sistemas de seguridad del laboratorio.

—Un laboratorio que cumple con los más altos estándares de seguridad e higiene, y viene un enmascarado y se carga a uno de los responsables del *Projekt Valkyria* —reflexionó incrédulo Fritz.

Ailse no tenía una respuesta.

—Espero que tus muchachos del ochenta y ocho no estén involucrados —dijo Griswald, haciendo como que no había escuchado el comentario del viejo.

—Estoy siguiendo con especial cuidado los movimientos del Comando.

—Ya bastante tuvimos con el asesinato de la chica esa en Mar del Plata.

—Hablé con el responsable. Tengo la situación controlada.

—¿Qué chica en Mar del Plata? —habló el patriarca.

—No importa, *Großvater*. Está todo bajo control.

—Siempre insistí en que esa idea de mi hijo Griswald de hacer una compañía era para problemas. El poder lo conseguiremos con el Partido, todo lo demás no sirve. Pero ahora ya es tarde y tenemos que preocuparnos por las empresas —dijo el anciano en un lamento quejumbroso.

—Quiero que sigas bien de cerca a tus ochenta y ocho. Si tenemos un traidor en nuestras filas...

—Lo vamos a encontrar, padre. De todos modos, no creo que el asesino haya sabido siquiera algo respecto del *Projekt Valkyria*.

—¿Qué te da tanta seguridad?

—Entró, mató y se fue. No hubo robo de información, las computadoras y las pertenencias de la víctima estaban intactas.

—¿El asesinato se debió a una simple casualidad?

—Eso parece.

—Las casualidades no existen —dijo el anciano, y tosió.

—Sería muy extraño. ¿Por qué alguien se habría tomado el trabajo de violar la seguridad del laboratorio si no tenía intención de robar información, o perjudicar el proyecto?

Ninguno tuvo respuesta.

Griswald se puso de pie.

—Damos por terminada la reunión —dijo.

Ailse ayudó al anciano a levantarse de la silla y luego los tres extendieron su brazo derecho y declamaron *Heil, Hitler!*

Cuando salió de la sala de reuniones, la rubia fue interceptada por su secretaria que la había estado esperando

—Señorita Lisa, tiene dos llamadas.

—Ahora no —dijo sin detenerse. Se metió en el ascensor, extrajo su llave especial, la insertó en la cerradura del tablero de botones, la hizo girar y el sistema cerró la puerta para llevarla al santuario de la Sacerdotisa.

Capítulo 39

Quiroz & Lucía

El timbre lo despertó. Se había quedado dormido de nuevo y le costó unos segundos volver a la realidad. Le abrió la puerta a Lucía que pasó con confianza.

—Otra vez en este agujero. No lo puedo creer.

—Me da gusto volver a verte.

—Al punto Quiroz. Dijiste que me necesitabas. Te va a costar.

—Pedime lo que quieras.

—Ojalá pudieras darme algo de lo que quiero.

—Por algo viniste, ¿no?

—Creí que si venía a verte iba a funcionar y te iba a olvidar como me pasó con mi noviecito, pero parece que sos una mancha mucho más difícil de sacar.

—Uno nunca se olvida de aquellos que intentaron matarlo.

Lucía caminó por la oficina, esquivando papeles en el piso y basura.

—Por Dios, ¿qué hiciste en este tiempo? Vivís como un cerdo.

—No son mis mejores días.

—Se nota. ¿Para qué me pediste que viniera?

—Quiero que veas algo, experta en computación.

Lucía infló el pecho de orgullo y tomó confianza. Quiroz la llevó por el pasillo hasta el cuartito del fondo donde su PC zumbaba suavemente, encendida desde la noche anterior, e intacta en la página web de María Belén con el dibujo de la lápida que había descubierto.

—¿Qué opinás? —le indicó el dibujo.

La chica se sentó en la silla frente a la computadora.

—¿Qué es esto?

—La página de internet personal de la víctima que estoy investigando. María Belén Lorenzo. Alguien puso ese dibujo en la internet. Quiero saber quién fue.

Lucía tecleó con seguridad y abrió una pantalla llena de palabras y signos que Quiroz no entendía.

—¿Cuándo fue asesinada Belén? —preguntó.

Quiroz levantó el informe de su escritorio, se acomodó los anteojos de cerca y leyó:

—La encontraron muerta el veinticuatro de agosto. La mataron, como máximo, una semana antes, según estimaciones forenses.

—Entonces esto no lo subió su asesino.

El ex policía sintió que se atragantaba.

—¿Cómo?

—Esta página fue creada el cinco de mayo.

Quiroz consultó frenético la carpeta una vez más. Belén se había mudado a Mar del Plata el primero de mayo.

—¿Querés decir que esto lo hizo ella mismo?

—O alguien más, pero me resultaría extraño que otra persona hubiera ingresado en su web personal, creado esta página y que ella, durante tres meses, no se hubiera dado cuenta.

—Tiene sentido —dijo Quiroz, y se llevó la mano al mentón—, ella sabía que su vida corría peligro y dejó eso como testimonio. ¿Pero, para qué?

Lucía siguió leyendo la consola del navegador web buscando algo en la sintaxis de esa página de internet.

—Mario, creo que deberías ver esto —le dijo, tironeándole de la manga.

—Estoy pensando, Lucía.

—No, en serio, mirá.

El ex policía se acercó fastidiado, de todos modos no entendía nada de lo que estaba en la pantalla. Pero lo que leyó lo dejó sin palabras.

<!-- María Belén no está / María Belén se fue para allá / si querés adivinar / qué pasó / tendrás que jugar. Empezamos acá: O negra, negra como la que canta / en su Jerusalén al rey hermoso, / negra que haga brotar bajo su planta /la rosa y la cicuta del reposo... -- >

—¿Qué son esas flechas?

—Es lenguaje HTML, con el que se programan las páginas web. Se escribe entre flechas aquello que el que programó la página quiere que sea una anotación para que sólo la vea otro editor web o alguien que como nosotros se ponga a hurgar en el código. Igual creo que lo que debería interesarnos es esa especie de poema. ¿No es cierto?

—Yo no entiendo nada de poesía.

—Pensé que te gustaba la literatura.

—Las novelitas policiales.

—Sos tan *cliché*.

—Tengo una idea —dijo Quiroz—, el noviecito de Sheila, ese chico es profesor de literatura hasta donde sé. Quizás nos puede ayudar.

—¿Quién es Sheila?

—En otro momento te explico —dijo, mientras buscaba entre sus contactos a Sebastián que tardó un rato en atender el llamado.

—¿Mario Quiroz? ¿Es usted?

—Tanto tiempo, pibe.

—¿Me llama por Sheila?

—Ella está bien.

—Hace semanas que no me atiende el teléfono.

—Escuchame, yo no estoy para ser su Celestina. Pero si la querés ayudar, me podés ayudar a mí.

—Estoy en clase.

—Pero atendiste.

—Porque era usted.

—Entonces ayudame. ¿Qué te dicen estos versos? —dijo y leyó:

O negra, negra como la que canta
En su Jerusalén al rey hermoso,
Negra que haga brotar bajo su planta
La rosa y la cicuta del reposo...

Se hizo un silencio del otro lado de la línea, hasta que por fin el chico respondió cansado:

—Eso es Rubén Darío, oficial.

—A mí hablame en español.

—Un poeta nicaragüense, muy importante, del movimiento modernista.

Quiroz repitió en voz alta lo que le decía Sebastián y Lucía tomó nota.

—¿Algo más que puedas decirme?

—No sé, oficial, como le indicaba estoy trabajando.

—Vamos, yo sé que podés dar algo más.

El otro refunfuñó.

—Lo único que se me ocurre en este momento es pensar en "Jerusalén". La ciudad queda en un monte. Dicen que ir allí es "elevarse" o "ascender". Ya sabemos lo relacionado que está con la idea que tenemos los judeocristianos de morir.

—Morir y ascender al cielo.

—Exacto.

—¿Algo más?

—Bueno, "la cicuta del reposo", eso lo debería saber, se trata de una planta de la familia de los opiáceos. Unos pocos frutos pueden matar a un ser humano. Y es lo que tomó Sócrates, el gran filósofo griego, cuando optó por una muerte honrosa antes que el destierro. ¿Es suficiente?

—Supongo. Te vuelvo a llamar si necesitamos algo más.

Cortó.

—¿Escuchaste? ¿Qué te parece?

—No sé. Pareciera ser una carta de despedida.

—María Belén no se suicidó, pero sabía que yéndose a Mar del Plata no estaba a salvo. ¿Por eso lo de la cicuta?

—Optó por el destierro antes que la muerte por mano propia.

Lucía se metió en Google y buscó Rubén Darío. Leyó la biografía del poeta, pasando las palabras con displicencia, mientras Quiroz pensaba en todo eso.

—El pibe me habló de Nicaragua.

—Sí, acá dice que Félix Rubén García Sarmiento, alias Rubén Darío, nació en Metapa, hoy Ciudad Darío. Eso queda en Nicaragua.

—Qué lindo debe ser que le pongan al lugar donde naciste tu nombre.

—¿Ciudad Mario Quiroz? Sería un basurero de ciudad, sin dudas.

—Abrí de nuevo la página web de María Belén, andá a la parte de su biografía.

Lucía obedeció y la página con esa información quedó abierta. Quiroz volvió a leerla rápidamente hasta que sintió que encontraba exactamente lo que buscaba. Señaló con el dedo, apoyándolo en la pantalla, hasta que la chica se lo corrió.

—¡No apoyes el dedo!

El ex policía no le prestó atención.

—Lucía, ¿podés leer lo que acabo de señalar?

—"En mi tiempo libre me dedico a colaborar con la biblioteca del colegio República de Nicaragua, donde cursé mis estudios primarios y secundarios."

—Exacto —dijo satisfecho, Mario Quiroz.

—¿Qué hay con eso?

—Puede ser una mera coincidencia, pero creo que María Belén quería jugar, dejar pistas acerca de lo que sabía le iba a pasar.

—¿No era más fácil hacer una denuncia?

—Por eso es que optó por la cicuta. Eligió un suicidio a través de su homicidio. Y pensar que estaba embarazada.

—Quizás no lo sabía.

—Juntá tus cosas que vas a volver al colegio.

Capítulo 40

Sombras

Pensó que quizás iba a tener que adelantar sus planes, o bajar el perfil por un tiempo. Sus compañeros en el Comando ya no parecían respetarlo como antes, y se preguntó si había tenido algo que ver con alguna orden que hubiera bajado desde arriba Lisa.

Lo cierto era que alguien había matado a un científico en el laboratorio, un hombre importante para el proyecto. El asunto de la infiltración que lo había hecho posible, estaba en manos de los máximos dirigentes: el viejo, Griswald y ella. Las tres generaciones de sangre pura Förster-Nietzsche en la que confiaban. Ellos habían construido todo eso, después de todo. Pero en los últimos tiempos habían estado blandos. ¿Acaso no había sido el glorioso Comando el que había incendiado esa residencia para mujeres de los ortodoxos de *Tikvá Zhitomir*? Ellos eran los que se habían enfrentado con los judíos, habían machacado sus puños contra los impuros, habían corrido a la policía en esa noche de bautismo de fuego y sangre.

Pero ella le había pedido que bajara el perfil y sobre todo que no volviera a matar.

Sabía que el culpable de eso era Griswald. Pero los muchachos estaban inquietos, impacientes. En los últimos tiempos habían perdido al menos a tres que habían desertado para trabajar para políticos. "No me culpes, ahí se mueve la guita, la merca. Acá estamos todo el día tomando mate, sin que pase nada" le había dicho el Gordo Horacio, la última vez que habían hablado, en su despedida poco solemne. Hubiera deseado partirle la cabeza con un martillo, pero no lo había hecho.

Revisó una vez más los elementos en el cuarto del fondo de su pequeño búnker.

Se sintió satisfecho. En los próximos días iba a terminar de llenar el almacén de provisiones, pero tenía lo básico si se veía obligado a salir de la superficie como temía que tendría que hacerlo pronto.

Volvió al cuarto principal. Arriba de la mesa de metal, en el centro, descansaba el rifle Remington 7600. Lo había desarmado y armado por lo menos tres veces desde que lo había llevado allí. Lo había revisado pieza a pieza, y lustrado a mano cada parte de su maquinaria interna. Estaba preparado.

En un rincón, el estante de las herramientas estaba todavía atiborrado de los elementos que había comprado en la tienda de rezagos militares y que recién habían llegado.

Revisó las cajas y separó el matafuego que iría al cuarto del almacén, del resto de los materiales. Esparció las cadenas, el cortafierro y las hachas de diverso tamaño. Tomó una entre las manos, la pesó, la sentía poderosa. Pensó en desgarrar tejidos humanos, cortar el hueso como si fuese un tronco de árbol viejo, o un trozo de carne de vaca. Se sintió poderoso.

Los días que se avecinaban iban a ser oscuros pero él estaba preparado. Iba a sobrevivir más allá de lo que el Partido decidiera.

Capítulo 41

Quiroz & Lucía

Llegaron al colegio cerca del mediodía. Había un revuelo de alumnos saliendo del turno mañana, y en la vereda se apelotonaban otro montón preparándose para la renovación del turno tarde. En el camino habían decidido que si había alguna otra pista en ese colegio deberían empezar a buscarla en la biblioteca donde María Belén había colaborado. Para Lucía todo parecía una idea demasiado retorcida, pero Quiroz confiaba en realizar un avance en la investigación luego de tanto tiempo sin pistas firmes.

Pasaron entre los adolescentes que, como pequeñas islas, se agrupaban ganando espacios de la vía pública, y adelantándose hasta la puerta el ex policía confrontó a la portera.

—¿Qué quieren? —dijo la mujer sospechando de las intenciones de esos dos.

—Soy profesor, vengo a retirar una notificación por una suplencia que realicé en el colegio hace unos meses —mintió Quiroz.

La mujer no pareció convencerse del todo porque no lo había visto nunca por allí, pero posiblemente tampoco se sintiera muy inclinada a iniciar una discusión con un profesor.

Los dejó pasar y se dirigieron directamente hacia la rectoría. Quiroz tocó la puerta y esperó hasta que se asomó una mujer.

—Hola, mire, nosotros somos primos de una ex alumna destacada de esta institución que lamentablemente ha fallecido. Queríamos saber si hay algún registro de su actividad en el colegio, o algo que pueda servirnos a la familia para superar este momento. Estamos armando un álbum con los recuerdos de ella.

—¿Nombre de la ex alumna? —dijo la burócrata sin ningún rasgo de impresión en la voz.

—María Belén Lorenzo.

El nombre sacudió a la mujer que modificó su porte y compostura.

—Aguárdeme un instante, por favor —dijo, y se metió dentro de la rectoría.

—Espero que esto funcione, Quiroz —le susurró Lucía.

—Ahora te interesa trabajar conmigo.

—No te emociones. Me extraña que todavía no me hayan secuestrado.

—¿Ves? Podría ser peor.

La secretaria de la rectora volvió a asomarse por la puerta.

—La profesora Cepeda los va a atender ahora —dijo, y se movió para dejarles paso.

Entraron a una sala amplia, de techos altos y paredes grises, con una ventana que daba a la calle, un escritorio donde se sentaba la secretaria y otro enfrentado en forma perpendicular, mucho más amplio, de madera de roble y las marcas del paso del tiempo. En la pared de la derecha un retrato de San Martín en su vejez y otro de Domingo Sarmiento, junto a la bandera de ceremonias apoyada en un armario de cristal.

Una mujer de mediana edad y bien arreglada los saludó.

—Me dijo Silvia que buscan recuerdos de María Belén.

—Exactamente —se apuró a responder Quiroz.

—Es siempre un gusto conocer amigos y familiares de Belén. Si bien ella terminó sus estudios hace varios años, solía dedicar buena parte de su tiempo libre a colaborar con la biblioteca del colegio. Todo lo que le sucedió es realmente una cosa tan espantosa que todavía, acá, no terminamos de creerlo.

—Para todos ha sido duro —dijo Lucía tomando la voz para sorpresa de Quiroz.

—¿Qué tipo de colaboración brindaba en la biblioteca?

La rectora pareció sorprenderse por la pregunta.

—Lo que se estila. Venía una vez al mes, por lo menos, ayudaba a ordenar los títulos, ingresaba las donaciones, supongo que ella también habrá traído libros para donar.

Quiroz la miró a Lucía que le devolvió la mirada y asintió con la cabeza.

—Sabemos que ella era una gran entusiasta de la poesía modernista —dijo Lucía con seguridad—. ¿Podremos pasar por la biblioteca y ver el trabajo que hacía?

La profesora Cepeda se movió en su silla, incómoda. La madera crujió. Era evidente que cuando pensó en mostrarles los recuerdos que hubieran quedado de María Belén en el colegio no había pensado en eso.

—No veo por qué no —se apuró a decir, sacudiendo las manos—, aunque no sé si van a encontrar mucho ahí. ¿No prefieren que les junte papeles o pertenencias de Belén que puedan haber quedado acá? También supongo que podríamos entregarles copias de algunos documentos que conservamos de su época de estudiante.

—Todo va a servir —dijo Quiroz con parquedad—, pero nos gustaría empezar por ver esa biblioteca, si no es molestia.

—Desde luego. Está en el subsuelo, siguen por el pasillo y encuentran una puerta que los lleva escaleras abajo. Mientras llegan yo le aviso a la profesora Blanco, la encargada de la biblioteca y quien tuvo mayor relación durante los últimos años con Belén, que ustedes están yendo para allá.

Salieron de la oficina.

—Quiroz, si tu idea funciona creo que me voy a sentir muy decepcionada.

—¿Por qué? —preguntó el ex policía, sorprendido.

—Porque no podría creer que realmente hay un cerebro pensante dentro de esa cabeza horrible que tenés.

Pasaron por el salón de usos múltiples donde todavía estaba a medio desmontar la escenografía que habían usado para el festejo del día de la Primavera, y finalmente llegaron a un salón luminoso y moderno con estantes repletos de libros.

Se acercaron hasta el mostrador y una mujer, que había pasado los sesenta años con comodidad, los inspeccionó sin disimulo. Llevaba una sencilla blusa azul y una pollera larga. Al ex policía le recordó a Sheila por la discreción, y se dijo que debía acordarse de confirmar que la chica siguiera bien. No había vuelto a verla desde la noche en la casa del doctor Danton.

—Ustedes deben ser los familiares de Belén. Me avisó la rectora que vendrían.

—Así es. Queríamos saber un poco de la actividad que desarrolló en vida aquí María Belén, meternos un poco, como si pudiéramos, en su cabeza.

La bibliotecaria desconfiaba.

—Lo raro es que Belén nunca habló de su familia.

—¿Hace mucho que colaboraba con ustedes? —dijo Lucía, intentando mover el eje de la conversación.

—No, no hace tanto tiempo. Ella fue alumna de este colegio toda su vida, desde que llegó a esta ciudad, al menos.

—¿Cómo desde que llegó?

La mujer se acomodó los anteojos.

—Desde Posadas, donde vivió toda su infancia —dijo, remarcando una obviedad.

—Verá es que somos unos primos algo lejanos.

—Sí, ya veo. Entonces me imagino que tampoco sabrán nada de las dificultades que tuvo en cuarto y quinto año.

—Algo sabemos —aseguró, convencida, Lucía.

—¿De sus malas compañías? ¿De las cosas que pasaron?

—Su madre le habrá contado a la nuestra acerca de esto en alguna oportunidad, pero usted entenderá cómo son estas cosas.

—¿Su madre? ¿La misma que se volvió para Misiones cuando María Belén pasó a tercer año?

Quiroz supo que ese camino no tenía salida.

—Sí, la misma —dijo con tono seguro, tratando de manejar la situación antes que se fuera de cauce del todo.

—Quise comunicarme con la familia de Belén. Ella venía mucho acá, cuando era estudiante. Se apoyaba mucho en estos libros, y en mí. Me contaba todo. Hasta que llegó a cuarto año y conoció a un chico. No era de acá, creo que lo había conocido en el parque donde iba a vender revistas viejas. Con eso ayudaba a su abuela que la mantenía cuando su madre se volvió.

—La abuela. Claro.

—Que falleció.

—Sí.

—¿Ustedes no eran de esa rama de la familia de Belén?

—No. De la otra.

—Del padre, entonces.

—Exacto.

La mujer se quedó en silencio unos segundos. Los estaba analizando, intentando decidir qué hacer con esos dos obvios impostores.

Suspiró, cansada.

—Si me dicen la verdad de por qué están acá y quiénes son, quizás me convenzan de seguir hablando, y hasta es posible que no llame a seguridad del colegio para que los saquen.

Lucía, desilusionada, miró a Quiroz que tomó la voz.

—Mario Quiroz y Lucía Zabala. Estamos contratados para investigar la muerte de María Belén.

—¿Y por qué no empezaron por ahí?

—La gente no suele tomarse bien cuando me presento.

—Eso es porque solés presentarte con una pistola en la mano —dijo Lucía.

—Comportate, nena.

La bibliotecaria los volvió a examinar, reflexionó unos instantes, y por fin accedió.

—Está bien —aceptó—, díganme en qué puedo ayudarlos.

Lucía se sintió aliviada. Por más que no lo quisiera reconocer, si toda la aventura se terminaba ahí se iba a sentir decepcionada.

—¿Qué problemas tuvo María Belén en cuarto y quinto año? —preguntó Quiroz, y sacó su libretita negra para anotar.

—Ese chico que conoció la llevó por mal camino. Ella era carne tierna para la mala gente. Con su historia personal de abandono —la bibliotecaria giró los ojos hacia el fondo de la cabeza, como si buscara el recuerdo de esos tiempos en algún rincón oscuro—. Belén empezó a ponerse agresiva, su rendimiento decayó, dejó de venir tan seguido a la biblioteca.

—Pero terminó la secundaria.

—Sí, terminó. Con malas calificaciones. Y suspendiendo asignaturas por primera vez.

—¿Sabe algo de esas amistades que hizo Belén en esa época?

La mujer sonrió compasiva.

—No, ella no hablaba de ese asunto y fue un tema delicado. Se la acompañó desde el colegio, entendiendo que por sus antecedentes un poco de rebeldía era esperable.

—Usted mencionó que hacía poco que ella venía a colaborar.

—Habrá empezado a fin del año pasado, o principios de éste. Un día apareció después de mucho tiempo. No lo podía creer. Había crecido tanto. Era una mujer distinta. Ya no era esa chica rebelde que se rapaba la cabeza, y se vestía con harapos, que había sido lo último que había visto de ella cuando egresó.

—Estaba cambiada —afirmó Quiroz.

—Sí. Era distinta. No a nivel físico. Seguía vistiéndose de modos estrambóticos. Tipo *punk* o esas cosas que les gustan a los chicos. Pero se la notaba más madura. Como todos los que maduramos, había perdido algo de esa llama adolescente, explosiva y llena de esperanzas. Parecía triste a veces. Nunca le pregunté sobre su vida. Ahora siento que perdí la oportunidad de conocer qué cosas había visto y hecho para quedar tan retraída. Pero cuando venía acá, a ella le hacía bien estar. Se notaba. Me ayudaba a guardar libros, acomodarlos, catalogarlos, y traía donaciones al menos una vez cada dos meses.

—¿Tienen catalogados los tomos que donó?

—Sí, ¿pero ustedes quieren saber si los separamos del resto? No, eso sí que no. Trajo muchos.

—¿Llevaba libros prestados?

—Algunas veces.

—¿De eso hay registro?

—Supongo que sí —dijo la mujer, y se sentó frente a la pantalla de tubo de la vieja computadora. Ingresó en el sistema de gestión de bibliotecas *Aguapey*, introdujo el nombre de María Belén y desplegó el listado de libros que había llevado prestados, movió la pantalla para que Quiroz y Lucía pudieran verlo.

El listado era extenso e incluía libros de Borges, Roald Dahl, Ray Bradbury, Rubén Darío, y José Martí.

—¿Ahora qué?

—No sé —dijo Quiroz que sentía de nuevo que habían llegado al borde de descubrir lo que habían ido a buscar.

—¿El amigo que te ayudó en tu oficina?

—Podríamos intentar molestar al profesor una vez más, ¿no?

Hizo el llamado.

—¿Otra vez usted, Quiroz?

—Escuchame, si querés ayudar a Sheila voy a necesitar una vez más tu colaboración.

Escuchó un suspiro del otro lado de la línea.

—A ver...

—Te voy a mencionar una serie de libros y autores y quiero que me digas si hay algo que te llama la atención en relación a lo que hablamos antes acerca de ese tal Rubén Darío.

El chico parecía resignado.

—Venga, Quiroz.

El ex policía leyó los libros que aparecían listados en la pantalla de la computadora. Cuando terminó le preguntó:

—¿Entonces? ¿Algo llamativo?

—No sé.

—¡Vamos, pendejo! ¡Pensá! ¿Para qué estudiaste literatura?

—¡Qué se yo! Lo único que se me ocurre relacionar con lo que hablamos antes es ese *Nuestra América* de José Martí.

—¿Por qué?

—Porque Martí, como Darío, perteneció al movimiento modernista.

—Gracias, pibe —Quiroz cortó antes de que el otro pudiera responder.

Apoyó el dedo índice sobre la pantalla indicando el título.

—Este ¿Podemos verlo?

La bibliotecaria se acomodó los anteojos y leyó la pantalla donde indicaba Quiroz.

—Qué raro —dijo sorprendida—, no recuerdo que haya llevado ese título.

—¿Pero lo tiene?

—Sí. Es raro, como decía, porque no prestamos ese libro.

—¿Por qué?

—Porque es el único ejemplar que tenemos. Es de referencia. —dijo la mujer alzando los hombros. Se dio vuelta y se metió en un cuarto donde había más estantes de biblioteca. Revisó un rato hasta que encontró el ejemplar y se lo entregó a Quiroz.

—¿Ahora qué? —dijo Lucía.

—Ahora leemos. Supongo.

Abrió el tomo y comenzó a pasar página a página, intentando descubrir alguna anomalía que pudiera indicar la siguiente pieza del rompecabezas que habría dejado María Belén.

Las miradas de Lucía y la bibliotecaria, junto a la de Quiroz, no se desprendieron del libro pero no parecía haber nada que pudiera ayudarlos, y ya estaban sintiendo que no iban a encontrar esa pista elusiva cuando la bibliotecaria notó que una página parecía pegada encima de otra.

—Acá —dijo, señalando la página que no correspondía.

Quiroz le devolvió el tomo y la mujer leyó.

—Esto es una fotocopia pegada. No corresponde a este libro —dijo ofuscada porque alguien había arruinado el ejemplar.

Quiroz sintió que una oleada de calor le invadía el cuerpo, tomó el texto de las manos de la bibliotecaria y leyó en voz alta los versos impresos, con tinta gastada, de la fotocopia:

Primogénita ilustre del Plata,
En solar apertura hacia el Este.
Donde atado a tu cinta celeste
Va el gran río color de león;
Bella sangre de prósperas razas
Esclarece tu altivo salvaje
Pinta su nombre sazón.

—¡Eso no corresponde a ese libro! —exclamó, furiosa, la bibliotecaria.

—¿Qué puede decirnos al respecto? —preguntó Lucía.

—¡Que alguien arruinó el libro de Martí pegando el poema "A Buenos Aires" de Leopoldo Lugones en el medio!

Lucía interrogó el rostro de Quiroz que se mantenía pétreo como si le hubiera dado un repentino dolor.

—¿Estás bien, Mario?

El hombre transpiraba y parecía perdido.

—Sí, no es nada, una puntada en la pierna, nada más.

La chica volvió a mirar el ejemplar que la bibliotecaria sostenía con indignación.

No había tiempo para detenerse en otra cuestión porque habían encontrado la pista que había dejado María Belén.

Capítulo 42

Quiroz & Lucía

—¿Ahora qué? —preguntó Lucía.

—¿De quién dijo que era el poema que está pegado en esta hoja?

—De Leopoldo Lugones —respondió la bibliotecaria.

Quiroz conocía el nombre del poeta de haber leído su discurso "La hora de la espada" hacía casi cuarenta años en la academia policial. Pero luego no había vuelto a tener ningún contacto con ese nombre, más allá de cuando cruzaba en auto a zona norte.

—¿De casualidad hay libros del autor en esta biblioteca?

—Tenemos una colección de primeras ediciones de Leopoldo Lugones. La más completa que cualquier biblioteca escolar. Es material de consulta, ni sueñen con que los voy a dejar llevárselos prestado.

—¿Podríamos ver los libros, al menos?

—Se mira pero no se toca.

—Es como dice la señora, Mario —dijo Lucía, risueña—. Se mira pero no se toca —y se señaló el pecho con el dedo índice.

—No te subas el precio, nena.

—Esta colección es el orgullo de mi vida —siguió la bibliotecaria. Los hizo pasar a Quiroz y Lucía detrás del mostrador y los condujo por la puerta al cuarto del fondo. El recinto era mucho más grande de lo que aparentaba. Tres importantes estanterías ocupaban el espacio de pared a pared y estaban tapizadas de libros prolijamente acomodados, siguiendo en orden estricto el código de clasificación de Dewey.

A un costado de la estantería que los enfrentaba había una nueva puerta a la que la mujer los condujo. Se palpó el cuello, extrajo una llave que colgaba de una cadena, y la introdujo en la puerta.

La bibliotecaria accionó el interruptor de la pared y una delicada luz tibia iluminó el ambiente. Señalando con la palma de la mano extendida hacia arriba y con una enorme satisfacción en su voz les presentó la colección de primeras ediciones de Leopoldo Lugones.

El repertorio ocupaba toda la pared y era imponente. Las obras del poeta y ensayista modernista argentino estaban ordenadas según año de publicación, y quedaba clara ahora la razón por la cual la bibliotecaria lo considerara un tesoro personal, el orgullo de toda su vida de trabajo.

Ninguno de los dos se sintió impresionado. Tanto para Quiroz como para Lucía los libros eran algo accesorio, mayormente inexistente en sus vidas.

La bibliotecaria pasó por al lado del estante y señalando con el dedo los libros, uno a uno, dijo:

—Cuarenta y cinco años de obra. Desde 1893 con *Los mundos*, su primer poemario, hasta 1938 con sus *Romances del Río Seco* y *Roca*.

—Curioso —señaló Lucía—, 1893 y 1938, dos cifras que contienen los mismos números.

—Nunca lo había pensado —respondió la bibliotecaria, pensativa.

—Podría ser una pista.

—No diga estupideces —dijo la bibliotecaria con sorna.

—¿En qué libro está incluido el poema que Belén colocó en medio del de José Martí? —preguntó Lucía.

—*Odas seculares* —afirmó la profesora Blanco sin dudar un solo segundo.

—¿Podríamos verlo?

—Claro, es un libro de 1910. Ese año el poeta publicó cuatro obras. Fue un año especialmente importante para la intelectualidad y la vida social en nuestro país, se cumplieron cien años de la Revolución de Mayo —siguió, instructiva, la profesora—. Los títulos se encuentran ordenados por orden de aparición, año a año.

Tal como lo había dicho, los estantes que contenían los tomos llevaban etiquetas que señalaban todos los años desde 1893 hasta 1938. Quiroz buscó el ejemplar de 1910 y lo extrajo con delicadeza.

La bibliotecaria posó los ojos encima suyo como si se tratara de la Esfinge cuidando que nadie se colara en Tebas, ante su distracción.

Comenzó a hojearlo buscando la siguiente pista.

—Espero que este no haya sido profanado como el otro.

—Por ahora no parece.

Revisó el libro entero y no encontró nada. Era difícil saber qué buscar o si la pista podía estar extraviada en alguna línea, algún verso de cualquiera de esos poemas. En ese sentido estarían perdidos.

Lucía, entretanto, revisó los estantes año a año sin buscar nada en especial, cuando notó que para el año 1916 había dos etiquetas pero un solo libro: *El problema feminista*.

—No quisiera perturbarla, profesora, pero, ¿no falta aquí un ejemplar?

—De ninguna manera —dijo la bibliotecaria de mala gana, se acercó con prepotencia a donde señalaba Lucía, y comprobó con horror que su observación había sido acertada.

—¡Esto no puede ser! —gritó, y sus palabras retumbaron en la habitación.

La bibliotecaria se apoyó en el estante; parecía haberse quedado sin aire. Se abanicó con la mano y Quiroz apartó con el brazo a Lucía intentando dejarle espacio para que respirara.

—*El payador* —dijo, por fin, la profesora Blanco.

—¿Qué?

—Ese es el libro que falta. *El payador*. Una recopilación de conferencias que don Lugones dio en el teatro Odeón, en 1913. Es un clásico donde analiza el Martín Fierro

—¿Nunca antes había notado el faltante? —la interrogó Quiroz.

—No, de ninguna manera. No sé quién pudo haber sido capaz.

—¿Solo usted tenía acceso a esta habitación?

La mujer había comenzado a lagrimear.

—En realidad, Belén también accedió algunas veces. Confiaba en ella.

—¿Cuándo?

—Una vez, hará unos meses, estaba ocupada con otro asunto y le pedí que me buscara un libro de esta colección.

—Quizás el hecho de que se haya llevado el libro es la pista —dijo, dubitativa, Lucía.

Quiroz pensó que lo mejor sería salir y dejar a la mujer tranquila para que pudiera procesar todo eso.

Lucía empalideció, como si estuviera concentrada en alguna cuestión de la que él no tenía la menor idea.

—¿Y ahora qué te pasa, nena?

—¿Cómo dijo que se llama el libro que falta?

—*El payador* —respondió la profesora Blanco con un hilo de voz.

—¡Eso es! —exclamó entonces Lucía.

—¿Qué?

—Hay un bar y restaurante de comidas regionales en San Telmo, muy típico, que se llama *El payador*.

Quiroz no se inmutó.

—¿No? ¿Acaso no puede ser eso?

—No sé. Parece poco probable.

—¿Tenés alguna idea mejor, Mario? No perdemos nada con intentarlo —dijo Lucía.

Salieron del colegio, pararon un taxi y le indicaron al conductor la dirección del restaurante.

Se trataba de un bar antiguo con una escultura de plástico en la puerta, que representaba a un gaucho sentado con una guitarra. Las facciones estaban exageradas, como en una caricatura de Molina Campos, y el material parecía endeble. Quiroz se preguntó por qué una cosa de tan mal gusto se había puesto de moda en los restaurantes de comidas regionales.

Lucía eligió una mesa y se sentó. El local era oscuro y la sensación de estar dentro de una especie de cueva se acrecentaba por las paredes y las mesas de una rústica madera de lapacho sin pulir.

—¿Ahora qué? —preguntó Quiroz.

—No sé, vos sos el detective.

Pidieron café.

—Me extraña que no hayas pedido algo más espirituoso —dijo ella.

—No bebo mientras estoy de servicio.

—Por favor, Mario.

Estaban ahí, ahora. ¿Dónde se encontraría la siguiente pista? ¿Existía la siguiente pista?

Las paredes estaban repletas de cuadros campestres, marcos que contenían recortes de diario de años tan inmemoriales que el papel se había tornado amarillo y casi ilegible. Las noticias enmarcadas eran de todo tipo: un recorte acerca de la pelea Firpo-Dempsey, antes de que la batalla tuviera lugar, publicidades antiguas de medicamentos que todavía parecían curas de matasanos, la noticia del estallido de la Segunda Guerra Mundial, entre cientos de otras cosas que si debían examinar con detenimiento les podría llevar días enteros.

Les sirvieron los cafés.

Tomaron un sorbo casi al mismo tiempo.

—No sé qué estamos haciendo acá —confesó Quiroz.

—¿Tenés una foto de la víctima?

El ex policía buscó en el bolsillo interno de su saco y extrajo una fotografía de María Belén Lorenzo a todo color. Se la veía sonriente y casi feliz, pero también con una expresión melancólica, apagada en los ojos.

—Supongo que ya debía estar preocupada cuando le tomaron esta foto —reflexionó Lucía.

Llamó al mozo.

—Disculpe, ¿alguna vez vio a esta chica por acá?

El hombre miró el retrato un rato largo.

—No sé, pasa mucha gente por el bar todos los días. Muchos turistas. Aunque su cara me suena. Es una chica que mataron, ¿no?

—Sí.

—Lo siento —dijo—, debo haber visto su foto en el diario —y volvió a atender otra mesa.

Quiroz terminó el café, buscó su billetera, separó lo que habían consumido, más el diez por ciento para la propina, y lo apoyó sobre la mesa.

—Creo que llegó el momento de aceptar que ya está. Perdimos el rastro —dijo, y comenzó a ponerse de pie.

—¿Ya te vas a dar por vencido, Marlowe de cabotaje?

El ex policía ensayó una mueca irónica.

—¿Estuviste leyendo?

—Me intrigó esa novela que vi en tu oficina la otra vez. *El largo adiós.*

—Nuestro largo adiós.

—Larguísimo. Pensé que quizás me serviría de autoayuda para olvidarme de vos.

—Ya sabemos que no funcionó.

Un hombre que pasaba al lado de ellos se quedó paralizado, contemplando la fotografía de María Belén, que todavía estaba apoyada sobre la mesa.

Quiroz y Lucía se miraron.

—¿La conoció? —preguntó ella, excitada.

—Claro que sí —dijo el hombre, con seguridad. Era un tipo retacón, que debía tener unos cincuenta años, con una panza que sobresalía gentil de sus pantalones—, ella venía mucho acá. Traía una computadora portátil y trabajaba.

—¿De casualidad tenía algún lugar de preferencia para sentarse? —preguntó Quiroz que gustaba de ocupar siempre la misma mesa del mismo bar cuando iba a tomar algo.

—Se sentaba en esa del fondo. Después, un día dejó de venir y unos meses más tarde, leyendo el diario acá mismo, me enteré de lo que le había pasado.

Apenas terminó de hablar, Quiroz y Lucía se pusieron de pie al mismo tiempo y, agradeciéndole de pasada al hombre, se dirigieron directo a la mesa que les había señalado. Estaba vacía y se sentaron uno enfrente del otro.

—¿Y ahora? —preguntó Lucía.

Quiroz inspeccionaba la mesada que estaba llena de grabados hechos con algún objeto punzante. Declaraciones de amor, de odio y entre todo eso, al borde casi cayéndose de la superficie, alguien había hecho una flecha que indicaba hacia abajo.

Comenzó a palpar las patas de la mesa.

—¿Qué hacés?

—Ayudame y callate.

—¿Qué buscamos?

—Algo hueco, supongo.

Entonces tocó debajo de la tabla y sintió un papel. Se agachó, miró y lo descubrió.

—Lo encontré —dijo, y puso arriba de la mesa un sobre amarillento por el paso del tiempo.

Capítulo 43

Quiroz & Lucía

—¿Otro café?

—Dale.

Quiroz pidió un café para Lucía y una medida de whisky para él.

—Pensé que no bebías en servicio.

—Esto está tomando otro color, nena.

—Me hubieras avisado, entonces, yo también pedía algo más fuerte.

—Vos sos muy joven para tomar.

Lucía lo miró con una mezcla de fascinación y fastidio.

—¿Vas a abrir el sobre o qué, viejo?

Hizo girar el sobre en sus dedos, lo pesó, lo examinó de cerca y lo olfateó.

Lucía se lo arrebató de un manotazo.

—No sos un perro.

El mozo sirvió el café y el whisky. Quiroz se mojó los labios y Lucía se tragó la mitad del pocillo de café. Abrió el sobre. Adentro había una hoja de papel impreso con una frase y un número:

Me voy pero dejo las bases de mi cabeza en una bandeja
343740.8 582250.3 -44-3809

—¿Y eso? —preguntó Quiroz, desconcertado.

—No sé.

Lucía le pidió prestada al mozo algo para escribir. Tomó una servilleta de papel y empezó a anotar los números y a intentar sustituciones con letras.

—¿Qué hacés?

—Es un juego. Se llama criptograma. Se reemplazan letras por números.

Quiroz siguió bebiendo. Era hora de dejarla hacer a Lucía.

Ella comenzó colocando la vocal "A" en los números que más se repetían. A4A740.8 582250.1 -44 -A809 anotó sobre la servilleta.

—No. Esto no puede ser —dijo para sí misma.

—¿Por qué no?

—Porque la segunda palabra no tiene ninguna "A" lo que resulta raro. Y la tercera tampoco. Es una de las letras que más se repiten en el español.

—Además —dijo Quiroz, estirándose para ver el mensaje cifrado—, ese cuarenta y cuatro, si es una palabra suelta no tiene sentido.

—Exacto. No existe ninguna palabra de dos letras iguales en español.

Estaban de vuelta en nada.

—Quizás no es un criptograma.

—Entonces, ¿qué es?

Ninguno de los dos sabía cómo interpretarlo.

—La frase —dijo Lucía—. Tiene que tener algo que no estemos viendo.

Me voy pero dejo las bases de mi cabeza en una bandeja.

—Vos pensá en la frase y yo pienso en los números —propuso Lucía.

Cabeza en una bandeja.

—Lucía, ¿a qué te hace pensar lo de la "cabeza en una bandeja"?

La chica pareció no escucharlo, estaba concentrada repitiendo los números de la nota.

—Acá creo que hay varias partes. La primera es una parte del mensaje, y la otra es otra parte.

—¿Por qué lo decís?

—Mirá —dijo y repitió los números—: tres, cuatro, tres, siete, cuatro, cero punto ocho, luego cinco, ocho, dos, dos, cinco, cero punto tres guión cuarenta y cuatro guión tres, ocho, cero, nueve. Por una parte tenemos el número que llega al punto tres y luego tenemos un guion, cuarenta y cuatro y guión tres mil ochocientos nueve.

—¿Entonces?

—No sé, pero al menos tengamos en cuenta que el mensaje está dividido en varias partes.

—¿Lo de la cabeza en la bandeja?

—¿Qué? No sé, Mario, qué puede ser eso de la cabeza en el plato.

Ambos sintieron un escalofrío.

—No quería volver a pensar en eso.

—Ya pasó —dijo Quiroz.

—Además... de ellos dos —siguió, Lucía—, ¿quién más dejó la cabeza en una bandeja?

Quiroz reflexionó un instante.

—¿San Juan el Bautista?

Lucía intentó hacer memoria. En el colegio al que había ido la habían llenado de historias de martirios de santos.

—Es cierto —concedió, por fin—. Herodes manda a decapitar a Juan el Bautista, un discípulo de Jesús, por pedido de su hija. Luego de cumplida su orden, le entregó la cabeza en una bandeja.

—Qué buen padre.

—Me hace acordar a un tal Mario Quiroz.

Se hizo un silencio tenso.

Juan el Bautista. Juan Bautista. Bases de mi cabeza.

—Yo podré ser medio bruto —rompió la tensión en el aire, Quiroz—, pero en mi época, al menos en el colegio, nos obligaban a estudiar de memoria y si no sabíamos la lección nos mandaban al rincón con un cono en la cabeza que decía "burro".

—¿A qué quiere llegar, anciano?

—Escuchá y aprendé, mocosa: Juan Bautista Alberdi escribió las *Bases y Puntos de Partida para la Organización Política de la República Argentina*, lo aprendimos en Instrucción Cívica.

—Ajá.

—Es el texto desde el cual luego se escribió la Constitución.

—Pensé que en la policía les enseñaban que la Constitución es para usar cuando se quedan sin papel higiénico.

—¿Y eso qué tiene que ver? —respondió Quiroz, fastidiado.

—Nada, Mario, nada.

—Tenemos que ir a Constitución.

—¿Y el número?

—El número.

Volvieron a quedarse en silencio mientras intentaban meditar sobre el resto del enigma.

Quiroz se terminó el vaso de whisky, y comenzó a levantar el dedo para llamar al mozo y pedir otro cuando Lucía lo chistó.

—Pará, borrachín, tengo una idea y te voy a necesitar lúcido para lo que queda.

El ex policía bajó el dedo desencantado.

Lucía buscó su teléfono celular. Era un aparato moderno con una pantalla alargada y rectangular.

—Lindo juguete.

—Cantame los números. Solo la primera parte, hasta el guión —dijo, y se metió en Google Maps. Quiroz le dictó el código y ella los fue ingresando en el campo de búsqueda. Apretó la pantalla una vez más, esperaron expectantes unos segundos que la red cargara los datos y por fin, con una sonrisa en toda la cara, Lucía dijo:

—Bingo —dijo, y le mostró la pantalla del teléfono donde una flecha indicaba el edificio de la estación de trenes de Constitución.

Quiroz puso la plata de lo que habían consumido encima de la mesa y se puso de pie.

—No perdamos un minuto más.

Llegaron a la estación. El tumulto de gente que entraba y salía estaba en su momento de mayor ebullición. Tuvieron que atravesar una masa de cuerpos que se entrechocaban, vendedores ambulantes gritando sus ofertas, propuestas gastronómicas de dudosa calidad que se cocinaban debajo del sol, generando cortinas de humo que dificultaban la visión.

—Odio este lugar —dijo Lucía.

Quiroz guió el camino dentro del edificio de altísimos techos abovedados en estilo *Beaux Arts*.

Recorrieron el inmenso patio de la terminal sin saber del todo qué estaban buscando. El rostro de cada persona que pasaba apurada a su alrededor podía tener la clave que buscaban, el panel donde se anunciaban los horarios de salida de los siguientes servicios, acaso las columnas rígidas y cuadradas, o quizás lo que buscaban lo encontrarían bajo tierra, en la cabecera de la línea C del subterráneo, y después estaban esos números del mensaje cifrado que todavía no habían descubierto qué indicaban.

Luego de media hora estaban tan perdidos como al comienzo.

—Cuarenta y cuatro, y tres mil ochocientos nueve —repetía en voz baja Quiroz, esperando quizás que al repetir una y otra vez el misterio de los números se revelase.

—*Lockers* —dijo Lucía.

—¿Qué?

—*Lockers*. Las estaciones de trenes de todo el mundo tienen un espacio para que los viajeros que se van a quedar pocas horas en un lugar puedan guardar sus mochilas. Eso me dijeron, al menos.

—Eso funcionará en Europa, pero acá nunca vi algo así.

—Quizás ya no, pero... —no terminó su idea. Se acercó hasta un kiosco de venta de diarios y revistas. El hombre que atendía hojeaba con dedos entintados una revista, apoyado sobre el mostrador de su enorme puesto.

—Disculpe, ¿habrá algún armario por aquí?

El hombre no levantó la vista de la revista.

—¿Usted se refiere de pago? ¿Para dejar cosas?

—Precisamente.

—No, querida. Hace años que los sacaron.

—Pero entonces los hubo.

—Sí, hace como mil años.

Lucía agradeció al vendedor y volvió con Quiroz, que había quedado apenas unos pasos atrás.

—Quizás todavía existan en algún lado, ¿no?

—¿A qué te referís?

Pero esta vez fue Quiroz el que no respondió, y caminando rápido hasta un centro de informes en medio del enorme patio de la estación consultó a la encargada:

—Sé que hasta hace unos años en la estación hubo armarios para guardar cosas por unas horas, ¿sabe qué pasó con ellos?

La mujer dudó un instante.

—Los sacaron a todos.

—Lo sé, pero, ¿qué fue de ellos?

—Creo que quedaron en un galpón, al fondo de la estación. Pero no se puede pasar para allá.

El ex policía le agradeció, y tomando de la mano a Lucía comenzó a caminar a toda velocidad hacia la dirección del galpón que le había indicado la mujer. Encontraron una puerta lateral entreabierta. Se asomaron al otro lado, era un playón descubierto, enorme, lleno de trastos y basura.

Se aseguraron de que nadie los estuviera viendo y pasaron por la puerta. Caminaron entre la basura dispersa sobre el piso de tierra. Había charcos de agua y barro porque hacía poco que había llovido, y el olor era nauseabundo. A la intemperie se veían varios archivadores, llantas de automóvil, bolsas de basura rajadas y enjambres de moscas gordas y ruidosas que zumbaban por los alrededores. Esquivaron los desperdicios y se adentraron en el laberinto de trastos, pero no había indicios de ningún tipo de armario en desuso.

La puerta por la que habían pasado se abrió con un chirrido y Quiroz le hizo una seña a Lucía para que se agacharan juntos detrás de un escritorio y una silla rota.

Un hombre con uniforme de empleado del ferrocarril salió al patio con una bolsa de escombros y la arrojó en dirección a donde ellos se encontraban. El bulto cayó con un sonido seco sobre la tierra, levantando una nube de polvo que hizo toser a Lucía. Quiroz le apoyó rápidamente la mano en la boca.

El hombre se sacudió las manos y echó un vistazo general al baldío. Parecía no haber escuchado la tos, o la habría confundido con el ladrido de algún perro que insistía desde una casa vecina. Volvió a atravesar la puerta, y se perdió.

—Eso estuvo cerca.

—De todos modos este no es el camino, no vi ningún armario por ninguna parte.

—Pero yo sí —dijo Lucía, triunfal, señalando a la distancia unas estanterías metálicas semi-oxidadas.

Los armarios se encontraban en un estado deplorable. Muchos carecían ya de puertas, o estaban abiertas y fundidas por el óxido y la corrosión. Eran varias hileras, una detrás de la otra, con pequeños pasillos entre sí de distancia.

—Vos buscá en las primeras dos hileras, yo voy a las dos últimas —dijo Quiroz, y comenzaron a verificar buscando el número cuarenta y cuatro. La mayoría de los armarios ya no tenían un número distinguible, y no respetaban un orden lógico, sino que se encontraban mezclados.

Lucía fue la que gritó primero: "Lo encontré". Quiroz corrió hasta ella que se encontraba en la segunda hilera de armatostes metálicos.

El casillero se conservaba extrañamente lustroso y cuidado, como si hubiera podido escapar del maltrato que habían sufrido todos los demás.

—¿Querés hacer los honores? —dijo Quiroz, señalando el candado numérico que trababa la puerta.

Lucía se adelantó un paso y con facilidad ingresó la clave: tres mil ochocientos nueve, y escucharon la traba interna del candado soltándose. Abrieron la puerta del armario. La luz iluminó el interior oscuro y humedecido. Había un manto de plástico cubriendo el contenido.

—Precavida.

Lucía levantó el cobertor.

—Hay unos libros acá —dijo.

El ex policía los había visto. Los sacó del casillero. Era la edición de *El payador* de Leopoldo Lugones que había desaparecido de la biblioteca del colegio República de Nicaragua, y una nueva edición de *Prosas profanas* de Rubén Darío. Un papel apoyado sobre el interior del armario decía en letra cursiva: *Si llegaron hasta acá, ya saben qué hacer con estos libros. M.B.L.*

—Se tuvo confianza María Belén. Lo que no entiendo es para qué todo esto. ¿Una búsqueda del tesoro para que encontremos los libros que robó? —dijo, fastidiado, Quiroz.

—Esperá, hay algo más acá.

Era una pequeña cajita de cartón, con un estampado de papel donde se veían unas horrendas flores rosas. La abrió con delicadeza, había un *pendrive* USB.

—Salgamos de acá —dijo Quiroz.

Eso hicieron.

Estaban en la calle.

—¿Y ahora?

—Necesitamos volver a tu oficina para poder abrir el *pendrive* con tu computadora y ver qué tiene.

Quiroz estaba un tanto perplejo. Nunca en toda su carrera le había tocado seguir las pistas de un rompecabezas gigante. Pero también estaba resignado, y además sentía que su cuerpo ya necesitaba un poco de descanso.

Subieron al primer taxi que pasó y volvieron a la oficina.

Lucía, entusiasmada, se adelantó al cuarto del fondo, mientras él se dejó caer encima del sillón, agotado.

Todo su cuerpo, sus músculos, sus huesos, parecían una masa de dolores concentrados en algunos puntos específicos y dispersos, en oleadas que iban y venían por sus articulaciones.

—¿Querés comer algo, nena?

—Sí —llegó la voz de Lucía del otro cuarto.

Llamó al *delivery* y pidió una grande de muzzarella.

—Vení, vamos a comer y después ves esa porquería.

Lucía apareció por el pasillo.

—¿Tan poca curiosidad te genera esto?

—Curiosidad sí, pero necesito descansar un rato.

—Como quieras —dijo ella, y se sentó en la silla del lado del escritorio.

Quiroz contempló a la chica desde su lugar.

—¿Qué pasa?

—Nada.

—Me mirás.

—¿Acaso no puedo?

—No me hinchés las pelotas, Mario.

—Siempre una dama.

Llegó la pizza.

—Ya ni te gastás en mantener este lugar secreto, ¿eh?

Quiroz se levantó refunfuñando y atendió al chico, le dio diez dólares de propina. Le encantaba hacerle gastar plata al judío Zinman.

Abrió la caja.

—Con la mano, no tengo cubiertos.

Le sirvió un vaso de agua a ella y uno para él.

—Pensé que podíamos tomar algo más interesante.

—¿Estás loca? Ahora tenemos que seguir laburando.

Lucía negó con la cabeza y se comió una porción de pizza. Quiroz hizo lo mismo. Tenían hambre, pero sobre todo sobraban las palabras. El silencio era cómodo. Por primera vez se sentían bien el uno con el otro.

—¿Ahora podemos ir a ver?

—Ansiosa.

Lucía no respondió, se levantó de la silla y fue directo a la computadora. Introdujo el *pendrive* en el puerto USB y examinó su contenido.

—Es un archivo de texto.

—¿Qué dice?

—El archivo se llama "final del camino.txt"

Lo abrió.

—¿Y?

Lucía sonrió.

—No dice nada que vayas a entender. Es un código.

—No me sorprende.

—Este es distinto. Mirá —dijo, y apuntó el monitor de la computadora en dirección de Quiroz que leyó lo que veía en pantalla sin entender una sola palabra:

```
<!DOCTYPE HTML>
<head>
<style>.simevencaminar{
height: 80px;
width: 150px;
background: #E51616
}

#porelvalledesombradelamuerte {
background: white;
color: #black;
font-family: sans-serif;
font-size: 2em;
font-weight: bold;
text-align: center;
width: 40px;
height: 40px;
border-radius: 18px;
-webkit-transform: rotate(45deg);
transform: rotate(45deg);
margin: auto;
}
</style></head>
<body>
<p><div class="simevencaminar">
<br /><div id="porelvalledesombradelamuerte">
&#x5350;
</div></p><br />
<p><center>Fueron ellos. Ahora, para la última pista vas a tener que volver a donde empezaste.</center></p>
</body>
</html>
```

—Espero que sepas qué significa todo eso.

—Se lee claramente "Si me ven caminar" y "Por el valle de sombra de la muerte". Supongo que nos está diciendo quién la mató.

—Genial, pero y el resto del palabrerío sin sentido ¿cómo hacemos para que todo el resto signifique algo?

—Es evidente, Mario, nos va a decir quién la mató cuando convirtamos este archivo .txt en uno .html, es decir, en una página web.

—¿Y qué estás esperando, mocosa?

Lucía cambió la extensión del archivo .txt por una .html y luego hizo *click* en el archivo resultante.

El navegador web se abrió y mostró una pantalla blanca que solo contenía un dibujo y dos oraciones estremecedoras y un tanto decepcionantes:

Fueron ellos. Ahora, para la última pista, vas a tener que volver a donde empezaste.

Capítulo 44

Quiroz, Lucía & Verónica Rosenthal

—Nazis.

—¿Nazis?

—Es lo que veo acá, Mario, nazis.

—Ya sé lo que se ve en esta bandera, pero no puedo creer que todo lo que hicimos terminara en esto. Es una broma.

—No termina acá. Falta una pista. Lo dice claramente.

—Volver al comienzo. ¿Rubén Darío y todo eso?

—No, Mario, ¿dónde empezó todo? En la página web de Belén.

Abrió el navegador una vez más, tipeó la dirección del *portfolio* de la víctima y se pusieron a examinar cada rincón del código de la página.

—Por lo que veo no hay nada raro.

—Quizás te falta aprendizaje, todavía.

Lucía dejó lo que estaba haciendo y lo fulminó con la mirada.

—Si querés me voy.

—No te lo tomes tan a pecho, nena.

Quiroz, parado al lado de la chica, se agachó y movió el puntero del *ratón* por la pantalla, intentando superar el momento de tensión.

—Deberías devolver los libros a la biblioteca.

—Sí. Podría hacerlo. La pobre vieja se puso mal cuando vio lo que había hecho María Belén.

Repasaron toda la página web de arriba abajo pero no parecía haber más pistas ocultas ahí. Releyeron el apartado biográfico, todos los detalles del código de la *homepage*, pero no había nada que resultara demasiado particular o destacable. Entraron en la solapa del *portfolio* y fueron pasando con desgano por los *thumbnails* de las páginas que Belén había diseñado.

Aniquilación mental, página web de una banda *punk*.

Quiroz apoyó el dedo grasoso encima de la pantalla, antes de ligar un golpe de Lucía para corrérselo.

—Esos, esos eran los pelotudos con los que andaba. Pero no tienen nada que ver con su crimen.

Siguieron viendo las páginas que había diseñado María Belén:

Plásticos y polímeros Co., fabricación y comercialización de plásticos.
Zapatería Ángel, zapatos.
Ricardo, indumentaria masculina.
Farbolux, pinturas marinas.

—Esto no tiene mucho sentido —dijo Lucía, desanimada.

Quiroz miraba cansado lo que ella estaba pasando con el *scroll* de la pantalla cuando sintió que algo le llamaba la atención.

—Esperá un momento —dijo—, volvé a eso de *Plásticos y polímeros Co.*

—No tiene caso, ya revisé el código de la página de todos estos trabajos de Belén y no hay nada extraño.

—No es en el código, es el logo de esa compañía.

Lucía *clickeó* en la imagen del logo de *Plásticos y polímeros Co.* para ampliarla.

—¿Qué tiene de especial?

—Dejame sentarme —le dijo Quiroz, palmeándola en la espalda.

Lucía le dejó la silla.

—Todo tuyo.

Con torpeza y sintiendo que el pulso se le iba para cualquier lado, Quiroz se puso a dibujar en negro sobre el logo.

—Mirá esto —dijo cuando terminó de tocar la imagen.

—¿Qué es esa porquería, Mario?

—Dejame hacerlo mejor. Rotame la imagen cuarenta y cinco grados.

Lucía soltó un bufido desconfiado, se inclinó sobre el teclado e introdujo el comando. La imagen rotó.

—¿Qué tal ahora? ¿Me vas a decir que esto es pura coincidencia?

Lucía contempló el dibujo. Lo que decía Quiroz podía tener sentido pero lo cierto era que creía que había forzado demasiado las cosas, que frustrado por no haber encontrado lo que buscaban, el responsable del asesinato de María Belén Lorenzo, había empezado a alucinar.

—¡No puede ser coincidencia! —dijo Quiroz, ofuscado—. Es una cruz esvástica. No quedan dudas.

—Supongamos que sí, supongamos que es una cruz esvástica. ¿Qué nos dice esto? —dijo Lucía suspirando, desganada.

—Que a los responsables de su muerte hay que buscarlos en *Plásticos y polímeros Co.* —dijo, con total seguridad.

—Mirá, acá encontré algo —dijo Lucía que ya había googleado a la compañía.

"Las aguas bajan turbias" leyó el titular de un artículo periodístico de la revista *Nuestro Tiempo*.

Quiroz se inclinó sobre la pantalla y leyó.

—Conozco a la que firma esa nota. Verónica Rosenthal. Siempre venía a hincharnos los huevos pidiendo información de algún caso cuando estaba en la fuerza.

—Limpios no son estos tipos —dijo Lucía que había terminado de leer la nota.

Quiroz se mordió el bigote.

—¿Qué pensás? —preguntó Lucía.

—Podría intentar hablar con la periodista, ver si me puede contar algo de esa empresa.

Hizo el llamado. Verónica Rosenthal tardó en reconocerlo pero por fin se acordó de ese policía rudo y con fama de duro que con ella había sido servicial en más de una ocasión, ayudándola con información reservada para algún informe periodístico. Arreglaron que podía pasar al día siguiente por la redacción para verla; esa tarde estaba en pleno cierre de edición. Se despidieron con parquedad y cortó.

—Eso es todo, por ahora —dijo Quiroz sintiendo que su cuerpo ya no resistiría un minuto más sin una buena siesta.

—Mejor me voy yendo. Ya tuve suficiente diversión por un día —dijo Lucía.

—Espero que sí.

—Tengo que admitir que mejoramos nuestra situación. Esto de no tener que escapar de nadie y no sentir tantas ganas de meterte un tiro es novedoso.

—Te llamo cuando haya avances —dijo Quiroz, y la acompañó hasta la salida.

Cuando se quedó solo acomodó el futón y se desplomó agotado encima de él.

Soñó una vez más con la piscina repleta de cadáveres. Esta vez los del fondo se estiraban y trataban de tomarlo de la pierna. Nadaba, se impulsaba, pero al final uno lograba asirlo del pie e iba subiendo. Sentía el peso del cuerpo abrazado a su pierna, y ya no podía nadar. Se hundía dando manotazos desesperados. Quiso patear al cadáver pero este se defendía, y cuando le pudo ver la cara se encontró con el rostro carcomido por los gusanos del peruano Walter Ayala, que le sonreía con esa mueca suya que solo preanunciaba muerte. Se despertó sobresaltado. Estaba empapado de sudor. Afuera, la sirena de una alarma de automóvil sonaba sin cesar. Era noche cerrada. Se levantó, se sirvió un trago de whisky, lo bebió de un sorbo y volvió a acostarse. Esta vez no tuvo malos sueños, y se despertó con los primeros rayos de sol entrando por la ventana.

Se arregló y salió al encuentro de la periodista. Subió hasta el tercer piso de un edificio bastante nuevo, donde se encontraba la redacción de *Nuestro Tiempo*.

En la recepción, una señora mayor que respondía al nombre de Adela, y de quien Quiroz estimó no duraría mucho tiempo más antes de pedir la jubilación, lo atendió cordialmente y llamó a la oficina de la periodista para anunciar su visita.

Habló algunas palabras al teléfono que el ex policía no llegó a distinguir y luego, con una amable sonrisa, le indicó que Verónica lo estaba esperando en su escritorio.

Quiroz atravesó la puerta que daba a la redacción y sintió que ingresaba en un mundo extraño, de fantasía. Ahí trabajaban los periodistas que tanto le habían roto las pelotas en diversas oportunidades. Chupasangres que eran capaces de cualquier cosa con tal de encontrarle a uno una mancha en su hoja de vida y escracharlo para sus lectores. Pero por algo se había ganado el apodo de "El Camaleón" primero y luego "Iguana": sabía cambiar de piel y deslizarse con agilidad para evitar ser tocado. Y así había sido desde que había vuelto la democracia. Siempre había logrado escapar de la pluma acusadora. Pero había tenido un costo. Ahora iba a ver si podía recibir algo más que no ser destruido en un artículo periodístico a cambio de sus buenos servicios para la prensa libre.

Atravesó un piso amplio lleno de cubículos no tan amplios donde el sonido melódico de los tecleos, y la luz de las pantallas planas de las computadoras iluminaban con su brillo incandescente.

Verónica Rosenthal lo esperaba, de pie, al lado de su computadora, en la larga mesa de la sección Sociedad donde se desempeñaba. A su lado, había otras cinco computadoras, de las cuales solo tres estaban ocupadas por compañeros de sección, que parecían muy concentrados en sus cuestiones.

—Señorita Rosenthal —la saludó con deferencia.

—Oficial Quiroz, tanto tiempo.

—Tanto que ya ni siquiera pertenezco a la fuerza.

Rosenthal pareció sorprenderse.

—Me va a tener que contar eso.

—Realmente preferiría no hacerlo ahora —dijo Quiroz, que olió que la periodista había perdido repentinamente el interés en esa reunión al enterarse de que él ya no era comisario, y por ende no podía darle información clasificada de primera mano.

Pensó cuándo había sido la última vez que se habían visto y no pudo recordarlo.

—Bueno, y dígame, señorita, ¿sigue saliendo con ese chico que trabajaba con su padre? ¿Federico?

—¡Qué manera de empezar una conversación, Quiroz!

—Usted me hizo una pregunta incómoda, lo mío es contraataque.

—Porque no hay mejor defensa, ¿no?

—Usted está bien aprendida.

—Déjese de zalamerías y dígame en qué lo puedo ayudar, ¿quiere?

—Estoy haciendo una investigación privada por el caso de una chica que mataron en Mar del Plata.

—¿María José Lorenzini?

—María Belén Lorenzo.

La periodista asintió.

—Sí, sabía que algo había leído del caso.

—Una asunto bastante espantoso, a decir verdad.

—Nada a lo que no esté acostumbrado, me imagino.

—La cuestión —siguió Quiroz, ignorando la observación de la joven— es que en mi investigación llegué a la empresa *Plásticos y polímeros Co.*, busqué algo de información y vi que usted escribió un artículo periodístico acerca de ellos, hace un tiempo.

Verónica se tomó un tiempo para tratar de recordar el caso. Una mujer un poco mayor que ella se acercó a pedirle algo.

—Patricia, te presento al comisario Mario Quiroz. Un viejo colaborador. Quiroz, ella es Patricia Beltrán, mi editora.

—Comisario Inspector retirado, para servirla —dijo con amabilidad estudiada.

—Cuando termines con el señor, vení que quiero hacerte una consulta —le dijo Beltrán, y siguió su camino.

La redacción era un hervidero de gente que iba y venía para todos lados.

—Ahora me acuerdo —dijo Rosenthal, y se sentó en la silla frente a su computadora. Buscó en una carpeta de trabajos viejos un archivo, lo abrió y leyó las anotaciones—. Sí, fue un asunto raro. Recibimos quejas de vecinos de la fábrica acerca de la contaminación en un afluente. Patricia me encargó la nota que parecía más un caso de negligencia empresarial, pero mi olfato me dijo que había algo raro debajo de esa denuncia.

—¿Encontró un cadáver?

—No, no se trató de ese tipo de podredumbre. Al menos en un principio. Más que nada fueron quejas de empleados por malos tratos. Eso es fácil de encontrar. Tienen una política gremial muy jodida en esa empresa. Básicamente nunca se pudo formar una comisión interna. Tienen informantes, o de alguna forma la gerencia se entera siempre antes que lleguen a postularse para delegados gremiales, y echan sin mucha pompa a quienes se atreven.

Quiroz no pudo disimular una sonrisa de satisfacción. Cortar de raíz la cabeza de la hidra comunista antes de que se expandiera.

La periodista lo miraba con seriedad.

—¿Le causa gracia lo que le digo?

—Disculpe, recordé una cuestión sin importancia. Siga, por favor —dijo, y extrajo su libretita negra.

—Sumado a eso, que es bastante típico entre el empresariado de nuestro país, supe que había algo más en esa compañía —dijo Verónica, dubitativa—. Estoy tratando de recordar algo más de esa empresa, pero no hay mucho. Sacamos una nota, levantó un poco de polvareda y enseguida la compañía puso plata para callar a los vecinos. También se habló de barras bravas contratadas para romper las protestas. Algo de eso empecé a investigar pero entonces ya todo se había enfriado.

—¿Y eso fue todo?

—No. Ahora me acuerdo. Al final sí hubo un cadáver. A las dos semanas apareció muerto uno de los vecinos más combativos, que no había aceptado callarse. Un tal... déjeme buscarlo —revisó las anotaciones, y siguió—, Gustavo Marcessi. Dijeron que fue un suicidio pero a la empresa sin dudas le vino bien que esa voz se callara.

—¿No siguió investigando?

—Un fiscal cerró la carátula como suicidio, y no hubo mucho más para hacer.

—¿Cómo murió?

—Cayó de una grúa al lado del riachuelo.

—Lo tiraron.

—Probablemente. Pero, ¿qué podía hacer? Usted sabe cómo es el ritmo de una revista, los temas pasan de moda rápido, hay que seguir, y además creo que a nivel gerencia comercial no había mucho interés en seguir escarbando en el asunto.

—¿Por qué?

—Porque muchas veces los empresarios periodísticos son socios o amigos de otros empresarios que pautan en las publicaciones como *Nuestro Tiempo*. Basta tocar al tipo no indicado para que de la noche a la mañana te quedes sin pauta publicitaria, y por ende sin sustento.

—Esa es la famosa independencia del periodismo —dijo Quiroz, con satisfacción. Como todo oficio liberal le repugnaba, y encontrar su base de podredumbre donde se suponía que debía haber grandes valores confirmaba sus sospechas.

—Nunca nadie dijo que fuese un oficio sencillo.

—Señorita Rosenthal, puede que lo que le vaya a preguntar le parezca algo ridículo, pero ¿sabe si esta empresa tiene vínculos con actividad nazi o neonazi en nuestro país?

La periodista se lo quedó mirando como si le hubiera preguntado acerca de platos voladores aterrizando en el Obelisco.

—No sé nada de eso, señor Quiroz.

"Señor". Era la primera vez que la piba no se dirigía a él por "oficial", y al fondo de su ego lo sintió como una pequeña puñalada.

Pensó en mostrarle el sugerente descubrimiento que había hecho respecto del logo de la compañía, pero prefirió callarse. Ya era difícil de creerlo para él mismo, no iba a arriesgarse a que ella lo considerara un chiflado.

—¿Quién es dueño de la compañía?

—Mhhh, déjeme ver acá, capitales privados nacionales y paraguayos.

—¿Paraguayos?

—Parece sorprendido.

—Lo estoy. ¿Algún nombre como para empezar?

—El CEO de la compañía se llama Germán Erck. Nunca pude mencionarlo en la revista. Como le dije, a veces hay acuerdos comerciales y hay nombres que se nos pide dejar afuera. Al tipo no le gusta figurar. Es esquivo con la prensa. Le propuse que hablara cuando escribí la nota, pero me remitió a su gerente de relaciones públicas. Pude averiguar que es soltero y que vive en un departamento de lujo medio en Palermo.

Quiroz le agradeció la información a Verónica Rosenthal, y se despidió.

Ahora tenía un nombre. Sería solo cuestión de tirar de ahí y empezar a desenrollar el ovillo.

Cuarto interludio

20 de septiembre de 1889
Nueva Germania, Paraguay

Estimadísimo Sir Holwell Mauer,

Disculpará usted la ausencia de correspondencia en estos tormentosos meses que se sucedieron desde su intempestiva partida de la Colonia, hace poco más de un año. No dejo de pensar en todo lo que ha sucedido entre usted y yo porque sé que cometimos un horrible pecado y Dios me ha castigado en consecuencia.

La pequeña Isolde está bien cuidada y lleva el nombre de su madre y de quien convencí que aceptara el milagro de su paternidad tardía: Isolde Förster-Nietzsche. Será nuestro secreto el modo en el que vino al mundo. Pero hay pecados tan terribles que no pueden ser ocultados. La niña nació el 20 de abril. Bernhard nunca la aceptó. Acaso sospechó que la llegada al mundo de esta criatura no fue como se la expliqué, y sabe la esencia pecaminosa de la niña. Desde el comienzo supo que Isolde no es la sangre de su sangre. Albergo el íntimo conocimiento de que la niña fue la que terminó de precipitar hacia el vacío a mi marido. El 3 de junio pasado tuvo un incidente nervioso en el *Hotel del Lago* de San Bernardino.

Tuve que disponer de algunos de los escasos fondos que todavía quedaban en las arcas coloniales para convencer al médico de que no hiciera referencia en su informe a la estricnina y la morfina que se encontraron al lado del cadáver de mi difunto marido. Indicó solo "ataque al corazón". Los judíos y los otros enemigos de Förster, y de la razón de su vida, no tendrán el triunfo de saberlo muerto por propia mano.

Ahora el cuerpo de Bernhard Förster, verdadero héroe de la raza y la cultura aria, yace bajo la tierra que con tanto desprecio lo recibió.

Supongo que le habrá llegado también la noticia del colapso nervioso de mi estimado hermano, Friedrich, en Turín. En Europa la noticia de la caída de un Titán siempre resuena con pena, tanto en los palacios de la aristocracia, en los salones de los burgueses, como en los más inmundos rincones de los proletarios.

De momento, amigos europeos y mi madre, Franziska, se están ocupando de su recuperación, pero veo en mi futuro próximo la necesidad de visitar a mi pobre y querido hermano.

Lamentablemente las cuestiones que atañen a Nueva Germania tampoco son promisorias. El artero Klingbeil no ha tenido respeto por el mártir de mi difunto esposo y ha publicado un opúsculo difamatorio de su obra y su vida. Me han llegado comentarios que indican que se lo injuria con que ha sido una marioneta bajo mi control. Así es como Alemania le paga a sus héroes.

Espero noticias suyas y cuento con su silencio en lo que atañe a nuestro pecado,

Lisbeth Nietzsche

15 de diciembre de 1890
Naumburg, Alemania

Muy estimado Sir Holwell Mauer,

Han pasado largos meses desde la última misiva que le envié. Me alegró recibir finalmente su respuesta meses más tarde, y me alegró también confirmar que, pese a todo, se puede confiar en el servicio postal aun en un país barbárico como lo es el Paraguay.

Por discreción he quemado su carta. Sabrá entenderlo y espero que usted esté haciendo lo mismo con las que yo le envío. Nadie puede saber la verdad acerca de nuestra hija Isolde, y por eso lleva el apellido Förster-Nietzsche.

He decidido volver a la Patria, desde donde le escribo. Mi hermano me necesita en estos momentos en los que su estado de salud ha colapsado. No permitiré que su grandiosa obra se pierda en manos de judíos e inescrupulosos.

Estoy convencida de que los males de ese hombre comenzaron cuando se relacionó con la prostituta liberal rusa.

Siempre le dije a mi hermano que debía alejarse de ella, y que los Wagner podían ofrecerle el sitial intelectual al que estaba destinado. Ahora es tarde.

Cósima Wagner ha desestimado todos los intentos de Friedrich de recomponer la relación desde que él desairó a Richard y su círculo de amistades. A veces creo que mi hermano ha sido demasiado ingenuo; que no ha sabido ver los peligros que acechan en las sombras de este mundo. Su alma sensible lo ha dejado postrado. Por eso he venido a hacerme cargo de él.

Entre tanto, la Colonia ha quedado bajo la dirección de Oscar Erck, y tuve que hacer las disposiciones necesarias para que la administración pasara a la Sociedad Colonizadora Nueva Germania, en el Paraguay. Se trata de un consorcio conformado por dos alemanes, un italiano, un español, un inglés y un danés. Será algo transitorio. Nunca dejaría que el sueño de mi difunto marido cayera en manos estrictamente no arias. Usted lo sabe bien.

De momento, esto es todo lo que tengo para escribirle. El dolor de ver a mi hermano en esta situación, y a la Colonia pasando tantas dificultades, me tiene sumida en una profunda tristeza. El aire de Alemania me restituirá. Tengo esa certeza.

Me despido hasta la próxima ocasión,

Lisbeth Nietzsche

31 de octubre de 1929
Weimar

Sir Mauer,

Han pasado años desde nuestra última comunicación y una cruel guerra purificadora que nos ha separado, colocándonos en bandos opuestos. De cualquier modo, debo confesarle que me alegró recibir noticias suyas, y saberlo vivo y bien. Temí que hubiera perdido la vida en el frente.

Yo he envejecido, pero me encuentro todavía de pie.

Abandoné definitivamente Nueva Germania en 1893. Mi hermano Friedrich falleció el 25 de agosto de 1900, pero de eso usted ya se habrá enterado por la prensa. Trabajé duramente desde entonces y no cejo en mi propósito para que su nombre se eleve a la altitud que siempre mereció, y ahora sé que no ha sido en vano. La Gran Guerra encontró a los soldados del Kaiser Guillermo cargando *Así habló Zaratustra* en sus mochilas.

He dedicado los años de mi madurez a escarbar entre sus papeles inéditos y a arreglar sus escritos, eliminándoles todo signo de balbuceo incoherente con el que la locura lo castigó. El resultado es visible ahora, por fin, y sé que he hecho un gran trabajo. En 1908, 1915 y 1923 mis esfuerzos me fueron reconocidos cuando prestigiosos profesores universitarios me postularon para el Premio Nobel de Literatura; no haber sido galardonada no significa más que la confirmación del resentimiento de la raza inferior hacia mi obra, y el desprecio que también les genera la magna obra de mi hermano.

La humillación que sufre la gran Alemania todavía llena de dolor en nuestras almas, pero aquí se sabe que un día reclamaremos a las potencias judías lo que nos corresponde.

Confío en que la joven estrella ascendente, Hitler, guiará a Alemania al destino de grandeza que siempre mereció. El arbitrario juicio que sufrió luego de los eventos de Múnich solo demuestra el miedo que le tienen los judíos y los enemigos de la raza aria.

En Italia también se avecinan grandes cambios de parte de Mussolini. Ese hombre gentil no ha ocultado su profunda admiración por los escritos de mi hermano, y hemos mantenido una profunda y filosófica correspondencia.

Solo espero llegar a ver el momento en que el espíritu germánico vuelva a ponerse de pie y haga sonar las trompetas del triunfo alrededor del mundo.

Le agradará saber que Nueva Germania sigue siendo un faro iluminando con luz puramente aria al resto del mundo. Una maestra alemana, Cornelie Nürnberg, ha viajado allí en 1926 y comprobó que el espíritu alemán sigue vivo, y que ya han nacido nuevas generaciones de alemanes que llevarán, también desde América del Sud, el poderío de la cultura aria.

En cuanto a nuestro pecado juvenil he de ser sincera con usted: Isolde ya no es mi hija, ni la de Bernhard, ni mucho menos la suya. Ha quedado a cargo de Fritz Neumann quien ha logrado realizar una plantación de yerba mate. Su viejo anhelo, ¿recuerda? A fin de cuentas usted estaba en lo correcto y Neumann es ahora un poderoso hacendado que se ha construido una mansión en las afueras de la Colonia, en Tacarutý. Pienso esto y no puedo sino recordar a mi amada *Fösterhof* y las veladas amables que hemos pasado allí, al refugio del calor, y esa humedad tan horrenda, pero lejos del alcance de los insectos y las alimañas de la selva. Cuando dejé para siempre Nueva Germania, vendí la mansión al Barón von Frankenber-Lüttulitz. Solo espero que la haya cuidado como se merecía; la construyó con sus manos ese héroe de la raza germánica que se llamó Bernhard Förster.

La última noticia que he tenido indica que Isolde se encuentra bien bajo la tutela de su padre adoptivo. No siento remordimientos por haberla abandonado al cuidado de aquel hombre. Esa niña siempre representó para mí el pecado. El costo lo pagué con la vida de mi marido y la cordura de mi hermano.

Me despido, esperando que no sea esta la última carta,

Lisbeth Nietzsche

5 de noviembre de 1933
Weimar, Alemania

Querido Holwell,

Mucho me temo que esta pueda ser la última vez que le escriba. Usted ahora es una figura política en Escocia y seguramente ya no tendrá lugar para mí en su recuerdo. Respecto de los achaques que mencionó en su última correspondencia debe saber que son comunes con la edad, descuide que yo también los siento en mi cuerpo.

Le escribo porque no puedo contener mi felicidad y quiero compartirla con usted, viejo amigo: el pasado sábado 2 de noviembre tuve la honra de una visita personal del *Führer* en el Archivo Nietzsche. Ese hombre encantador, que tuve la gracia de conocer en febrero del año pasado durante la primera exhibición en Alemania, a insistencia de mi parte, de la obra teatral *Campo di Maggio*, de Benito Mussolini, en el Teatro Nacional. En esa ocasión Adolf Hitler se acercó como un caballero ante una dama, con un ramo de rosas rojas. Debía ver a sus guardaespaldas de las SA, debía ver el porte de ese hombre que estoy ahora convencida está llamado a cambiar el destino de Alemania.

Volviendo al encuentro del día sábado, llegó con una comitiva y tuve la oportunidad de mostrarle el bastón de mando de mi difunto marido. Hitler se mostró muy interesado y cortés, del mismo modo también le obsequié con una vista del petitorio que mi difunto marido entregó a Otto von Bismarck, en 1880, donde se pedía una urgente solución a la cuestión judía. Mi *Führer* se mostró encantado y aseguró que haría sus mayores esfuerzos para que se preserve el archivo de obras de mi hermano. Es una gran noticia que estaba esperando y que de seguro me permitirá asegurarme mejores condiciones de subsistencia, en momentos en que no me es fácil conseguir fondos para financiar el funcionamiento y preservación del archivo.

Hemos discutido durante largo rato con Hitler acerca del futuro de Alemania y le he mencionado Nueva Germania para que tenga presente que el futuro de la raza aria partirá de allí. Se ha mostrado comprensivo y se comprometió a enviar un pedazo de tierra alemana a la tumba de mi difunto marido en Paraguay, y su ascenso al altar de los héroes nacionalsocialistas. También me obsequió una cruz esvástica de oro que atesoraré hasta que muera. Pensé en legársela a Isolde. Pobre criatura, abandonada por sus padres naturales, creo que sería lo mínimo que podría hacer por ella. Debo encargarme de resolver ese asunto antes que me reclame la tumba.

Ya ve, mi encuentro con Hitler me ha dejado muy conforme e ilusionada. Por fin tendrá el reconocimiento que se le debe a los verdaderos mártires en la lucha antisemita.

Le he dicho que quizás esta sea mi última carta. Estoy sintiendo el peso de la ancianidad, y me cuesta cada día más la vista. Ahora solo espero que estos últimos años de vida me permitan ver el triunfo de la voluntad del pueblo alemán, a eso he dedicado mi vida. Confío en que usted comparta mis ideales.

Con un saludo afectuoso,

Heil Hitler!

Elizabeth Förster-Nietzsche

Capítulo 45

Quiroz, Sheila & Lucía

Estaba volviendo en auto a la oficina cuando sonó el teléfono. Atendió con el manos libres.

—Quiroz, habla Sheila.

—Nena, ¿necesitás algo? ¿Estás bien?

—Estoy perfectamente bien, pero quiero saber cómo sigue todo el asunto de la investigación.

El ex policía carraspeó.

—¿Cómo sigue? Se terminó. Vos misma viste cómo detuvimos a Danton. Tu amigo recibió la bala, digamos, y el buen doctor ya no va a volver a ver la luz del día. Podés estar tranquila.

—Usted mismo me dijo que Danton no mató a María Belén Lorenzo.

—Mirá, de momento no pude avanzar más en otra pista. Quizás, contrario a lo que creía, Dantón sí asesinó a María Belén.

—"La verdad puede andar desnuda, pero a la mentira hay que vestirla", ¿sabe qué quiere decir eso?

—No sé de qué hablás, nena.

—Significa que a mí no me va a decir una cosa por otra y esperar que le crea con tanta facilidad, Quiroz. Lo veo en su oficina.

—¡No! —exclamó, pero ya era demasiado tarde. La chica había cortado la comunicación. Nunca debería haber destapado tan abiertamente su oficina.

Cuando llegó se encontró a la chica esperando en la puerta de calle.

—No perdés tiempo — dijo introduciendo la llave en la cerradura.

—*Oyb tsayt iz gelt, hob ikh keyn tsayt nit*, oficial. "Si el tiempo es dinero, no tengo nada de tiempo."

Subieron las escaleras, llegaron al final del pasillo, y pasaron a la oficina.

—Ponete cómoda, —le dijo, y Sheila se sentó en el sillón destartalado donde Quiroz a veces dormía.

El hombre abrió el armario de bebidas, se sirvió una medida de whisky, y se sentó en la silla reclinable que crujió con su peso.

Se mojó los labios y sintió que se le despejaba la vista.

—Tu noviecito está preocupado por vos —dijo mirando hacia la pared del fondo.

—¿Cómo dice?

Ahora sí la miró y con el vaso en la mano a la altura del pecho, metió el dedo índice de su mano izquierda en el interior, revolvió el hielo y repitió:

—En las averiguaciones que estuve haciendo del tema de María Belén tuve que llamarlo, hablar algunas cosas con él —le resumió las aventuras que había vivido hasta dar con la pista que ahora traía de la reunión con Rosenthal.

Sheila enrojeció por un segundo, el increíble episodio que le había contado Quiroz no le importaba tanto como que hubiera hablado con Sebastián. Llevó las manos extendidas a sus rodillas que sobresalían debajo de la pollera larga hasta el piso que había vuelto a usar casi sin darse cuenta, enderezó la espalda y se inclinó levemente hacia adelante. Recuperó su palidez normal, pero el cuerpo seguía tenso.

—¿Y qué le dijo, además de ayudarlo con esas cuestiones de literatura? —intentó parecer casual y distendida.

—¿Vos querés saber qué me dijo de lo tuyo con él? —la interrogó, risueño, disfrutando de ese pequeño momento de mínimo control sobre la muchacha.

Sheila asintió con la cabeza con cierta ansiedad.

—Nada. Me dijo que quería hablar con vos, saber cómo estabas.

—Espero que usted no le haya dicho nada.

—Podés estar tranquila.

Volvió a beber.

—No te ofrecí algo para tomar.

—Descuide, estoy bien.

El timbre sonó con insistencia y los distrajo.

—¿Y ahora quién vino a molestar? —Quiroz se levantó con dificultad y sintió un tirón en la espalda, se llevó la mano al punto del dolor y presionó para calmarlo, dio unos pasos hasta la pantalla de video del portero visor y vio a Lucía Zabala esperando afuera.

—Pasá —dijo, y le abrió.

—¿Quién es?

—Una amiga que me estuvo ayudando con la investigación.

Escuchó los pasos de Lucía por las escaleras, levantó la pistola a la altura de la mirilla, porque ninguna precaución estaba de más, y esperó a que terminara de cruzar el pasillo.

—¿Así recibe a sus amigas?

Quiroz respondió con una expresión ronca ininteligible.

—Soy yo, Mario. Estoy sola.

Le abrió la puerta.

—Esto se convirtió en un circo —la recibió—. ¿Quién te dijo que estaba acá?

—Calculé que ibas a estar. ¿A dónde más ibas a ir?

Lucía entró moviendo con seguridad su figura voluptuosa. Llevaba los labios pintados de rojo furioso, unas calzas estampadas con la gigantografía de un billete de un dólar, una remera blanca, sin manga, un pañuelo alrededor del cuello, anteojos negros y una vincha que le tiraba en cascada el pelo hacia atrás.

Se detuvo en medio de la oficina, bajó unos centímetros los anteojos negros para ver bien a Sheila, y preguntó:

—¿Y vos quién sos, querida?

El ex policía se volvió a dejar caer en la silla reclinable, tomó un nuevo trago de su vaso, y fastidiado las presentó:

—Ella es Sheila, una vieja conocida. Sheila, ella es Lucía, una, digamos... amiga que conocí hace unos meses.

—¿Amiga? No, Mario. No somos amigos.

—Qué modales, su *amiga*, Quiroz —dijo Sheila que se sentía un poco intimidada por la presencia exuberante y agresiva de Lucía.

—¿No somos amigos, Lucía? ¿Cómo querés que te presente?

—Tranquila, mamita, no vas a querer que se te arrugue la camisa —respondió Lucía a Sheila, ignorando el comentario del ex policía.

—Traten de no hacer un escándalo. Ya bastante sufro con tenerlas a las dos acá.

Sheila sintió que la asaltaba una agitación en todo el cuerpo.

—Vos tampoco parecés muy peligrosa. Solo vulgar.

—Se calman —volvió a decir Quiroz.

—Prefiero ser vulgar que portar esa cara de virgen que tenés. No sé realmente de dónde sacaste a esta nenita, Quiroz.

—Ella nos va a ayudar con lo que estamos trabajando, Lucía. Ahora déjense de joder de una puta vez.

Las dos mujeres se dieron vuelta para clavarle una mirada de reproche enojado.

—Está bien —dijo Lucía, y se acomodó en la silla desvencijada de visitas, frente al escritorio del ex policía—, es solo que no parece demasiado aguerrida. ¿Estás seguro de que no va a ser un estorbo?

—"Un hombre no es honesto solo porque no haya tenido la oportunidad de robar" —respondió Sheila, y Lucía le dedicó una mirada extrañada a Quiroz.

—Es un proverbio *idddish*. Sheila proviene de una familia de judíos ortodoxos —explicó intentando rescatar lo que le quedaba de paciencia el ex policía—. Por cierto, deberías pedirle perdón por lo que le dijiste.

—Se le nota en la cara. Con todo respeto. La verdad no ofende, ¿no Shei? —dijo estirando la última vocal.

Sheila no toleraba que la llamaran así.

—No son modales, Lucía. Es una buena muchacha. Igual que vos, en el fondo de tu corazón oscuro.

—¿Ahora nos vas a comparar?

—Déjela, Quiroz, ella no sabe —agregó Sheila— que con estas pequeñas y virginales manos le corté el cuello a mi prometido.

—Tenés razón —respondió, viperina, Lucía—, yo solo le prendí fuego al cadáver de quien había sido mi prometido. Un narco. Pero no fui yo quien lo mató. Ese fue su ex socio, otro narco. ¿No, Mario?

—Basta, se acabó —dijo Quiroz, poniéndose de pie de golpe—. La terminan acá, o se van de mi oficina.

El movimiento brusco lo había mareado y sintió que empezaba a tambalear. Lucía se apuró a ayudarlo a sentarse de nuevo, y le echó una última mirada de reproche a Sheila como si toda la situación hubiera sido su culpa.

—Estoy bien, estoy bien —dijo apartando a Lucía de encima suyo—. Escuchen con atención lo siguiente: tengo el nombre del director de la compañía ésta, *Plásticos y Polímeros Co.*

—¿Qué hacemos, entonces?

—Estaba pensando en ir a darle una visita y hacerlo cantar.

—No —afirmó Lucía, tajante—. No vas a hacer las cosas a lo bestia.

—En eso concuerdo con su amiga, Quiroz. No creo que sea buena idea que vaya al choque.

—No veo por qué no hacerlo a mi modo —Quiroz se sintió frustrado.

Lucía se llevó una goma de mascar a la boca.

—¿Qué sabemos del tipo?

—Por lo pronto, dónde vive. Y que posiblemente esté sucio.

—Podríamos revisarle la casa. Su computadora, papeles, seguro que hay algo con lo cual extorsionarlo —dijo Lucía.

—Ah, sí —dijo Quiroz, con sorna—, es muy probable que encontremos en su casa una confesión donde diga que él, con sus propias manos, mató a María Belén.

Lucía hizo un globo con la goma de mascar hasta que explotó.

—Si eso no sirve te damos vía libre para que lo acorrales contra una pared y le saques la información a tu estilo.

—Sí —asintió Sheila.

—Ustedes me van a matar —dijo Quiroz y tiró la cabeza hacia atrás, se enfocó en el techo, suspiró—. Está bien, le voy a hacer un seguimiento y cuando tenga sus hábitos voy a decidir el mejor momento para que entremos en su casa. Consigo unos barrotes, unas ganzúas...

—Nada de eso, Mario —dijo Lucía—, no queremos llamar la atención del tipo.

—¿Entonces?

—Hay que entrar en su casa sin que se entere.

—¿Ganzúas, dijo? —preguntó Sheila.

—Es por esto que no me gusta la idea de entrar en la casa. El tipo vive en un edificio. Ya saben lo que significa: puerta de entrada en planta baja, seguramente al menos dos cerraduras en la puerta de su casa. No hay forma de hacer una operación limpia y silenciosa sin riesgo. A menos que la hagamos de noche, pero entonces tendría que ser en algún momento en que no esté. Quién sabe cuánto tiempo perderíamos hasta tener la oportunidad.

Se quedaron en silencio los tres, meditando las posibilidades.

—Hay algo —dijo Lucía— que hace tiempo quiero probar.

—Hablá.

—Impresión en tres dimensiones.

—¿Qué? —exclamaron al mismo tiempo Quiroz y Sheila.

—Yo podría robarle las llaves al tipo, eventualmente —dijo Lucía—, pero también representaría un riesgo. Podría darse cuenta de que le faltan. Con esta idea que les traigo vamos a poder entrar en su casa sin que se entere.

—A ver en qué mierda consiste tu solución mágica —dijo Quiroz llevándose dos dedos al puente de la nariz y cerrando los ojos. Le había empezado a doler mucho la cabeza.

—Es una cosa nueva. Se llama impresión en tres dimensiones. Son máquinas especiales que pueden "imprimir", a partir de un plano, modelos de objetos en el mundo real.

—Sigo sin entender una palabra de todo lo que acabás de decir.

—Yo tampoco —afirmó Sheila.

—Déjenme mostrarles —se entusiasmó Lucía y extrajo su teléfono móvil del bolsillo. Buscó en YouTube y les mostró un video. Una máquina, parecida a un robot, iba formando, por capas, una pizza. Primero distribuía masa, luego salsa de tomate, queso muzzarella, e incluso tenía el detalle de desparramar orégano. Luego calentaba el producto, y unos presentadores asombrados comían el resultado final.

Quiroz se cruzó de brazos.

—¿Qué tienen que ver las pizzas con las llaves?

—No entendiste nada, Mario. La máquina creó la pizza por sus propios medios a partir de un plano y unas instrucciones que le programaron.

—Ajá. Muy lindo. Insisto, ¿y las llaves?

—Hay una aplicación para teléfonos que permite sacarle una foto a una llave, escanearla para que haga un plano que permita ser impresa en tres dimensiones. Es decir, permite duplicar una llave a partir de una foto.

Quiroz buscó respuestas en Sheila que parecía desconfiar del plan.

Lucía buscó en su teléfono la aplicación para imprimir llaves en tres dimensiones.

—"Llavero", acá está. ¿Ven?

Les mostró la página web de la aplicación. Prometían realizar una copia en tres dimensiones de una llave, a partir de una foto. Era exactamente como lo había dicho Lucía.

—Una vez que tengamos la foto de las llaves de la casa del tipo, la imprimimos en una impresora 3D.

—¿Y de dónde vas a sacar una?

—Se alquilan por horas.

Parecía un plan retorcido.

—Pero, ¿este asunto funciona? —preguntó el ex policía con un dejo de perplejidad aún después de haber visto la demostración que había hecho Lucía.

—¿Qué perdemos con intentarlo?

—Si sale mal, todo.

—Si sale mal te habilito a que vayas con el barrote a darle una visita al tipo.

Eso le gustaba más a Quiroz que confiaba en que el plan de Lucía no funcionaría.

—¿Qué opinás vos, nena? —le preguntó cauteloso a Sheila.

—Es arriesgado, sin dudas. Pero como dice el proverbio: "El corazón es una cerradura, pero una cerradura se puede abrir con una llave duplicada". Por lo que digo que sí, que lo intentemos.

Quiroz suspiró y con resignación cansada concedió:

—Está bien, vamos a hacerlo.

Capítulo 46

Lucía, Quiroz & Sheila

El objetivo estaba tomando un café, apenas cortado con un colchón de espuma de leche, a las 9.05 a.m., en una de las mesas exteriores de un bar, a orillas de los lagos de Palermo.

Lucía le echó un vistazo desde la mesita redonda y enclenque que ocupaba frente al él. El hombre atendió un llamado. Lucía se concentró en la revista, mientras tomaba de a sorbos pequeños su café.

Llevaba una pieza entera de cuero artificial negro, muy escotada, pantalones sintéticos a tono con el conjunto, y se había maquillado con un exceso de base que el sol estaba comenzando a derretirle en la cara.

Erck terminó su llamada y dejó el teléfono encima de la mesa. Lucía levantó la vista de la lectura, le clavó los ojos sin disimulo, y volvió a las páginas satinadas y desgastadas por el uso de infinidad de clientes anteriores.

—Hola —le dijo el hombre desde la otra mesa.

Volvió a mirarlo y llevándose la mano al pecho fingió sorpresa:

—¿Me hablás a mí?

—Sí, linda.

—Me llamo Lucrecia.

—¿Querés tomar algo conmigo, Lucre?

Lucía se movió inquieta en la silla.

—No sé, creo que a mi novio no le gustaría que me siente en la mesa de otro hombre.

—¿Acaso tu novio está acá?

—No.

—¿Está por venir?

—Tampoco.

—Entonces, ¿cuál es el problema?

Lucía le dedicó una enorme sonrisa que estiró su boca embadurnada de brillo labial con *glitter*.

Se levantó de la mesita, exagerando los movimientos, tomó la pequeñísima cartera de goma imitación cuero, y se acercó hasta la mesa del ejecutivo. Se sentó frente suyo.

—¿Siempre venís por acá, Lucre?

—Solo cuando mi novio está de viaje.

El hombre sonrió y le pidió a la mesera que trajera el café que Lucía había dejado en la otra mesa.

—Podríamos aprovechar que él no está.

—No sé —Lucía pestañeó varias veces—. ¿Te parece?

—Claro.

—¿Y qué se te ocurre?

—Podríamos hacer así: me pasás tu número de teléfono, te llamo, nos vemos uno de estos días. Supongo que tu novio no se va a enojar estando lejos.

—¿Por qué no hacemos algo ahora?

—Epa —dijo el hombre, acomodándose el cuello de la camisa—. Apenas nos estamos conociendo, linda. Además —dijo, y consultó el reloj—, en un rato me tengo que ir. Soy el responsable de una empresa muy importante, ¿sabés?

Lucía juntó los labios formando un puchero.

—No te pongas así.

El teléfono del empresario volvió a sonar.

—Disculpame un segundo —le dijo, y atendió. Lucía miró a su alrededor y luego volvió a clavar sus ojos verdes encima del hombre. Se pasó la lengua por la comisura de los labios. Lo vio sonreír. También transpiraba. Estaba teniendo una conversación acalorada. Subió a la mesa un portafolio, lo abrió, sacó una carpeta del interior y empezó a buscar unos papeles dentro de ella. Lucía echó un rápido vistazo al portafolio abierto. Ahí estaba lo que buscaba, el llavero.

—Listo —dijo Erck, cortando la comunicación, mientras comenzaba a cerrar el portafolio.

—¡Ay! ¡Esperá! —Lucía extendió la mano para impedir que terminara de cerrarlo —¡Qué lindo llavero que tenés ahí!

Germán Erck la miró extrañado.

—¿El llavero?

—¿Me lo mostrás?

El ejecutivo sacó su juego de llaves y se lo alcanzó a Lucía.

—Es un recuerdo de cuando estuve en Alemania. Es de la casa de Ópera de Bayreuth. De allí era Richard Wagner. Gran amigo de Friedrich Nietzsche.

—Ay, no sé de qué me hablás.

—El más grandioso filósofo que pisó la tierra.

Lucía miró al costado, dándole a entender que así no iba a interesarla.

Erck se aclaró la garganta.

—¿Te aburro?

Ella volvió a dedicarle una mirada encendida.

—Está todo bien, papito —dijo, mientras inspeccionaba con estudiado gesto casual el llavero. Había tres llaves doradas, todas tradicionales, de bronce.

—¿Me pasás tu número?

—No, mejor vos me das el tuyo —dijo Lucía.

El ejecutivo no lo dudó y se lo recitó mientras ella lo anotaba en su teléfono.

—Listo, anotado. Podés decirme tu nombre... o podemos hacerlo más divertido.

—¿Qué se te ocurre?

—Nos sacamos una *selfie* así cuando vea la foto me acuerdo de quién sos y te llamo.

—Claro.

Lucía se paró y rodeó al empresario, se arrodilló junto a él y cambió a la cámara frontal del celular, asegurándose de que salieran bien visibles las llaves sobre la mesa. Sacó la foto y la miró.

—A ver...

—Está bien.

—No, dejame ver —dijo el hombre, y tiró del brazo de Lucía para ver la foto—. Tontita, ¡esto no salió bien! No salimos nosotros, salieron mis llaves —dijo, y volvió a guardar el llavero dentro del portafolio.

—Va de nuevo —dijo Lucía, y sacó una nueva foto dominada por la cara redonda y colorada de Erck. Se la mostró.

—Esto está mejor.

—Te llamo, papito —le dijo Lucía y le estampó un beso lleno de saliva en la mejilla.

Caminó por el sendero hasta quedar fuera de la vista del ejecutivo, y revisó la foto de las llaves. Esperaba que sirviera. La sola idea de tener que volver a ver a ese hombre le provocaba repulsión. Miró una vez más la imagen que le había sacado a su fea cara y la borró de la memoria del teléfono. Después lo llamó a Quiroz.

—Repasemos, entonces —dijo el ex policía—. Entrás a la casa, revisás la computadora, revisás el resto del departamento a ver si hay algunos papeles de interés en algún lado, y salís. Lo ideal sería que estés no más de veinte minutos ahí adentro. ¿Tu teléfono de radio llamado está cargado? ¿Está prendido?

—Sí.

—¿Alguna duda?

Lucía sostenía las llaves recién salidas de la impresora 3D con un dejo de incredulidad. Eran livianas y parecían idénticas a las originales. Estaban junto a Quiroz y la chica judía, en el auto del ex policía, a una cuadra del edificio donde vivía Erck.

—Creo que no.

—Intentá no arruinarlo. Esta vez, con que te vistas como una *kurveh* no vamos a conseguir nada —dijo Sheila, maliciosa.

—¿Podés hablar en español alguna vez? —le respondió Lucía.

Sheila le aclaró con tranquilidad inalterable:

—Te decía que para esto que tenés que hacer, ir vestida de prostituta no te va a ayudar.

Lucía sonrió.

—No te preocupes que debajo de la ropa que visto guardo varios trucos.

Se hizo un silencio espeso que rompió Quiroz:

—Pero la puta madre, ¿pueden dejar sus estúpidas peleas de lado? Acá estamos para hacer un trabajo serio, si a alguna no le gusta la presencia de la otra se puede ir a la mierda.

Avergonzada, Sheila bajó la cabeza. Lucía sonrió:

—No quisieras que me fuera ni por nada del mundo, Mario.

—Bajá, dale turra, bajá del auto y andá a hacer lo que tenés que hacer.

Lucía le dio un beso en la mejilla, y salió del auto.

—Vos vas a quedarte en la vereda de enfrente por cualquier cosa —le dijo Quiroz a Sheila— y yo me voy a quedar acá en esta esquina para hacer de campana por si al pelotudo de Erck se le ocurre volver temprano a casa hoy.

Sheila le dijo que así sería y se bajó del auto. Siguió a unos pasos de distancia y por la cuadra de enfrente a Lucía que ya estaba llegando a la puerta del edificio donde vivía Germán Erck.

Lucía quedó frente a la puerta del edificio. Colocó una de las llaves, pero no encajó. Buscó otra. Intentó introducirla, pero tampoco se encastró.

Sheila miraba la escena, desde la vereda de enfrente, con los brazos cruzados sobre el pecho. Sintió que la recorría una satisfacción irónica. No por la frustración de la misión, sino porque le gustaba ver fracasar la idea arriesgada que había propuesto Lucía. Era la confirmación de que no había tenido razón.

Pero entonces la tercera llave logró pasar, y con total naturalidad Lucía entró en el edificio.

Capítulo 47

Lucía, Sheila & Quiroz

Nadie la había visto ingresar. La tarde perezosa y el sol en lo alto llamaban a la siesta, y eso o las obligaciones laborales de los vecinos, habían despejado el camino. Muy fácil.

Las llaves impresas funcionaron con naturalidad, como si fuera magia, en la puerta del departamento y entonces estuvo adentro. Sus épocas como ratera habían terminado, pero esto era como volver a vivir.

El departamento era amplio y minimalista. "Típico lugar de soltero", pensó y sintió repugnancia de pensar en las mujeres que llevaría ahí ese tipo desagradable. Cerró la puerta y a su paso se aseguró de pasarles la llave a las cerraduras. Pensaba salir antes de que llegara el dueño de casa, pero tenía que tomar todas las precauciones. Si llegaba y encontraba la puerta sin llaves sabría que alguien había entrado.

En el living comedor había una mesa negra con un centro floral y un mantel de tela. El resto del mobiliario lo completaba un sillón de dos cuerpos, una silla para TV y un proyector que apuntaba contra la pared blanca y vacía.

Miró un poco más a su alrededor: al final del living dos puertas daban una a un pequeño estudio, y la otra a un cuarto con una cama *king size* con un acolchado color lila inflado.

Entró en el estudio y visualizó la PC. La encendió, y mientras esperaba que se cargara el sistema, revisó unos papeles que estaban encima de la mesa. Había una carpeta abierta, parecía una contabilidad. Indicaba números de cuentas, montos y nombres al lado de cada línea. Fotografió con el teléfono todos los documentos y miró de nuevo hacia la PC. El fondo de pantalla mostraba a un viejo sentado en una especie de trono, con un casco del que salían alas y un cetro, rodeado por un lobo, unos cuervos y unas runas. Escrito en letras góticas leyó "ODÍN". Revisó Mis Documentos, una carpeta a la vez. La computadora parecía infestada de diversos videos pornográficos de todo tipo, y Lucía volvió a sentirse asqueada por el tipo. Extrajo un *pendrive* de su bolsillo, lo colocó en el puerto USB, y comenzó a copiar algunas carpetas seleccionadas entre la gran cantidad de pornografía.

Al cabo de unos minutos razonó que quizás había documentos importantes escondidos entre la maraña de porno y no podría saberlo. Lo mejor iba a ser copiar todo y luego ver qué era lo que servía y qué no. En última instancia lo peor que podía pasar era que Quiroz tuviera un estímulo inesperado. No creía que fuera a quejarse de eso. Sintió una leve excitación al pensarlo, como si fuera una nena haciendo una travesura.

El living se comunicaba con el estudio por medio de un balcón a la calle, protegido con un enrejado a media altura. Se asomó hacia afuera y la vio a Sheila que estaba atenta a lo que pasaba en la calle desde la cuadra de enfrente.

Miró hacia abajo, habría unos ocho metros hasta el piso de la vereda. Volvió a entrar en el departamento.

En el cuarto del ejecutivo revisó los cajones de la ropa, el armario repleto de perchas con camisas de seda de colores chillones.

Arriba de una repisa, escondida detrás de una pila de pantalones de vestir, encontró una caja. La llevó hasta la cama, la abrió, adentro había una pistola calibre .22

Contempló un instante el arma que parecía de juguete. Era pequeña. Volvió a ponerla en su lugar y siguió revisando el departamento. Entró en la cocina, abrió la heladera y contó tres botellas de cerveza, una bandeja de fiambres y una botella de agua. Miró la hora en el reloj de la cocina. Hacía ya más de media hora que había entrado. El tiempo había avanzado en silencio y sigilo de modo imperceptible.

Su teléfono sonó con el anuncio de una radio llamada. Tomó el aparato.

—¿Lucía? ¿Qué pasa? Dijimos máximo veinte minutos. Vas cuarenta y cinco.

—Ya termino, Mario.

Volvió al estudio, miró la pantalla, faltaban todavía unos tres minutos, según indicaba, para que terminara de copiar toda la información en el *pendrive*.

Se quedó parada al lado de la PC esperando que terminara, pero avanzaba y se detenía varios segundos, y luego retomaba la copia.

—Lucía, se acerca el objetivo al departamento, tenés que salir cuanto antes —la voz de Quiroz se escuchó fuerte y clara. Los problemas que traían lo que anunciaba, también.

—Pensé que teníamos más tiempo —respondió Lucía.

El copiado de archivos pareció quedarse trabado unos interminables segundos, y luego una ventana informó que había ocurrido un error copiando unos archivos.

"Reintentar", apretó. El error persistía. "Ignorar". La computadora salteó el copiado del archivo y siguió copiando otros archivos, hasta que saltó un nuevo error. "Ignorar".

El proceso siguió y la ventana de error volvió a aparecer tres veces más. Ignorar, Ignorar, Ignorar.

Sonó el radio llamado.

—¿Lucía?

Tomó el aparato.

—Te copio, Mario.

—Tenés que salir ahora mismo de ahí.

Vio en la pantalla el avance de la barra de progreso. Estaba llegando al final.

—Estoy en eso.

Apoyó el teléfono en el escritorio y se levantó de la silla, inquieta. Respiró profundo. Todo iba a salir bien. No había por qué preocuparse.

Sonó una vez más el radio llamado.

—Se acabó el tiempo, Lucía. El tipo acaba de bajarse del auto y va derecho para el departamento.

Lucía se asomó por la ventana. Caminando sin apuro, en dirección al edificio, lo vio a Germán Erck.

Quiroz había calculado que no tendría que llegar hasta por lo menos las siete de la tarde, y eran recién las cuatro. Entonces a media cuadra se le unió, tomándolo del brazo, una rubia platinada que había aparecido de la nada. Ahora ya sabía por qué había vuelto antes de la oficina.

En dos pasos largos y rápidos quedó frente a la PC una vez más. Los archivos habían terminado de copiarse.

—¡¿Dónde estás, Lucía?! ¡Acaba de entrar al edificio con su amante! —sonó la voz de Quiroz y ella apagó el radio llamado.

El objetivo estaba adentro y no quería por nada del mundo encontrarse con él en el departamento. El viaje en ascensor le tomaría otro minuto por lo menos. Escuchó el sonido de finalización del copiado de los archivos, extrajo el *pendrive* de un tirón, apagó la computadora y acomodó la silla del modo en el que la había encontrado al llegar.

Del living del departamento escuchó cómo una llave se introducía en el cerrojo y comenzaba a destrabar la puerta.

Quiroz llegó trotando hasta donde estaba Sheila, que había visto alarmada cómo Erck entraba al edificio.

—¿Se encuentra bien? —le preguntó viendo al hombre que apenas podía respirar.

—Sí. Voy a entrar. La voy a sacar de ahí —dijo, entrecortado, sintiendo que el aire se le escapaba de los pulmones.

Metió la mano en la sobaquera y extrajo la 9 mm.

—Esperame acá, nena.

—¡No! —dijo Sheila, y se puso frente suyo intentando impedirle el paso.

El ex policía la apartó con fuerza.

—¡Fuera de mi camino! ¡No voy a abandonar a Lucía!

—Es que no va a hacer falta —dijo Sheila, señalando con el dedo índice a la altura del edificio que tenían en frente, allí vieron una figura agarrada de los barrotes del balcón.

Quiroz se restregó los ojos.

—Sabía que podía confiar en la piba —dijo con un dejo de orgullo. —Voy a ir a ayudarla.

—¿Qué vas a hacer?

Sheila no respondió, lo dejó parado ahí y fue a colocarse en la puerta del edificio, debajo de los ventanales, donde Lucía se desplazaba con agilidad, aferrándose a los barrotes del balcón del tercer piso para llegar al segundo. Las persianas bajas le evitaron miradas peligrosas.

Estiró un pie hasta hacer contacto con el enrejado de protección del piso de abajo. Apoyó el peso del resto de su cuerpo en el débil tejido, y sintió que algo cedía. Se aferró con mayor fuerza a los barrotes del segundo piso, y pasó su otro pie a la red del primero. Bajó el primer pie unos metros más, lo enganchó en la red, y cuando estuvo segura repitió la bajada.

—¡Toma esto, maldito bastardo! —dijo una voz infantil, y Lucía se paralizó un instante. Miró hacia abajo en diagonal. Allí, en el balcón, un nene arrastraba un camión de juguete encima de un soldadito de plástico.

Lucía tragó saliva, miró hacia el piso, Sheila la esperaba con los brazos abiertos.

—¡Saltá! Yo te sostengo.

Se llevó el dedo índice al labio para señalarle que hiciera silencio. Bajó unos metros más. Ahora podía ver al nene perfectamente. Estaba sentado con las piernas abiertas y un montón de juguetes a su alrededor.

—¡Pum! ¡Pum! ¡Pum! ¡Oh, no! ¡Me han herido!

Entonces el nene alzó la vista y la vio allí, colgando de la red de protección de balcones.

—Shhhhh —le dijo.

El chico le clavó los ojos y no dejó de mirarla cuando chilló:

—¡Mamaaaaaá!

—Shhhh, shhhh...

Lucía apuró el paso, se apoyó contra el enrejado, y una vez que hizo pie allí le costó mucho menos llegar hasta el borde del balcón.

El nene se levantó y corrió adentro del departamento. Lucía bajó una pierna que quedó colgando en el vacío y se inclinó para tomarse del reborde, entonces pasó la otra.

Escuchó pasos que se acercaban nuevamente.

—¡Te digo que acabo de ver a *Spider-Man*, mamá! El hombre araña. Aunque era una mujer. Quizás era su amiga, *Spider-Woman*.

—Pero, Oliver, acá no hay nada —respondió una voz femenina, incrédula.

—Sí, sí, mirá —la mujer y su hijo se acercaron hasta la protección de balcones.

—¿Ves que no hay nadie acá?

—¡Siiiií hay! ¡Mirá!

Lucía volvió a mirar a Sheila que la esperaba abajo, con los brazos extendidos, para agarrarla. Le quedaban todavía casi dos metros y medio hasta el piso. Se soltó en el instante mismo en el que la mujer, ante la insistencia de su hijo, examinaba hacia arriba y hacia abajo por fuera del balcón.

Sheila recibió a Lucía en el aire y estuvo a punto de perder el equilibrio. Cuando la mujer se asomó hacia abajo vio en la calle a dos mujeres fundidas en un beso apasionado.

—Indecentes —murmuró, y se metió adentro de su departamento—. Vamos, Oliver, no hay nada para ver acá, y ya es hora de que hagas los deberes.

En la calle, Lucía había estampado sus labios contra los de Sheila apenas había terminado de recuperar el equilibrio.

Sheila intentaba separarse, pero Lucía la había agarrado bien fuerte. Cuando supo que el peligro había pasado aflojó la presión y recibió el empujón de la chica.

—¡*Oi vey*! ¡¿Qué fue eso?!

—Callate que te encantó —dijo Lucía con una sonrisa pícara.

Sheila estaba sin palabras. Eso había sido demasiado. Había llegado demasiado lejos.

—Mario, ¿usted vio lo que hizo su amiga? —lo interrogó, incrédula.

—Tranquila, Sheila, el contexto lo requería. No fue un trabajo hecho como a mi me gusta hacer las cosas, pero ¿obtuvimos lo que queríamos o no? —Quiroz acababa de unirse a las dos, ya con los pulmones recobrados

—Claro —respondió Lucía mostrando el *pendrive* entre los dedos.

—Entonces no se diga más. Vamos.

Sheila se quedó parada en medio de la calle unos instantes mientras Lucía y Quiroz se encaminaban al auto del ex policía. Quería gritar, quería golpear a alguien, quería lavarse la boca, quería rezar. No quería llorar. Se pasó la mano por los labios como si pudiera sacarse el pecado con los dedos, suspiró resignada, y con un pequeño trote alcanzó a los otros dos que ya la habían dejado atrás.

Capítulo 48

Sheila, Quiroz & Lucía

Prefería estar en cualquier lado antes que dentro de esa cabaña incómoda en medio del patio de su casa. En cualquier lado no, en realidad sabía que prefería estar en la oficina de Quiroz revisando los archivos y fotos que la "amiga" del ex policía había sacado de la casa del ejecutivo de *Plásticos y Polímeros Co.*

Lo pensaba y sentía que le hervía la sangre. Qué insolente y atrevida había sido de aprovecharse de ella para besarla con la excusa de pasar desapercibida. Y vulgar. Nunca hubiera esperado encontrarse con una persona así en ningún lado. Ni siquiera fuera del mundo cerrado de *Tikvá Zhitomir* donde ya había conocido casi todo lo feo que el modo de vida de los seculares tenía para ofrecer.

Estaba morando en la *sucá*, como indicaba la ley judía para esos días de *Sucot*, junto con su familia. Su padre en persona, con la ayuda de sus hermanos menores, había alzado esas paredes de fibra de vidrio, y había dispuesto el techo con ramas, cañas de bambú, tallos y maderas, por cuyas rendijas, de noche, se filtraba un frío que helaba los huesos.

En su familia se tomaban con muchísima seriedad la recolección de las cuatro especies que debían encontrarse dentro de la cabaña. Unos días antes del comienzo de la celebración había llegado una encomienda directa de Israel con el *etrog*, los *hadasim*, los *aravat* y las *lulav*.

Para Sheila, la festividad de los tabernáculos siempre había sido una de sus preferidas. Pero este año sentía que todo eso que antes había disfrutado tanto ya no le representaba nada más que otra molestia en su camino. Sí, era bello armar las cabañas y habitarlas, incluso las comidas tradicionales allí adentro tenían ese espíritu de aventura que excitaba a los niños, pero todos los requerimientos, el estudio, la obligación de sostener las especies y sacudirlas, los rezos, todo eso que Sheila hacía desde hace años de forma rutinaria y sin reflexión le resultaban ahora estorbos en momentos en los que necesitaba ser parte del avance de la investigación que estaban llevando a cabo. Sabía que su padre nunca la dejaría abandonar la *sucá* para tales cosas y apenas si podía eximirse de morar para asistir a clases.

Sheila se sentía, una vez más, afuera de todo y en ningún lado.

En la oficina de Quiroz la revisión del material que había conseguido Lucía se estaba haciendo engorrosa.

Habían pasado el resto del día buscando algo de valor, pero de momento no habían encontrado nada. Habían pedido comida china y habían cenado en silencio como dos viejos conocidos o familiares para los que las palabras no eran una obligación.

El ex policía le había preguntado a Lucía si quería quedarse a dormir ahí pero la joven se había excusado diciendo que tenía que volver a su casa. Quiroz sospechaba que el novio del que había presumido cuando se habían reencontrado no existía en verdad. En todo el tiempo que habían pasado juntos no había dado ningún tipo de señal: no había llamado, ella tampoco lo había hecho, ningún mensaje, nada.

—¿Te alcanzo con el auto?

—Gracias, Mario, pero prefiero ir por mi cuenta.

El ex policía se alzó de hombros y la acompañó hasta la puerta de salida, un rato después de terminar la cena.

Volvió a la oficina y se acostó en el futón. Estaba cerrando los ojos cuando sonó su teléfono celular.

Fastidiado, se levantó para atender esperando que fuera Lucía que se había olvidado de algo, pero lo sorprendió la voz de Mirtha Conner, la viuda de Molina.

—¿Se encuentra en Buenos Aires todavía, Galimandi?

Sí, estaba en la ciudad y se había olvidado de su nombre clave, la personalidad que había asumido al irse a vivir a Bariloche.

Aclarándose la garganta le dijo que sí.

—Yo también he tenido que hacer una visita relámpago a Capital. Es una noche fría y estoy sola en la habitación del hotel. Me acordé de usted, de nuestras conversaciones de sobremesa. ¿Querría venir a hacerme compañía?

Dudó un instante. Era la primera propuesta directa que recibía en mucho, muchísimo tiempo. Terminó aceptando.

Se levantó, se vistió, se arregló lo mejor que pudo, y manejó hasta el hotel donde se alojaba la viuda. Pasaron el resto de la noche juntos, bebiendo en el bar del hotel, y luego en la habitación.

Al día siguiente Quiroz despertó con el brazo de la mujer cruzado sobre su pecho desnudo. Con cuidado de no despertarla se puso de pie, juntó su ropa, le escribió una breve nota agradeciéndole la noche, deseándole un buen viaje de regreso y un pronto reencuentro en Bariloche, o la ciudad que fuera. Cuando salió del hotel dudó acerca de si había hecho lo correcto con la mujer. Desde no revelarle su verdadera identidad, hasta lo que había sucedido la noche anterior, todo parecía incorrecto y la nota que le había dejado no había sino confirmado toda la estructura de engaños y verdades no dichas que había alimentado. ¿Quién era en realidad ahora? ¿Qué iba a querer hacer el resto de su vida? Sabía que su cuerpo se había deteriorado a una velocidad acelerada desde que había vuelto a la acción, pero la idea de volver a su abúlica experiencia campechana tampoco lo estimulaba.

Volvió a la oficina. Intuyó que ese día no volvería a ver a Lucía ni a Sheila, y decidió que él también podía tomarse un pequeño descanso. Pasó el resto de la tarde leyendo novelitas policiales que guardaba en el cajón de su escritorio. Por un momento se sintió en paz y libre de todo lo que lo fastidiaba.

Lucía apareció recién dos días más tarde. Parecía haber perdido un poco de la energía de la última vez. Su rostro denotaba cansancio, mientras que Quiroz se sentía recuperado, como nuevo.

—¿Estás bien, nena?

—Sí. No pasa nada.

El ex policía la atravesó con la mirada.

—Vení, sentate acá, y contale al tío Mario lo que pasó.

—No seas ridículo.

Quiroz dio unos golpecitos suaves con la palma de la mano al sillón, indicándole que se sentara a su lado.

Lucía, malhumorada, terminó cediendo.

—Me peleé con mi novio, Mario.

—Lo sabía.

—¿Qué sabías?

—En verdad pensé que lo habías inventado. Todo el asunto de tener un nuevo novio.

—No digas pelotudeces.

—Bueno —dijo Quiroz, y extrajo la 9 mm de la sobaquera, tiró para atrás la corredera y concluyó—, decime quién es y lo bajo.

Lucía empalideció.

—¿Qué? ¿Estás loco?

Quiroz se rió.

—Era una broma, Lucía.

—El día que me den gracia tus chistes te voy a pedir prestada la pistola para meterme un tiro en la boca.

El ex policía guardó el arma, se acercó a ella, y le pasó un brazo por encima del hombro.

—¿Qué hacés? —reaccionó la joven.

—Vamos, dejame darte un poco de afecto, sé que lo necesitás.

Su cuerpo tenso fue aflojándose hasta acurrucarse en el abrazo del ex policía.

—Te odio.

—Por eso es que nos llevamos bien, nena.

Estuvieron abrazados un instante y entonces Lucía pareció recobrar su impulso natural, y palmeándole la espalda a Quiroz lo instó:

—Vamos a seguir trabajando, ¿o para qué me estás pagando?

—Pensé que era por tu compañía.

Lucía apartó al ex policía con fuerza y se puso de pie.

—No cambiás nunca.

Se metió por el pasillo hasta el fondo, se sentó en la PC y se puso a revisar los archivos que había extraído de lo de Erck.

—Espero que no hayas pasado estos días solo divirtiéndote sobre el teclado con los videítos porque me daría mucho asco saberlo, Mario.

Quiroz apareció al lado suyo.

—No encontré nada interesante por ahora. Más allá de esos videos, claro.

Lucía le dio un empujoncito en el pecho.

—Dale, movete, necesito espacio para poder trabajar.

—Todo tuyo.

Lucía empezó a revisar una carpeta repleta de emails. Germán Erck parecía ser un gran redactor de correos electrónicos para múltiples intereses amorosos, con una prosa almibarada y tediosa; pero no había ningún rastro de algo que pudiera servir para dilucidar quién había matado a María Belén Lorenzo.

Al cabo de una hora volvió a sentirse frustrada. Quiroz la reemplazó en la búsqueda un rato, y después Lucía volvió a pedir la silla frente a la PC y siguió dos horas más hasta que encontró algo raro.

—A ver, vení un segundo que creo que acá hay algo —le dijo a Quiroz. El ex policía recorrió el pasillo desde la oficina al cuarto, se puso al lado del hombro de Lucía, se inclinó hacia adelante y clavó los ojos en la pantalla.

"Querida Lisa:

Tuve noticias de los lamentables hechos de sangre. Espero actualización acerca de pasos a seguir, etc.

Siempre al servicio,

Germán"

—¿Qué decís?

—Mhhh, ¿tenemos respuesta de la tal Lisa?

—Sí. Sintética, pero hay.

Abrió el correo electrónico que había respondido la tal "Lisa":

"Germán:

Fue un asunto de los 88. Estoy trabajando en la cuestión. Todo sigue igual a menos que lo indique. Borrá este y anteriores comunicaciones referidas al asunto.

A."

—¿Los ochenta y ocho?

—Es algo ¿no?

—¿Quién será A.?

—Supongo que tenemos suerte de que Erck no le haya hecho caso borrando este correo, ¿no?

—El típico error inculpatorio. ¿No hay una dirección de correo desde donde haya escrito?

—No dice mucho: ae@labaltosestudiosgeneticos.com

—¿Lab Altos Estudios Genéticos? Eso es donde encontraron a la segunda víctima de Danton —y le explicó brevemente la falsa pista del asesino serial que habían relacionado con el crimen de Lorenzo.

—Pero si este tipo no tuvo nada que ver con el asesinato de María Belén...

—Eso pensaba hasta ahora, pero todo puede ser en este caso. A ver nena, entrá en la página web de estos del Laboratorio de Altos Estudios Genéticos, ¿querés?

Lucía tecleó y entró en una prolija página web donde predominaban los espacios en blanco, las fotografías de científicos y técnicos de laboratorio, trabajando con mamelucos industriales, cofias y todo tipo de protección de esa que había visto Quiroz en su breve paseo por el lugar del crimen de Salcedo.

—Sí, parece un laboratorio.

—Un momento —Quiroz había notado algo que lo inquietaba—, ¿podemos ver bien el logo de esta compañía?

—¿Otra vez con los logos? —subió de nuevo hasta el comienzo de la página y encontró una imagen con el isotipo de la compañía. Hizo *click* sobre él y quedó solitario en el visor de imágenes.

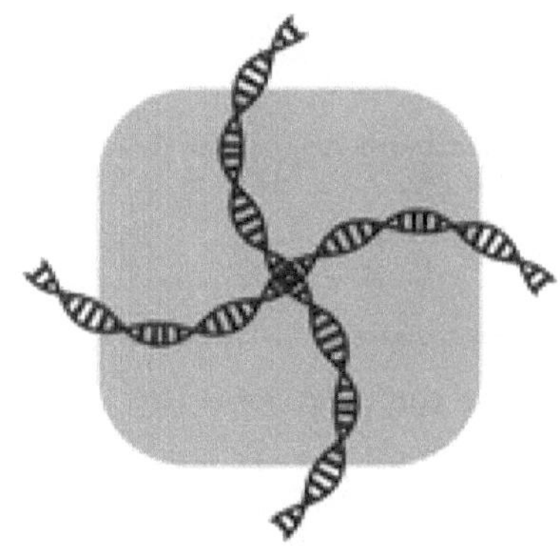

—Haceme lo mismo que hicimos con la imagen del logo de *Plásticos y Polímeros Co.* —le pidió—. Ya sabía que ese logo tenía algo raro la primera vez que lo vi.

—¿Lo del dibujito de la esvástica?

—Yo la veo bien clara acá. ¿Vos no?

Lucía abrió la imagen y trazó las líneas como había hecho Quiroz la vez anterior con el logo de *Plásticos y Polímeros Co.*

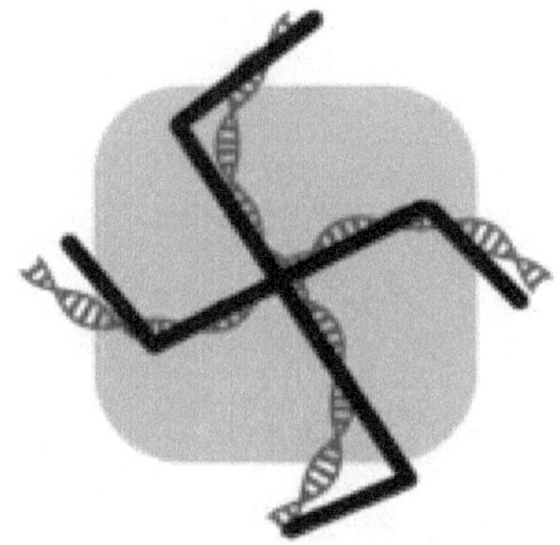

—Hay dos posibilidades acá, querida Lucía. La primera es que esto sea una cruz esvástica escondida en el logo. La segunda, que el trabajar tanto tiempo con estos judíos de mierda me hayan hecho pensar en sus propios términos paranoicos.

—Me interesaría más saber qué es eso del ochenta y ocho que menciona A. en el email —dijo Lucía.

—Sí, a mí también. Esto puede no ser más que una coincidencia, pero habría que seguir para estar seguros.

—¿Qué sugerís?

—Me cansé de estar encerrado en esta oficina, necesito salir a tomar algo de aire.

—¿Quiere ir a la plaza a darle de comer a las palomas, abuelo?

Quiroz verificó que su 9 mm siguiera firme en la sobaquera, era más cómoda que el revólver, pero también más liviana, y a veces se olvidaba de que la tenía consigo, levantó su saco del respaldo de la silla y le dijo a Lucía:

—Seguí buscando información que yo voy a salir a hacer unos mandados.

—¿Me vas a dejar acá sola?

El ex policía sonrió triunfal:

—Nena, ya sabés que sos de la familia. Mientras no me encuentre con la oficina incendiada cuando vuelva, va a estar todo bien.

—Quizás sí la encuentres incendiada.

—Un riesgo que estoy dispuesto a correr —dijo, mientras se ajustaba el cinturón de su pantalón para luego salir.

Capítulo 49

Quiroz

El automóvil se detuvo frente al parque y Quiroz bajó, estiró las piernas, los brazos y también la espalda. Caminó unos pasos, sintió cómo los miembros entumecidos se iban despabilando a cada paso.

Se dirigió directamente al banco donde solían parar los *punks*. Y ahí estaba, como siempre, Nina. Pero ni rastros del Pasti Suárez ni de Jo.

El ex policía caminó con decisión hasta la chica que no se movió. A su alrededor pasaban *skaters* haciendo piruetas sobre las plataformas de cemento. Lo ignoraban como si fuera invisible, o inmaterial, y pudieran atravesarlo.

—Nina.

La muchacha alzó la vista del piso y Quiroz supo que su presencia la intimidaba por el modo en que cambió la expresión de su rostro, de la nada al temor. Pero intentó disimularlo.

—¿Otra vez? —dijo la chica y escupió al piso justo al lado de donde estaba parado el ex policía.

—¿No te enseñaron que es de mala educación andar escupiendo?

—Nosotros escupimos a los que queremos. Es nuestra forma de manifestar afecto.

—Me alegra sentirme querido, entonces.

—Y a mí me importa una mierda cómo te sentís. ¿Qué querés, viejo puto?

—Hagamos de cuenta que no dijiste eso. Decime dónde está el Pasti y con eso quedamos a mano.

La chica movió la cabeza hacia un costado como buscando ver si alguien estaba escuchando la conversación.

—¿Me estás cargando? Después del tiro que le metiste se rescató. Ahora está re careta. Ya no nos hablamos.

—¿Dejó esta vida?

—Su vieja lo llevó a trabajar de las orejas.

Quiroz se cruzó de brazos.

—Decime dónde está.

—¿Y qué gano a cambio yo?

Quiroz sacó la billetera y comenzó a contar billetes.

—No, guita no quiero.

—¿Entonces?

—Que la poli no joda más en la plaza. Todas las tardes hay *razzias* desde que viniste por primera vez y se armó todo el bardo ese.

Quiroz ya no tenía influencia dentro de la Federal pero le prometió que iba a hacer los llamados necesarios.

Nina desconfiaba, tenía la boca y los ojos torcidos y la espalda encorvada.

—Te voy a tirar el dato, pero más vale que la poli no joda más.

—Prometo hacer todo lo que pueda —y pensó que el llamado lo iba a hacer, pero de ahí a que alguien le atendiera el teléfono era otra cuestión.

—El Pasti está laburando en el McDonald's del Obelisco.

Quiroz reprimió una carcajada pero algo se filtró en su rostro porque Nina lo interpeló con violencia:

—¿Qué tiene de gracioso?

—Nada, me parece perfecto. Una compañía que le da la oportunidad de reinsertarse socialmente a todos. Incluso a una rata miserable. Me parece bien.

—Sí, es una cagada. A veces me da pena porque era buen pibe y nos divertíamos cuando paraba por acá. Pero ahora ya fue.

Quiroz agradeció y se despidió.

Volvió al automóvil y manejó hasta el centro, estacionó sobre la avenida, colocó sobre el parabrisas el cartelito que había conservado de sus buenas épocas, con autorización para estacionar en cualquier lado por pertenecer a la Policía Federal, y bajó.

Entró al local, hizo un sondeo general del lugar hasta que localizó a Suárez; estaba detrás de una caja, atendiendo el pedido de una familia numerosa, y una fila bastante prolongada seguía detrás. Se había quitado los aros de la nariz y la cara, y ahora le habían quedado, apenas, unas manchas rojas en donde habían estado, se había arreglado el cabello que ya no tenía rastros de tintura, ni cortes azarosos. Estaba irreconocible. Casi parecía un adolescente decente, con la cara llena de acné, como cualquier otro empleado de la cadena.

El ex policía se puso al final de la fila y esperó que le tocara su turno de ser atendido. Avanzaba rápido pero detrás suyo se fueron sumando una decena de clientes.

—Buenas tardes, bienvenido, ¿qué le puedo servir? —dijo el muchacho, maquinal, sin advertir a quién tenía en frente.

—Quiero un combo ochenta y ocho —dijo el ex policía.

—Disculpe señor, los combos llegan hasta el número seis —siguió Suárez por defecto, pero entonces se dio cuenta con quién estaba hablando—. ¡Usted!

—Shhh, no nos pongamos nerviosos que hay mucha gente y no querés que tu supervisor te rete.

—¿Qué querés? Salí de acá. Alejate de mí o llamo a la policía. Sabés que lo voy a hacer —dijo el ex chico *punk*, sin convencimiento, dando unos pasos hacia atrás de la caja.

—¿A la policía? ¿No era que ustedes los *punks* eran todo *Fuck the Police*?

—No sabía que los ratis ahora hablaban inglés —dijo el chico, arrimándose por encima del mostrador hacia Quiroz.

—Siempre hablamos un solo idioma —dijo Quiroz, y le acercó el puño cerrado abajo de la mandíbula—. Ahora, podemos hacer esto de modo muy fácil. Solo tengo una pregunta para hacerte.

—Venís acá y me amenazás, ¿estás loco?

Los compradores detrás de Quiroz comenzaron a impacientarse y a pedir que avanzara más rápido.

—Vamos, señor, decídase y haga su pedido.

—Ya voy —dijo el ex policía.

Un supervisor se acercó a la caja.

—Raimundo, ¿todo bien? ¿Necesitás ayuda con este cliente?

—No, no necesita nada.

—En realidad sí, necesito tomarme un segundo de descanso para ir al baño —dijo el chico.

El supervisor se fijó en su reloj, evaluó un instante lo que pasaba, y concedió por fin.

—Andá.

Suárez salió de la línea de cajas y se metió en el baño de empleados. Quiroz notó que rengueaba. Eso debía haber sido lo más humillante del trato que le había dispensado. Lo siguió y se metió con él.

—Eh, ¿qué hacés? Es solo para empleados.

—Cortemos con esto rápido, me voy y te prometo que no vuelvo a joderte.

Suárez suspiró fastidiado.

—Cuando nos vimos la vez pasada —dijo Quiroz sin esperar una respuesta— mencionaste a unos *skinheads* o *boneheads*, unos neonazis en relación con María Belén, ¿te acordás?

El chico asintió, apesadumbrado.

—Bien, así me gusta. Entonces te pregunto ¿el número ochenta y ocho te dice algo? ¿Tiene algo que ver con todo esto?

Raimundo miró al ex policía, extrañado.

—Comando Nacionalista 88. ¿No sabés nada de ellos? ¿Así hace su trabajo la policía? No me sorprende que no sirvan para nada.

—¿Comando Nacionalista 88? ¿Qué se creen que son estos? ¿Los de la película de *Kill Bill*?

—No sabía que te cabía esa onda, viejo.

—Me gustan las películas de acción y policías, ¿estamos?

—Pero el ochenta y ocho es por *Heil Hitler!* Pensé que en la policía les enseñaban esas cosas.

—¿De qué carajo me estás hablando?

—La H es la octava letra del alfabeto. En clave, ochenta y ocho es HH o sea *Heil Hitler!*

—¿Entonces? ¿Qué hay con ellos?

—No sé, vos viniste y me preguntaste por *boneheads* y el número ochenta y ocho. Te conté lo que sé.

—¿Puede ser que la vez que la conociste a María Belén, en ese enfrentamiento con *skinheads* del que me hablaste, hubieran estado involucrados los del ochenta y ocho?

—Y yo qué mierda sé. Es posible, o no. Ni idea. Esa noche hubo de todo. Son tipos pesados. Se rumoreaba que fueron los que incendiaron hace un tiempo ese internado para mujeres de los judíos.

Quiroz se acordaba de esa noche. Sheila había escapado con vida por poco y se había ido a los brazos de Sebastián. Todo parecía relacionarse una vez más.

—¿Viste? Colaborando es todo más fácil para todos —dijo Quiroz, y salió del pequeño cuartito de baño con olor a desinfectante y aspecto deprimente.

Ahora solo tenía que ver de qué manera ese tal Comando Nacionalista 88 se relacionaba con Erck y con ese tal A., aunque por lo que había leído en los emails, seguramente no iba a tener que rascar demasiado en la superficie para que la verdad emergiera.

Salió del local y sacó su teléfono, marcó el número de Lucía.

—Nena, ¿seguís ahí en mi oficina? Necesito que vayas buscando en la internet toda la información que puedas acerca de un tal Comando Nacionalista 88. Voy para allá.

No esperó respuesta, cortó la comunicación, y se metió de nuevo en el auto.

Capítulo 50

Sombras

Bajó el cuchillo con toda su fuerza y sintió cómo se le sacudía el brazo ante el contacto con el hueso. Serruchó con paciencia hasta que el trozo de carne se desprendió y pesó el pedazo más grande de los resultantes.

—Un kilo novecientos, ¿está bien, señorita Lehrer?

—Sí, gracias, Lazslo.

Fingió una sonrisa, embolsó la carne y se la dio a la clienta.

—Le cobran en caja.

—*Shalom* —se despidió la mujer.

"Sí, *shalom*," pensó, "no vas a decir lo mismo cuando vayas de camino a la cámara de gas."

Estaba fastidiado. Unas moscas zumbaban alrededor de la heladera.

Su jefe, Moshé Libersohn, conversaba animadamente ahora con la muchacha Lehrer. ¿Sheila se llamaba? Era una pelirroja preciosa, y por un momento sintió algo de pena en saber que ella también iba a tener que morir. Pero era impura. Impura y sucia al igual que todos los judíos que compraban allí. Carnicería *kosher*. Habría hecho cualquier cosa por el Partido y por los ochenta y ocho, pero eso de estar trabajando infiltrado, rodeado de tanta pestilencia lo afectaba especialmente.

Algunas veces robaba trozos de carne que llevaba a su búnker y los metía en el *freezer* destartalado que había podido conseguir. Todavía tenía que pensar qué iba a hacer con sus padres. Había tiempo. Pero sabía la respuesta: no tenía provisiones ni lugar para ellos ahí abajo.

—Lazsloooo —la voz con ese asqueroso acento *iddish* de Libersohn lo distrajo de sus pensamientos—. Espero que le hayas dado el mejor corte a Sheila, mirá que es la hija del gran rabino Moshé Lehrer. Solo le damos lo mejor a esta familia.

—Sí, señor Libersohn —respondió Lazslo a la pregunta que siempre, invariablemente, le hacía—. Solo lo mejor. Lo sé.

—*Baruj HaShem*, menos mal. ¿Todo en orden por casa, querida Sheila? ¿El regreso de Moshé?

La pelirroja le dedicó una sonrisa de cortesía al vendedor, se despidió con gentileza y recato, y salió. Caminó distraída, el barrio estaba muy sucio últimamente, pensó. Había perdido un poco de su color animado, los árboles parecían descuidados, la cuadra estaba llena de basura, las paredes pintadas con aerosol. "88", leyó una pintada que tapaba casi toda la pared lindante a la carnicería del señor Libersohn. ¿Quién querría arruinar una pared con algo así?

Lazslo descargó otro golpe de cuchillo sobre un trozo de res. El trabajo en el matadero le había sentado mejor. Era un trabajo parecido, aunque con más exigencia física pero a cambio casi no tenía relación con los judíos, ni tenía que soportar la pausada y cansada voz del viejo Libersohn arrastrando las vocales para pedirle que hiciera los mejores cortes para Lehrer, o Gorovitz, o Rosenthal, o quien fuera que entrara a esa carnicería inmunda.

El matadero había cerrado poco antes de que encontraran a uno de los hermanos Lehrer muerto en uno de los tambores para sacrificar reses. Durante unos meses había creído que iba a estar a salvo de trabajar para los judíos y había ayudado en el pequeño local de modista y sastre que tenían sus padres. Pero el Partido le había pedido de nuevo el sacrificio, y si bien al principio no había querido saber nada con todo eso, había terminado aceptando porque todavía sentía gusto en cortar carne y mancharse las manos con sangre y porque haría cualquier cosa que le pidiera Ailse Enzweiler.

Capítulo 51

Quiroz, Sheila & Lucía

Quiroz manejaba lo más rápido que podía entre las calles congestionadas de la ciudad. En la primera luz roja de un semáforo que lo detuvo buscó su teléfono, lo enchufó al manos libres, y marcó el número de Yael Zinman.

—Tengo una sola pregunta para hacerle: ¿por qué ustedes, hijos de puta, no me dijeron nada de que los dueños del laboratorio de estudios genéticos donde mataron a Salcedo están metidos con un partido neonazi?

Escuchó duda del otro lado de la línea.

—Veo que ya lo averiguó.

—¡No gracias a ustedes!

—Era información confidencial. Sabemos que no hay relación entre la muerte de Salcedo y Vázquez, y la de Lorenzo.

—Eso está claro, ¡pero me ocultaron información!

—Digamos que tenemos nuestras precauciones desde el momento en que se encargó de ese muchacho en la plaza de modo tan... digamos... expeditivo.

"Modo tan expeditivo" repitió en tono de burla y en voz baja, Quiroz. Se guardó lo que quería decirle a Zinman.

—No confían en mis métodos, pero igual me contrataron.

La luz cambió a verde y Quiroz pisó el acelerador, pasó de primera a segunda, tercera y cuarta en velocidad en cuestión de segundos.

—No creímos que fuese relevante para que terminara su investigación.

—Lo es. Y la próxima vez agradecería que no tomen este tipo de decisiones sin consultarme. ¿Qué es lo que saben del asunto?

Volvió a escuchar un suspiro resignado del otro lado de la línea.

—¿Se acuerda de ese hombre tan exaltado que conocimos en la escena del crimen? ¿El dueño de la compañía?

—Un tipo con apellido alemán.

—Griswald Enzweiler. Y su hija, Ailse Enzweiler.

—¿Qué hay con ellos?

—Están en nuestros registros. El patriarca familiar, Fritz "Francisco" Enzweiler, padre de Griswald, y abuelo de Ailse, es el fundador del Partido Nuevo Despertar y el editor de un periódico partidario, un libelo llamado *La Lucha por la Verdad*.

—¿Nacionalistas?

—Nacional socialistas. Nazis.

—¿Acaso están relacionados con un tal Comando Nacionalista 88?

—Déjeme ver —dijo el otro y Quiroz escuchó cómo tipeaba—. Sí. Hay algo de información. Un grupo de choque disperso que estuvo involucrado en algunos incidentes antisemitas y anti extranjeros. Mhhh, bueno, si esto no es una casualidad...

—¿Qué?

—Nuestros informes dicen que Ailse Enzweiler, alias Lisa, estaría detrás de las acciones del Comando.

—Vaya sorpresa.

—Ni Griswald ni Ailse están afiliados al Partido Nuevo Despertar.

—Pero forman parte. Está claro. El 88 es el grupo de choque de Nuevo Despertar, —Quiroz masticó la información. No respondió nada más y cortó la comunicación.

Sheila apoyó la bolsa con la carne *kosher* recién comprada en la mesada de la cocina, se lavó las manos y salió al patio donde la *sucá* se alzaba como una forma artificial que interrumpía la rutina cotidiana.

Desde adentro se escuchaban voces festivas y exaltadas. Entró y lo vio: allí estaba de nuevo Leib Schelling, recuperado de sus heridas, aunque llevaba un cabestrillo en su brazo derecho. Por lo demás, parecía el mismo hombre de siempre, jovial y alegre, como si no hubiera recibido una bala en el cúbito. Se encontraba conversando animadamente con su padre y el rabino Jaim Gorovitz, mientras su madre y sus hermanos jugaban en otro rincón de la cabaña.

Leib la vio entrar y se disculpó con los otros hombres un instante. Moshé Lehrer le apoyó la mano en la espalda y le dijo unas palabras que Sheila no llegó a escuchar.

—*Shalom*, Sheila.

—*Shalom*, Leib —respondió ella con frialdad.

—¿No te alegra verme bien?

—Me alegra que estés repuesto. Un tiempo de recuperación milagroso.

El muchacho entendió el tono de voz con el que ella le había hablado.

—Algo te molesta, algo te incomoda de mi presencia.

Sheila estaba cansada de todo eso.

—Confié en vos, Leib Schelling. Pero ya me enteré de que fue mi padre quien te envió a controlarme.

El Gólem se encorvó como si de pronto su espalda hubiera perdido un soporte.

—Todo lo que hiciste fue por orden de mi padre. ¿Incluso abrazarme? ¿Incluso intentar enamorarme? Qué digo, claro que sí. Mi padre quiere eso, ¿no? Un buen judío con el que me case.

—No, Sheila, eso no fue lo que me pidió Moshé. Sí que te cuide. Enamorarme de vos fue una consecuencia secundaria. Pero me imaginé que este momento llegaría. Y algo aprendí a conocerte en este tiempo, por eso te escribí esta carta —dijo el muchacho, extrayendo del bolsillo un sobre blanco con el nombre de Sheila escrito con prolija caligrafía.

Ella no le creía. Dudó. Se quedó un instante parada frente a ese hombre, sin saber qué hacer o decir.

—Al menos aceptala. Por cortesía.

Sheila tomó el sobre y lo guardó.

—¿Qué te hace pensar que no lo voy a destruir apenas te des vuelta?

—Sé que querés creer en mis buenas intenciones. En la carta está todo explicado.

—Necesito estar sola —respondió Sheila, y Leib asintió.

Volvió a la reunión de hombres y la miró una vez más pero solo encontró el rostro serio de la muchacha.

Se sentía incómoda. Decidió que no tenía nada que hacer ahí, compartiendo ese espacio con su familia y los demás, necesitaba un poco de aire.

—Voy a salir un rato, mamá —le avisó a Rivka que no llegó a responder cuando su hija, decidida, ya había abandonado la *sucá*.

Quiroz entró en la oficina.

—Mario. Hice algunas averiguaciones de lo que me pediste —dijo Lucía que lo recibió sentada en la silla giratoria detrás de su escritorio, tenía las piernas apoyadas sobre el escritorio y fumaba un puro.

—Tomate la confianza que quieras, nena. Total estás en tu casa, —recriminó Quiroz con ironía, arrojando su saco encima del sillón.

—Ese Comando Nacionalista 88. Son unos animales. Un grupo de barrabravas y delincuentes involucrados en violencia racial. Persiguen bolivianos, peruanos, judíos, todo lo que se cruce por su camino. Algunos de sus cabecillas están en prisión, pero siguen bien activos. Se mueven mucho en Parque Rivadavia donde venden su propaganda.

—¿Persiguen peruanos, dijiste? De haber sabido los llamábamos para que nos dieran una mano con Ayala.

Lucía no encontró divertido el comentario.

—Te agradezco, nena —siguió Quiroz—, lo demás ya lo averigüé por la mía. El Comando Nacionalista 88 es el grupo de choque del Partido Nuevo Despertar.

—¿Y el Partido Nuevo Despertar está relacionado tanto con *Plásticos y Polímeros Co.* como con el *Laboratorio de Altos Estudios Genéticos*?

—Vos misma lo leíste en esos emails, querida. ¿Quién sabe con qué otra compañía tienen relación?

—¿Qué tipo de vínculo tendrán con esas empresas?

—No sé. Quizás quieren conquistar el mundo por la vía del capitalismo salvaje. Qué carajo sé yo.

—Estuve viendo algunas cosas en tu ausencia, Mario. Encontré unos foros de internet con gente que dice pertenecer al Comando Nacionalista 88.

—¿Foros de internet? ¿Y eso qué es?

—Tablones de discusión *online* —dijo Lucía—. La gente se mete ahí para discutir de cualquier cosa.

—¿Nazismo?

—Fotos de gatitos, comportamientos de famosos, cualquier cosa que se te ocurra, incluido nazismo, claro. Sobre todo nazismo, diría.

Quiroz sintió que le empezaba a doler la cabeza una vez más.

—Hacela corta —dijo, cuando escucharon que sonaba el timbre.

Los dos se miraron.

—¿Esperabas a alguien? —preguntó Lucía.

—No. ¿Vos no pediste algo de comida?

—Tampoco.

Quiroz prendió el monitor del portero eléctrico.

—Es Sheila —anunció por fin—. Bajo a abrirle.

Lucía terminó el cigarro y aplastó la colilla contra un cenicero casi vacío.

La puerta volvió a abrirse y entró Quiroz, seguido de Sheila quien pidió permiso para pasar.

—Dale, entrá de una vez.

Estaba Lucía ahí adentro. Tendría que haberlo supuesto. Bajó la cabeza y se acercó para saludarla. Entonces vio la remera que llevaba la amiga de Quiroz.

Vestía las mismas calzas de la vez anterior y unos borceguíes negros altos, pero lo que la dejó muda fue la remera negra que decía en letras de vinilo blanco *I Kissed a Girl*, y debajo, en una tipografía de menor tamaño, *And I Liked It*.

Se detuvo en medio de la oficina antes de llegar a saludar a Lucía.

—Señor Quiroz —dijo, acalorada—, no sabía que sus amigas fueran así de maleducadas y burlonas. Temo que ya no tengo nada que hacer acá —comenzó a caminar hacia la puerta de salida.

Quiroz sintió que le agregaban una brasa encendida a su cabeza que ya era un hervidero.

—¿Qué pasa ahora?

—La remera que lleva su amiga —dijo, sin mirar a Lucía.

—No es nada, Mario, no sabía que estos monstruitos supieran leer en inglés.

—¿Monstruitos? —preguntó, acalorada, Sheila.

Lucía le sonrió, irónica.

—A ver —dijo Quiroz apoyándose contra la pared—, última vez que se los pido: ¡se calman las dos, la puta madre! ¡Estamos intentando resolver un asesinato acá! ¡Esto no es *Festilindo*!

—¿Festiqué? —dijeron las dos mujeres al mismo tiempo.

—¿Ven? Al final tienen cosas en común. Hermanadas por la ignorancia. Ahora déjense de joder de una puta vez y pongámonos a trabajar.

Las dos mujeres se midieron con la mirada hasta que Lucía no pudo evitar sonreír.

—No sé de qué te reís —la acusó Sheila.

—De nada. Vengan que les muestro lo que encontré en los foros.

Pasaron al cuarto del fondo y se sentaron alrededor de la computadora.

—Mire esto, oficial —dijo, señalando con una birome el último comentario de una conversación que llevaba años abierta, y olvidada, acerca de recomendaciones de lectura para *Mi lucha* de Adolf Hitler.

—¿Qué hay ahí?

—Un comentario que pareciera ser que alguien se olvidó de borrar y no debería ir acá.

—¿Por qué?

Lucía no le prestó atención al ex policía y leyó.

—Estos son foros públicos administrados por militantes que no ganan dinero haciéndolo. A veces hay recambio de administradores, otras veces pereza, otras veces nadie se da cuenta. Este es un *thread*, una discusión vieja. El comentario tiene poco más de un mes. Quizás nadie se dio cuenta esto que dice.

—Leeme.

ElCaudillo18 dice: Me enteré lo que hizo el croata con esa medio judía que infectó el Comando durante tanto tiempo. Ahora si tiene algo de dignidad debería castrarse. Es de animales inmundos revolcarse con una judía.

Seig Heil!

—¿Qué le parece, oficial?

Quiroz sintió una oleada de triunfo invadirle el cuerpo; Sheila, por el contrario, sintió que le bajaba la presión.

—Muy bien hecho, nena.

Lucía agradeció el comentario levantando la cabeza como un gato al que se le acaricia el cuello.

—Cuando leí "el croata" me puse a buscar en los documentos de Erck alguna referencia posible a ese sujeto, y encontré esto —dijo, y abrió uno de los correos electrónicos rescatados de la computadora del empresario. Leyó en voz alta:

Querida Helga:

Te voy a contar lo que sé acerca del asuntito del croata solo porque sos vos y porque no puedo dejar de pensar en tenerte a mi lado, en la cama, ahora mismo. Pero no podés decir nada de todo esto. Solo lo saben muy pocos dentro del Partido. Obviamente una persona de mi posición tiene acceso a este tipo de datos, pero no quiero enterarme de que filtres nada de todo esto para afuera porque te cuelgo de un árbol.

Lo que pasó fue que los muchachos del 88 se enteraron que la mocosa tenía un abuelo judío. La vergüenza para el croata fue tremenda. Su ex novia, una rata. No tuvo otra opción.

¿Venís a casa el jueves?

Sabés qué cositas te quiero hacer.

—Asqueroso —dijo Sheila.

—Esto es oro puro. El hijo de puta ese con tal de acostarse con una pendeja es capaz de soplar hasta a su madre —aseguró Quiroz—. Y nuestro asesino dejó esa estrella de David pintada con la sangre de la víctima en la pared.

—Para demostrar que su sangre era judía. Una marcación. Siempre se nos señaló a los judíos haciéndonos llevar una estrella de David. En este caso, el significado es más simbólico aún: la sangre de la víctima demostraba que era judía —concluyó Sheila la idea.

—Exactamente. No lo hubiera dicho tan lindo, pero era lo que estaba pensando.

—Ahora tenemos que averiguar quién es ese croata y tendremos al asesino —dijo Quiroz.

Una nueva pista se abría, pero de nuevo estaban al borde de un camino desconocido.

Entonces Sheila se despabiló súbitamente.

—Yo conozco un chico al que le dicen "el croata" y casualmente la puerta del lugar donde trabaja amaneció hoy con una pintada de un ochenta y ocho en letras negras gigantes.

—Hablá —dijo Quiroz sin poder ocultar el vértigo de la excitación.

Capítulo 52

Sheila, Quiroz & Lucía

"Los problemas son al hombre lo que el óxido al hierro", pensó Sheila mientras concentraba las miradas del ex policía y su desagradable amiga. Tan distintos a ella y al lugar de dónde venía. Pensó en Leib Schelling. El sí podría entenderla mejor, pero había traicionado su confianza, debería haberle dicho que actuaba porque su padre se lo había ordenado.

—La carnicería *kosher* de la vuelta de casa.

—¿Qué hay con eso?

—Hace unos meses empezó a trabajar un chico nuevo en lo del señor Libersohn. Le dicen "el croata".

Sin decir una palabra más el ex policía se arrimó a la puerta.

—Marcá el camino, Sheila.

La carnicería *kosher* se ubicaba en una esquina vistosa y tenía aspecto decadente. El cartel anunciaba todo tipo de cortes de carne certificadas rabínicamente, y Quiroz sintió un escalofrío al recordar su aventura en el matadero.

—Voy yo —dijo Sheila— que ya conozco al dueño.

Se metió dentro del local de vidrios sucios.

—*Shalom,* señor Libersohn.

—Sheila Lehrer, de nuevo por aquí. ¿Se te olvidó algo?

—No, nada. En realidad quería preguntarle por su empleado, aquel chico al que mencionan como "el croata".

El carnicero, un hombre de larga barba ceniza, entornó los ojos.

—Acaso... ¿estás pensando en relacionarte nuevamente con un *goy*, querida Sheila?

—¡*Oi va voi*, señor Libersohn! Desde luego que no. Pero necesitaría contactarlo por un asunto importante.

El hombre no pareció convencerse de que Sheila le estaba diciendo la verdad. Toda la comunidad se había enterado de sus relaciones flexibles con un chico *frei*, un judío ateo, y él no iba a ser el responsable de poner a la princesa de *Zhitomir* en manos de otro hombre que no fuera del seno mismo de *Tikvá*.

—Y... ¿tu padre sabe algo de todo esto?

—No, y preferiría que no le cuente. Le juro que no tiene nada que ver con relacionarme con este chico. En este momento mi corazón está con Leib Schelling —mintió.

El carnicero sonrió de alegría, se llevó las manos bonachonas alrededor de la panza, y respiró aliviado.

—¡Empezar por ahí! El chico Schelling es un buen *yid*.

El hombre se enredó la barba con los dedos.

—Lazslo. Lazslo Brager es mi muchacho. Ya se fue. Cuando sale de acá a veces ayuda a sus padres que tienen una marroquinería. Podés ir a ver si lo encontrás allí —le dijo, y le indicó cómo llegar hasta el local.

Sheila agradeció y volvió al auto donde la esperaban Quiroz y Lucía.

—Tengo una dirección —dijo, y se la pasó al ex policía que la apuró para que se subiera.

"Sastrería Brager" decía el cartel modesto, por encima de la puerta de un local, que también se mostraba modesto por dentro: un pequeño cuartucho repleto de rollos de telas, dos máquinas de coser, una tabla alargada donde se acumulaban piezas de vestidos y arreglos a medio terminar, tijeras, trozos de tiza, hilos, y un par de reglas de madera.

Sheila dio un paso adelante, pero Quiroz la apartó con delicadeza anteponiendo su brazo.

—Esta vez hablo yo —dijo, y entró en el local seguido por las dos mujeres.

Un hombre de unos cincuenta y cinco años, espalda encorvada y casi sin ningún cabello en la cabeza, se acercó con gentileza:

—Bienvenidos, en qué los puedo servir.

—¿Usted es el padre de Lazslo Brager?

El hombre hizo una mueca de sorpresa, y luego afirmó con cautela:

—Así es, ¿hay algo que pueda hacer por ustedes?

Quiroz respondió estampándole un puñetazo en el medio de la cara.

Sheila y Lucía dieron un grito de sorpresa. Detrás del cortinado apareció una mujer que, apenas vio la escena desarrollarse, también gritó.

El ex policía sacudió la mano que había crujido con el golpe que le había dado al hombre, y sin inmutarse, mientras reinaba la sorpresa, se acercó a la vidriera del local y corrió una cortina, dio vuelta el cartel de "Abierto" para que indicara "Cerrado", y volvió hacia el hombre que ahora yacía en el piso.

—¡¿Qué hizo, Mario?! —preguntó horrorizada Sheila.

—Así nos ahorramos tiempo. Además, hasta donde sabemos, esta basura humana es el padre de nuestro asesino. No me van a decir que no se lo merece.

El hombre en el piso se llevó la mano a la nariz. Estaba sangrando.

Profirió unos gritos en un idioma que ni Quiroz ni sus dos compañeras pudieron entender, y entonces la mujer que había estado detrás de la cortina corrió a sus pies y lo abrazó.

—Señor Brager, tenemos serias sospechas de que su hijo está involucrado con un grupo neonazi, y que además es el responsable del asesinato de una chica inocente. Espero que sepa entender que si llegaba y le decía esto, simplemente me iba a echar con cordialidad de su local. Nos ahorré a todos precioso tiempo—dijo Quiroz, satisfecho.

La mujer en el piso gritó algo que, de nuevo, no entendieron.

—Castellano, por favor —dijo Quiroz.

—Usted no tiene vergüenza.

—Si cree que esta es la primera vez que me lo dicen algo, mejor apueste a los caballos. Va a tener más chances de ganar.

El matrimonio ahora lloraba en el piso.

—Nos fuimos de Croacia para escapar de la violencia, y tenemos que soportar que cualquiera entre a nuestro negocio y nos golpee.

Lucía la miró preocupada a Sheila que le devolvió el gesto. Por primera vez parecía no haber recelos entre las dos, sino un miedo compartido a lo que podría llegar a suceder a continuación.

Quiroz extrajo su libretita negra del bolsillo.

—Vayamos por partes. Nombres.

—¡A la policía voy a llamar! ¡Váyanse inmediatamente de mi negocio!

Sheila se acercó al matrimonio, se puso en cuclillas frente a ellos, y los tranquilizó con palabras suaves:

—Colaboren con el señor y nos vamos. Se lo juro.

Lucía agregó:

—Es un buen tipo, siempre que no lo jodan.

El matrimonio croata intercambió palabras incomprensibles.

—Adrijan Brager —dijo, por fin, el hombre con tono cansado.

—Mi nombre es Biserka, y soy la madre de Lazslo. No creo ninguna de las acusaciones que hicieron acerca de mi hijo.

—Qué nombres.

—Significa Perla —respondió Biserka, ofendida.

—No estamos acá para un curso de origen y significado de las palabras, vayamos a lo concreto: ¿dónde está su hijo?

Los padres se miraron.

—No lo sabemos.

—¿Qué significa eso?

—Pasó por aquí un rato y se fue. Dijo que había llegado la hora de tomar medidas de protección —afirmó Adrijan.

—¿No tienen idea de a dónde pudo haberse dirigido su hijo? ¿Su relación con el Comando Nacionalista 88? —preguntó Sheila.

—No sabemos nada de lo que está hablando, señorita —dijo con seriedad Biserka.

—¿Dónde vive su hijo?

—Aquí en el piso de arriba, con nosotros —dijo la mujer, y Adrijan le puso la mano en la boca.

—Vamos, hombre, deje a su mujer hablar —lo apuró Quiroz.

Lucía se adelantó detrás de la cortina.

—Acá hay una escalera que da a un piso superior.

—Perfecto —dijo Quiroz—. Creo que ya tenemos lo que necesitamos. Quedate acá con ellos para garantizar que no intenten nada. Sheila, acompañame, vamos a ver si encontramos algún rastro de Lazslo.

Lucía volvió sobre sus pasos y Quiroz le dio su pistola.

—Tomá, antes de que empieces a lloriquear porque me la llevo a ella y te dejo acá abajo. Por las dudas. Cualquier cosa extraña, los quemás. Ya sabés manejar esto.

Lucía tenía una respuesta en la punta de la lengua pero se la calló.

—Vamos, Sheila.

Subieron la escalera hasta un pasillo que se abría hacia derecha e izquierda. Al fondo, a la derecha, una puerta cerrada, empapelada con *stickers*, de los cuales resaltaba una enorme calavera blanca en el centro.

—Creo que es por ahí —dijo Quiroz, y se dirigieron hacia allí.

Los *stickers* que decoraban la puerta se superponían con grafitis, pintura blanca y roja, pedazos de madera saltada.

Quiroz intentó abrirla, pero estaba trabada. Se abalanzó con el hombro contra ella, dos veces, hasta que la cerradura terminó cediendo en un *crack* sonoro.

—Después de usted —dijo, dejando pasar a Sheila.

La habitación estaba completamente a oscuras y hedía fuerte a encierro, basura y transpiración. Buscaron a tientas el interruptor, y entonces, cuando la luz se prendió, tuvieron un panorama completo de lo que parecía una especie de cuarto incinerador de basura: los pisos recubiertos de prendas de ropa sucia, envoltorios de todo tipo de comida, papeles, una guitarra rota con las cuerdas vencidas y desparramadas, colmaban el piso. La ventana herméticamente cerrada y con las persianas bajas.

—Creo que estamos tras la pista del hombre que buscamos —dijo Quiroz.

—Es eso, o entramos en la guarida de una persona muy sucia.

Alrededor suyo, en las paredes, figuras de cruces esvásticas dibujadas con aerosol, ese 88 gigante que Sheila ya había visto en la pared exterior de la carnicería del señor Libersohn, así como frases y escritos en diversos idiomas.

—¿Qué hacemos?

—Buscamos cualquier indicio que nos pueda decir dónde está.

Sheila asintió y se puso a buscar entre la basura que colmaba la habitación. Lo peor era el agrio olor a amoníaco que afloraba en cada rincón, apenas se movía algo.

Quiroz se ocupó del armario. Revisó y pasó perchas con remeras, camisas, pantalones, nada que le llamara la atención. Atrás de un estante encontró varios libros que sacó a la luz.

Los pasó uno a uno en sus manos: *Escritos sobre el judaísmo* de Julius Evola, *Los protocolos de los sabios de Sion*, *El misterio de Belicena Villca* de Nimrod de Rosario, *Mi lucha* de Adolf Hitler

—Este hijo de puta tiene bibliografía antisemita como para poner a funcionar los hornos crematorios de nuevo sólo con la energía del odio que desprenden —dijo Quiroz.

Sheila sintió ganas de vomitar. Ese lugar era repugnante, y saber que era donde habitaba ese carnicero que siempre le había parecido tan gentil, pero que en el fondo albergaba tanto odio hacia ella y todos los judíos, le revolvía el estómago, a la par de los olores hediondos y la suciedad del cuarto.

—Pareciera como si hicieran años que nadie vive aquí —reflexionó en voz alta.

Al lado de la cama, con las sábanas sucias y revueltas, había una mesita de luz. Sheila pasó un dedo por la superficie, que se llenó de polvo pegajoso y endurecido, hasta que se topó con unos bollos de papel que parecían mostrar unas indicaciones. Lo tomó en la mano, lo extendió, y vio que se trataba de un plano.

—Mario, creo que encontré algo —dijo, mostrándole el dibujo desprolijo.

—Pareciera ser el plano de un escondite. Quizás los padres de esta rata sepan algo, —dijo, y bajaron a la planta baja, donde Lucía todavía apuntaba a la mujer y al hombre sentados con aspecto aburrido en el piso.

El ex policía les puso el dibujo frente a sus caras.

—¿Saben qué es esto?

—No —dijo Adrijan.

Quiroz se hizo crujir los dedos.

—Era la respuesta que estaba esperando.

—¡Mario, no! —gritó Sheila, pero Quiroz se abalanzó sobre el hombre que lo miraba suplicante, con lágrimas en los ojos, intentando parar a la bestia que se le aproximaba, con las manos en alto.

—Está bien, vamos a hablar —dijo la mujer—. No sabemos nada de nuestro hijo. No nos permite meternos con sus amigos, ni en lo que hace.

—Sí sabemos que se prepara para una guerra de fin del mundo, y que ese es el búnker que está construyendo para protegerse cuando eso suceda —concluyó su marido con voz pastosa.

Quiroz estaba satisfecho, por fin.

—Ahora nos van a decir exactamente dónde queda ese lugar.

Capítulo 53

Lazslo Brager

Sabía perfectamente que lo habían ido a buscar. Había podido ver en la puerta de la carnicería a Sheila, la hija del rabino Lehrer. La había visto llegar en un auto manejado por ese tipo alto y demacrado, al que había reconocido de batallas anteriores. Nunca se habían encontrado cara a cara, pero él sí lo había visto. Lo conocía. Había estado involucrado en el asunto de los rituales de sangre. Y también cuando él mismo había comandado una célula del 88 para robar de la joyería las monedas de oro con la efigie de la *Estrella que sangra*. Qué linda tarde de acción había sido esa. Todavía se acordaba cómo habían agujereado como a un queso *gruyere* al joyero, ese judío avaricioso que quería vender las piezas en el sótano de su local. Había sido la oportunidad de probar las armas. Ailse se había opuesto rotundamente a que dejaran la marca del 88, decía que tenían que seguir manteniéndose en las sombras, que no necesitaban hacerse prensa de grupo violento porque lo único que haría sería ponerlos en la mira del gobierno. A él todo eso le parecía una estupidez.

Recordó la última noche en que había visto a María Belén antes de matarla. La noche en la que había sido expulsada del Comando Nacionalista 88 por impura.

Su vergüenza fue la más grande. Ella había sido la que lo había empujado dentro del grupo.

Año 2001. Entonces tenía quince años. Nunca antes se había sentido tan bienvenido en ese país como cuando conoció a *Cabeza de tacho*, el que lo había llevado por primera vez a una reunión del grupo, en la parada del Parque Rivadavia.

¿Qué había sido del *Cabeza de tacho*? Un día dejó de hacerse ver en el grupo. Algunos decían que se había hecho hinduísta y se había ido a vivir a la India. Le había pegado mal el asunto místico de la cruz esvástica.

Pero María Belén había sido especial y por eso había tenido que matarla. Más cuando se enteró que estaba esperando un hijo. No podía permitir que siguiera contaminando el mundo con su sangre asquerosa.

Ahora estaba libre de todo ese peso, se sentía liviano como una pluma.

Pero todavía tenía cosas que resolver.

Capítulo 54

Quiroz, Sheila & Lucía

El automóvil de Quiroz se detuvo en medio de una calle tranquila. La dirección era esa, pero ahí solo había una obra en construcción que ocupaba casi toda la manzana hasta tocar el descampado sin numerar donde le había indicado el padre de Lazslo Brager que su hijo pasaba su tiempo.

Al fondo del terreno se alzaba una casa abandonada.

La construcción mostraba ladrillos rojos a la vista en los rincones donde la mampostería original había cedido, y unas paredes de yeso gris gastado; las ventanas cerradas tenían tabiques de madera putrefactos, y en general el aspecto de todo ese lugar daba miedo y la sensación de que cualquier viento fuerte podría tirar todo abajo.

Quiroz examinó el terreno desde el asiento del conductor. Antes de llegar a la casa había una cerca de alambre tejido entreabierta que daba paso a un jardín. En la vereda de enfrente un paredón enorme marcaba la espalda de un hipermercado. La calle estaba completamente deshabitada. Se podía sentir casi como si ese asfalto carcomido, las veredas rotas, el árbol solitario a mitad de cuadra, respiraran una tensa calma con un aire cálido que iba y venía encerrado en una olla a presión.

—¿Qué es este lugar?

—No sé y no me gusta nada, Sheila.

Las puertas se abrieron y los ocupantes del auto bajaron a la calle al mismo tiempo.

El jardín delantero del terreno era apenas un páramo con unos pequeños oasis de pasto verde, rodeado de llanuras de tierra seca y árida, con algunos otros pequeños espacios de forraje amarillento, quemado por el sol.

—¿Qué hacemos?

—Yo voy a entrar —afirmó Quiroz, y corriendo la cerca de alambre que rodeaba el terreno puso un pie adentro.

Sheila dudó.

—No sé si es buena idea. ¿Por qué no llamamos a la policía?

Lucía le dedicó una sonrisa sobradora.

—No te preocupes, querida, nadie te obliga a entrar.

—"Si una mujer no sabe bailar dirá que son los músicos los que no saben tocar" —se repitió Sheila para sí misma entre dientes.

Se escabulló dentro del alambrado, tras los pasos de los otros dos.

Inspeccionaron el jardín que hacia el fondo tenía algunos pequeños tapizados de pastos altos de donde salían los sonidos de todo tipo de insectos.

—Espero que no haya culebras por acá —dijo Lucía—, es lo único que no podría tolerar.

—Al final quién culpa a la banda musical —dijo Sheila en voz baja.

Quiroz las chistó.

Lucía se apartó del grupo y caminó hasta la casa abandonada. Pasó la mano por la pared y se llenó los dedos de un polvillo grisáceo, mezcla de mugre y restos de pintura saltada. Rodeó la construcción hasta el final del muro y comenzó a dar la vuelta.

Al fondo de la casa parecía haber una pequeña plantación.

—Vengan, creo que encontré algo interesante.

Quiroz y Sheila aparecieron al instante a su lado.

—Sí —confirmó el ex policía—, pareciera ser una huerta.

La tierra estaba humedecida y bien cuidada y se alzaban modestas unas plantas de tomates en un rincón, zanahorias en el centro, y papas en el otro extremo del pequeño rectángulo de tierra fértil. Además se sentía un fuerte aroma a laurel y romero. Lucía divisó, siguiendo su olfato, otro pequeño huerto de especias en un rincón, al final del terreno.

—¿Este es el búnker, entonces? ¿Una huerta orgánica y una casa en ruinas? —preguntó Sheila, sin esperar una respuesta.

—Supongo que tenemos que entrar para averiguarlo.

Quiroz dejó la huerta y se dirigió hacia el frente. Atravesó una puerta destartalada con el gozne superior saltado.

En algún momento esa habría sido la propiedad de una familia numerosa y pudiente. Ahora era solo un despojo. La entrada daba a una sala de estar amplia, con una chimenea en una pared. Le siguieron Lucía, y luego Sheila.

—Insisto en que deberíamos llamar a la policía.

—Viste demasiadas películas, Sheila querida —dijo Quiroz—. No tenemos evidencia para demostrar que Laszlo mató a María Belén Lorenzo y que se esté escondiendo aquí.

—No importa, creo que es lo que corresponde —dijo, y sacó su teléfono.

"Sin señal" leyó en la pantalla.

—No funciona.

—El tuyo no debe funcionar —dijo Lucía, y buscó en el suyo, pero tampoco tenía señal. Quiroz había hecho lo mismo, con el mismo resultado.

—Parece que el dueño de casa tiene algún sistema de bloqueo, o estamos definitivamente en medio de un páramo perdido para las antenas.

—Deberíamos irnos. Esto se pone cada vez más raro.

—Podés volver al auto —respondió Lucía.

Quiroz caminó por el interior de ese living comedor vacío. El espectáculo decadente de un espacio que en otro momento había estado lleno de vida y movimiento, y ahora era tan solo un montón de paredes con el empapelado roto, que dejaban a la vista unas superficies negras de suciedad. En el centro de la habitación había una mesa de plástico como si en algún momento alguien hubiera vuelto a habitar brevemente allí, pero definitivamente no parecía ese un escondite para nadie. De las rendijas de madera de las ventanas mal cerradas se colaba un frío penetrante; apenas soplaba un poco de viento afuera y la puerta de entrada golpeaba insistentemente, una y otra vez, abriéndose y cerrándose con violencia.

A la derecha el hueco de una puerta se dejaba ver un aparato de cocina antiguo que debía llevar años en desuso. Lucía se adentró por allí. No quedaba más que una mesada de mármol rota y unas ollas agujereadas, depositadas en armarios, que habían perdido también sus puertas y sus estantes.

Sheila le señaló a Quiroz una escalera que daba a un piso superior.

—Vamos —le dijo y empezaron a subir por los precarios escalones que desembocaban en un pasillo con tres puertas. El baño había albergado en algún momento piezas de porcelana fina, que ahora solo eran trozos de mampostería dispersos por el piso. Quiroz entró en otra de las habitaciones. Las paredes todavía conservaban un dibujo infantil e inocente de un oso marrón sosteniendo un barrilete de colores, y había quedado marcada la pared con rayas blanquecinas sobre la mugre negra, donde supuso debió haber estado apoyado un corralito para bebés.

Sintió una mano en el hombro y se sobresaltó.

—Sos vos, Sheila, no me vuelvas a hacer eso —dijo, fastidiado.

—Ya revisé la otra habitación y el baño. No hay nada. Ni rastros de que alguien haya estado viviendo acá hace por lo menos varios años.

—Sí, es raro.

—¿Por qué?

—Que esté abandonado, que no haya sido tomado. Y que haya una huerta bien cuidada y floreciente afuera. Alguien debe haberse encargado de alejar intrusos.

—Pero le digo que no hay rastro de nadie.

Quiroz no se molestó en cerrar su idea y bajó las escaleras.

—Nada arriba —le dijo a Lucía.

—En la cocina y lo que supongo era una especie de estudio con biblioteca tampoco encontré nada más allá de viejos tomos de ingeniería civil. Parece que en algún momento alguien pensó que podía alimentar un fuego con eso, porque había un tomo en el piso con las hojas arrancadas al lado de un barril oxidado lleno de cenizas.

Quiroz se sentía levemente decepcionado, en el fondo había algo que no terminaba de cerrarle en todo ese asunto.

—¿Y el plano que encontramos? —preguntó Sheila.

El ex policía sacó el papel con el plano e intentó interpretarlo.

Lucía se apoyó con una mano sobre la pared opuesta a la entrada de la casa.

Sintió algo raro, como si fuera más liviana y cálida que el resto de la construcción. Golpeó con los nudillos y sonó hueco. Esa era una pared hecha de *durlock*. Se apartó unos pasos. No lo había notado hasta ese momento, pero tenía un empapelado diferente al del resto de las paredes de la casa abandonada. Se trataba de una diferencia casi imperceptible en el diseño de las pintitas que decoraban el lienzo, pero también notaba ahora, sin dudas, que parecía mucho menos percudido por la mugre y el abandono.

Recorrió la superficie con los dedos hasta que sintió de nuevo el frío del yeso en las yemas.

—Acá hay algo raro —dijo, por fin.

Quiroz se acercó hacia ella y comenzó a tantear la pared. Lucía tenía razón.

—Parece una puerta trampa, debe haber algún tipo de interruptor, algo para abrirla —reflexionó Lucía.

El ex policía le dio una patada con todas sus fuerzas y el material se partió dejando a la vista un hueco.

—Acá tenés tu interruptor —dijo.

Sheila se adelantó, y junto con Quiroz tomaron la puerta trampa desde el hueco que habían hecho y la desplazaron hasta dejarla completamente abierta. Del otro lado había una habitación de un tamaño no superior a un armario angosto.

El ex policía entró en la caja rectangular. Un aro de metal sobresalía del piso. Abrió la trampilla, y una escalera que daba a un presumible sótano quedó al descubierto.

—Esto se termina acá —dijo Quiroz, y sacó la pistola de la sobaquera. Pisó el primer escalón de la escalera para bajar y de pronto notó cómo se le nublaba la vista. Sintió que le venía a los ojos la misma escena que había vivido hacía unos días en la casa del doctor Danton: bajando las escaleras para llegar al laboratorio de los horrores privados de ese desquiciado. Vio nuevamente los cerebros en frascos sobre el estante, los recortes de diarios en la pared, el trozo de intestino de Tomás Salcedo sobre la mesa de trabajo del psicópata, y lo siguiente que vio fue una oscuridad total.

Lucía percibió cómo Quiroz se derrumbaba sobre sus piernas, casi al mismo tiempo que su cabeza chocaba contra una de las paredes del compartimiento secreto, y llegó a tomarlo del brazo justo antes de que cayera por el hueco de las escaleras.

—¡Sheila! —gritó— ¡Ayudame!

Sin dudarlo, la chica bajó dos escalones y se acomodó para tomar de las piernas al ex policía, mientras Lucía lo sostenía de las axilas. Juntas lo acostaron en el piso.

Quiroz entreabrió los ojos.

—¿Qué pasó? —preguntó, sorprendido, como si se hubiera perdido los últimos segundos de existencia.

—No lo sé, pero me alegra escuchar que todavía puede hablar.

El ex policía tosió. Sentía que su cuerpo temblaba y tenía la boca llena de saliva. Quiso mover las piernas pero las tenía como dos varillas rígidas.

—No sé qué me pasa —dijo presa de un repentino pánico.

Lucía le pasó una mano por la frente.

—Todo está bien.

Sheila miraba la escena desde el rellano del segundo escalón.

—Todo está bajo control —confirmó con seguridad.

Entonces sintió cómo algo la tomaba de los tobillos y la empujaba hacia la oscuridad, escaleras abajo.

El eco de su grito resonó en todos los rincones de la casa abandonada.

Capítulo 55

Sheila, Lucía & Quiroz

Sheila no vio nada. Solo supo que algo la arrastraba por las escaleras. El impacto de su mandíbula contra el primer escalón la había dejado atontada; ahora se sacudía y quería patalear para todas partes, pero no servía de nada. Lo que la agarraba la tenía bien firme, y no la pensaba soltar. La trampilla del pasaje oculto se había cerrado en el instante mismo en que había sido impulsada para abajo, y no podía ver nada a excepción de lo que le pareció un punto verde, como una especie de luciérnaga que se movía inquieta detrás suyo y en medio de la total oscuridad.

Gritaba y escuchó cómo arriba le devolvían los gritos y golpeaban la trampilla, pero parecía que nadie iba a ir a ayudarla. Estaba sola de nuevo.

Entonces las manos que la habían tirado de los tobillos la soltaron, estaba al pie de la escalera. La habitación, húmeda y con olor a encierro, se iluminó de pronto. Los ojos tardaron un segundo en ajustarse al brusco cambio. Veía borroso. Una mesa en el medio de la habitación, estantes, un hacha, banderas colgando del techo y una figura oscura a sus pies. Cuando terminó de fijarse su vista lo reconoció. Era Lazslo, el carnicero.

Lucía se abalanzó sobre la trampilla en el instante mismo en que ésta terminaba de cerrarse. Había podido ver exactamente el momento en el que Sheila desaparecía como si hubiera sido chupada por un monstruo que habitaba en la oscuridad. Pero esto era real.

La puerta parecía cerrada a cal y canto. No tuvo forma de volver a abrirla, ni siquiera tirando del aro metálico que sobresalía de ella. Empezó a golpear la madera, llena de frustración, con lágrimas en los ojos, desesperada.

—Nena —escuchó la voz ronca de Quiroz—, vení un segundo.

El hombre estaba tendido en el piso a unos metros del cuarto secreto. Por un instante se había olvidado de que él también necesitaba ayuda.

Lucía intentó una vez más abrir la trampilla, hizo presión con todo su cuerpo y sintió cómo se le marcaban los dedos, pero terminó cayendo al piso frustrada. No iba a abrirse.

Gateando se acercó hasta el ex policía.

—¿Estás bien, Mario?

—No sé qué me pasó —dijo Quiroz que todavía sentía la cabeza dándole vueltas. No quería aceptar que había sido vencido por su peor enemigo: él mismo. Nadie había podido con la Iguana y esta vez se había quedado sin cambio de piel disponible. Tosió.

—Un mareo, te caíste de pronto y te diste un buen golpe en la cabeza. Hubiera sido peor si no llegaba para sostenerte antes de que terminaras de irte al piso.

—Te debo una.

—La anoto en la lista de todas las que me debés.

—No te aproveches. Hay poco tiempo —Quiroz volvió a toser. Sentía la garganta rasposa. El aire estaba viciado de partículas de polvo que se le metían por las fosas nasales.

—Tenés que ayudarla —dijo con un hilo de voz. Se palpó el cuerpo hasta que encontró la cacha de la Bersa Thunder 9, la sacó con dificultad—. Tomá, la vas a necesitar.

—¿Y vos? Necesitás una ambulancia.

Quiroz se movió, se apoyó con los antebrazos en el piso, y levantó la mitad de su cuerpo.

—Yo voy a estar bien. Fue solo un mareo y después el golpe.

Lucía no supo qué hacer. El ex policía decía estar bien, pero ella no lo creía, y cada segundo que pasaba la vida de Sheila corría mayor peligro si es que todavía estaba viva. Buscó una vez más su teléfono celular pero no había señal ahí. Intentó marcando el 911 pero el aparato no fue capaz ni siquiera de hacer un llamado de emergencia.

Insultó por lo bajo, tomó la pistola que Quiroz le tendía con manos temblorosas, y se acercó de nuevo hasta la entrada al sótano.

No lo dudó ni un minuto más: apuntó y disparó tres veces a la trampilla, haciendo saltar varios trozos de madera astillada para todos lados.

Se dio vuelta para comprobar que Quiroz siguiera bien. El ex policía le sonrió, le levantó el dedo pulgar y dijo:

—Sabía que ibas a hacer lo necesario. Hija de tigre.

—Callate de una puta vez, Quiroz —le respondió Lucía.

Se agachó, tomó nuevamente el aro de la trampilla, y tiró de este para abrirla. Esta vez no le costó nada, la madera rota cedió y la escalera quedó nuevamente a la vista. Ahora había luz, pero ningún rastro de Sheila. Ni siquiera un sonido venía de ahí abajo.

Sentía el corazón latiéndole acelerado contra el pecho.

Levantó la pistola a la altura y gritó:

—¡Dejala salir y nos vamos! Nadie tiene que salir lastimado.

No hubo respuesta.

Bajó los primeros dos escalones. El pulso le temblaba. Sentía que en cualquier momento sus piernas se iban a doblar, que iba a caer. Pisó algo húmedo. Sin dejar de mirar hacia adelante, tenía a la altura de sus ojos el hormigón gris del piso, y una luz fría de tonalidad celeste que venía desde abajo, se puso en cuclillas y tocó con la punta de un dedo la humedad que había pisado. Era una sustancia viscosa. Se llevó el dedo a la nariz. Olor metálico. Sangre. Miró el resto de los escalones que bajaban hasta un piso marrón y vio el sendero desparramado por todo el resto de la escalera. Era la sangre de Sheila. Estaba lastimada, pero lo que más la inquietaba era que no se la escuchaba. Parecía como si no hubiera nadie ahí abajo.

Siguió descendiendo, calculando cada paso; su pulso estaba desbordado. Entonces una sombra apareció desde el final de la escalera y aferrándose a sus tobillos la tiró haciéndole perder el equilibrio. Lucía cayó pegándose el coxis contra la punta de uno de los escalones, y sintió cómo el golpe se le distribuía instantáneamente por todos los huesos, como si hubiera tocado un cable pelado y la corriente eléctrica estuviera recorriendo sus extremidades. Forcejeó con la sombra que la tenía agarrada. Gritó y pataleó hasta que le encajó una patada en la cabeza, corriéndole la cara.

Lucía y Lazslo se vieron las caras un instante. Era apenas un chico con el rostro colorado, el pelo rubio y los ojos grises. ¿Por qué estaba haciendo eso?

La arrastró hasta el final de las escaleras, y cuando la tuvo a su merced le dio una cachetada que la dejó semiinconsciente.

El muchacho se paró firme, pasó su mano enguantada por su uniforme para limpiarse el polvo, y volvió a colocarse el sombrero. Lucía apenas podía verlo todavía: el chico estaba vestido con un uniforme de las SS nazis.

—Vamos —le dijo, picándola con una fusta en las costillas. Luego la agarró de la mano y la arrastró por el piso hasta el pie de una mesada alta—. Llegó tu amiga —dijo, y con un brazo despejó la mesada de un montón de cosas que cayeron sobre el piso. Luego la levantó, colocándosela al hombro, y la subió a la mesa donde Sheila ya esperaba, atada y amordazada.

La mesa estaba fría. El oficial de las SS le pasó cinta americana por las manos y los pies, y acomodó su cuerpo con las piernas flexionadas y las manos a la altura de los tobillos. Todavía estaba aturdida. ¿Dónde estaba la pistola? No sabía dónde había caído cuando la habían arrastrado por las escaleras, y ahora estaba a la merced de ese maniático.

Era todo oscuridad de nuevo. Estaba nadando. Ya sabía de qué se trataba eso. Abajo suyo los cadáveres estiraban sus brazos para intentar agarrarlo de los pies y hundirlo, ahogarlo, llevarlo ahí, a su tumba acuática. Eso no era real. Era un sueño. De nuevo estaba teniendo una de esas pesadillas. Se concentró en eso. Despertate, Mario. Una mano putrefacta se acercaba desde debajo del agua a su tobillo y ya sabía de quién era. Despertate, Mario. La mano se convirtió en otra mano, y luego en otra mano. Despertate, Mario. Ahora lo habían agarrado y empezaban a hundirlo hacia el fondo. DESPERTATE, MARIO. Se despertó.

Quiroz recuperó el aire y con esfuerzo logró ponerse en cuatro patas. Un hilo de saliva se le deslizó por la boca y cayó al piso. Apoyándose en la pared terminó de ponerse de pie. Tenía que hacer algo para ayudar a las mujeres, pero sabía que bajar esas escaleras era lo que el croata estaba esperando para acabar con él. Entonces salió de la casa, pasó por el jardín del frente, atravesó la reja y se subió al auto. Se ajustó el cinturón de seguridad, encendió el motor, puso primera y con el freno de mano todavía trabado aceleró hasta pasar a segunda, tercera y cuarta. Soltó el freno y volanteó en dirección al alambrado, que fue arrastrado a su paso. Condujo el automóvil derecho hacia la columna derecha de la casa en ruinas, que era la más dañada por el paso del tiempo. Cerró los ojos y lo último que sintió antes de perder la conciencia fue el golpe de su cabeza contra el volante, cuando el coche impactó contra la pared.

Lazslo pasó el cuero de la fusta por el rostro de Lucía y sonrió.

—Ahora nos vamos a divertir un rato —dijo, y le dio unos golpecitos suaves con la punta de cuero.

—Te voy a arrancar los ojos con mis propios dedos, hijo de puta —dijo Lucía.

—Silencio, silencio —siguió el asesino, con paciencia—, ahora las tengo acá. Son pura sangre impura. Me voy a divertir antes de terminar con ustedes.

Levantó la fusta en el aire, dispuesto a golpear ahora con toda la fuerza el cuerpo de la chica, pero se detuvo a medio camino cuando vio algo en la pantalla de la laptop apoyada sobre el estante, frente a la mesada.

Bajó la fusta y se acercó a la computadora.

—Su amigo, el policía —dijo—. Parece que todavía le quedan energías. Quién lo hubiera dicho.

Estaba fastidiado. Había querido que la fiesta fuese completa. Tenía de nuevo la posibilidad de matar. Las víctimas habían ido hacia él como la mosca a la telaraña. Pero antes iba a tener que asegurarse de terminar con esa pequeña molestia.

Vio por cámara cómo Quiroz se ponía de pie y con pasos rengos lograba salir de la casa. ¿Qué podría querer?

—No voy a tardar mucho —dijo, y subió las escaleras en busca del ex policía.

Se quedaron solas.

Sheila estaba paralizada por el terror. A merced de un nazi, habían vuelto para terminar lo que habían dejado inconcluso y ella se sentía responsable. ¿Acaso no había abandonado sus costumbres y creencias? ¿Acaso no había faltado el respeto a su padre y a su madre? ¿Acaso no había rechazado todas y cada una de las enseñanzas que había recibido?

Se dio cuenta de que estaba rezando. Rezaba debajo de la mordaza, las palabras salían entrecortadas pero en su cabeza sonaban perfectas.

Tenía miedo. Se había metido ahí, había involucrado a otra gente y ahora estaban a merced de un fanático. Nuevas lágrimas le empaparon el rostro, y la desesperación comenzó a dejar lado a la tranquilidad que le devolvía su rezo.

Lucía entendió lo que estaba haciendo Sheila y pensó en alguna oración, pero no recordaba una sola palabra de religión. Nunca le había importado y nunca había sentido esa necesidad, pero ahora todo parecía distinto. Sentía el cuerpo electrizado e inquieto, el temor de lo impredecible de lo que iba a pasarles.

Entonces Sheila, mientras murmuraba palabras en hebreo, comenzó a moverse en su lugar de un lado a otro. Lucía pensó que iba a caerse al suelo y que atada como estaba el golpe podía llegar a lastimarla.

—Quedate quieta —le dijo, pero Sheila no le hizo caso; siguió moviéndose hacia ambos lados hasta que logró tomar impulso y se sentó.

¿Qué pretendía hacer? Tenían las manos y los pies atados con cinta adhesiva americana, gris y gruesa. El nazi podía volver en cualquier momento.

Sheila levantó los brazos por encima de su cabeza, como si le estuviera implorando a Dios, y luego los bajó con toda su fuerza. La cinta adhesiva que le aprisionaba las muñecas se rompió como si fuera papel.

Lucía estaba asombrada.

—¿Cómo hiciste eso?

Sheila se destapó la boca.

—No sé. Solo supe que tenía que hacerlo —respondió, sorprendida.

—Quizás tengamos una oportunidad —se animó Lucía, y con un movimiento elástico se sentó sobre la mesa y probó la misma maniobra. La cinta que la aprisionaba a ella también se partió con total naturalidad—. Increíble, pero funcionó —se pasó las palmas de las manos por los ojos, se enjugó las lágrimas y sintió que recobraba súbitamente el valor.

Sheila sabía que no era algo increíble, había sido una iluminación de *HaShem* que le había mostrado el modo de deshacerse de esa prisión ya que debía tener todavía otros planes para ellas.

Lucía se desplazó hasta el piso y dio unos saltitos hasta una de las estanterías de metal donde se apilaban herramientas casi nuevas. Era un pequeño museo del horror y tembló con solo pensar en lo que podría hacerles con eso el nazi si volvía mientras ellas todavía estaban ahí: hachas, sierras de cortar, un látigo, cadenas; no sabía si estaba en un museo de *bondage* o en la cámara de torturas de un psicópata.

Tomó una tijera como para trozar carne y cortó la cinta de sus pies. Liberada de toda atadura hizo lo mismo con las que todavía tenía Sheila.

—Vamos —dijo la pelirroja, tomándola de la mano y tratando de llevarla escaleras arriba.

La pantalla de la laptop de Lazslo resplandecía con las imágenes de las cámaras de seguridad. Lucía vio al croata caminando por la planta baja, apuntando con un rifle. Se soltó la mano de Sheila y se acercó a la computadora.

—¿Qué hacés? Vamos antes de que sea tarde —le apuró de nuevo Sheila.

—Dame un segundo —dijo Lucía mientras tipeaba y desplazaba el mouse por la pantalla a toda velocidad—. Haceme un favor, allá al fondo vi colgadas unas máscaras antigás. Agarrá una para cada una.

—¿Qué?

—Ahora.

Sheila miró para todos lados. Ahí estaban. Había cuatro mascarillas que parecían salidas de un refugio antibombas israelí. Sabía cómo usarlas, cuando había estado en Jerusalén le habían enseñado las medidas de seguridad, la colocación y la forma de mantener la calma ante una situación de peligro. Nunca había pensado que finalmente iba a tener que usarlas, acorralada por un nazi.

Tomó dos y volvió hasta Lucía tendiéndole una mientras se colocaba la otra.

—¿Estás lista? —preguntó la morocha, y cuando Sheila asintió dio un *click* más en la computadora.

De las paredes comenzó a salir una sustancia gaseosa casi transparente.

—Nuestro amigo tiene un sistema de seguridad instalado en su búnker y lo acabo de activar. El gas que sale de las paredes es ácido cianhídrico y no sé exactamente qué será pero no creo que sea nada bueno. Tenemos que salir de acá ahora mismo.

Sheila sí sabía exactamente qué era el ácido cianhídrico. En un tiempo había llevado la marca comercial *Zyklon B* y había sido utilizado por los nazis para matar en los campos de concentración. Una nueva sensación de escozor le recorrió todo el cuerpo.

—Ahora sí tenemos que salir de acá, y rápido. ¡Lo que acabás de liberar a la atmósfera reacciona con la piel! —dijo, y vio un nuevo terror en el rostro de Lucía.

Las dos mujeres corrieron por la escalera y atravesaron la puerta de salida, cuando vieron el auto de Quiroz avanzar a toda velocidad con dirección a uno de los extremos de la casa. Lucía tomó a Sheila de la ropa y la empujó para hacerla saltar en la dirección opuesta. Rodaron por tierra hasta caer en un oasis de pastos altos.

Lazslo apuntaba por la rendija de la ventana al policía que se acaba de subir al auto y parecía estar calentando el motor. Confiaba en su puntería: a esa distancia le tomaría un solo disparo agujerearle la frente. El automóvil arrancó y atravesó a toda velocidad el alambrado, iba desbocado por el jardín. Tenía que disparar antes de que fuera demasiado tarde, y entonces sintió un gusto a almendras amargas en la boca.

Su cara y sus manos, con la piel descubierta y en contacto con el aire, comenzaron a arderle como si se plastificaran, sintió cómo se quedaba sin aire, sus pulmones simplemente parecían negarse a trabajar. Casi sin fuerzas pateó la ventana, las maderas crujieron y se partieron algunos tabiques. Tiró el rifle a un costado.

El automóvil estaba a veinte metros de colisionar contra la pared. Tomó una pequeña carrera de envión y se tiró contra las persianas grises, que estallaron con el peso de su cuerpo, rodó por el piso y quedó fuera de la trayectoria descontrolada del automóvil del policía, por apenas un segundo.

En cuatro patas, tosió intentando sacarse el veneno del cuerpo, pero ahora el aire puro también le hacía arder todo su interior.

La pared que había recibido el automóvil como un misil se desmoronó como un castillo de arena lavado por el mar, encima de los hierros retorcidos en que se había convertido el vehículo. El ex policía había quedado adentro, y por la ventanilla con el cristal roto se veía su cuerpo desarmado como una muñeca tirada, empapado de sangre y vidrios.

Lazslo siguió tosiendo, intentando capturar algo de aire, casi ahogado, con una gran bocanada sonora de oxígeno. Su uniforme había quedado completamente manchado de barro y notó una pequeña raja a la altura de la pierna. Todo había salido mal y era culpa de la judía. Había dilatado demasiado matarla. Sus piernas temblaron y se desmoronó una vez más sobre el piso. Una bota de cuero negra con tacos aguja se incrustó en el lodo al lado de su cara. Sentía calor, demasiado calor, todavía necesitaba aire. Una bocanada más. La bota a su lado se colocó sobre su espalda y con tranquilidad lo hizo girar sobre sí mismo. Quedó boca arriba. Eso estaba mejor. Sentía que empezaba a recuperar el oxígeno. Su visión comenzó a estabilizarse y ya no estaba borrosa.

Era Ailse. Estaba salvado. Levantó los brazos buscando a su salvadora. La rubia se puso en cuclillas y palpó su cuerpo hasta que encontró su Luger P08. Lazslo tomó a la mujer por el brazo, pero ella se lo sacudió con violencia. Sostenía su pistola. La apoyó delicadamente contra su parietal derecho.

—Es la última vez que nos fallás —dijo la mujer con frialdad.

El croata intentó unas últimas palabras que se le atragantaron con el poco aire que habían recuperado sus pulmones, y susurró *Heil Hitler!* en una pronunciación deformada. Una bala le atravesó los sesos en el instante mismo en que terminaba de expulsar el aire para formar el saludo nazi. Luego de su boca salió un chorro de sangre que regó la tierra.

Ailse se puso de pie. La sangre le había salpicado la cara y el vestido, el cual se alisó con delicadeza como si no hubiera ocurrido nada.

Miró a su alrededor. El automóvil del policía estaba casi sepultado por los restos de ladrillos podridos de la pared que había destrozado, y una densa nube de humo blancuzco se escapaba del capot. Había visto al hombre ensangrentado e inconsciente al volante, y ahora iba a garantizarse que el trabajo estuviera concluido.

Caminó hasta los restos del automóvil y lo rodeó con la pistola en alto hasta quedar del lado del asiento del conductor. La puerta estaba abierta, allí dentro no había nada más que sangre y cristales rotos. No tuvo tiempo de reaccionar; una patada se le clavó en la rótula y trastabilló, para luego caer al suelo. Un disparo salió de la pistola que voló por los aires hasta caer a pocos metros, mientras que el tiro se clavaba en las ruinas de la casa. El ex policía se tiró encima de la mujer y forcejearon en el barro. La mujer era fuerte y aguerrida y se movía como un tigre herido. Quiroz intentaba conectar algún golpe, pero la rubia esquivaba todos sus intentos cansados. Algo relucía en su pecho, ya lo había entrevisto en el laboratorio, buscó con la mano temblorosa y tomó la cruz esvástica dorada entre los dedos y tiró de la cadena que se rompió. Ailse soltó un alarido lleno de odio, como si la hubiera herido en un lugar sensible, y recobró energía para lograr doblegar a Quiroz, que cayó de espaldas al piso. La mujer se le subió encima y controlándolo con las piernas abrazando su cintura se estiró hasta que tuvo al alcance la pistola. La tomó entre los dedos, la subió para apuntar a la cabeza de Quiroz y acarició el gatillo; el ex policía tuvo un solo segundo para interponer un golpe con la palma de la mano abierta al brazo de la mujer, y volvió a desviar la pistola. El disparo atravesó el piso, a pocos centímetros de su cuerpo.

Aprovechó la confusión de la rubia y se enderezó, sintiendo cómo los abdominales le crujían; con el borde de la frente le pegó en el mentón a la mujer que se tiró hacia atrás, desconcertada, haciendo volar una vez más la pistola varios metros. Entonces Quiroz terminó por subirse encima de ella y dominarla en el piso. Tanteó el terreno a su alrededor, hasta que encontró un trozo de mampostería caída y lo estampó con todas sus fuerzas contra la cabeza de la rubia.

El ex policía escupió sangre, corrió el cuerpo de Ailse, se apoyó en su rodilla izquierda doblada y terminó de ponerse de pie. Tomó la pistola y la apuntó a la cabeza de la rubiaque bufaba llena de odio, sobre el piso.

Quiroz vio una máscara antigás parada a su lado.

—Sheila —dijo—, si bien aprecio que siempre aparezcas para salvarme, esta vez no hizo falta. No lo tomes como algo personal.

—Supongo que "a todos los burros les gusta oírse rebuznar" —respondió la chica, tendiéndole la mano, y sacándose la máscara.

—¿Me estás diciendo orgulloso?

Sheila le dedicó una sonrisa cansada.

—¿Qué vas a hacer conmigo, hijo de puta? —preguntó Ailse desde el piso.

Lucía, llevando su máscara antigás todavía colocada, se acercó a la escena y se paró al lado de Quiroz.

—Yo tengo una regla, querida: no dejes vivo a un enemigo porque puede volver para vengarse. Ella lo sabe perfectamente bien. No cumplir mi regla casi le cuesta la vida —dijo señalando a Lucía.

—Entonces tirá de una buena vez.

Quiroz le apuntaba. Estaba disfrutando ese pequeño momento de triunfo y quería hacerla sentir que no iba a morir tan rápido y fácil. Iba a sufrir.

—Me parece bien que esta basura muera —dijo Sheila, con frialdad—. Es lo que ella y los suyos hicieron con millones de judíos. Y hay un proverbio en *iddish* que dice: *Af a shlang tor men keyn rakhmones nit hobn.*

Quiroz le devolvió una expresión de incomprensión.

—Cierto. Quiere decir que "No se debe tener piedad con una víbora".

Unas sirenas se acercaban a toda velocidad.

—Parece que llegó la caballería —se lamentó Quiroz, sabiendo que había pasado su momento para disparar—. Tuviste suerte.

Ailse le escupió una mezcla de saliva y sangre que se depositó en su pantalón.

—Te vas a arrepentir, imbécil.

Lucía, Quiroz y Sheila se quedaron en silencio un instante, sin decir nada, con Ailse en el piso, mirándolos a ellos con odio.

Los tres contemplaron el caos, la destrucción que habían causado.

Un auto de policía se metió por el jardín y frenó a metros del grupo. La puerta de atrás se abrió y bajó Yael Zinman que corrió a la escena

—¿Están bien?

—Siempre llegando tarde. ¿Cómo supo que estábamos acá?

—Interceptamos un informe policial por la denuncia de un costurero croata. Las señas del agresor y las características del ataque coincidían con su descripción. Tuve un presentimiento, interrogué al hombre y él me mandó aquí.

Un policía y luego varios más bajaron de los móviles que habían ido llegando al lugar, y comenzaron a rodear la escena.

Lucía tomó a Quiroz de un brazo, Sheila lo tomó del otro, y el ex policía caminó rengueando unos pasos hasta quedar fuera del perímetro policial.

Vieron cómo se llevaban esposada a Ailse que les dedicó una mirada furibunda. El ex policía levantó la cruz esvástica dorada y se la mostró como señal de despedida; la chica enfurecida intentó zafarse de los oficiales que la llevaban, pataleó y se sacudió enloquecida, pero fue en vano; pronto estuvo dentro de la patrulla.

—Bien hecho, Quiroz —dijo Zinman, palmeándolo en el hombro—. Sabíamos que podíamos confiar en usted.

—Parece que se terminó. Por fin —respondió el ex policía.

—Sí —susurró Sheila, insegura.

Sonó su teléfono celular.

—Qué raro, creía que había algún tipo de limitador de señal acá.

La pelirroja no dijo nada, sacó el teléfono de su bolsillo y atendió.

—Sheila —escuchó la voz compungida de Leib Schelling—, pasó algo con tu papá.

Capítulo 56

Sheila

Se sentía fuera de este mundo y no podía concentrarse en nada. Las sirenas, el ruido, el llanto, los lamentos, los nazis, todo era una gran combinación de sonido deformado en su cabeza. No sabía qué sentía. No sabía qué se suponía que debía sentir. Eso la asustaba. Porque en el fondo tenía una noción de que sus sentimientos estaban ahí, enterrados demasiado profundos, pero que paradójicamente solo bastaría que soplara un poco de aire para que salieran de nuevo a la luz. Pero había soplado un vendaval y todavía no sabía por qué no habían aflorado. Supo que era cuestión de instantes nada más y que toda su compostura caería.

Se alisó el vestido con las manos ásperas como si pudiera así sacarse de encima el dolor que sentía. Pero no sirvió de nada. Notó que tenía algo en el bolsillo. Era el sobre que le había dado Leib Schelling. No lo había abierto todavía. Lo hizo un bollo, bajó la ventanilla del automóvil que la llevaba a toda velocidad rumbo a su casa y estuvo a punto de tirarlo a la calle, cuando decidió mejor no hacerlo. Subió la ventanilla y abrió el sobre.

Dentro había una hoja de papel muy delicado, casi transparente y amarillo. Había sido escrito con pluma, como los *sofer* hacían todavía con la escritura de los rollos de la *Torá*.

Desplegó la carta y leyó:

B'H

Estimada Sheila:

Un proverbio *iddish* sostiene que "Si su palabra fuera un puente yo tendría miedo de cruzarlo". Estoy seguro de que lo conocés pero lo traigo a tu recuerdo porque sé que así es como me debés considerar por estas horas: mi palabra no vale nada; mi palabra es un engaño.

Tenés razón en desconfiar: acepté el pedido de tu padre de seguirte de cerca, infiltrarme en el grupo de autoayuda al que estabas asistiendo y controlar tus movimientos, para evitar que siguieras cayendo en la tentación de una vida separada de los preceptos de tu pueblo. Consideré que era una misión justa, una obligación de un judío hacia otra judía, ayudarla a encontrar el camino correcto, como un maestro a un niño.

Eso hice, pero no contaba con que las enseñanzas las iba a recibir yo y que tú ibas a ser mi maestra. Sheila Lehrer, no puedo decir que seas una simple niña tonta y desobediente como creyó ver en vos tu padre. Tu fuerza de voluntad, tu inteligencia, tu carácter decidido, y tu implacable búsqueda de la justicia y la verdad para aquellos a quien amas te hacen una perfecta judía, una *yid* ejemplar, aun cuando no atiendes cada uno de los preceptos. Veo en ti a la flor que crece solitaria en el desierto. De todo eso me enamoré.

Sé que te costará creerlo o que vas a creer que "tengo tanto sentido como *mezuzot* tiene una Iglesia" pero esta es la verdad y deseo compartirla contigo.

El día que decidas perdonarme por haberte engañado, por no haberte dicho en un comienzo que si andaba siempre a la vuelta de la esquina siguiéndote o apareciendo en todo momento, era porque tu padre me lo había pedido, para velar por tu bien; el día que decidas aceptar que más allá de mi misión yo terminé enamorado, entonces estaré para recibirte, esperándote para que juntos podamos formar una familia donde esté presente D's al lado de la libertad de elegir nuestro camino y nuestro destino, y donde haya sobre todo esa audacia arrogante especial que los judíos llamamos *jutzpá*.

Con afecto y arrepentimiento,
LEIB I. SCHELLING

Sheila terminó de leer la carta. El papel temblaba en su mano y vio cómo las letras de la primera línea empezaban a correr su tinta, arrastrada por las lágrimas que finalmente habían decidido salir con toda la tristeza que albergaba en su corazón.

Capítulo 57

Sheila, Quiroz & Lucía

El cortejo fúnebre se extendía en cientos de *jasidim* de *Tikvá Zhitomir* como nunca se había visto. Una marea de hombres de negro compungidos ocupaban los pasillos estrechos del cementerio.

Cuando Sheila había llegado, el rabino ya había partido. Había sido Rivka, su madre, la que había colocado la pluma junto a sus fosas nasales y constatado el fallecimiento.

Recitaron una plegaria y luego su madre se rasgó la ropa dado que había estado presente en el momento en que Moshé Lehrer había fallecido. Se le indicó a Yoel que era su deber cerrar los ojos del difunto.

Luego se derramó el agua de todos los recipientes de la casa.

Sheila ayudó a Rivka a tapar los espejos de la casa y todo fue hecho en un clima de solemnidad, respeto y dolor.

Un rato después llegaron los enviados de la sociedad fúnebre *Jevra Kadisha* de *Tikva Zhitomir*. Cerraron la puerta de la habitación donde yacía Moshé Lehrer y lavaron con agua caliente, con suma dedicación y afecto el cuerpo y la cabeza del difunto, cortaron y peinaron el cabello, cortaron las uñas de los dedos de manos y pies, y cuando estuvo limpio lo levantaron y vertieron nueve *kavím* de agua sobre su cabeza para que se esparciera por todo el cuerpo. Terminada esta parte del ritual, batieron un huevo con vino y lavaron la cabeza del difunto con la mezcla.

El *talit* del rabino volvió a vestirlo, pero esta vez como mortaja, y se recortó uno de sus flecos para, por fin, colocar sus restos mortales en el ataúd, esparciendo tierra proveniente de Israel, tanto debajo de su cuerpo, como por encima, en su boca, ojos, palmas y el lugar del Pacto Sagrado, la circuncisión. Cuando estuvo lista la ceremonia se cerró y selló el ataúd.

Los portadores del féretro llegaron hasta una distancia de catorce metros de la tumba y comenzaron a detener su marcha unos instantes cada dos metros, hasta completar siete interrupciones.

Sheila contemplaba a la distancia toda la situación como si se tratase de algo irreal, algo que no le estaba ocurriendo a ella.

Al llegar a la tumba Yoel Lehrer se paró ante el féretro de su padre y comenzó el recitado de *Tzidúk HaDín*, las voces de los cientos de personas que estaban allí presentes se plegaron.

El féretro fue descendido a la tumba. Era un día luminoso y fresco. Una vez que el ataúd tocó la tierra el rabino Jaim Gorovitz se encargó de hacer rotar la camilla donde había ido el féretro tres veces, simbolizando así el deseo de que el juicio se conmutara en piedad.

Entonces Sheila y sus hermanos se acercaron hasta la tierra abierta y lacerante donde ya estaba descansando el féretro y los hijos rasgaron cada una de sus prendas de vestimenta con sus propias manos hasta llegar a la altura de sus corazones, mientras que la viuda solo rasgó ocho centímetros de la prenda exterior.

Los asistentes se alejaron dos metros de la tumba y recitaron el Salmo *Lamnatzéaj... shímu zot...* y cuando hubo terminado fue una vez más Yoel Lehrer el encargado de empezar el recitado del *Kadish* que el resto de los asistentes siguieron.

Entonces concluyó la ceremonia y la marea negra comenzó a desplazarse en dirección opuesta.

Sheila atravesó la puerta del cementerio, arrancó un trozo de hierba del piso y la arrojó hacia atrás: "Recuerda que somos polvo", recitó y se acercó a la jarra con agua para el lavado ritual que limpiara la impureza del contacto con la muerte.

Caminó junto a su madre y sus hermanos en silencio y se excusó para desviarse un instante, entonces fue al encuentro de Quiroz y Lucía que habían esperado fuera del cementerio y estaban de pie, íntegramente vestidos de negro. Detrás de ellos el automóvil del ex policía mostraba los rasguños de su encuentro frontal con la pared exterior del búnker de Lazslo Brager.

Quiroz no encontró palabras para expresarle a Sheila y aventuró un abrazo, pero ella lo rechazó con cortesía.

—No. Sin contacto con hombres.

Leib Schelling apareció por la puerta del cementerio. Llevaba todavía el brazo enyesado y esperó a la distancia.

—Solo quiero decir que tanto ella como yo lo sentimos mucho —dijo Quiroz, compungido.

Sheila asintió en silencio con la cabeza.

—Es bueno saber que puedo contar con ustedes. A pesar de todo.

—Siempre —dijo Lucía intentando que no se le escapara una lágrima.

Sheila bajó la vista y se concentró en el suelo, la tierra áspera que ahora había recibido a su padre.

—Hay un proverbio *iddish* que dice que "La vida no es más que un sueño, pero no me despierten", y yo siento ahora como si me hubieran despertado de ese sueño. Y no sé qué es lo que me voy a encontrar cuando vea cómo es verdaderamente el mundo cuando no es un sueño.

Una lágrima primero, y luego otra, y luego otra se deslizaron por sus mejillas y se unieron a la tierra. Sintió que así también una parte suya se estaba uniendo con su padre.

—Mejor me voy, mi madre y mis hermanos me esperan en el auto.

Caminó de nuevo hasta donde su familia la estaba esperando. Leib Schelling la vio acercarse a ellos, miró a Lucía y Quiroz, les hizo un saludo con un gesto de la cabeza y siguió a la distancia a Sheila.

—Vamos, nena, te invito a tomar algo. Después te llevo a tu casa —dijo el ex policía, y se subieron al auto.

En pocos minutos estuvieron en la autopista, lejos de la marea de automóviles del cortejo fúnebre.

—¿Y ahora qué, Mario?

Quiroz no dijo nada durante un minuto y entonces respondió:

—No sé.

—Parece ser el final.

El ex policía bajó la ventanilla a su lado y escupió para afuera.

—Yo no estaría tan seguro —dijo.

Lucía pensó en responder algo pero prefirió dejar la conversación ahí.

El cielo ahora se había puesto oscuro, plagado de nubes negras, y lejos, en el horizonte, vieron cómo caía un rayo. El trueno llegó un segundo después, como el sonido tenebroso que anunciaba una tormenta terrible a punto de cernirse sobre sus cabezas.

Epílogo

Fritz, Griswald & la Sacerdotisa

Griswald Enzweiler acercó la retina de sus ojos al lector, y una vez verificada su identidad la puerta que daba al santuario de la Sacerdotisa se abrió. Pasó al santuario y sintió de inmediato el frío artificial en el que se mantenía constantemente la cámara de aislación.

Su padre, Fritz, estaba sentado en la silla curul magna, de marfil puro con el diseño en forma de X al estilo romano, frente al altar que estaba rodado por dos velas rojas de llama titilante. Griswald avanzó decidido y se sentó en la alta silla de madera a la izquierda de su padre, medio metro atrás de él, en el lugar que le correspondía. Vio su espalda encorvada, estaba con su traje de gala de las SS.

—Hay una silla vacía, hijo —dijo el anciano.

—Lo sé, padre —respondió el recién llegado, dando un vistazo al asiento a la derecha de su padre, donde debía sentarse su hija Ailse.

El anciano respiraba sonoramente. Griswald sabía que hacía eso cuando estaba enojado.

—¿Dónde está mi nieta?

Griswald sintió calor en la frente, pese a la refrigeración de la habitación.

—Hubo un incidente.

—Eso lo sé.

—Está detenida.

De nuevo la respiración sonora de su padre. Escuchó cómo la punta del bastón golpeaba con cadencia calculada el piso.

—Ailse... —siguió Griswald, sintiendo que la boca se le había secado— Ella fue a ponerle fin a la desviación de Lazslo Brager.

—El croata.

—Uno de los *Hauptsturmführer* del Comando Nacionalista 88.

—Otro error.

—El error fue limpiado por Lisa. Pero la operación no salió como estaba planeada. Cuando llegó se encontró con elementos indeseables en el camino que habían ido siguiendo la pista del asesinato de la chica de Mar del Plata.

Fritz se acomodó en su silla, haciendo sonar el cuero sobre el que estaba sentado, el cual retumbó por las paredes abovedadas del santuario.

—La chica de Mar del Plata. ¿Querrás decir la impura que estuvo en el Partido durante años?

—Eso fue arreglado pertinentemente en su debido momento.

—Y luego el chico, otro desacierto, cometió el error de matarla y pintar la pared con su sangre. Los esotéricos se te están yendo de las manos, hijo.

—Los hijos de Lilith están bajo control. No hay preocupación por ese lado.

—El croata —reflexionó el anciano— nunca debió haber ocupado la posición a la que llegó.

—Era entusiasta y sanguinario. Fiel a la causa. Necesitamos gente como él.

—Materia degradada, barro balcánico que escapó de la guerra. Los hombres se forjan en las guerras, no al huir de ellas.

Griswald cerró los ojos intentando no escuchar lo que decía su padre. Ya sabía lo que opinaba y no necesitaba que se lo repitiera en ese momento. Su hija estaba en la cárcel, y tenía que arreglar el modo de sacarla de ahí lo antes posible, lo que menos necesitaba en ese momento era escuchar las recriminaciones del viejo.

—No volverá a haber errores, hijo —dijo, por fin, Fritz.

—No, padre.

—Sí, me ocupé de eso personalmente. Estás fuera del triunvirato. De ahora en más me ocuparé yo mismo de todas las cuestiones, y cuando se reincorpore tu hija, ella será mi consejera.

Griswald sintió de pronto como si algo lo hubiera tomado del cuello y le apretara la tráquea dificultándole respirar. La sensación se fue en un instante. Tragó saliva espesa.

—¿Cómo? ¿Qué pasará con el *Projekt Valkyria*? ¡Estamos cerca de lograr nuestros objetivos! —exclamó, apenas pudo toser las palabras.

—El proyecto seguirá su curso pero tú no tendrás ya nada que ver con él. Has demostrado tu inutilidad y lo peor es que eres un inútil peligroso. El viernes en la reunión del directorio del Laboratorio serás reemplazado como CEO. Ya está todo decidido.

—¡Yo mismo fundé la compañía! ¿Qué se supone que haga de aquí en más?

—No lo sé. Pero ya no perteneces a esta familia. Lo que hagas con tu destino ya no es cosa que le interese al Partido, ni a mí, y pronto tampoco le interesará a tu hija Ailse, última heredera de la sangre Nietzsche.

—Ella no seguirá tus pasos, viejo lunático.

—Es una buena chica —dijo el anciano con palabras mojadas de mucha saliva—, pronto se adaptará. Cuando entienda cómo tus errores le costaron tan caro a nuestra organización, lo aceptará. Ahora retírate, ya no eres bienvenido en el santuario.

Griswald se puso de pie con dificultad. Sentía que las piernas le temblaban, su corazón bombeaba con mayor fuerza.

Su padre seguía impasible, dándole la espalda y contemplando a la Sacerdotisa, en silencio.

Apoyó la mano en el hombro del anciano.

—Padre —dijo, y comenzó a presionar sobre los huesos frágiles del viejo—, nunca me consideraste digno, ¿no es cierto? Siempre me culpaste de tener la sangre de Arturo Kolp. Pero ese fue tu padre, no el mío.

—Aleja tus manos de mí —dijo el anciano con un pequeño dejo de agitación, pero Griswald siguió apretando con más y más fuerza sobre su hombro.

—Supongo que es una tradición familiar, ¿no? El primogénito varón mata a su padre. Así ha sido en esta familia.

—Arturo Kolp era un borracho y una deshonra para los Förster-Nietzsche. Merecía morir. Envenenarlo fue una muerte demasiado dulce que le propiné. Y tú llevas sus errores en la sangre. Debí haberme encargado de ti hace tiempo.

—Pero ahora ya es tarde y es mi turno —dijo Griswald y sosteniendo todavía el cuello de su padre con la mano izquierda desenvainó con la derecha la daga de las SA que había permanecido en la familia desde el final de la guerra, y la apoyó delicadamente contra el otro lado del cuello del viejo. Comenzó a clavarla en la piel hasta que brotó sangre, y como si estuviera atravesando una hogaza de pan penetró el resto del filo hasta el mango. Con un dedo acarició el águila posada sobre la cruz esvástica para limpiarla de la sangre que había salpicado. De la boca del anciano salió espesa la sustancia rojinegra, y su hijo sintió cómo la vida se le escapaba cuando, por fin, su cuerpo cedió en un último espasmo que liberó su alma. Con la misma facilidad con la que había hecho pasar la daga por su cuello, la extrajo. Pasó el filo por la espalda del muerto hasta que volvió a relucir plateada con la inscripción *Ulles Für Deustchland*. La repitió en voz alta como parte de su ritual.

Apoyó el cadáver de su padre en el piso, se sacudió las manos, y llamó por el intercomunicador.

—Es nuestro amado líder, acaba de fallecer en el Santuario a causa de una falla cardíaca. Que se hagan los arreglos necesarios para el funeral que corresponde a los héroes del nacionalsocialismo —dijo, sombrío.

En el fondo de la bóveda, acostado sobre el altar dorado, y vestido con ropas de gala del partido nazi, descansaba silencioso, como desde hacía más de treinta y cinco años, el cuerpo momificado de Isolde Förster-Nietzsche.

Nota del autor

Los hechos y personajes de esta novela son ficcionales, aunque levemente inspirados en gente real que vive o ha vivido en este mundo.

Existe todavía, en un lugar remoto del Paraguay, los restos de la colonia Nueva Germania, aventura aria del antisemita profesional, Bernhard Förster, y su esposa Elizabeth Nietzsche, hermana del famoso filósofo Friedrich Nietzsche, cuyos textos se encargó de retocar para ajustarlos a su propio antisemitismo y filo-nazismo. También están documentadas sus interacciones con Adolf Hitler y su admiración por Benito Mussolini, con quien mantuvo una amplia correspondencia.

Para los detalles de su vida y la de la colonia me inspiré en dos libros: *Forgotten Fatherland: The Search for Elizabeth Nietzsche* de Ben MacIntyre, acerca de Nueva Germania, y *Nietzsche's Sister and the Will to Power* de Carol Diethe.

Que se sepa, Elizabeth Nietzsche nunca tuvo descendencia. Sí hay sospechas bien fundadas de que hizo encubrir el suicidio de su esposo, Bernhard Förster, en el *Hotel del Lago* de San Bernardino, haciéndolo pasar como muerte por causas naturales.

Para la construcción del aventurero inglés me basé en la figura real de Robert Bontime Cunninghame Graham, alias Don Roberto. Recomiendo para conocer más de esta peculiar figura histórica la biografía *El escocés errante* de Alicia Jurado.

Respecto de la aplicación "Llavero", está inspirada en un servicio real de impresión de llaves en tres dimensiones: se llama *KeyMe*.

El código HTML que deja María Belén Lorenzo como última pista funciona perfectamente. Es posible copiar el texto en un archivo .txt, cambiarle la extensión al archivo a .html y ver cómo funciona.

Buenos Aires, 25 de mayo de 2015 – Toronto, 30 de agosto de 2023 (revisión)

AGRADECIMIENTOS

Quiero agradecer la generosidad de Sergio Olguín y Gastón Intelisano que me "prestaron" durante unos capítulos a algunos de sus personajes para hacerlos parte de esta historia. No hay nada más lindo que jugar con los juguetes de un amigo.

A mi esposa por acompañarme, sugerirme líneas de la trama, pelearse con las escenas que no le gustaron, reírse fuerte con las que la divirtieron, y llorar con las que la emocionaron.

A mi amigo de siempre, Ionathan Yablonka, que también aportó excelentes observaciones al original.

Y un agradecimiento especial a los lectores de *Rituales de sangre*: escribí este libro para ustedes. Espero que lo hayan disfrutado tanto o más que aquél.

Acerca del autor

Alejandro Soifer (Buenos Aires, 1983) es licenciado y profesor de Letras por la Universidad de Buenos Aires. Ha obtenido su doctorado en literatura latinoamericana por la University of Toronto (Canadá)

Además de su trayectoria académica, ha trabajado como periodista cultural y publicado más de seis libros que se suman a varios proyectos de nuevos libros en los que está trabajando actualmente.

OTROS TÍTULOS DEL MISMO AUTOR

Recibí novedades de mis próximas publicaciones suscribiéndote a mi newsletter. Click aquí.

Novelas

Saga Rituales

Novelas principales de la saga:

Rituales de sangre
Rituales de lágrimas
Rituales de muerte (próximamente)

Spin-Offs (novelas complementarias de la saga):

Sangre por la herida
El camino del Inca (próximamente)

Otras novelas

El último elemento peronista
Reality Death Show
Victoria: O la tragedia de la familia Miller (próximamente)

Crónica periodística y no-ficción

Los Lubavitch en la Argentina
Que la fuerza te acompañe

Relatos

Las noches perdidas (próximamente)
Ese Zombie y otros relatos (próximamente)